Der Rebell von Neapel. In diesem historischen Roman geht es um einen Volkshelden und um seine Stadt: das brodelnde, lebensvolle Neapel.
Tommaso Aniello, genannt Masaniello, wird Anfang des 17. Jahrhunderts in ärmsten Verhältnissen in Neapel geboren. In seiner Jugend ein Raufbold, Trinker und Spieler, unerschrocken und voller Spottlust, wird er während eines Volksaufstands im Jahre 1647 in Neapel mit nur siebenundzwanzig Jahren zum Führer der Revolte. Neapel steht unter spanischer Herrschaft, ausgeübt von den Vizekönigen, die die Bevölkerung mit wahnwitzigen Steuern ausbluten und mit purer Willkür unterjochen. Schließlich genügt ein Funke, um den schwelenden Haß zum Ausbruch zu bringen. Masaniello wird an die Spitze des Aufstands gespült. Doch so genial Masaniello anfangs seine nahezu absolute Machtfülle handhabt, so sehr versagt er, als er dem Volk die geforderten Rechte erkämpft hat. Durch brutalen Machtmißbrauch fällt er ebenso schnell und absolut in die Ungnade des Volkes, wie es ihn anfangs zu seinem Führer erkoren hatte. Er wird gejagt und verbringt seine letzten Stunden im Kloster. Todkrank und wissend, daß es vor dem Volkszorn keine Rettung für ihn geben wird, erzählt er Klosterbruder Anselmo sein Leben …

Elke Hermannsdörfer, Jahrgang 1947, arbeitete zunächst einige Jahre als medizinisch-technische Assistentin in der molekularbiologischen und genetischen Forschung. Co-Autorin mehrerer wissenschaftlicher Publikationen. Nach vier Semestern an der Pädagogischen Hochschule und mehrmonatigen Auslandsausfenthalten in Frankreich und Italien zog sie nach Köln, wo sie seit 1985 lebt. Sie veröffentlichte mehrere Romane politischen und sozialkritischen Inhalts und schrieb Kurzgeschichten, Hörspiele, Features, Drehbücher für verschiedene Rundfunkanstalten sowie Kinderbücher.

Elke Hermannsdörfer

DER REBELL VON NEAPEL

Roman

Fischer Taschenbuch Verlag

Limitierte Sonderausgabe
Veröffentlicht im Fischer Taschenbuch Verlag GmbH,
Frankfurt am Main, Mai 1998

Die Originalausgabe erschien unter dem Titel ›Neapolis‹
im Wolfgang Krüger Verlag, Frankfurt am Main

Umschlaggestaltung: Stefan Gelberg & V. v. Willendorf
Umschlagabbildung: Jean-Auguste Bard, ›Piazza Masaniello in Neapel‹,
Musée de la Ville de Pau: Giraudon
Druck und Bindung: Clausen & Bosse, Leck
Printed in Germany
ISBN 3-596-50132-6

Es ist das Volk ein geistlos wirres Tier,
Das seine Kraft nicht kennt und ohn' Verstand
Mit Holz und Stein sich müht; die schwache Hand
Von einem Kind lenkt' und zügelt's schier.
Ein Fußtritt könnt die Kette brechen hier.
Doch ist das Tier voll Furcht, das Kind ermahnt –
Und es gehorcht, begreift nicht, was es bannt,
Und wird vor eitlen Schreckgespenstern irr.
Höchst seltsam: es weiß nicht, was je ihm frommt,
Und knebelt selbst sich, gibt sich Krieg und Tod
Für Geld, das ihm ein König nahm und bot.
Was Erd und Himmel birgt, ist ihm verliehn,
Doch weiß es nichts davon. Wenn einer kommt
Und es ihm sagt, so tötet's grausam ihn.

Tommaso Campanella
›Della plebe‹ aus ›La cantica‹
(Übersetzt von H. Hinderberger)

Für Angelo

Prolog

Unser Abt hat es nicht gern, wenn wir Mönche uns mit den Schriften Campanellas beschäftigen, aber ich muß gestehen, daß ich jene Zeilen, aus denen eine tiefe Wahrheit spricht, wieder und wieder lese – auch wenn mich dabei ein schlechtes Gewissen plagt, weil ich die Anordnungen des Abts nicht befolge.

Das Leben hinter den Mauern unseres Konvents gleitet, entgegen den Bedrängnissen der Welt, in ruhiger Beschaulichkeit dahin; nichts verändert sich, nicht einmal der Tod eines unserer Brüder kann das Gleichmaß erschüttern. Seit Jahren pflege ich den Zitronenbaum, der sich dort unten über die Geranienbüsche erhebt, stutze seine toten Äste, und in Sommernächten überfällt mich manchmal trotz der Schwüle ein Schauer, wenn der Duft der weißen Blütenkelche den Klostergarten durchdringt. Niemand spricht über das Unglück, das sich in der Schweigsamkeit dieses Gemäuers zugetragen hat; nur der Baum will nicht vergessen, bevölkert seine Krone in jedem Jahr mit der Erinnerung, jede Blüte eine Mahnung, nicht länger die Worte zu verschweigen, die mir Masaniello aufgetragen hat. Ich, Bruder Anselmo, habe den Leib gepflegt, der sich auf meiner Pritsche quälte, sein Schmerz wurde mein Schmerz, je länger ich dem Bekenntnis Masaniellos zuhörte und an seiner Miene und seinen Gebärden ablas, was er manchmal mit Worten nicht auszudrücken vermochte.

Ich habe es aufgeschrieben, mich viele Monate über dem Kratzen meiner Feder getröstet, und es wird Zeit, das Geschriebene preiszugeben, bevor es auf dem Papier vergilbt. Man möge mir verzeihen, wenn ich es in der mir eigenen Sprache niedergeschrieben habe. Es herrscht die Meinung, nur hinter wohlgesetzten Worten stünde Weisheit, und es schien mir ungerecht, gerade jenen, die dies glauben, einen Grund zu geben, Masaniello seiner Sprache wegen als Dummkopf zu verlachen. Gott sei mein Zeuge, daß ich keinen Gedanken dieses Menschen erfunden habe.

Ein Sommertag war es, ein Sommertag im Juli 1647, als Masaniello in meiner Zelle Schutz suchte, Gesicht und Leib von Schmerz und Krankheit gezeichnet, und eine entsetzliche Müdigkeit ihn auf meine Pritsche niederzwang. Ich zog ihm das verschwitzte Hemd vom Leib, wusch ihn, bedeckte seine Brust mit Kräuterkompressen und wickelte ihn in trockene Tücher. Er ließ es mit sich geschehen, schweigend, mit geschlossenen Lidern.

Mittagsruhe herrschte über der Stadt, vom Klosterhof schwebte ein zarter Zitronenduft herauf, und von Zeit zu Zeit durchbrach die Hacke des Gärtners die Stille. Ich wollte die Zellentür schließen, damit weder Geräusche noch der Duft des blühenden Baumes den Kranken störe, doch Masaniello hielt mich zurück. Laßt nur, bat er, die Blüten entfalten ja erst gegen Abend ihr betäubendes Aroma.

Gegen Abend?

Er schien über diese Frage nachzusinnen, und als er endlich zu reden begann, klang es, als schriebe er einen Brief, von dem er nicht wußte, ob dieser jemals seinen Adressaten erreichen würde. Die Wände der Zelle sind kahl, sagte er leise, und als ich ihn darauf hinwies, daß ich kein Fremder in dieser Zelle sei, lächelte er gequält, fast so, als hätte ihn mein Einwand in einer schwierigen Formulierung gestört. Ich wagte nicht, ihn noch einmal zu unterbrechen – auch später nicht, wenn er Begebenheiten, die ich längst kannte, noch einmal seinen eigenen, persönlichen Anstrich gab. Masaniello sprach zu den Wänden, zur Stille, immer wieder suchte sein Blick das Zipfelchen blauen Himmels, das durch die Baumkronen hindurchschimmerte.

Ich will mich damit begnügen, mein eigenes Urteil zurückzustellen und das Gesagte wiederzugeben, so wie ich es aus der Erinnerung aufgeschrieben habe. Die Wände der Zelle sind kahl – das waren seine ersten Worte...

1

Die Wände der Zelle sind so kahl, Bruder Anselmo, fast, als ob man vor dieser Strenge verstummen müßte. Ich weiß nicht, wieviel Zeit mir noch bleibt, bis sie mich aufspüren und ihren Auftrag erfüllen; ich weiß nicht einmal, wer sie sein werden. Noch können sie meine Existenz nicht ganz verleugnen, aber schon bald werden sie sich mit der Frage quälen, wie sie es anstellen können, zu vergessen, wer ich bin, was ich getan habe, und warum ich es so getan habe und nicht anders. Sie werden Gründe finden, um ihre Schuld durch meine Schuld zu rechtfertigen, Gründe, die ich trotz verzweifelter Suche nicht zu erkennen vermag, denn meine Schuld ist verschieden von der ihren. Später werden sie die Fakten drehen und wenden, jeder auf seine Art und unter seiner Sichtweise, und die Buchstaben werden geduldig nur jenen kleinen Teil bergen, den man als Wahrheit festgesetzt hat.

Guter Anselmo. Zweimal habt Ihr mir schon das durchnäßte Hemd gewechselt, mich von Kopf bis Fuß mit Kräuterabsud gewaschen, meine äußere Hülle mit behutsamer Fürsorge bedacht. Ja, ja, auch von den bitteren Tropfen will ich noch nehmen. Ich schlucke gehorsam wie ein Kind, damit ich das Gift aus meinem Körper schwitze. Gebt mir noch einen Schluck von dem Eiswasser zu trinken, es erleichtert mir das Atmen für eine Weile und kühlt das Brennen, das noch immer in meinem Körper wütet. Dann rückt Euren Schemel wieder zurecht, es beruhigt mich, Euch dort neben der Tür sitzen zu sehen.

Jetzt betet Ihr wieder. Wie Tropfen gleiten die Holzperlen des Rosenkranzes durch Eure Finger, unablässige Tropfen aus einem Gefäß, das sich auf geheimnisvolle Weise nie zu leeren scheint. Ach, Bruder Anselmo, kein Ave Maria wird den Tod hindern, in diesen Körper zu schlüpfen. Trauer und Erniedrigung stocken wie Inseln von Unrat den Fluß meines Blutes, dagegen sind die besten Heilkräuter machtlos.

Die Leute sagen, ich sei toll geworden – dabei waren meine Gedanken selten klarer als eben jetzt in dieser Stunde. Es stimmt wohl, daß ich mich einen Tag und eine Nacht anders gebärdete als sonst, weil ein entsetzlicher Durst mich quälte, ein Feuer mich von innen heraus verzehrte und schreien und toben ließ, das unkontrollierbare Zittern meiner Glieder mich herrisch und unduldsam machte.

Das alles ist wahr, aber nicht darin liegt meine wirkliche Schuld und auch nicht die Berechtigung derer, die mich ächten, so daß ich wie ein schutzsuchender Fremdling auf dieser Pritsche liege, allein gelassen und verlacht. Nur wenige haben mir entgegen aller Vernunft die Treue gehalten. Vitale, meinen Sekretär und engsten Vertrauten, haben sie gestern nacht wie einen Hund erschlagen, und Arpaia, der erst durch mich zu Amt und Ehren kam, ist übergelaufen. So wankelmütig sind die Menschen. Arpaia, der mir ein Ave Maria in meiner Todesstunde versprochen hatte, steht nun im Dienst des Feindes. Nur noch dem Befehl des Vizekönigs will er sich unterordnen, wie viele andere hat selbst Arpaia mir öffentlich abgeschworen.

Habt Ihr je gehört von einem Sonnenstaat auf dem Berg einer Insel inmitten des unendlichen Ozeans? Glaubt Ihr, daß irgendwo auf der Welt ein Königreich existiert, in dem die Menschen einander zugetan sind ohne Unterschied, ein Reich, in dem man weder Armut noch ungerechtfertigten Reichtum kennt, in dem alle Menschen gleich sind?

Ich weiß nicht, warum Ihr gerade in diesem Augenblick lächelt. Wollt Ihr mir damit bedeuten, daß keine noch so phantastische Utopie die Welt verändern wird und Liebe ohne Unterschied nur jenseits dieser Welt existiert, im ewigen Reich Gottes? Selig die mühselig Beladenen – o ja, ich kenne die Antwort der Kirche auf das Leid in der irdischen Welt. Es ist nicht leicht, diese Pflicht zu erfüllen. Ich war bereit, Mühsal auf mich zu nehmen, Gott und dem Volk zu dienen, aber ich schaffte es nicht, gleich einem Jesus mein Kreuz ohne Murren zu tragen; nicht einmal jetzt, in den Stunden der Verlassenheit, gelingt es mir, meinen Feinden zu verzeihen. Das ist es doch, was die Diener der Kirche von unsereinem fordern, während sie ihre eigenen, im Namen Gottes begangenen Eitelkeiten als Notwendigkeit verbrämen.

Ja, nicht alle üben sich in Demut und Barmherzigkeit. Ich wage kaum, nach Genoino zu fragen. Viel zu lange habe ich diesem falschen Priester vertraut, mich von seinen Ratschlägen leiten lassen und nicht erkannt, wie verschieden seine Ziele von den meinen waren. Wahrscheinlich stand er nie wirklich auf unserer Seite. Er hatte mich schon verraten, bevor das Volk mich zum Anführer wählte, lange bevor er zu mir von Campanella sprach und meine Wünsche mit einer unerfüllbaren Utopie besetzte. Ich bin nur ein Grashalm gewesen, den er wie der Wind zufällig einfing, entwurzelte, spielerisch vor sich her trieb und zu gegebener Zeit gleichgültig fallenließ. Ein anderer hätte genausogut wie ich Genoinos Zwecken gedient. Es tut weh, sich vorzustellen, daß Genoino vielleicht nur ein paar Zellen weiter in diesem Kloster saß, über mich, den vertrauensvollen Einfaltspinsel, leise gelacht oder sich im Zwiegespräch mit seinem Gott beraten hat, der mit meinem nichts gemeinsam hat.

Ein Richtspruch ist schnell gefällt, wenn man danach sucht – doch auch die Kirche bedient sich dieser hastigen, wenig gerechten Methode. Ich will nicht anklagen. Die Bereitschaft der Menschen, zu richten und einen Sündenbock zu suchen, kam meiner Eitelkeit und meiner Feigheit entgegen. Ja, Feigheit, das ist die schwerwiegendste Schuld, derer ich mich anzuklagen habe. In den Büchern werden sie mich zum Helden oder Märtyrer machen, so wie es ihren Bedürfnissen entgegenkommt. Von meiner Feigheit wird niemand sprechen, auch nicht davon, daß ich in Kauf nahm, daß andere meine Geschichte zu Ende schreiben. Je mehr ich im letzten Jahr lernte, desto tiefer bedauerte ich, selbst des Lesens und Schreibens nicht fähig zu sein, denn das bedeutet, sich den Auslegungen anderer auszuliefern und ihnen vertrauen zu müssen. Vielleicht schreibt Ihr es ja nieder, Bruder Anselmo, ich will versuchen, nichts zu beschönigen, wenn ich Euch meine Sicht der Ereignisse erzähle. Viel Geduld wird nötig sein. Das Reden fällt mir schwer, manches mag auch unwichtig erscheinen, und doch bedingt das eine, daß das andere so und nicht anders gekommen ist.

Um meine eigenen Gedanken zu ordnen, will ich bei dem Tag anno 1620 beginnen, den Gott für den Anfang bestimmte.

Es wird wohl in der letzten Woche des Monats Juni gewesen sein – Ihr wißt es besser als ich, daß von der Geburt bis zur Taufe nicht mehr als zehn Tage vergehen dürfen. Ich stellte mir immer vor, daß es eine der heißen, stickigen Nächte war, in denen der Scirocco von Sizilien herweht und die Luft über dem Meer zu einer klebrigfeuchten Dunstglocke zusammendrückt. Erdbebenatem nennen die Bewohner des Marktviertels die Schleier, die in solchen Nächten die Kuppen des Vesuv einhüllen, während die Sonnwendkäfer über das Brachland ausschwärmen und ihre behaarten Körper dicht nebeneinander in gelbbraunen, glimmernden Wölkchen über den Feldern tanzen. In so einer Nacht, vor siebenundzwanzig Jahren, begann mein Krieg, Bruder Anselmo.

Als die Glocken hoch oben im Turm dieses Konvents die Mönche zum ersten Morgengebet riefen, setzten bei meiner Mutter die Wehen ein. Mein Vater war arm, es reichte für ein bescheidenes Leben, nicht aber, um eine Hebamme zu bezahlen. Deshalb lief er zu einer erfahrenen Nachbarin, so wie es noch heute in unserem ärmlichen Viertel üblich ist, und Mamma Luisa hat sich sicher nicht lange bitten lassen, obwohl sie meinen Vater zeit ihres Lebens einen Nichtsnutz schalt. Mamma Luisa gehörte nicht zu den Menschen, die sich in einem solchen Augenblick von kleinlichen Rachegefühlen leiten lassen; sie hatte selbst acht Kinder geboren und vier davon ungetauft begraben müssen. Erst in den Nachmittagsstunden hat sie Ceccone – so nannten sie meinen Vater – der Lächerlichkeit preisgegeben: Wie er mit zitternden Händen ein paar zusätzliche Krüge Wasser vom Brunnen heraufbrachte und die Tücher nicht fand, die meine Mutter für diesen Zweck in der Truhe verwahrte; wie er vor Aufregung jammerte, das Gesicht zur Wand drehte und mit einem lauten *o Dio* seine Fingernägel in die Handballen grub, während meine Mutter in immerwiederkehrendem Rhythmus aufstöhnte. Mein Vater hat Mamma Luisa nie verziehen, daß sie ihn kurzerhand aus dem Zimmer warf und von der Geburt seines ersten Sohnes ausschloß, vor allem nicht, daß sich dieser für ihn so wichtige Tag mit der Erinnerung an Scham und Spott verband. Dafür hat mein Vater mich insgeheim immer büßen lassen; gehaßt hat er mich wohl nicht, aber er schien mir auszuweichen, so wie man die Berührung einer krätzigen Haut vermeidet. Nie gab es ein Gefühl der Nähe zwischen uns beiden.

Ein anderer hätte sich vielleicht dreingefunden, geduldig gewartet und sich später dankbar an den ersten Schrei seines Sohnes erinnert. Aber mein Vater war schwach, Geduld oder Dank waren nie seine Stärke gewesen; er versuchte, durch Lärm seiner Enttäuschung, der Zurückweisung Herr zu werden. Was lag also näher, als Freunde und Nachbarn zusammenzutrommeln, um die eigene Wichtigkeit herauszustellen und sich dadurch einen winzigen Platz in der Geschichte jenes Tages zu sichern. Ich kann mir gut vorstellen, wie mein Vater die Nachricht von meiner bevorstehenden Geburt an die Türen hämmerte, wie er, ohne die Antwort abzuwarten, durchs Treppenhaus rannte, die Stiegen hinauf und hinunter, bis alle wußten, wie es um seinen zukünftigen Sohn stand. »Nasce, nasce«, wird er gerufen und dabei gelacht haben.

Euch würde so ein Lärm vielleicht belästigen, Ihr seid an die Stille in Eurer Zelle gewöhnt, an die Schweigsamkeit unter einem Kreuz und daran, daß Ihr mit Euren Empfindungen und Gedanken allein seid. Unsereins führt ein anderes Leben. Die Enge, in der wir in unseren Häusern aufeinanderhocken, zwingt uns, die täglichen Geschehnisse miteinander zu teilen. Niemand störte sich an dem Lärm meines Vaters, im Gegenteil. Uns ist alles willkommen, was das Einerlei unterbricht, weil unsere Gedanken nicht um hehre Dinge kreisen, sondern um Krankheit, Hunger und um das klägliche Überleben bis zum nächsten Morgen. Wir nutzen jede Gelegenheit, um der Misere ein Quentchen Freude abzugewinnen – wenn man will, gibt es tausend Gründe, ein Fest zu feiern –, Erfindungsreichtum ist nämlich das einzige, womit unsereins im Überfluß gesegnet ist.

Seid Ihr jemals bei einer Taufe oder Hochzeit in unserem Viertel dabei gewesen? Wenn man schon bei Sonnenaufgang das Tappen nackter Fußsohlen durch die Wände hört, in allen Zimmern Truhendeckel quietschen und sich bald darauf lautes Stimmengezeter erhebt, weil sich der Festkragen nicht auffinden läßt, ein Knopf nur noch an einem Faden baumelt oder Fettflecke und Knoblauchreste das einzige Seidenband verunzieren. Ich liebe dieses Geschnatter, das einen vom Lager hochtreibt, voller Lebenslust und Vorfreude ist, und das selbst während der Taufe nicht ganz stillzuhalten vermag. Ich weiß, daß für die Kirche nur die heilige Handlung zählt und ihr Priester unsere Festgelage nachsichtig belächelt, manchmal sogar mißbilligend anprangert, wenn bis spät in die Nacht Musik und Lachen durch die Gassen hallen, Wein die Gemüter erhitzt, und der Fußboden unter Gedrängel und Tänzen erzittert. Der Vorwurf, wir wollten uns lediglich vor der Arbeit drücken, ist ungerecht, denn für manchen von uns bedeutet ein Fest die einzige Möglichkeit, sich nach wochenlangem Hunger einmal sattzuessen, für ein paar Stunden zu vergessen, ein wenig Hoffnung zu schöpfen. Eine Geburt ist immer ein neuer Anfang, für jeden von uns, vielleicht hält eine glückliche Konstellation der Sterne für das Neugeborene ja all die Gaben bereit, die einem selbst vorenthalten wurden.

Versteht Ihr jetzt, warum sich während meiner Geburt die Nachbarn vor dem Zimmer drängelten, in dem sich meine Mutter mit den letzten Wehen quälte? Ein Fest stand bevor; jeder wollte meinen ersten Schrei hören, mein Bäuchlein betasten oder den Flaum auf meinem Kopf glattstreichen und ein paar tröstende Worte murmeln, weil es für mich ab jetzt mit dem faulen Herumliegen gewissermaßen ein Ende hatte. Mehr oder weniger gleichen sich alle Geburten, und trotzdem ist die Stimmung jedesmal wieder aufregend neu: die wissenden

Blicke der Frauen, das gegenseitige Schulterklopfen der Männer, die derben, anzüglichen Scherze, unterdrückte Sorgen und Ängste, die Hoffnung auf einen gesunden, kräftigen Sohn... Natürlich wünschte sich mein Vater einen Sohn! Töchter kosten ein Vermögen, während ein Sohn zupacken und, wenn es sein muß, den Vater ersetzen kann.

Ich habe meinem Vater nie besonders viel Freude gemacht; es ist gut, daß sein früher Tod ihn vor dem Anblick meiner letzten Schande bewahrte. An jenem Morgen aber sei er glücklich gewesen, erzählte mir Mamma Luisa, auch wenn er mit ihr wegen der Schläge zankte, mit denen sie mich endgültig ins Leben holte. Mamma Luisa vermochte später nicht mehr genau zu sagen, ob Ceccones Grobheit an ihrem Schwächeanfall schuld war oder das zähe Dämmerlicht, das zum Fenster hereinkroch und sich wie eine Staubschicht auf Tisch und Truhe legte. Doch sie erinnerte sich, daß sie den Geruch von Blut und Kindsfett auf einmal überdeutlich wahrnahm, daß ihr übel wurde und sie sich für einen Augenblick setzen mußte; das erste Mal in all den Jahren, seit sie ihren Dienst in unserer Straße versah. Mamma Luisa hat vielen Kindern vom Vico Rotto auf die Welt geholfen, niemand sah besser voraus als sie, welche Zukunft einen Säugling erwartete: Ob er schwach sein und kränkeln würde, ob er die magere Kost aushielte, ob er genug Überlebenswillen besäße, um sich durch die rauhe Wirklichkeit am Marktplatz durchzuboxen, ob Tränen oder Lachen sein Leben begleiten würden. Ihr treffsicherer Blick hat sie selten getäuscht, deshalb muß ihre Schwäche und auch ihr hartnäckiges Schweigen meine Mutter zutiefst beunruhigt haben. Es gab nichts zu bemängeln, nichts an mir wies auf die geringste Mißbildung hin, nicht einmal die Andeutung einer Hasenscharte verunstaltete meinen Mund.

Das war es auch nicht, was Mamma Luisa Angst machte, weder das trübe Licht noch Ceccones Grobheit, auch nicht die dürftige Einrichtung des Zimmers, das meine Eltern bewohnten. Mamma Luisa hatte viel Schlimmeres gesehen, nicht viele konnten sich feines, weißes Leinen leisten und eine Seidendecke auf dem Bett wie mein Vater. Aber wie lange noch? Schon damals belegte der Adel alles Eßbare mit erdrückenden Steuern, jedes Jahr eine neue Abgabe, und täglich buk man leichtgewichtigeres Brot. Überleben in Neapel hieß Hunger leiden, es schien mit jedem Tag aussichtsloser zu werden. Mamma Luisa hat niemals einen wirklichen Krieg erlebt, aber das, was sich damals täglich am Markt abspielte, war für sie schlimmer als ihre Vorstellung vom Krieg. Immer hat sie die Diener der Adeligen mit plündernden Soldaten verglichen, weil sie Brot nach Gewicht kauften, Früchte, Fleisch, und dabei hochmütig die Kinder wegstießen, die doch nur einen winzigen Anteil an diesem Reichtum erbetteln wollten. Die Vizekönige regierten Neapel mit harter Hand, was wußte der König in Spanien vom Elend seiner Untertanen, solange seine Beamten dem Volk noch Gallone um Gallone an Dukaten abpreßten. Und obwohl Mamma Luisa unter den Zuständen litt, hat sie den Grafen von Ossuna immer ein wenig in Schutz genommen. Sie sagte, er sei der menschlichste in der langen Reihe der spanischen Vizekönige gewesen; der Volksfreund, wie ihn seine Feinde unter dem Adel heimlich verspotteten.

Volksfreund! Nur weil er damals die Fruchtsteuer aussetzte?

Ja, es verbittert mich, daß so einer in der Erinnerung des Volkes fortlebt, während sie mich der Tollheit bezichtigen und meine Verdienste mit einem Lachen als klein und verächtlich beiseite schieben. Hätte ich denn das Volk wie der Graf von Ossuna mit Almosen ködern und mir dadurch einen unauslöschlichen Platz in ihren Herzen erkaufen sollen? Ich bin kein Dieb! Das Gold, das ich dem Adel abnahm, gehörte dem König, genau wie die Zechinen*, die Ossuna manchmal unters Volk warf und damit hinter dem Anschein von Güte die Armen eigentlich nur demütigte, weil sie sich um das bißchen Mildtätigkeit balgten und dankbar den Saum seines Mantels küßten.

An so eine Zechine dachte Mamma Luisa, während sie mich säu-

* Die Sternchen verweisen auf die Anmerkungen am Ende des Bandes.

berte und in Windeln verpackte, an Hunger und Elend und auch an die Scham, die sich für Mamma Luisa mit dem Aufheben eines solchen Geldstücks verband. Sie sagte, daß sie an jenem Tag beschlossen habe, die Zechine auch in der ärgsten Not nicht für Brot noch für andere, teuer versteuerte Nahrungsmittel auszugeben. Sie wollte sie aufsparen und an die Kinder der Kinder weitergeben, bis man in Neapel Armen und Reichen das gleiche Brot verkaufen würde.

Manchmal scheint mir, als hätte ich mein ganzes Leben damit verbracht, mir diese Zechine zu verdienen; ein einzelnes Goldstück aus den vollen Gallonen, an denen der Adel sich schadlos hielt, bevor sie den König im fernen Spanien erreichten. Die Zechine ging verloren wie vieles andere – doch davon später. Ich will nicht durch Vorgreifen das eine über das andere gewichten.

Vielleicht fror ich, oder ich fürchtete mich, jedenfalls begann ich langanhaltend und durchdringend zu schreien, und Mamma Luisa schlug deshalb hastig die letzten Ecken der Windel ineinander. Sie schämte sich sicher, weil sie in Gedanken an die Zechine ihre Pflichten länger als üblich vernachlässigt hatte. Überbleibsel aus heidnischen Zeiten nennt die Kirche die Bräuche, von denen wir trotz unseres Glaubens nicht abweichen wollen. Mamma Luisa behängte mich nämlich mit all den kleinen Glücksamuletten, die böse Geister von einem Neugeborenen fernhalten sollen: Korallen, Wolfszähne, aus Walnußholz geschnitzte Glücksschweinchen und halbmondförmige Knöchelchen, und zuletzt schob sie mir noch eine Hasenpfote zwischen die Windeln, was sie sonst nur bei Verwandten tat. Ich habe die Glücksbringer bis zum heutigen Tag aufbewahrt – nur die Hasenpfote habe ich weggegeben, und manchmal kommen mir Zweifel, ob nicht damit alles Unglück seinen Anfang nahm.

Jetzt schüttelt Ihr den Kopf über so viel Unverstand. Woher nehmt Ihr Mönche bloß die Gewißheit, den Verlauf der Dinge niemals außerhalb Eures Weltbildes einzuordnen? Weil die Gesetze der Kirche jede Form von Götzenglauben verbieten?

Ach, die Gesetze der Kirche verbieten so viel, manchmal scheint mir, sie wurden für Heilige geschrieben und nicht für Menschen, die tagtäglich ums Überleben kämpfen. Deshalb hebt nach unseren Bräuchen auch nicht der Priester, sondern der Vater sein Kind in die Welt, denn er muß es ernähren und kleiden, nicht die Kirche. Mamma Luisa trug mich gemäß diesem alten Brauch in die Mitte des Zimmers und legte mich auf den Teppich, den wir nach einer Geburt für diesen Zweck auf dem Fußboden ausrollen.

»Gevatter Ceccone«, sagte sie, »nimm dieses Kind auf, segne es, und küsse es auf den Mund.« Danach reichte mich mein Vater an Nachbarn und Freunde weiter, damit auch sie mich küssen und mir ihre Wünsche mit auf den Lebensweg geben sollten – reichhaltige Wünsche, weil man bei uns einem Säugling nichts als gute Worte schenken kann. Zuletzt nahm Mamma Luisa mich wieder an sich und fügte nach neapolitanischer Sitte hinzu: »Wir haben alle erlebt, wie du geboren wurdest, wir werden dich auch verheiratet sehen.« Und sterben, hat sie dabei gedacht und sich für einen flüchtigen Moment gewundert, daß sie in letzter Zeit Geburt und Tod nicht mehr wie früher zueinanderbringen konnte, so, als hätte Gott in einem furchtbaren Irrtum Anfang und Ende vertauscht. Sie hat mir oft beschrieben, wie sie über diese Gedanken erschrak, wie sie ein Kreuz schlug, um nicht durch ihre sündigen Zweifel Schuld auf ein Neugeborenes zu laden. Dann legte sie mich in das Bett meiner Mutter zurück, der Brauch war erfüllt, jeder der Anwesenden hatte mich durch seinen Kuß in die Gemeinschaft aufgenommen. Im gleichen Augenblick läuteten die Glokken des Konvents del Carmine zur Messe, und Mamma Luisa atmete auf, weil Gott ihr ganz offensichtlich die Zweifel an seiner Allmacht nicht nachtrug. Sie hat sich sogar ein wenig über die unnütz vertane Hasenpfote geärgert, gestand sie mir später einmal. Glück ist ein schlechter Lehrmeister für Notzeiten, sagte sie, ein paar Ohrfeigen hätten mir wahrscheinlich besser auf den rechten Weg geholfen.

Der rechte Weg, das sagt sich so leicht. Die ganze Nacht gestern habe ich mich mit dieser Frage gequält und keine Antwort gefunden.

Es ist schwierig, sich außerhalb seines Selbst zu stellen und die eigenen Entscheidungen wie die eines anderen Menschen zu beurteilen. Die Umstände haben mich geprägt, und es ist müßig, darüber nachzusinnen, wie ein anderer meinen Platz ausgefüllt hätte. Damit will ich meine Schuld nicht abmildern, ich nehme sie ja an, weil sie zu mir gehört.

Doch zunächst gab es weder Schuld, noch Zweifel, noch etwas Besonderes an mir, ich war nur ein Säugling, den man wie üblich ein paar Tage nach der Geburt zur Taufe trug. Mamma Luisa hat mir das Tauffest in allen Einzelheiten beschrieben, so daß ich mich daran erinnere, als hätte ich es mit ihren Augen erlebt.

Ein quirliges Völkchen, so erzählte sie mir, bahnte sich damals einen Weg durch das Marktgewimmel hinüber zur Kirche, allen voraus Mamma Luisa mit mir, dem Neugeborenen, auf dem Arm. Später habe ich immer bedauert, nicht in der Kirche del Carmine getauft worden zu sein – der großen, glanzvollen Kirche, die später Zeugin meiner Macht und meiner Verlorenheit wurde. Doch wie Ihr wißt, gehört unser Haus am Vico Rotto zum Kreis Santa Caterinas, dem bescheideneren Kirchlein Eures Konvents, drüben am Torrione della Marina. Ihr kennt den Weg, es ist nicht weit, nur ein paar Minuten quer über den Markt; aber da in Neapel der Schein mehr zählt als das Sein, brauchten sie dreimal solange, bis sie die Kirche erreichten. Jeder hatte das Beste aus seiner Truhe hervorgeholt, abgetragene Stoffjoppen, mit einem orangefarbenen Taftfutter auf neuen Glanz gebracht, Beinkleider aus weißer Baumwolle, Spangenschuhe, manch einer trug sogar ein ererbtes Samtwams oder den steif abstehenden spanischen Leinenkragen. Natürlich konnten sich nur wenige solch kostspielige Kleidung leisten, deswegen nahmen sich gerade die Bessergekleideten besonders viel Zeit, die Blicke der neugierigen Gaffer zu genießen. In dieser Stadt weiß man ja nie, wie lange das Glück andauert. Heute ist man noch König, morgen kann es sein, daß man sich in den Reigen der Armen fügt und kleiden muß wie die, die zu meiner

Taufe nicht anders als jeden Tag gekommen waren: Barfuß, eine Hose aus grobem Stoff und ein dürftiges Hemd, weder Jacke noch Kragen, nur auf dem Kopf die rote Mütze – die übliche Armenkleidung eben, wie ich sie die meiste Zeit meines Lebens getragen habe.

Die Männer schimpften, wenn einer der Gassenjungen mit schmutzigen Fingern nach einem Wams griff oder begeistert dicht neben den blankgewichsten Schuhen ausspuckte. Es war nicht böse gemeint; wir sperren unsere Gefühle nicht ein, wir lassen ihnen freien Lauf, lärmend, unbändig, besitzergreifend – niemand denkt sich etwas dabei. So wird auch meine Mutter ganz offen ihren Stolz gezeigt haben, sich auf dem Weg zur Kirche gebrüstet, gelacht, geschäkert und ihren Erstgeborenen zur Schau gestellt haben. Mamma Luisa beteuerte, sie habe meine Mutter nie schöner gesehen, obwohl man unsere bescheidenen Verhältnisse an ihren Kleidern deutlich ablesen konnte. Einfache Kleider, ein Leibchen mit ein paar Streifen geklöppelter Spitze vielleicht, dazu eine gelitzelte Borte am Blusenrand und ein wie eine reife Kirsche schillerndes Seidenband, das sie an Stelle einer Kette um ihren Hals geschlungen hatte.

Meine Mutter hat ihr Leben lang zutiefst unter unserer Armut gelitten ... wie zornig sie wurde, als ich ihr gestern unziemlichen Tand verbot und sie zwang, die Geschenke der Vizekönigin zurückzugeben. Jetzt tut es mir leid, daß ich so streng mit ihr war, viel strenger eigentlich als mit mir selbst. Sie hing so an dem bißchen Schmuck, was hätte es schon geändert, wenn ich ihrer Putzsucht nachgegeben hätte.

Verzeiht, wenn ich immer wieder abschweife, aber es kommt mir so viel in den Sinn, das Euch unwichtig erscheinen mag, obwohl es oftmals die kleinen Dinge sind, unbedeutende Begebenheiten, die uns am meisten bedrücken.

Habe ich schon von den Markthändlern erzählt?

Wie reich sie mich beschenkten, als Mamma Luisa mich über den Platz trug? Melonen, Pfirsiche, Feigen, allen Reichtum unserer Felder wünschten sie mir. Ein Fischverkäufer erbat vom Himmel so viele Dukaten wie Schuppen auf den Rücken seiner Fische in der Sonne glänzten. Gemästete Schweine, arbeitswillige Esel, Hühner, Gänse, der Segen des heiligen Antonio, der Beistand des heiligen Gennaro, die Fürbitte der Jungfrau Maria, die wundersam mildtätigen Hände der Madonna del Carmine, alle Gnaden des Himmels regneten – zumindest in Worten – auf mich nieder. Einer der Marktbauern bückte sich sogar und steckte meinem Vater ein paar herabgefallene Kastanien und eine halbe Handvoll Nüsse zu. Er hat das großzügige Geschenk zeit seines Lebens nicht vergessen. Bettler mischten sich ganz selbstverständlich unter die Gäste, grapschten nach einem Zipfelchen meines Taufkleides, und niemand verstand genau, ob sich hinter ihrem zahnlosen Gebrabbel auch Glückwünsche verbargen oder lediglich die Bitte, mir die Pflicht der Barmherzigkeit gleich mit auf den Weg zu geben. Das Gemurmel verwandelte sich schlagartig in raffgieriges Gezeter, als sich die Bettler nach den davonrollenden Kupfermünzen bückten, die mein Vater für diesen Zweck beiseite gelegt hatte. Niemand schimpfte über das Benehmen der Bettelleute, jedermann wußte, daß sie allein von guten Wünschen nicht überleben konnten. Das Geschrei der Bedürftigen hinter sich lassend, betrat Mamma Luisa endlich die Kirche. Ich muß gestehen, daß ich Santa Caterina in letzter Zeit gemieden habe. Mich fröstelt in dem düstern Licht dort, unter dem man sich unwillkürlich duckt wie unter der Last aller ungebeichteten Sünden und das es so schwer macht, an den Glanz des Paradieses zu glauben, den uns die Priester von der Kanzel herunter versprechen.

Wie üblich wartete Mamma Luisa mit den anderen im Seitenschiff der Kirche auf den Pfarrer; Giovanni Matteo Peta mochte es nicht, wenn die Taufgemeinde ohne ihn an den Taufstein trat. Er war ein bißchen wunderlich. Als Kinder haben wir ihn heimlich verspottet, wenn er in gekrümmter Haltung zwischen Sakristei und Altar hin- und herhumpelte oder auf das Fußbänkchen stieg, weil er mit seiner zwergenhaften Gestalt Mühe hatte, die oberen Kerzen zu löschen. Das zahlte er uns dann bei der Beichte heim. Ich weiß noch, wie viele Ave Maria und Vaterunser er mir aufgab, um meine Kindersünden zu büßen. Matteo Peta befolgte die Gebote mit unbeugsamer, fast verbissener Strenge, er glaubte immer, an Gottes Statt richten zu müssen. Deshalb bedachte er meine Mutter, bevor er mich taufte, noch einmal mit einem durchdringenden Blick und sprach ein kurzes Dankgebet, daß nun wenigstens der Sohn Ceccones das heilige Sakrament ordnungsgemäß in der Kirche erhielt. Matteo Peta hatte meine Eltern im Februar desselben Jahres nämlich schweren Herzens im Haus meiner Mutter trauen müssen, da sie sich seit vier Monaten im Zustand der Sünde befand. Und erst nachdem sich der alte Peta überzeugt hatte, daß Gott den beiden verziehen und mich durch keine Mißbildung gestraft hatte, salbte und segnete er mich und begoß die Frucht dieser Sünde mit priesterlicher Beharrlichkeit. Wahrscheinlich hat er dabei geschmunzelt. Matteo Peta war über jede Seele glücklich, die er dem Teufel abjagte – so viele Kinder sterben ja gleich nach der Geburt, ohne daß ein Priester sie hätte taufen können. Nachdem Matteo Peta seine Pflicht erfüllt hatte, hoben mich die beiden Paten aus dem Taufbecken, und Matteo Peta bedeutete Mamma Luisa, ihm in die Sakristei zu folgen. Dort schrieb er – und Mamma Luisa bezeugte es – ins zwölfte Taufbuch auf das vierundvierzigste Blatt:

29. Juni 1620. Tommaso Aniello, Sohn des Francesco d'Amalfi und der Antonia Gargano, erhielt von mir, Giovanni Matteo Peta, das heilige Sakrament der Taufe. Agostino Monaco und Giovanni de Lieto, wohnhaft am Vico Rotto, hoben den neuen Christen aus dem Taufbecken.

Jetzt war ich also getauft, die Jagd auf einen Platz im Paradies begann.

Für die nächsten Stunden feierte man im ersten Stock am Vico Rotto, und diejenigen, die man nicht einladen konnte, hatten wenigstens teil am Gelächter, an den Liedern und Wettsprüchen, die bis spät in die Nacht durch das Fenster bis hinunter in die Gassen drangen. Mein Vater feierte gern, er liebte es, Freunde zu bewirten, einen Abend lang so zu tun, als mache es ihm nichts aus, das wenige, das er verdiente, mit vollen Händen auszugeben. Bei Festen zeigte er eine Großzügigkeit, die seinem Wesen eigentlich fremd war und die er in den darauffolgenden Tagen durch Wortlosigkeit wieder einsparte. Es fiel ihm schwer, sich mit dem Ende eines Festes abzufinden, vielleicht, weil er sich fürchtete, in die gewohnte ärmliche Haut zurückzuschlüpfen. Je mehr er trank in solchen Nächten, desto unbedachter wurden seine Späße. So wie er in jener Juninacht hinunterwankte und ein Schwein einfing, es mitten in die Stube zerrte und an dem armen Tier die Bruderschaft von Sant' Antonio verhöhnte. Ein Wunder, schrie er, der heilige Antonio hat meinem Sohn ein Schwein geschenkt, räuberisch und fett wie die Mönche von Sant' Antonio!

Ganz unberechtigt war die Erbitterung meines Vaters nicht, die Privilegien der Klöster waren nicht leicht zu billigen. Mit welchem Recht verlangte man von den Armen, ihre Schweine selbst teuer durchzufüttern, während die Schweine des Konvents überall in der Stadt frei herumlaufen und in jedem Abfall wühlen durften? Die fetten Schinken aber verblieben in den Speisekammern des Klosters, nachdem sich die Tiere auf Kosten aller durchgefressen hatten. Das Lieblingstier des heiligen Antonio?

Böswillige Zungen behaupten, daß die Mönche von Sant' Antonio bei der Auswahl ihres Schutzpatrons hauptsächlich an die billige Verköstigung ihrer Schweine gedacht hatten. Auch mein Vater schien so etwas Ähnliches gedacht gehabt zu haben, und es war nur der Umsicht meiner Mutter zu verdanken, daß er das Tier vor Morgengrauen wieder auf den Marktplatz zurückjagte.

2

Meine Mutter verwöhnte mich in den ersten Jahren wie die meisten Mütter ihren erstgeborenen Sohn. Die nächsten Söhne oder Töchter würden schon selbstverständlich sein, vielleicht sogar nur noch eine Last bedeuten, zusätzliche Esser, die ernährt und gekleidet werden wollten. Aber der erste Sohn ist immer etwas Besonderes, Bruder Anselmo, die Verantwortung für die Weitergabe des Familiennamens liegt in seinen Händen, und diese Macht ist mit nichts zu vergleichen. Ein König ohne Sohn bleibt immer ein unzulänglicher König.

Wenn meine Mutter mich stillte, flüsterte sie sicher mit mir – zärtliche, unsinnige Laute, deren Bedeutung nur Mutter und Kind verstehen. In den vergangenen Tagen habe ich mich manchmal dabei ertappt, wie ich den Singsang zwischen einer Mutter und ihrem Kind für einen Augenblick belauschte und mich davonschlich, weil mich ein jäher, unerklärlicher Schmerz überfiel. Vielleicht gibt es doch eine Art von Erinnerung – ein Gefühl, das man hinüberrettet aus der Zeit, in der es weder Sprache noch Pflichten, sondern nur Wohlbefinden gibt. Ich frage mich, wie wohl einer empfindet, der von einer langen, beschwerlichen Reise endlich nach Hause zurückkehrt.

Ich mag noch kein Jahr alt gewesen sein, als ein Wanderprediger bei meiner Mutter und mir verweilte, während sie mit den anderen Frauen unten vor dem Haus zusammensaß und Bohnen abzog, oder vielleicht auch mit mühseligen, kleinen Stichen ein Kissen säumte. Mein Vater hat über die Prophezeiung des Mönches gelacht. Meine Mutter hingegen bewahrte jene Worte tief in ihrem Gedächtnis; kein

Spott, kein Gelächter, nicht einmal der nachsichtige Hinweis auf unsere Armut konnte sie seit jenem Abend davon abbringen, daß ich zu Außerordentlichem bestimmt sei. Don Tommaso Aniello d'Amalfi, das klang gut, fand sie, viel besser als die lächerliche Abkürzung Masaniello, wie mich die gesamte Nachbarschaft aus Faulheit in der Zwischenzeit nannte. Im Laufe der Jahre gewöhnte sich auch meine Mutter an diesen Namen.

Als ich die ersten unsicheren Schritte tat, hat sie mich meistens irgendwo angebunden, damit sich kein Unglück zwischen mich und die Prophezeiung des Predigers stellte. Manchmal vergaß sie auch, mich anzuleinen, dann kroch ich durch die offene Tür, um Stimmen und Geräusche im Treppenhaus zu erkunden. Dabei stürzte ich nicht nur einmal kopfüber die Stiege hinunter, was mir außer Beulen und blauen Flecken für die nächsten Stunden den üblichen, festgezurrten Platz am Tischbein eintrug. Ernsthafte Schwierigkeiten aber tauchten erst auf, nachdem ich gelernt hatte, die kehligen Laute meiner Umgebung mit einem Sinn zu verbinden. Abgründe meines bisher so behaglichen Daseins taten sich auf; ich mußte erkennen, daß einem freundlichen Wort nicht unbedingt zu trauen ist und sich eine spielerische Rangelei unvermutet in einen hinterlistigen Angriff verwandeln konnte. So begann ich bald, meine Welt in Freundes- und Feindesland einzuteilen, und die Menschen meiner Umgebung entweder den Kämpfern zuzuordnen oder jenem weit größeren Teil der sich krümmenden Kreaturen, die kein offenes Nein in ihrem Sprachschatz kennen und bestenfalls zu einem Tritt aus dem Hinterhalt fähig sind. Ich ließ keine Gelegenheit aus, Menschen der letzteren Art mit mutwilligen Späßen zu peinigen, sie in ihrer Hasenherzigkeit bloßzustellen oder ihre heuchlerische Demut als Drückebergerei zu entlarven.

Nur zwei Personen beugten sich nicht meiner Ordnung, paßten nirgends hinein in mein Weltbild, in dem sonst alles, was mir widerfuhr, einen festen Platz fand. Einer der beiden war mein Vater, der entweder draußen auf dem Meer fischte oder in den Tavernen mit seinen Kumpanen trank und Morra* spielte. Und Mamma Luisa, bei der ich nie sicher war, ob sie mir ernsthaft zuhören oder mich mit ein paar Ohrfeigen abspeisen würde. An guten Tagen lachte sie Tränen über meine Schelmenstreiche, manchmal trällerte sie sogar eines meiner Spottlieder vor sich hin, die ich den königlichen Beamten auf der Piazza della Vicaria hinterhergrölte. Diese Laffen waren mir schon als Kind ein Dorn im Auge. Warum ich sie nicht bewunderte? Nicht wie die anderen aus scheuer Entfernung zusah, wie sie aus ihren Kutschen stiegen, eine Ecke ihres Capes nachlässig über die Schulter schlugen, bevor sie steif und würdevoll dem Tor mit dem Wappen des Kaisers entgegenschritten? Nein, das beeindruckte mich nicht. Ich sah nur, wie reich und eingebildet sie waren, wie sie nicht einmal den Kopf zur Seite wandten, wenn man die Gefangenen an ihnen vorbei in den Kerker zerrte, arme Strolche, deren Mundraub diesen hohen Herren Einkommen und Daseinsberechtigung verschaffte. Ich haßte die Handbewegung, mit der sie uns Kinder aus ihrem Blickfeld scheuchten, verächtlich – nein, eher gleichgültig, weil sie annahmen, ihr Wissen entferne sie weiter von uns, als wir jemals begreifen würden. Ich ahnte damals noch nicht, in welchem Ausmaß sie am Elend Neapels schuld waren, aber ich spürte die Ungerechtigkeit, die in der Verteilung von Ehren und Würden lag. Und dieses Gefühl schlug sich in meinen Liedern und Reimen nieder. Wie ich schon sagte, an guten Tagen lachte Mamma Luisa darüber, ja sie verspottete ärger als ich den Adel, hieß ihn Schurkenpack und Diebesgesindel. An schlechten Tagen aber, wenn Mamma Luisa müde war und sich das Wasser qualvoll in ihren Beinen staute, schalt sie mich wegen meines vorlauten, unbekümmerten Wesens. Dann ergab ein Wort das nächste, bis sie mich anschrie, ich möge mich zum Teufel scheren, denn mit dem sei ich im Bunde, und das Wasser in ihren Beinen sei die gerechte Strafe dafür, daß sie mich zur Taufe getragen habe. Ich unterschiede mich überhaupt nicht von einem schmutzigen Türkenbalg – darin gipfelte meistens ihre Ungerechtigkeit.

Anfangs verstummte ich. Nein, nicht aus Verständnis, nicht aus Mitleid oder aus Liebe schwieg ich – ich schwieg, weil ich Zeit brauchte, um die Hilflosigkeit, die Mamma Luisas Abkehr in mir verursachte, in Böswilligkeit umzuwandeln. Ich sammelte Kraft, dann erst schlug ich zurück.

»Was gibst du mir die Schuld an deinen Klumpfüßen!« brüllte ich sie eines Tages an, nannte sie eine fette, alte Hexe und schwor ihr, 'o Munaciello* habe in ihren Beinen ein Feuer entzündet, damit die Haut aufplatze und eine eitrige Wunde freigäbe.

Mamma Luisa erschrak, bekreuzigte sich. Von Geistern sprach sie nicht gern, sie glaubte, daß man Gnome und Kobolde dadurch herbeirief; daß die Benennung sie aus ihrer Körperlosigkeit befreite und ihnen Macht über die Menschen verlieh. Mamma Luisa fürchtete sich vor dem Munaciello, weil er sich in Gestalt eines winzigen Mönchleins zeigte; sie glaubte, dahinter könne sich nur die Absicht verbergen, in eine christliche Seele zu schlüpfen und sich dieser auf ewige Zeiten zu bemächtigen.

Jetzt lächelt Ihr wieder.

Ich mag die Überlegenheit nicht, mit der die Kirche auf unsere Legenden herabsieht. Nicht nur Mamma Luisa traute dem Zwerg die Gemeinheit zu, die Schmerzen in ihren Beinen auf ein unerträgliches Maß zu steigern. Ich schürte ihre Zweifel und Ängste, ich ließ ihr keine Zeit, auf ein Mittel zu sinnen, den Munaciello aus dem Zimmer zu bannen; in meinem Zorn spie ich Mamma Luisa alle Flüche und Verwünschungen entgegen, die ich in den Gassen aufgeschnappt hatte und deren Bedeutung ich damals oft nicht einmal verstand. Ich weiß noch, wie ich mich an Mamma Luisas Furcht und Verletztheit weidete, ihr Befremden auskostete, wie ich meine Gemeinheit auf die Spitze trieb und nicht eher innehielt, bis sie sich abwandte und weinte. Vor ihren Tränen verpuffte meine Empörung auf einmal, zerstob wie die Gischt einer in sich zusammenfallenden Welle – übrig blieb ein lähmendes Gefühl von Verlegenheit, das meine Lippen zusammenpreßte und jedes Wort der Reue dahinter verschloß.

Es gelang mir niemals, die alte Frau um Verzeihung zu bitten. Immer blieben die häßlichen Worte zwischen uns stehen, immer hastete ich aus dem Zimmer; die Augen dunkel vor Scham, floh ich die Stiege hinunter, quer über den Marktplatz, durch eines der Stadttore, am Meer entlang, atemlos und durch mein eigenes Verhalten gedemütigt. Erst nach einem langen Lauf kam ich zur Ruhe – die Füße halb im Wasser, ließ ich flache Steine über die Oberfläche springen, bis das Zittern meiner Hand nachließ und die Steine in den gewohnten Abständen aufschlugen, bevor das Meer sie verschluckte.

Oft vergingen Tage, bis ich es wieder wagte, bei Mamma Luisa aufzutauchen. Dann stand ich stumm inmitten des Zimmers, holte aus meinem Hemd den verdrückten Fisch hervor, den ich für sie gestohlen hatte, brannte die Augen in den Fußboden, unsicher, ob Mamma Luisa den Fisch braten und mich zum Mitessen auffordern würde.

Sie gehörte nicht zu den nachtragenden Menschen, häufig hielten sich auch die Schmerzen in ihren Beinen soweit in Grenzen, daß sie den Teufel nicht zu bemühen brauchte und wir beide, ohne unseren Streit zu erwähnen, in liebevoller Eintracht den gestohlenen Fisch verzehrten. Sie ersparte mir die Belehrung, daß die Waren, die so reichhaltig auf den Ständen am Markt auslagen, weder den Bauern noch den Händler ernährten und ein Diebstahl diese Armen in große Bedrängnis bringe. Das Leben in Neapel würde mich schon noch früh genug lehren, daß der größte Teil der Bevölkerung arbeitete, hungerte und unter maßlosen Steuern blutete, während andere, ohne die Hände zu rühren, unermeßlichen Reichtum anhäuften.

Mamma Luisa erzog mich auf ihre Art; sie hatte ihre eigene Vorstellung von Gerechtigkeit, die sie in ihren Geschichten zur Wirklichkeit machte. Es gab kein Märchen, das sie nicht nach Gutdünken veränderte, sie ließ hier und da etwas weg, flickte an anderen Stellen geschickt ein paar Sätze ein – sie mochte es nicht, wenn die Moral des Märchens den Dieben zu sehr zum Nachteil gereichte. Ihre Geschichten ließen immer nur eine Deutung zu – wozu sonst fing man Fische, wenn sie nicht von den wirklich Hungrigen gegessen wurden?

Als Kind verstand ich nie, warum ausgerechnet Mamma Luisa ständig vom Hunger sprach. Sie glich einem warmen, geruhsamen Fleischkloß, und ich erinnere mich, daß ich mein Wachstum daran maß, wie weit meine Arme ihre Hüften umspannten. Trotz ihrer Leibesfülle ging sie gutmütig auf meine Spiele ein. Manchmal mimte sie für mich die Bestrafung, die die Obrigkeit für geringfügige Diebereien festgesetzt hatte: Sie stülpte sich einen Sack über den Kopf, tat so, als hieve sie ihr dickes Hinterteil auf einen imaginären Esel, breitbeinig stand sie da, und ich durfte sie durch die Stube führen. Wir spielten haargenau nach, wie man einen Dieb um den Marktplatz zerrte, festgebunden auf dem Rücken des Esels, blind unter dem Sack, ein abschreckendes Beispiel. Doch wenn ich mich anschickte, den Delinquenten zu verhöhnen und anzuspucken – so wie das Volk mit abgeurteilten Dieben verfuhr –, dann gab Mamma Luisa dem Tier die Sporen und entkam irgendwo hinter dem Gerümpel, das sich zwischen Bett und Truhe auftürmte. So war sie, gemeine Strafen waren in ihrem Herzen nicht vorgesehen, zumindest nicht für uns arme Leute.

Durch Mamma Luisa habe ich diese Stadt lieben und hassen gelernt, eigentlich sah ich Neapel während meiner ganzen Kindheit nur mit ihren Augen. Erst viel später erkannte ich, wie untrennbar Wirklichkeit und Erfindung in ihren Geschichten verwoben waren, weil sich aus der Vermischung von beiden Mamma Luisas Wahrheit ergab. Es trat besonders deutlich hervor, wenn sie mir schilderte, wie die Stadt im Laufe der Jahrhunderte gewachsen war; der Marktplatz entstand bei jeder Erzählung ein wenig anders, einmal aus einem winzigen Flecken gestampfter Erde, ein andermal aus einem brachliegenden Feld, dicht von Olivenhainen umgeben. Sie erfand Bauern, die nach und nach um den Marktplatz armselige Baracken bauten, oder vorbeiziehende Händler, die sich in der Nähe der Haine niederließen, weil sie sich einen einträglichen Erlös vom Verkauf der Oliven versprachen. Wenn ich Mamma Luisa in kindlicher Genauigkeit auf ihre Fehler hinwies, lachte sie und meinte, niemand wisse ganz genau, ob es sich so oder so zugetragen habe, und im Grunde genommen sei das auch gar nicht wichtig. Doch dann sagte sie plötzlich mit großer Bestimmtheit: »Später sind die Reichen dann auf die andere Seite der Stadt gezogen.«

Das war die Wirklichkeit in Mamma Luisas Erfindung, eine Wirklichkeit, an der sich nichts rütteln, nichts beschönigen oder umdeuten ließ, denn daran hat sich bis auf den heutigen Tag nichts geändert.

Und die Wahrheit?

»Die Wahrheit ist, daß sich die Reichen noch nie zwischen schäbigen Behausungen wohl gefühlt haben, sie verachten Menschen, die sich von ihrer Hände Arbeit ernähren«, sagte Mamma Luisa, und ihr Gesichtsausdruck wurde abweisend dabei.

Nur die Karmeliterbrüder seien geblieben, gab sie zu, die hätten sich um ein wenig Glanz für die Armen bemüht; aus ihrer armseligen Kapelle sei die Kirche del Carmine entstanden und nach und nach auch der mächtige, die Kirche umgebende Konvent. An dieser Stelle unterbrach Mamma Luisa regelmäßig ihre Erzählung. Sie machte sich dann an einem Teigbatzen zu schaffen, an einer Näharbeit oder begann die Töpfe zu scheuern; dabei schmunzelte sie, denn es war ein altes Spiel zwischen uns beiden, die Spannung bis zur Atemlosigkeit zu steigern. Ich mußte sie am Schürzenzipfel zerren, bitten und betteln – das gehörte einfach dazu, sonst hätten die ewig gleichen Geschichten bald ihren Reiz verloren. Mamma Luisa zog mich ganz dicht heran und senkte die Stimme. »Der Marktplatz diente nicht nur für Prozessionen«, raunte sie, »er bot genug Platz für all die Schaulustigen, wenn man im Namen der Kirche oder des Königs Recht und Unrecht verkündete.«

Ich fürchtete mich, aber ich wollte immer wieder von diesen blutrünstigen Schauspielen hören, und Mamma Luisa blieb mir nichts schuldig – schreiende, geifernde Menschen beschrieb sie und Gesichter, auf denen sich gleichzeitig Abscheu, Entsetzen und Lust spiegelten. Sie schilderte, wie man vor zwei Jahrhunderten drei Adelige auf dem Marktplatz bei lebendigem Leib verbrannte, weil sie Andreas von Ungarn getötet hatten; ganz Neapel sei zusammengelaufen, behauptete Mamma Luisa, um die drei für ihre Untat büßen zu sehen.

Und weil dem Volk die Strafe zu gering schien, hätten sie die brennenden Toten aus dem Feuer gerissen, voller Wut in Stücke gehackt und die Leichenteile auf den Scheiterhaufen zurückgeworfen.

Ihr glaubt es nicht?

Warum sollte das Volk nicht noch grausamer sein als die Diener der Kirche, die Hexen und Ketzer dem Feuer übergaben; jedes Mittel war ihnen recht, um Unglauben und Zweifel an ihrer Macht auszurotten. Andererseits hat die Kirche stillschweigend gebilligt, als Karl von Anjou den letzten Erben der Hohenstaufer, den armen Corradino, in einem Scheingericht verurteilte und auf unserem Marktplatz köpfen ließ. Und warum haben die kirchlichen Fürsten nicht auch Königin Johanna auf dem Scheiterhaufen verbrannt, als sie sich auf dem Castel dell' Ovo einen Liebhaber nach dem anderen nahm, und wenn sie ihrer müde war befahl, die Bedauernswerten vom Felsen des Castels ins Meer zu stürzen? Weil man die Ausschweifungen der Königin dem Wahnsinn zuschrieb? Hängt das Verhalten der Kirche nicht eher damit zusammen, daß sich an einer armen Kreatur Mißbilligung und Gottesgericht veranschaulichen lassen, ohne es sich dabei mit den Mächtigen zu verderben? Ich hadere nicht mit Mamma Luisa, nicht ihre Legenden haben Zweifel an der Aufrichtigkeit der Kirche in mir geweckt. Mamma Luisa beugte sich den Geboten der Kirche, sie hätte nie gewagt, eine Entscheidung in Frage zu stellen oder gar als fehlerhaft anzugreifen. Sie richtete überhaupt nicht gern. Mamma Luisa hatte eine merkwürdige Scheu zu verurteilen; außer beim Adel, den sie leidenschaftlich haßte, bemühte sie sich sonst, selbst im abscheulichsten Menschen noch ein Körnchen Gutartigkeit zu entdecken.

Das machte es mir auch so leicht, ihr vorbehaltlos meine kleinen Vergehen zu gestehen, zwei stibitzte Sardinen, eine Feige, einen Pfirsich ... Mamma Luisa verzieh mir sogar die üblen Streiche, mit denen ich Matteo Peta oft an den Rand der Verzweiflung trieb. Ich erschreckte ihn häufig mit einer grausigen Maske aus einem ausgehöhlten Kürbis und Tierhäuteresten, vor der Matteo Peta schreiend in die Sakristei floh, weil er für ein paar Augenblicke an eine Vision des Leibhaftigen glaubte. Wenn er sich dieser Unmöglichkeit gewahr geworden war und mich für meine Blasphemie bestrafen wollte, hatte ich mich längst der Reichweite seines Stockes entzogen.

Ich beichtete Mamma Luisa alles, was ich meiner Mutter verschwieg. Nur eines erwähnte ich nie, obwohl meine Gedanken fast zwanghaft zu dem Vorfall zurückkehrten, ihn einkreisten und aller unwichtigen Begleitumstände entkleideten, bis nur noch zwei Wörter übrigblieben: *Serra, Serra!**

Der verbotene Ruf! Nie zuvor hatte ich eine so ungeheure Wirkung eines einzelnen Wortes erlebt, kein Fluch, nicht die schlimmste Beleidigung schien die Menschen derart in Erregung zu versetzen wie *Serra, Serra.* Die Wörter hafteten in meinem Gedächtnis, so wie der Saft unreifer Feigen an der Haut pichte, mit dem meine Mutter manchmal Wucherungen und Warzen bestrich. Aber im Gegensatz zu der klebrigen Feigenmilch schienen diese Wörter Gesundes wegzuätzen und unkontrollierbare Auswüchse herauszufordern.

Ich erinnere mich noch ganz deutlich an den Tag, an dem der Ruf über den Marktplatz gellte. Ein ganz normaler Sommermorgen war es, warm, die Gassen voller Geschäftigkeit, es muß wohl einer der beiden Markttage gewesen sein. Ich lungerte in der Nähe der Mehlzollbaracke herum und tat, als ließe ich meine Nase von der Sonne bescheinen. Dabei suchte ich verstohlen die Mehlsäcke nach verschlissenen Fäden ab, die man aufzupfen und mit dem Finger zu einem kleinen Loch aufbohren könnte. Ich hatte Hunger und hoffte auf eine halbe Handvoll Mehl, aus der mir Mamma Luisa ein oder zwei Safranküchlein backen würde. Als ich mir gerade an einer geeigneten Stelle zu schaffen machte, zuckte ich vor dem unvermuteten Schrei zusammen. Die Stimme kam vom Brunnen, dann hallte der Ruf noch einmal von der Kapelle della Croce herüber. *Serra, Serra!*

Einen Augenblick später wich das Stimmengewirr auf dem Marktplatz lähmender Stille, Schimpfen, Lachen, Grölen, Feilschen, jeder Laut verstummte, stiller als in der Kirche, stiller als auf dem Friedhof wurde es – totenstill. Es schien mir, als wären die Menschen durch einen bösen Zauber von einer Minute auf die andere in ihren Bewegungen erstarrt. Dann aber – wie in einem gemeinsamen Anfall von Hast – schlossen die Händler überstürzt ihre Buden, Bauern ließen Marktkarren im Stich, Wucherer vergaßen den Zins, den sie eben zusammengerechnet hatten, Steuereinnehmer schlugen die Schuldbücher zu, Gaukler warfen Bälle, Ringe und Seile fort, Leinenverkäufer schleuderten das Maß von sich, ein Mime erwachte zu neuem Leben, und jeder rannte, an Brunnen und Kapelle vorbei, durch das Gerberviertel bis hin zur Stadtmauer; aus allen umliegenden Gassen strömten sie, stolperten übereinander, schubsten und zwängten sich gegenseitig durch das Tor, ohne sich um die Proteste der Wachen zu kümmern. Halb rannte ich, halb wurde ich mit dem Menschenstrom mitgerissen – erst hinter der Mauer kam ich mit den anderen zum Stehen, und ohne etwas zu sehen, erfuhr ich durch aufgeregte, halbfertige Sätze, was sich vor aller Augen auf dem Meer abspielte.

Weit draußen kreuzten zwei gigantische Schiffe, die fremdländischen Segel im Wind voll aufgebläht, steuerten sie auf den Hafen zu. Mörderische Schreie erhoben sich auf einmal aus der Menschenmenge.

Türken! Nein, Franzosen! Türken! Türken!

Viele fielen auf die Knie und flehten zur Madonna, daß sie uns vor den grausamen Säbeln der Ungläubigen beschützen möge. Unsere Stadt war bisher wie durch ein Wunder von den raffgierigen Beutezügen der Türken verschont geblieben – zwei Jahre zuvor hatten sich die osmanischen Schiffe bis an den Monte Circeo vorgewagt, Gaeta, Castellabate und Torre Licosa brannten. Die spanische Flotte lag damals weit weg in Flandern, niemand konnte uns gegen die Türken verteidigen. Jedermann zitterte vor den schwarzgesichtigen Unholden, denen man nachsagte, daß sie wie wilde Tiere über Frauen und Kinder herfielen, in ihrer unersättlichen Gier vor nichts haltmachten, nicht einmal vor dem Allerheiligsten einer Kirche. Sie würden die Stadt dem Erdboden gleichmachen, wie bei dem furchtbaren Angriff vor siebzig Jahren, als sie in Massa und Sorrento einfielen. Hundertzwanzig Schiffe waren an jenem Unglückstag bei Reggio Calabria gelandet, Kommandant Mustafa hatte mit seinen Kompanien ganze Landstriche geplündert, Felder verwüstet, Frauen und Mädchen geschändet, Väter und Ehemänner ermordet. Sorrento glich hinterher einem Trümmerfeld, Frauen, Kinder, sogar Greise wurden von den Türken zusammengetrieben und als Sklaven nach Levanto verschifft. Die wenigen Überlebenden Sorrentos mußten Haus und Vermögen versetzen, um ihre Verwandten aus der Sklaverei zurückzukaufen.

Ich kannte die Angst vor den Türken nur aus solchen Erzählungen, aber als ich zwischen der Menschenmenge hin- und hergestoßen wurde, griff Zittern und Schreien auch auf mich über, selbst der warme Ufersand zwischen meinen nackten Zehen bekam etwas Bedrohliches, fühlte sich an wie schwelende Asche. Ich sah nichts als Haut und Stoff vor mir, abgewetzte Fischerhosen, ausgefranste Hemdsäume, nackte, schmutzige Fußsohlen, die der eine oder andere zeitweise vom heißen Sandboden hob, verarbeitete, sonnengebräunte Hände, die nach allen Seiten knufften. Vergeblich stieß ich meine Ellenbogen in Schenkel und Gesäße, niemand ließ mich vor, keiner hob mich auf die Schultern, alle starrten gebannt aufs Meer, und niemand kümmerte sich darum, daß ich nicht ein einziges Ruder ins Wasser tauchen sah, geschweige denn mehr als ein Zipfelchen Segeltuch erspähte.

Doch dann schien der Wind zu drehen; ich konnte nicht sehen, wie die Segel zur anderen Seite umschlugen und sich nun meerwärts blähten, aber dem allgemeinen Aufatmen entnahm ich, daß die Schiffe an Neapel vorbeizogen.

»Gott sei Dank«, sagte einer neben mir, »doch nicht die Türken. Wahrscheinlich wieder einmal Franzosen, Gamaschenkrieger, die sich lieber durch Hinterlist einschleichen, als sich zu offener Barbarei zu bekennen.«

Es klang so abwertend, daß ich mich enttäuscht abwandte und vorzeitig davonmachte. Und während die anderen noch darüber stritten, ob es nicht vielleicht doch Türken gewesen seien, pirschte ich mich längst an einen der verlassenen Marktstände heran, stopfte eine Birne, eine Handvoll Nüsse und einen Käse unters Hemd und verschwand ungesehen in einer der kleinen Gassen längs des Marktplatzes.

Am Abend jenes Tages ging es in unserer Stube sehr laut zu. Mein Vater feierte und trank mit seinen Kumpanen, derben, von Salzwind und Hunger gezeichneten Fischern, deren Mienen selbst im Lachen noch bekümmert, ja eigentlich immer ein wenig abweisend wirkten. Es ist ein alter Brauch bei uns, allen voraus der Madonna zu danken, weil sie uns in Not und Gefahr nicht verlassen hat. Deshalb hoben die Männer den ersten Becher Wein ihr zu Ehren, stumm tranken sie sich zu, ihre Blicke trafen sich über dem Tonrand, ein kurzes Nicken noch, bevor sie die Becher absetzten. Der Pegel im Krug neigte sich schnell – beim dritten Becher stritten sie sich schon, ob die uneinnehmbare Stadtmauer die Feinde abgeschreckt oder lediglich ein ungünstiges Lüftchen das Abdrehen der Schiffe verursacht hätte, beim fünften Becher waren sie sich einig, daß allein die unerschrockenen neapolitanischen Fischer die Feinde in die Flucht geschlagen hätten, und beim sechsten Becher bestand kein Zweifel mehr, daß es doch Türken gewesen sein mußten, denn so feige konnten nur Ungläubige sein! Man darf den Männern diese kleinen Lügen nicht übelnehmen, es gab wenig, woran sie ihren Mut, ihre Tapferkeit beweisen konnten, nichts, was den einzelnen von der großen Masse unverwechselbar abhob.

Normalerweise freute ich mich über die Abende, die mein Vater, oft nach tagelanger Abwesenheit, zu Hause verbrachte; manchmal bedachte er mich mit einem kurzen Blick, fast so, als nähme er mich erstaunt zur Kenntnis und sei mit dem Ergebnis zufrieden. Was habe ich doch für einen kräftigen Sohn, bemerkte er wie zu sich selbst, und ich genierte mich, weil ich vor Stolz und unterdrückter Zuneigung errötete.

An jenem Abend hätte ich längst schlafen sollen, doch das Gerede von fremder schwarzer Haut und krummen Türkensäbeln erboste mich; ich wollte, daß die Männer schwiegen, daß sie weggingen, ich wollte die Geschichten nicht mehr hören von Schiffen und Türkenkriegern, die offensichtlich alle außer mir genau gesehen hatten. Ich weiß nicht, welcher Teufel mich beriet, daß nur die beiden Wunderwörter mich aus meiner Pein erlösen könnten. Ich richtete mich also auf und flüsterte mein *Serra, Serra* zwischen das Geschwätz, zuerst ganz leise, vorsichtig, dann drängender, weil keiner mich beachtete. Auf einmal schrie ich, zweimal, genauso gellend wie ich den Ruf vom Morgen erinnerte.

Es kam ganz anders, als ich erwartet hatte. Niemand erstarrte vor meiner Stimme, die Männer flohen nicht, sie schwiegen nicht einmal – sie lachten. Nur mein Vater stutzte. Dann schien er mit einem Atemzug alle vorhandene Luft in seine Lungen zu pumpen, holte aus und versetzte mir mit der gesammelten Kraft dieses Atemzugs zwei solche Ohrfeigen, daß ich noch minutenlang ein nie gehörtes Singen in den Ohren verspürte.

»Unglückseliger!« schrie er mich an. »Willst du uns alle in den Kerker bringen? Weißt du nicht, daß dieser Ruf verboten ist, daß er Krieg bedeutet und niemand außer schändlichen Rebellen dieses Wort benutzt?«

Ich wußte gar nichts. Der Ausbruch meines Vaters erschreckte mich; heulend und gedemütigt sprang ich ins Bett zurück, unfähig, an etwas anderes zu denken, als daß ich einen schwerwiegenden Fehler begangen hatte, ohne zu verstehen, worin dieser Fehler bestand. Er muß betrunken sein, dachte ich, denn anders vermochte ich mir die ungerechten Schläge meines Vaters nicht zu erklären. Der Wein war nicht der Grund. Ich habe lange Zeit gebraucht, um zu erkennen, daß Angst ihn trieb und seine Knechtnatur, die die Erinnerung an meinen Vater für mich so schwer erträglich macht. Krieg! Was wußte mein Vater schon vom Krieg?

Für ihn waren Aufruhr, Rebellion und Krieg ein und dasselbe Übel, ein Durcheinander von Blut, Schießpulver, entsetzlich spitzen Hellebarden und Henkersknechten. Mein Vater war sein Leben lang gehorsam, nicht aus Respekt, aus Furcht befolgte er Gesetz und Regeln, und aus demselben Grund vermied er es, über Sinn und Rechtmäßigkeit dieser Gesetze nachzudenken. Er schämte sich für seinen Sohn, verstand nicht, was mir einfiel, Wörter nachzusprechen, die doch bei strengster Strafe verboten waren.

Spät in der Nacht zwang er mir das Versprechen ab, nie mehr zu wiederholen, was ich in meiner Unbedachtheit nachgeplappert hatte. Eindringlich sprach er von der Qual des Kerkers und von der Pflicht, das bißchen Freiheit nicht durch Sittenlosigkeit aufs Spiel zu setzen. Ich schwor, ich wagte nicht zu fragen, was ein Rebell ist und warum mein Vater einen Menschen schändlich schimpfte und dennoch am Morgen seinem Ruf gefolgt war. Ich schwieg und dachte: Einer hat keine Angst vorm Kerker.

Insgeheim beneidete ich jenen Mann um seinen Mut, um seine Macht, die nur aus zwei einfachen Worten bestand und trotzdem bewirkte, daß die Menschen ihm gehorchten, blindlings, als hätten sie mit einem Mal Hunger, Armut, Liebe, Spiel vergessen, als gäbe es nichts Wichtigeres, als diesem Ruf zu folgen. Ich hatte ja erlebt, wie unter diesen Worten alles stillstand. Niemals in meinem Leben hatte ich den Marktplatz von aller Geschäftigkeit leergefegt gesehen, so entsetzlich groß und lautlos. Immer wieder quälte mich das Bild des menschenleeren Platzes, auf dem sich nur noch ein paar Schweine in den Wasserlöchern suhlten, ein Rind durchdringend brüllte und inmitten der Baracken noch der Kopf eines Mörders in der Gabel* hing, den man am Tag zuvor für sein Vergehen erdrosselt hatte.

Der Ruf begleitete mich wie mein eigener Schatten. Manchmal lief ich vom Marktplatz hinauf in die stillen Gegenden, wo die Reichen wohnten und kein Menschengedränge, keine Geschäftigkeit meine Gedanken störte. Dort genoß ich mein leise geflüstertes *Serra, Serra,* und wenngleich ich die Wirkung nur an mir selbst erproben konnte, kehrte ich an Selbsteinschätzung und rebellischem Gewicht gewachsen in das schäbige Marktviertel zurück. Ich hütete mich aber, den Zauber preiszugeben, den diese Gänge auf mich ausübten, und ich beschloß, die beiden Wörter so lange zu bewahren, bis ich den unbekannten Rufer vom Marktplatz ausfindig gemacht und gefragt hätte, ob er mir helfen würde, auch ein Rebell zu werden.

Niemand ahnte, was sich in meinem kindlichen Gemüt zusammenbraute, weder meine Eltern noch Mamma Luisa. Sie wäre zutiefst erschrocken hinüber in die Kirche gelaufen, um den Beistand der Madonna del Carmine zu erflehen, und sie hätte sich bestimmt nicht gescheut, die Zechine zu opfern, die sie für den Traum von einer gerechteren Welt unter ihrem Kopfkissen aufbewahrte.

Ein Rebell war für Mamma Luisa kein Wesen aus Fleisch und Blut, eher ein Teufelswerk, das Ungehorsam, Gesetzlosigkeit, Verrat, Untreue, ja alles Böse in sich vereinte. Ein Rebell war ein Feind des Königs, und wer des Königs Feind war, verdiente Abscheu und Verachtung. Mamma Luisa verehrte König Philipp, wie ein Kind eine lichte Märchengestalt liebt; nichts konnte das Bild zerstören, das sie sich in ihrer Phantasie zurechtgezimmert hatte, denn seit Kaiser Karl V. hatte keiner der spanischen Herrscher je einen Fuß nach Neapel gesetzt. Ich erinnere mich, wie ehrfürchtig sie von unserem König sprach, von seinem feinen, glatten Alabastergesicht, das dem der Madonna zu ähnlich war, als daß Mamma Luisa glauben mochte, was sich die Leute von König Philipp erzählten: Daß er lieber in den Wäldern jage, als sich um Regierungsgeschäfte zu kümmern, und sich seine Redekunst im Geplänkel mit seinen Mätressen erschöpfe.

Der König und Dirnen? Undenkbar!

Verleumdungen nannte Mamma Luisa solche Gerüchte und konnte darüber außerordentlich böse werden; ich sehe die alte Frau noch heute vor mir, wie sie ihren massigen Körper straffte und gar nicht mehr rund, sondern plötzlich sehr gerade und eckig wirkte, wie sie die Stimme erhob und keinen Widerspruch duldete. Schuld an allem Elend seien ausschließlich die Vizekönige, sagte sie streng, die niederträchtigen Beamten, die sich nicht scheuten, des Königs Wort zu brechen.

Rebellion war in Mamma Luisas Lebensweisheit nicht vorgesehen;

sie litt, sie schimpfte, sie weinte sogar über die unerbittlichen Herren, aber den Gedanken, wir könnten selbst eine Veränderung der Zustände herbeiführen, hätte sie sicher als Ungeheuerlichkeit weit von sich gewiesen. Damals war ich zu jung, um wirklich zu verstehen, was Rebellion bedeutete, ich spürte jedoch den Abscheu, der sich für Mamma Luisa mit diesem Wort verband. Deshalb verschwieg ich ihr meine Bewunderung für den Rufer vom Marktplatz und meinen Kindertraum von uneingeschränkter Macht, die mir als der Inbegriff eines schier unerreichbaren Glücks erschien. Mamma Luisa nahm an, daß ich genau wie mein Vater ein kümmerliches Fischerdasein fristen würde, bis der König uns Gnade und Recht gewähren würde, und so dachten und hofften die meisten der Unterdrückten in dieser Stadt.

Ist es nicht verwunderlich, wie treu die Menschen ihrem König trotz aller Mißstände ergeben sind? Ich frage mich, wie lange ein Regent die Augen verschließen kann vor dem Elend seiner Untertanen, welche Entschuldigungen er findet, um das räuberische Verhalten seiner Beamten zu dulden, und wodurch er Gesetze rechtfertigt, die ein ganzes Volk in entsetzliche, unverdiente Armut stoßen.

Gut, es herrschte Krieg, an allen Grenzen schwelten Auseinandersetzungen – vielleicht war das der Grund, warum König Philipp sein Volk in Neapel vergaß. Bauern rauften sich um Brot und Freiheit, während Könige, ja selbst der Papst um Ländereien stritten, die sie dem Nachbarn aus Raffgier nicht lassen wollten. Der Bauer haßte seinen Grundherrn, weil er ihn wie einen Sklaven für die Steuer schuften ließ, der Grundherr zürnte mit dem Adel, der Adel mit dem König, Könige mit dem Kaiser. Niemand wollte sich mehr an die althergebrachte Ordnung halten. Provinzen verlangten nach Selbständigkeit, der Krieg in Flandern schien überhaupt kein Ende zu nehmen. Und Spanien steckte mitten in diesem unglückseligen Krieg. Genoino rechnete mir einmal vor, wie viele Soldaten, Schiffe, Munition, wie viele Tote die Belagerung Bredas im Nordbrabant gekostet hatte.

Was hat dieser Krieg dem König letztlich gebracht?

Schilderungen von Greuel und Gemetzel, Klagen über sich häufende Niederlagen, unlösbare Finanzprobleme – ich glaube gern, daß König Philipp bei der Jagd Vergessen suchte von all den Sorgen, die ihn bedrückten. Habt Ihr gewußt, daß er in einem Jahr einmal fast vierhundert Wölfe erlegt hat und über hundert Säue? Es mutet seltsam an, daß sich hinter König Philipps sanfter Miene ein unerbittlicher Jäger verbirgt, ein Mensch, der aus purer Lust tötet und den doch die Schönheit eines Gemäldes zu Tränen rühren kann.

Jusepe de Ribera, der Maler aus der Via Toledo, erzählte oft von dieser Leidenschaft des Königs. Nichts sei seinem Herzen näher als die Gemälde, die er in seinen Schlössern horte. Öffentlich sprach Ribera stets voller Ehrfurcht von Seiner Majestät, Philipp IV., von seiner Gastfreundschaft und der Großherzigkeit, mit der der König die Künstler des Reiches unterstützte.

Welch boshafte Krämerseele sich hinter dieser Huldigung verbarg! Nichts als Lug und Trug und die Furcht, die reichen Gönner des Hofes zu verlieren. Die Dienerschaft des Malers sprach nämlich eine andere Sprache. Ribera verachte unseren König, tuschelten sie auf dem Markt, heimlich nenne er ihn einen Schwächling, einen unersättlichen Plünderer, der hinter aalglatter Miene Hoffart, Habgier, Leichtfertigkeit und Verschwendungssucht verberge. Kein Maler könne den König je zufriedenstellen, stets fände dieser etwas auszusetzen, um seine unmäßige Gier nach immer neuen Gemälden zu rechtfertigen. Dabei gäbe es kaum noch Platz in den Gemächern seiner Jagdschlösser, Reiterbildnisse hingen an den Wänden, Zeugnisse jagdbesessener Prinzen, die sich als stolze Sieger über Leben und Tod postierten, monströse andalusische Bluthunde zu Füßen. Und nie sei es genug! Der König scheue sich nicht einmal, die Rechtsprechung seiner Raffgier unterzuordnen, immerzu jammere er, weil es ihm bisher nicht gelungen sei, mehr als zwei Raffaelgemälde in seinen Besitz zu bringen – von denen sogar eines aus unserer Kirche San Domenico gestohlen sei.

Ich weiß nicht, warum Undankbare unseren König mit solch niederen Intrigen in Verbindung brachten. Man munkelt, bei dem Bilderhandel sei es nicht mit rechten Dingen zugegangen, doch es fällt mir schwer zu glauben, daß König Philipp von den Ränken seines Ministers wußte, ja sogar angeordnet habe, den Prior von San Domenico aus der Stadt zu verbannen, nur um sich die *Madonna mit dem Fisch* auf billige Weise anzueignen.

Ihr glaubt gar nicht, was man sich alles auf dem Markt erzählte! Wieviel Zeit der König angeblich auf seinen Jagdschlössern vergeude, auf dem Pardo, auf Torre de la Parada oder Buen Retiro, das Minister Olivares für Seine Majestät hätte bauen lassen. Von Wasserspielen prahlte man – denkt nur, Blumen und Bäume künstlich zu beregnen –, von Festen, Schauspielen, berühmten Dichtern. Abend für Abend gäbe sich König Philipp in Begleitung seiner Gemahlin und Olivares den Freuden der Dichtkunst hin, wobei sich der Minister in kindischer Eitelkeit darin gefiele, in der gleichen Kleidung wie König Philipp zu erscheinen. Von unmäßigen Gelagen wollte man wissen, bei denen illustre Gäste den Sold der Soldaten verpraßten. Als ob unser König seine Männer um das bißchen wohlverdientes Silber betrügen würde, Soldaten, die Hunger, Schmerzen, Angst und Entbehrung auf sich genommen hatten, um den König und sein Reich zu schützen. Wahrscheinlich fügten Schandmäuler den Begebenheiten eigene, aus Mangel und Erniedrigung geborene Übertreibungen hinzu. Versucht nicht jeder, in Phantasiegebilden sein eigenes Leben ein wenig zu verbrämen?

Auch ich sog begierig jede Einzelheit auf. Manchmal träumte ich, ich sei an des Königs Tafel zu Gast gewesen, hätte mit ihm gegessen, getrunken, mit ihm geplaudert und seine Miene durch einen treffenden Scherz erheitert. König Philipp sei schwermütig, hieß es, selten zeige er eine Regung und bliebe selbst beim spaßigsten Komödianten stumm; oft zöge er sich nach einem Schauspiel in den Salon de los Renios zurück, um bei seinen Gemälden Trost und Frieden zu finden.

Ach, ich liebte den König, wenn ich mir vorstellte, wie er einsam und nachdenklich durch diesen Saal wandelte, wie er stehenblieb, um das großzügig hereinflutende Licht zu genießen, das sich vielleicht im

Gold der Brokatstoffe fing oder sich in glitzernden Reflexen in einem Kristallspiegel brach. Ein sanftes Licht malte ich mir aus, ähnlich dem, das am Spätnachmittag über dem Meer hängt, das auch den schroffsten Felsen in warme, weiche Sonnenfarben badet und auf dem Gestein einen pfirsichsanften Schimmer hinterläßt.

Hat nicht ein König das Recht, sein von Sorgen und Verantwortung geplagtes Herz in solch göttlichem Licht zu entspannen? Steht ihm nicht zu, sich anders zu gebärden als wir erdverwachsene Kreaturen?

Vor Gottes Antlitz sind alle gleich?

Vielleicht. Trotzdem meine ich, die Nähe zu Gott räumt dem König Vorrechte ein, weil er höchste Höhen und tiefste Tiefen häufiger durchschreitet als unsereins; weil er unzählige Tode stirbt, deren Existenz wir irdischen Knechte nicht einmal ahnen; weil die Regentschaft, die Macht über Menschen, ja eigentlich die gesamte greifbare Welt für den König nur ein Gefängnis bedeutet; weil er nur Gast ist in dieser Welt, dafür bestimmt, seinen Platz neben Gott einzunehmen, unberührbar von den Mühsalen dieser Reise.

Wenn ich den König in diesem magischen Licht auf- und abschreiten sah, spürte ich stets ein Gefühl der Verbundenheit, ja der Verwandtschaft, vertrauter und enger, als mein Bruder, mein Weib oder sonst ein geliebtes Wesen es je in meinem Herzen entfachen konnten. Und ich lächelte mit König Philipp in gemeinsamer Trauer – wie lange war es her, fragte ich mich, seit er das ungestüme Gekläff der Hundemeuten gehört, das Schnauben verängstigten Wildes, das leise Knakken des Unterholzes, das Flüstern der Waldgeister vernommen hatte? Wie viele Ewigkeiten hatte er keine reine, klare Morgenluft gerochen? Unzählige Atemzüge im Muff verstaubter Salons war es her, unzählige Schriftschnörkel unter Depeschen, Bewilligungen, Erlassen, Urteilen, unzählige von Wenn und Aber getrübte Stunden.

Ich bin nur ein Fischhändler, ein Nichts, ein *Lazzaro** – ich habe Fische verkauft, die ich nicht einmal selbst gefangen habe, und doch war ich mehr als ein König, denn mir sind die Menschen freiwillig gefolgt und nicht, weil ich in einer goldenen Wiege geboren wurde. Und trotzdem habe ich mich genau wie der König mit falschen Beratern umgeben, mit Jasagern, Knechtnaturen, mit einer Schlangenbrut, die sich zischend erhob, um auf meiner Macht ihr eigenes Süppchen zu kochen, das wiederum neue Vipern ernährte. Wenn ich an König Philipp und seinen Minister Olivares denke, fällt mir die Ähnlichkeit zwischen mir und Genoino auf, von dem ich mir zu oft und zu vertrauensselig manche Entscheidung aus den Händen habe nehmen lassen.

Herzog Olivares muß ein merkwürdiger Mensch gewesen sein, es heißt, er habe sich oft, in Leintücher gewickelt, auf eine Bahre betten lassen, Kerzen und Weihrauch verlangt und Mönche dafür bezahlt, ihm stundenlang Psalmen zu singen, als gelte es, einen Toten zu beweinen. Und der König duldete diese Gotteslästerung – vielleicht weil er hoffte, der Herzog würde im Austausch dafür über seines Königs menschliche Schwächen schweigen. Doch er täuschte sich. Ribera lachte mit seinen adeligen Gästen über des Königs Marotten, die der Herzog am Hof zum besten gab, Olivares amüsierte die Schamlosen, entsetzte die Prüden; säte Mißtrauen bei den Zweiflern, weil er des Königs Hand als fahrig und willenlos beschrieb, unfähig, sein Siegel unter eine Entscheidung zu setzen. Der Herzog gab König Philipp der Lächerlichkeit preis, nannte ihn einen feinsinnigen Tropf, der den Kopf auf die Samtdecke seines Schreibtisches beuge, um in den Worten der Dichter Wahrheit und Unterstützung zu suchen; er verhöhnte den König als nutzlose, von Ambra geblähte Qualle, dessen eindeutige Wirkung des Königs Lenden über Gebühr strapaziere. Und um sich trotz allem ein Gefühl der Überlegenheit zu bewahren, hielte Seine Majestät Zwerge und Mißgeburten am Hof, an deren Unzulänglichkeit er sich ergötze.

Lange Zeit verstand ich nicht, warum gerade jene den König mit Schmutz bewarfen, die unter seinen Gesetzen Freiräume, Reichtum und Ehren erschlichen hatten. Heute weiß ich, daß des Menschen Dank Vergeßlichkeit heißt, daß Verehrung und Liebe eine Art Zahlungsmittel bedeuten und nur so lange gelten, als die Waagschalen von Geben und Nehmen ausgeglichen sind.

Auch Genoino verurteilte den König – nicht durch Spott oder Intrigen wie Olivares, nicht durch meineidiges Lob wie Jusepe de Ribera – nein, dazu war der Priester ein zu kühler Rechner. Er klagte nie selbst an, er sprach durch die Schriften anderer, durch Bücher, Gesetze und Verordnungen, die er sorgfältig auswählte und an denen er seine Gedankengänge bewies, ohne sich selbst Blößen zu geben. Und da ich selbst nicht lesen konnte, mußte ich glauben, daß er mich nicht betrog.

Er zeigte mir einmal eine Schrift, in der die angeblich freiwilligen Geschenke an die letzten drei Könige aufgezeichnet waren. Achtzig Millionen Dukaten hätten die Herrscher von Neapel erpreßt – achtzig Millionen Dukaten! Wo sollte soviel Gold geblieben sein?

Genoino antwortete nicht direkt, als ich ihm damals diese Frage stellte. Es war seine Art, eine Begebenheit mit einer anderen zu erklären, bis man sich selbst die Antworten abzwang, auf die er hinauswollte; geschickt spann er ein Spinngewebe von Worten, in dem sich der Zuhörer verfing, hilflos und unausweichlich dem giftigen Biß entgegenzappelte. Als hätten die verräterischen Pergamente nichts mit dem nachfolgend Gesagten zu tun, begann Genoino damals auf meine Frage hin von den furchtbaren Erdbeben zu sprechen, die in den Jahren 1626 und 1627 die Umgebung von Neapel verwüsteten. Städte und Dörfer seien in Trümmer gefallen, es sei unmöglich gewesen, die unzähligen Leichname zu begraben, Rauch und Gestank der verbrannten Toten hätten wochenlang die Luft bis hinein nach Neapel verpestet.

Spanien hätten die Rauchwolken allerdings nicht erreicht, bemerkte Genoino dann mit einem schlauen Lächeln, denn nichts verflüchtige sich schneller als Staub und Asche der Armen. Als ich Genoino drängte, ob den König das Unglück denn gar nicht bekümmert hätte, nickte er zustimmend. Doch, doch, Masaniello, sagte er, denk nur, welch immensen Verlust an rekrutierbaren Soldaten und ausbeutbarem Boden das für die Krone Spaniens mit sich brachte. Auf weitere Fragen schwieg er beharrlich, überließ es mir, dem Zuhörer, den Stab über dem König zu brechen.

Aber Genoino hatte kein Glück. Niemals verurteilte ich König Philipp als herzloses Ungeheuer, als nimmersatten Dieb, der seine Untertanen im Stich ließ; immer fand ich Entschuldigungen und deckte die häßlichen Gerüchte mit Mamma Luisas Legenden zu – Legenden von der Großmut des Königs, von seinem Mitleid mit unserer Not, von seinem Unwissen über die elenden Zustände in seinen Provinzen, weit weg vom Madrider Hof.

Es litt ja nicht nur die Stadt Neapel. Der größte Teil des Königreiches darbte, Millionen vegetierten in schrecklicher Armut dahin. Wie kann ein König ein so großes Reich im Auge behalten? Foggia, Bari, Brindisi, Reggio Calabria, den ganzen Süden, Sizilien und Mailand nicht mitgerechnet. Über dreitausend Kirchen und Klöster gäbe es in diesem Reich, behauptet Genoino, eins prachtvoller als das andere. Wie leicht ist es, dahinter Not und Armut zu verbergen. Welcher Reisende machte sich schon die Mühe, die Armenviertel zu besuchen, wenn es so viel Reichtum zu bestaunen gab, Villen, Lustgärten voller seltener Pflanzen, Kreuzgänge, deren Wandfliesen in Abertausenden aneinandergeklebten Mosaiksteinchen die Lebensgeschichten unserer Heiligen abbilden. O ja, der Gast nahm ein Bild von blitzendem Reichtum mit nach Hause, von einem sonnendurchfluteten Golf, von wogenden Kornfeldern und silbergrünen, im Wind raschelnden Olivenhainen; von einer behaglichen, sauberen Stadt, in der Schmutz und Abwässer in unterirdischen Kanälen flossen. Weder Unrat noch Gestank beschämten Auge und Nase, reine, salzige Luft erfüllte die Gassen, vermischt mit dem Duft von blühenden Bäumen und Küchenkräutern. Niemand schien zu hungern in dieser Stadt, niemand litt, niemand trauerte.

Dieses Neapel zeigte man vor, nicht die von schwärenden Wunden verunstaltete Haut der Galeerensträflinge, die an den Rudern der Schiffe verreckten; nicht die ausgemergelten Bettler, nicht die schwieligen Hände der Bauern, die sich Tag für Tag abrackerten, um die Steuern zu bezahlen; nicht die vielen winzigen Gräber der Säuglinge, nicht den armseligen Teller des Fischers, auf dem zwei Sardinen und ein Brot für sechs Mäuler ausreichen mußten; nicht die Bataillone der

Soldaten, die deutlich zeigten, daß man Glanz und Reichtum dieser Stadt nur durch Angst und Gewalt aufrechterhielt.

Aus welchem Grund hätte der König das Märchen von einem zufriedenen Neapel nicht glauben sollen, warum seinen Beamten mißtrauen, die ihm von treuen, folgsamen Untertanen berichteten? Was bedeutete schon ein Aufstand in Kalabrien, was ein Rebell, was eine verirrte Dominikanerseele wie Tommaso Campanella? Den Aufstand schlug man nieder wie viele andere, und Campanella versteckte man im Kerker, wo man ihm siebenundzwanzig Jahre Zeit gab, über die Frage nachzudenken, warum Kalabrien niemals unabhängig werden würde.

Auch die Kirche trug ihr Scherflein zur Unterdrückung bei; statt sich des Elends anzunehmen, vertat sie Zeit und Kraft im Streit um niedergeschriebene Lehren. Unnachsichtig verfolgte sie Ketzer, Zweifler, jeden, der sich um Haaresbreite vom festgelegten Weg entfernte. Fügt ruhig ein Vaterunser und ein Ave Maria für diese Unglückseligen hinzu, Bruder Anselmo – es ist kaum ein Menschenalter her, daß man Giordano Bruno aus Nola auf dem Scheiterhaufen verbrannte.

Freiheit war ein leeres Wort geworden. Im Palazzo Reale herrschten unerbittlich die Spanier, die jedes Aufbegehren schon im Keim erstickten. Doch auch der neapolitanische Adel war keinen Deut besser, knechtete uns mit immer neuen Gesetzen, Verordnungen und Steuern. Ständig gab es Streit und Intrigen zwischen den herrschenden Krähen, wir waren die Würmer, dafür bestimmt, in gierigen Kröpfen zu enden.

Nur den Künstlern billigten die Herren so manches zu – Narrenfreiheit, die man all denen läßt, die sich nicht einordnen wollen, denen man Fremdartigkeit und Tollheit so lange verzeiht, als sie bestehende Ordnungen nicht erschüttern. Dabei trieben die einheimischen Maler ihre Eigenwilligkeit derart auf die Spitze, daß sie sich oft auf dem schmalen Grat zwischen Recht und Unrecht bewegten. Mit Heimatliebe und ihrer angeblichen Armut verteidigten die Maler ihre Schamlosigkeit, vor allem schoben sie ihre gottbegnadeten Hände vor, wenn sie wieder einmal Künstler aus anderen Teilen der Welt aus der Stadt verjagten. In Wahrheit verbargen sich hinter der sogenannten Liebe zu unserer blauen Lagune nur Geldgier und die Furcht, ein Fremder könnte ihnen einträgliche Pfründe verderben. Corenzio, Caracciolo und natürlich der doppelzüngige Spanier Ribera bildeten einen eisernen Clan; jedes Mittel war ihnen recht, einen Mailänder, einen Römer oder einen Venezianer zu hindern, sich in Neapel niederzulassen. Sie scheuten sich nicht, die Werke anderer zu verlachen oder zu zerstören, und – wenn es sich gar nicht vermeiden ließ – auch schon einmal einen Konkurrenten durch ein wohlmeinendes, vergiftetes Geschenk aus dem Weg zu räumen. Nicht einmal Domenichino konnte sich gegen die drei durchsetzen, obwohl er viele einflußreiche Kardinäle und Adelige zu seinen Freunden zählte und sein Ruhm schon bis in den Norden reichte. Das hinterhältige Triumvirat zerstörte Domenichinos Fresken ohne jede Ehrfurcht vor der Kunst, sie gossen seine Farben aus oder vermischten sie mit Dreck und Kalk, bis diese grau und unbrauchbar geworden waren. Schließlich zwangen sie ihn mit Gewalt aus der Stadt. Aber Domenichino gab nicht auf, er hing mit störrischer Malerseele an seinem unvollendeten Werk und kehrte schließlich unter dem Schutz des Vizekönigs nach Neapel zurück, um die Fresken fertigzustellen. Domenichino starb vor ein paar Jahren – wie man sich zuraunt, an zwei vergifteten Feigen.

Wie lange liegt all das schon zurück, und es verbittert mich noch immer, daß die Menschen sich nicht mehr an die Ränke erinnern wollen, mit denen Ribera damals anderen zugereisten Künstlern das Leben vergällte. Heute liegt ihm die ganze Stadt zu Füßen, welchem anderen Fremden wurde solche Ehre zuteil?

Ich kann kein Mitleid empfinden, wenn er von seiner entbehrungsreichen Jugend erzählt, von den schäbigen Verhältnissen, unter denen er sein Leben fristen mußte und die er allzu gern anführt, um seinen Futterneid zu rechtfertigen. Andere leben in viel ärgerer Not, und kein Bischof, kein reicher Adeliger gibt ihnen Arbeit oder Brot. Es hat doch für Ribera nicht lange gedauert, bis ein kunstbesessener Kardinal für ein angenehmes Dasein sorgte. Ein paar Jahre der Armut, des Hungers, der Erniedrigung, was bedeutet das schon, wenn man den Rest seines Lebens in Wohlstand verbringt.

Niemandem gefielen anfangs seine Bilder. Ich mag Riberas Gemälde heute noch nicht; sie machen mich traurig, weil sich alles Leid dieser Stadt in ihnen widerzuspiegeln scheint. Welcher Mensch mag sich in solchen Jammergestalten wiedererkennen, wer will schon Heilige sehen, deren Gesichter denen des lichtscheuen Gesindels gleichen, das im Hafen sein Unwesen treibt; wer einem Jesus vertrauen, dessen Augen von der Leinwand herabstarren mit dem trostlosen Blick eines Galeerensträflings? In der Miene eines Heiligen will ich den Glanz des Paradieses finden, nicht Bitternis und Tränen.

Als Ribera sein Gemälde von der Bartholomäusmarter das erste Mal öffentlich ausstellte, schrien manche auf und liefen davon, weil Not und Folter im Gesicht des zu Kreuzigenden gar zu wirklich schienen. Mißtrauen und Abneigung brachte man damals Jusepe de Ribera entgegen; schon sein Name, die Herkunft aus einem spanischen Adelsgeschlecht genügte, um das Volk gegen den Maler aufzubringen – ein Fremder, nicht anders als das räuberische Pack oben im Palazzo Reale. Lo Spagnoletto, stichelten sie, der kleine Spanier mit dem großen Namen! Stolz sei er, jähzornig und gemein. Erst als er das Altarbild in der Cappello del Tesoro malte, schlug die Stimmung auf einmal um: Ribera hat den heiligen Gennaro gemalt, Lo Spagnoletto liebt den Schutzpatron Neapels genau wie wir!

Von jenem Tag an bewunderten sie den Maler, wie Kinder sahen sie zu ihm auf und bestaunten ihn, in der Via Toledo genau wie in der Sellaria und im Marktviertel. Plötzlich verzieh man Ribera alles, seine Verleumdungen waren vergessen, sein aufwendiger Lebensstil, seine Geldgier, sein speichelleckerisches Wesen; ja man verzieh ihm sogar seine spanische Herkunft und seine Arroganz.

Ein Künstler! Das entschuldigte alles. Von da an hatte Jusepe de

Ribera nichts mehr zu befürchten. Selbst als man den Grafen von Ossuna wegen verräterischer Machenschaften in den Kerker warf, erfreute sich Ribera weiterhin der Gunst des Königs. Denkt nur, der Papst verlieh ihm sogar den Christusorden. Lo Spagnoletto nennen sie Ribera heute noch, doch trägt er diesen Namen wie eine Rose, die ein zärtliches Volk ihm zu Füßen legte.

Ich bin durstig geworden, Bruder Anselmo, gebt mir noch einen Schluck von dem Eiswasser zu trinken. Ich möchte ein paar Atemzüge stillhalten, die Gleichgültigkeit der Menschen ermüdet mich. Auch muß ich meine Gedanken ein wenig ordnen – ich versprach Euch ja, der Reihe nach zu berichten, und nun habe ich Dinge vorweggenommen, die ich erst in viel späteren Jahren erfuhr. Obwohl sie schon geschahen, als Mamma Luisa mich noch behütete, nichtahnend, daß all mein Sinnen und Hoffen um zwei Wörter kreiste, an deren Allmacht ich mit der Unerschütterlichkeit eines Kindes glaubte.

Vom Kaiser Ferdinand will ich später berichten, auch davon, wie sich im Laufe der Zeit meine Vorstellung von einem Rebellen veränderte – für einen Augenblick aber will ich mich nur Eurer Fürsorge ergeben, mich an dem frischen, trockenen Leintuch erfreuen, und bei dem Duft Eurer Heilkräuter die Erinnerung an vergangene, glückliche Sommer heraufbeschwören.

3

Im Frühling erwacht alles Leben neu. Wenn mit den ersten Sonnentagen die Feuchtigkeit aus dem Gemäuer kriecht und die Wärme den Schimmel zu krümeligen Flecken trocknet, verlieren auch unsere Gesichter das Talggrau des Winters. Es ist, als ob die Sonne einem verspräche, Kälte, Hunger, Krankheit, Traurigkeit und Tod zu einem unbedeutenden Häufchen zusammenzuschmurgeln, damit man diese Lasten dem Wind wie eine Handvoll Asche mit auf die Reise gebe.

Dann hielt es mich nicht mehr in meinem muffigen Winternest, das meine Glieder träge gemacht hatte. Oft lief ich am Meer entlang, um die Fischschwärme zu zählen, die Sonnenreflexe dicht unter die klare Wasseroberfläche lockten und einzelne, vorwitzige dazu verführten, über die Wellen dem Licht entgegenzuschnellen. Bis nach Posillipo lief ich hinaus, weil ich mich nicht sattsehen konnte am hellen Schimmer über der ersten Saat, die wie ein zartgrüner Flickenteppich die Äcker bedeckte.

In so einem Frühling, als die Obstbäume gerade in voller Blüte standen, wurde mein Bruder Giovanni Battista geboren. Ich muß fünf oder sechs Jahre alt gewesen sein; ich erinnere mich, wie ich mich ärgerte, weil Mamma Luisa mitten in einer spannenden Geschichte die Pfefferschoten im Stich ließ, die sie gerade zu einer Kette hatte auffädeln wollen, und wie verletzt ich war, als sie mir auch noch verbot, bei der Geburt meines Bruders dabeizusein. Wochenlang hatte Mamma Luisa mich mit dem zu erwartenden Familienzuwachs in Spannung gehalten, mit dem neuen Leben, das aus dem Bauch meiner Mutter schlüpfen würde, wie ich es bei Katzen so oft beobachtet hatte. Aber als sie mir später das verschnürte, gewickelte Bündel zeigte, stürzten meine Träume wie ein Kartenhaus zusammen. Was sollte ich anfangen mit diesem winzigen Ding, das nur aus einer schreienden Mundöffnung zu bestehen schien, aus zwei krebsroten Fäustchen, die nicht packten, was ich ihnen hinhielt; was nützte mir ein Bruder, dessen Beine meine Mutter unter Tüchern versteckte, weil sie krumm oder – wie ich vermutete – gar nicht vorhanden waren. Ich spuckte aus und verschwand.

Armer Giovanni! Als er endlich zu laufen und zu sprechen begann, versuchte ich, ihn wie einen Esel abzurichten. Spring, Giovanni! befahl ich, und er kollerte die Stiege hinunter, weil seine Beine noch nicht mehr als eine Stufe überspannten. Schluck, Giovanni! befahl ich, und er erstickte fast an den Pflaumenkernen, die ich ihm in den Mund stopfte. Hol ein Holzscheit aus dem Feuer! befahl ich, und er schrie, weil Brandblasen auf seinen dünnen Fingern aufsprangen. *Serra, Serra!* beschwor ich ihn, und Giovanni stand steif wie ein Klotz, bis ich ihn – oft erst nach einer Stunde – von seiner Pein erlöste. Meine Mutter schimpfte, wenn sie mich bei solch ausufernden Machtproben erwischte, trotzdem gelang es ihr nie ganz, den zärtlichen Stolz, den sie für mich hegte, hinter ihren strengen Worten zu verbergen.

Einerseits gefiel mir Giovannis Unterwürfigkeit, andererseits verachtete ich ihn, weil er sich manchmal bis zur Selbstaufgabe in seinem Gehorsam verlor. Dann gab ich ihm einen unerwarteten, heftigen Tritt und drohte, ihn an die Küsten der Ungläubigen zu verschiffen, wo er – wie ich ihm ausmalte – mit einem Eisenband um den Hals als Sklave verrecken würde.

Mit der Zeit lernte mein Bruder, sich gegen meine Überheblichkeit zu wehren; er tat es gewaltlos, aber mit derselben sturen Beharrlichkeit, die ihm heute noch bei vielen Entscheidungen zu eigen ist. Und ich erkannte nicht nur, daß Giovannis Zähigkeit genauso zum Ziel führte wie mein eigenes, aufbrausendes Wesen; ich lernte auch, Nachgiebigkeit nicht unbedingt mit Schwäche oder Willenlosigkeit gleichzusetzen. Obwohl mich mit Giovanni bald ein inniges Gefühl der Vertrautheit verband, verschwieg ich auch ihm den Zauber, den ich um die beiden verbotenen Wörter gesponnen hatte. Ich hatte wohl Angst, daß er diesen Traum als Phantasterei zerpflücken, zerreden und damit zerstören würde; daß nichts übrigbliebe als ein paar gestaltlose Silben, verbunden mit dem Ruch von Schande und Gesetzlosigkeit.

Ihr seid der erste, Bruder Anselmo, dem ich meine geheimsten Gedanken anvertraue – aber vielleicht zeige ich mich in meiner Nacktheit gar nicht Euch, sondern dem Schatten, der sich hinter Eurem Rücken schon aufrichtet, um mich ins Dunkle hinüberzutragen. Ich habe Angst vor der Einsamkeit, die den Tod umgibt, vor der Endgültigkeit, die alle Worte auslöscht, die ich in meinem Leben zurückgehalten habe. Seid mir nicht böse, daß ich deshalb, statt zu beten, diesen Berg noch ein wenig abzutragen versuche.

Wenn man ein Ding recht tun will, nimmt man gleichzeitig einem anderen etwas weg. So verhielt es sich auch mit Giovanni und Mamma Luisa. Nicht, daß ich sie auf einmal weniger liebte; meine Gefühle für sie nahmen nicht ab, sie veränderten sich nur, weil mein Bruder mehr und mehr Platz in meinem Leben beanspruchte. Meine Besuche bei Mamma Luisa wurden seltener, und ich schämte mich bald, sie wie früher zu umarmen – schließlich begann ich sie sogar zu meiden, weil ich das Gejammer über ihre geschwollenen Beine nicht mehr hören mochte. Ihre Märchen verloren für mich an Glaubwürdigkeit, während meine Reime an Schlüpfrigkeit und beißendem Spott gewannen, so daß sich Mamma Luisa, statt zu lachen, erschrocken abwandte. Schmerz und Unbeweglichkeit schlugen sich in einer unerträglichen Laune nieder, kein Tag verging, an dem man Mamma Luisas Gezeter nicht bis auf die Straße hören konnte, und als sie schließlich vollständig bettlägerig wurde, brachten Nachbarn sie zu einer Verwandten aufs Land, wo man sich besser um sie kümmern konnte.

Dann – es muß im Jahre 1631 kurz vor Weihnachten gewesen sein – brach der Vesuv aus. Wieder einmal erwachte das Tier aus seinem Schlaf und spie erst seinen schwefelgelben Atem, dann glühende Gesteinsbrocken und Lava aus seinem Schlund, als müsse es die Menschen daran erinnern, daß keine Macht der Welt ihm gewachsen sei. Der Lavastrom riß alle Häuser mit, die ihm im Wege standen, und begrub auch Mamma Luisa, die Zechine des Grafen von Ossuna und all die Märchen und Legenden unwiederbringlich unter schwelender Asche. Es bekümmerte mich, als ich vom Tod Mamma Luisas erfuhr, aber ich trauerte anders als heute – ich trauerte, wie ich mich über ein verpaßtes Gauklerspiel gegrämt hätte, über eine abgerichtete, entflogene Taube oder eine Niederlage bei einer Rauferei. Im Kummer eines Kindes findet ein Verlust noch seinen Platz, während später quälende Wenn und Aber einen Schmerz immer wieder neu aufbrechen lassen und dadurch unerträglich machen. Erst ein paar Jahre später, als ich die Liebe Mamma Luisas wieder so nötig gebraucht hätte, spürte ich, wie einsam ich ohne sie war.

In jener Zeit plagten mich Nöte, für die ich ausnahmsweise nicht die spanischen Unterdrücker verantwortlich machen konnte. In meinem Gesicht und auf meinem Hals brachen eitrige Pusteln auf, vereinzelte Inseln von dunkelblondem Flaum sprossen auf meiner Haut, kräuselten sich über Brust und Bauch bis zu den Schenkeln. Ich hatte mir so gewünscht, endlich ein Mann zu werden, und beobachtete meine spärliche Behaarung mit Entsetzen; ich fand, ich gliche einem gerupften Enterich, und raffte, wo ich ging und stand, mein Hemd über der Brust zusammen, um sie vor neugierigen Blicken zu schützen. Ich sang auch nicht mehr, weil meine Stimme unkontrollierbar in alle möglichen Tonlagen rutschte oder unvermittelt in lächerlich kratzigen Tönen versiegte. Unter meinen Achseln bildeten sich in der Hitze Schweißflecken, ich stank – stank wie die Männer, wenn sie frühmorgens von ihren Fischkuttern heimkehrten, doch im Gegensatz zu ihnen verpestete ich meine Umgebung ohne jegliche Berechtigung, und es war mir peinlich, weil ich faul herumtrödelte und trotzdem vorgab, durch meinen Schweißgeruch zu den Erwachsenen zu gehören. Jüngere Freunde, mit denen ich noch bis vor kurzem gerauft hatte, schlossen mich auf einmal von ihren Spielen aus, oder sie spotteten gar aus sicherer Entfernung hinter mir her, Gleichaltrige gingen ihrer Wege, genauso wortkarg wie ich selbst. Oft lungerte ich breitbeinig vor den Tavernen herum und gab den Männern ihre derben Anzüglichkeiten zurück, mit denen sie über meine linkische Unfertigkeit feixten. Ihr Gelächter prasselte über meinen Kopf hinweg, ohne mich einzubeziehen, und dafür haßte ich sie. Ich fühlte mich von allen ausgeschlossen. Selbst die Mädchen aus der Nachbarschaft schlugen die Augen nieder, wenn ich an ihnen vorüberschlenderte. Früher hatte ich sie nie beachtet, mich weder um den seidigen Glanz ihrer Locken gekümmert noch um den Schwung aufgeworfener Lippen, von denen ich nun kaum den Blick lösen konnte. Auf einmal schien alles umgekehrt zu sein, die Mädchen plauderten nicht mehr mit mir, sie gingen hastig vorüber und ließen nur das Rascheln ihrer Röcke zurück, das mich bis in meine Träume verfolgte.

Nichts stimmte mehr, alles, was früher richtig gewesen war, verkehrte sich ins Gegenteil. Ich begann die Nacht zu fürchten, weil mich im Dunkeln eine heftige Erregung heimsuchte, die mich quälte und beschämende Flecken auf dem Leintuch hinterließ. Ich wagte nicht, meine Mutter ins Vertrauen zu ziehen; sie schwatzte mit allen über alles, und ich befürchtete, daß sie mich in ihrer Unbesonnenheit zum Gespött der ganzen Nachbarschaft machen würde. Mit Giovanni wollte ich erst recht nicht über meinen Kummer sprechen; lieber spielte ich ihm weiterhin den Überlegenen vor, als daß ich eine Schwäche vor ihm zugegeben hätte.

Mamma Luisa! flüsterte ich manchmal, wenn ich in Gedanken an die alte Frau die Stirn an eine kühle Hauswand lehnte. Wie ich sie in jener Zeit vermißte! Ihre behäbige Art, ihre weichen, großen Brüste, ihre Hände, die immer ein wenig nach Ziegenmilch rochen, und ihre Safranküchlein, diese wundervoll duftenden, ofenwarmen Trostspender. Außer der Erinnerung an die Geborgenheit ihrer Küche war mir von Mamma Luisa nur die Hasenpfote geblieben, die ich mit meinen Sorgen und mit abergläubischen Beschwörungsformeln belud.

Manchmal sorgte ich mich, ob das pelzige Überbleibsel heidnischer Bräuche nicht die Wirkung des Amuletts um meinen Hals entkräftete. Dann beschwichtigte ich den möglichen Unwillen der Madonna mit einer Opferkerze, weil ich mich nicht entschließen konnte, das einzige wegzuwerfen, das noch Mamma Luisas Wärme heraufbeschwor.

Irgendwann war auch diese Zeit vorüber, diese nicht enden wollenden Jahre zwischen den Welten. Eines Tages reichte mir Zio Salvatore einen Becher Wein und fragte mich, wann ich Berardina zu heiraten gedächte. Er sei mit meiner Wahl einverstanden, setzte er noch hinzu und hielt dann inne, weil er wohl eine Antwort von mir erwartete. Ich wandte mich verlegen ab. Zio Salvatore hatte meine Verliebtheit also bemerkt, von der ich geglaubt hatte, sie vor aller Augen geheimgehalten zu haben. Gleichzeitig erfüllte mich die Selbstverständlichkeit seiner Frage mit Stolz, zeigte sie mir doch, daß ich meinen Platz in der Männerwelt eingenommen hatte, ohne daß ich den Wechsel vom Jüngling zum Mann an einem bestimmten Ereignis hätte festmachen können. Ich trank den Becher Wein auf einen Zug aus, nuschelte ein paar Ausflüchte und machte, daß ich davonkam.

Zio Salvatore hatte für mich und meine Geschwister eine Art Patenschaft übernommen, nachdem mein Vater ganz plötzlich gestorben war, und ich schämte mich, meinem Onkel einzugestehen, daß Berardina Pisa mich bislang noch keines einzigen Blickes gewürdigt hatte. Ich höre noch heute manchmal Zio Salvatores gutmütiges Lachen, mit dem er mir wohl hatte Mut machen wollen, als ich so brüsk aufstand und verschwand. Er trug mir meine Schweigsamkeit nicht nach, er versuchte auch nicht, mich auszuhorchen. Er verstand.

Es war kein gutes Jahr für Verliebte. Die schlechte Ernte konnte nicht einmal ein Drittel der Bevölkerung ernähren, in Sizilien herrschte die Pest, und wir befürchteten, die Seuche werde auch bald Neapels Tore erreichen. Das Elend auf den umliegenden Dörfern hatte eine ganz neue Gesellschaft geschaffen. Betrüger trieben ihr Unwesen, Diebe, Schurken jeglicher Art bis hin zum käuflichen Mörder.

Scharlatane zogen umher und verkauften falsche Reliquien, denen sie Wunderkräfte zur Milderung der Not andichteten; Vogelfreie erpreßten unter Morddrohungen Unterschlupf in leerstehenden Scheunen; Huren, Kupplerinnen, Wahrsager und Handaufleger versprachen für einen Teller warme Suppe Glückseligkeit; ein kläglich Hinkender entpuppte sich als Brandstifter – das zügellose Unwesen dieses Abschaums machte nicht einmal vor den Stadttoren halt. Wer es sich leisten konnte, dingte einen der vielen Banditen, um einen gesetzwidrigen Handel zu beschleunigen oder einen lästigen Widersacher aus dem Weg zu räumen. Selbst die Kirche bediente sich dieses Gesindels; wie sonst sollte man sich erklären, daß die Klöster ihnen so oft vor den Häschern sicheren Unterschlupf gewährten?

Auf dem Holzbock am Marktplatz rollten die Köpfe. Manchmal mußte man sogar eine Bestrafung zurückstellen, weil das Seil der Winde gerissen war, mit dem man die Verbrecher an den Armen langsam in die Höhe zog. Der eine oder andere kroch mit gebrochenen Gelenken noch nach Hause, wie Antonio der Krüppel, der am Rand des Marktplatzes dahinsiecht und für eine Kupfermünze die Schmerzen dieser Strafe schildert. Unzählige Stimmen aber schweigen, die Stimmen derer, die diese Prozedur nicht überstanden haben.

Neapel litt unter einem neuen Vizekönig, Don Ramiro Phelipe de Guzman, Graf von Medina, einem harten, zynischen Mann, der zu allem Übel auch noch mit Olivares verschwägert war. Unter dem Deckmantel dieser Verwandtschaft gediehen die Intrigen des Ministers aufs trefflichste. Der Graf von Medina erfüllte Olivares jeden erdenklichen Wunsch, er schämte sich nicht, ganze Dörfer aus der Umgebung Neapels zu verkaufen, um die angeblich unmäßigen Geldforderungen des Madrider Hofes zu erfüllen, ein Faß ohne Boden. Weite Landstriche wurden entvölkert, um die Armeen aufzustocken, der Bau von Schiffen und die Ausrüstung der Flotte verschlangen alle Rücklagen. Der größte Teil der Armee kämpfte auf Schlachtfeldern weit von Neapel entfernt, nur wenige Kompanien waren in Stadt und Provinz verblieben. Deshalb hatten die Türken bei ihrem Angriff auf Santuario di Loreto leichtes Spiel; sechzehn Galeeren fielen ihnen damals in die Hände, und diesen Verlust mußte die Bevölkerung durch Steuergelder wieder ersetzen. Bauern zogen in Scharen vom Land in die Stadt, um den Feudalabgaben zu entfliehen, und vergrößerten damit das Heer der Arbeitslosen, die in Neapels Straßen um Essen bettelten. Der Vizekönig verdoppelte daraufhin die Anzahl seiner Beamten, um den Pflichten der Stadtverwaltung gerecht zu werden, wie er uns glauben machen wollte. Dabei schob er die einträglichsten Posten Vettern, Neffen und Freunden zu, die dem Grafen den Freundschaftsdienst vergolten, indem sie sich dem Volk gegenüber durch besondere Härte auszeichneten. Die spanischen Räte des Vizekönigs wechselten so oft, daß wir uns kaum noch ihrer Namen erinnerten, je kürzer ihre Zeit in Neapel bemessen war, desto grausamer betrieben sie die Steuerausbeutung. Nicht selten versetzte Medina den einen oder anderen wegen zu geringer Eintreibungen in die abgelegensten Flecken des Königreiches, wo es nichts zu versteuern gab als Esel und Dreck. So versuchten die Beamten, sich um jeden Preis in Neapel zu halten. Sie säten Zwietracht und Verleumdungen aus, denn je größer das Mißtrauen zwischen Adel, Vizekönig und Volk wurde, desto weniger gelang es, benennbare Schuldige zu finden, und das sicherte den Räten wiederum genügend Zeit, sich noch eine Weile an den Pfründen schadlos zu halten. Bald betraute der Vizekönig wenige, reiche Adelige mit den Steuergeschäften, ließ sich von diesen die Steuerschuld vorstrecken und legte es den Herren anheim, die Forderungen – wann und in welcher Höhe es ihnen beliebte – von uns wieder einzutreiben. Durch diese Niedertracht erhöhten sich nicht nur die ohnehin schon unbezahlbaren Abgaben, sondern auch die Zahl unserer Unterdrücker. Wenn wir Ärmsten aus dem Volk unter den Lasten aufbegehrten, hielt uns der Graf von Medina mit Versprechungen und kleinsten Nachlässen hin, er schreckte nicht einmal vor dem Versuch zurück, Mitleid für seine eigene, angeblich ausweglose Lage zu erwecken. Nicht er sei schuld, sondern der Krieg und ein unglückseliger Stern, der Spanien eine Niederlage nach der anderen bescherte – solche Bemerkungen ließ Medina gern von seinen Räten unters Volk streuen.

In Wirklichkeit erpreßte dieser Vizekönig während seiner sechsjährigen Amtszeit mehr als dreißig Millionen Dukaten von uns. Und während wir hungerten, verpraßte er einen Teil dieses Geldes mit pompösen Festen und glanzvollen Theaterspielen. Damit gab er der Stadt einen scheinbaren Anstrich von Reichtum und sich selbst das billige Vergnügen, unseren Kindern gnädig zu erlauben, sich die Nasen an den Prachtkutschen plattzudrücken. In den Armenvierteln herrschten bald so elende Zustände, daß nicht einmal vier Familien gemeinsam mehr eine nahrhafte Minestrone auf den Herd brachten – wie Medina bei seiner Abreise zynisch bemerkte. Unterm Volk gärten Haß und Rachsucht, ohne ein Fünkchen Hoffnung, dieser ohnmächtigen Wut Genugtuung zu verschaffen.

Auch meine Gedanken drehten sich beständig im Kreis, um einen Ausweg aus der Misere zu finden, und trotzdem gab es in meinem zornigen Herzen einen Platz, der, unberührbar, nur Berardina gehörte. Ich war überzeugt, daß meine Liebe alle Schwierigkeiten überwinden würde; nichts, auch nicht meine Unfähigkeit, ein Weib zu ernähren, konnte mich von dem Wunsch abbringen, Berardina Pisa zu heiraten – wenn sie mich wollte.

Vor der Wirklichkeit zerrannen meine Träume wie die Farben des Regenbogens, wenn sie sich, einer Täuschung gleich, zu einem diffusen Lichtschimmer auflösen. Ich mußte mich mit einer vertrockneten Blume begnügen, von der ich mir einredete, Berardina habe sie beim Fest des heiligen Gennaro verloren. Manchmal besah ich mich in einer Fensterscheibe und konnte nichts Abstoßendes an mir finden: keine schmierigen Pusteln mehr, ein ansehnliches Bärtchen, kräftige Schultern, die sich immer noch ein wenig gerader reckten, wenn ich an Berardina vorüberging – was in Gottes Namen erwartete sie mehr von einem Ehemann! Gut, ich hatte nicht viel Fett auf den Rippen, aber darin unterschied ich mich nicht von den anderen. Wenn ich ihr wenigstens einmal den Anflug eines Lächelns hätte entlocken können, den Schimmer eines zustimmenden Nickens, oder ein winziges Verharren in ihrem Schritt. Aber meine sehnsüchtigen Blicke beeindruckten Berardina keineswegs; sie behandelte mich nicht besser als jeden anderen, nein, schlimmer noch, sie tat, als wäre ich gar nicht vorhanden.

Ich verdiente zu wenig, um ihre Gunst durch Geschenke zu erwerben. Mein Vater hatte mir außer einer Menge Schulden nur ein verrottetes, lecklaufendes Boot hinterlassen, und der Verkauf der paar kümmerlichen Fische reichte bei weitem nicht aus, die Familie zu ernähren. Das Wachspapier, das ich zu Tüten rollte und mit den Fischen verkaufte, brachte nur einen geringen zusätzlichen Verdienst. Manchmal zwangen mich meine Schulden sogar zu Botengängen – wie erniedrigend, anderer Leute Diener zu spielen und Geschenke oder unwichtiges Geplänkel von Haustür zu Haustür zu tragen! Doch ich gab nicht auf. Wenn ich schon nicht durch Reichtum auftrumpfen konnte, so sollten wenigstens meine Spottlieder Berardinas Bewunderung erregen.

Im Marktviertel liebt man Possenreißer, Gaukler, alle Art von Belustigung, und jedermann amüsierte sich über meine waghalsigen Späße. Ich begnügte mich längst nicht mehr damit, gemeine Reime zu erfinden, ich sorgte auch dafür, daß sie an allen Ecken der Stadt verbreitet wurden. Oft versammelte ich Horden von Halbwüchsigen um mich und sang ihnen meine Lieder vor, bis sie den Text auswendig konnten und in alle Richtungen davonstoben, um das Erlernte im größten Menschengedränge zu wiederholen. Ich lehrte die Kinder auch, die Kutschen der Reichen zu umzingeln, die dann – angewidert vom Geschrei und der Nähe des schmutzigen Pöbels – eilends auf ungepflasterte Wege auswichen und steckenblieben, im Rücken das Gegröle der Gassenjungen. Ich trieb umherstreunende Schweine auf einen Haufen zusammen und jagte die verdreckten Tiere anschließend durch die Gärten der Villen. Hinter einem Gebüsch belauerte ich mit meinen Kumpanen die feinen Damen, wenn sie mit flatternden

Ärmeln wie eine Schar Hühner ins Haus flohen. Flegel! preßten sie hinter ihren Taschentüchern hervor; manche lächelten auch, ein herablassendes besserwisserisches Lächeln, mit dem man auf einfältige Narren herabsieht.

Berardinas wegen trieb ich meine Possen bis auf die Spitze, immer toller und übermütiger wurde ich, um sie von meiner Einmaligkeit zu überzeugen. Wenn sie wenigstens einmal die Nase gerümpft hätte, wäre ich schon glücklich gewesen, aber ihr Gesichtsausdruck blieb glatt wie ein Kiesel unter stürmischer See. Dabei wünschte ich mir so sehr, gerade sie möge den bitteren Kern erkennen, der in meinen Liedern und Reimen steckte, und daß ich mich ganz und gar nicht nur in vergnüglicher Leichtfertigkeit erschöpfte. So dachte man nämlich im Marktviertel von mir, einer, der vor nichts Respekt hat, ein Hanswurst, der die Menschen zum Lachen bringt, den man beklatscht und den doch keiner ernst nimmt.

Don Tiberio war einer der wenigen, der die Anklage verstand, die sich hinter meinen Possen verbarg. Er galt als ein wenig verschroben, ein Einzelgänger, der zurückgezogen in seiner zugewachsenen Villa hauste und der auf den wenigen Gesellschaften, die er besuchte, nur das Wort ergriff, um das Volk in Schutz zu nehmen. Don Tiberio achtete unsere Bräuche und die Menschen aus dem einfachen Volk, weil sie seiner Meinung nach jenen schöpferischen Geist besaßen, der den meisten im Palazzo Reale abging. Die spanischen Räte seien nichts als hohle, aufgeblasene Larvenhüllen, meinte Tiberio einmal, Kokons, die nur noch vom Hofzeremoniell in Form gehalten würden, innerlich jedoch sei das Gerüst zerfressen von einer jahrhundertealten Nutzlosigkeit. Sie langweilten ihn entsetzlich.

Don Tiberio winkte mir manchmal hinter einer Hecke seines Gartens zu, bat mich mit einem leisen Wort, einzutreten. Dann erklärte er mir sein verbessertes Regierungssystem, über dem seine Gedanken seit Jahren brüteten – ein Reich, wie es Träumer erfinden und wie es meinen eigenen Wünschen entgegenkam: Kein Platz sollte dort sein für Schmarotzer und adelige Taugenichtse. Doch Don Tiberio war alt, und so blieben seine Theorien flüchtiger Rauch, und er mußte sich mit barmherzigen Spenden an die Armen begnügen. Er schimpfte oft mit mir, weil ich meine Energie in Schlägereien vertat und meinen aufgestauten Groll über den Köpfen Gleichgesinnter entlud, statt die wirklich Schuldigen zu treffen. Das ist leider wahr. Wir Burschen hetzten uns gegenseitig mit Parolen auf, damit unsere Fäuste noch heftiger aufeinandereinschlugen. »Das ist für den niederträchtigen Hund Chacon!« brüllten wir, und »jetzt bekommst du die Rache für die gemeinen Lügen Medinas!«

Mit solchem Geschrei machten wir uns Luft und glaubten, damit die Zustände anzuprangern oder unseren Zorn zu bezwingen. Don Tiberio hatte recht, wir vergeudeten nur kostbare Zeit und Kraft. Der alte Mann ahnte nicht, daß ich selbst oft mit Bitterkeit über diesen Kräfteverschleiß nachsann und mir vornahm, mein Temperament in Zukunft zu zügeln. Aber ich wagte nicht, Don Tiberio meine Vorsätze zu gestehen, er wirkte in seiner Gelehrtheit so unnachsichtig, und ich wußte aus Erfahrung, wie lange mein Besserungswille anhielt. Denn wenn ich am nächsten Morgen das Brot in der Hand wog und für dasselbe Geld nur noch halb soviel Bohnen erhielt wie früher, erboste ich mich schon wieder über die ungerechte Zuteilung in dieser Stadt. Manchmal pirschte ich mich in meiner Wut an den nächststehenden Bediensteten heran und stieß ihn so heftig zwischen die Rippen, daß er vor Schreck das Brot fallenließ, das er teuer nach Gewicht bezahlt hatte. »Elendes Gesindel!« zischte ich hinter seinem Rücken. »Eines Tages wird nicht nur euer Brot im Dreck liegen, sondern die gesamte Adelsbrut auf den Knien rutschen, bis auch der letzte aus dem Marktviertel sich sattgegessen hat!«

Bevor der Angeredete begriff, wer sich eine solche Unverschämtheit erlaubte, hatte ich mich meistens in Richtung Gerberviertel verdrückt.

Ich sah den Gerbern gerne zu, wie sie Kuh- und Ziegenhäute in den Kesseln bewegten oder Fleischreste und gestocktes Blut mit gleichmäßigen Messerstrichen von den Häuten schabten. Die Dämpfe der

Laugen und Beizen, die mir fast den Atem nahmen, schienen diesen Männern nichts auszumachen. Hitze, Gestank und Fliegenschwärme, nichts konnte das Gleichmaß erschüttern, mit dem sie ihre Stöcke in die Brühe tauchten und wieder und wieder umrührten, als hätten sie in ihrem Leben keine andere Bewegung gelernt. Vielleicht hatten sie sich aber auch nur im Laufe der Jahre jede Regung abgewöhnt.

Ich hätte gern von ihnen erfahren, was für ein Gefühl das ist, wenn aus einem Tierfell allmählich ein Stück Leder wird, und ob sie manchmal an das Leben dachten, das einmal unter diesen Häuten pulsiert hatte. Aber nie konnte ich einen der Gerber in ein Gespräch verwikkeln. Sie wechselten selten ein Wort mit Vorübergehenden und blieben am liebsten unter sich, abseits von allem geselligen Leben. Daß sie sich schämten, weil ihre Körper nach Laugen, Beizen und toter Haut stanken, und sie sich nicht abfinden mochten, daß böse Zungen sie mit Aasvögeln verglichen, wäre mir nie in den Sinn gekommen. Ich schrieb ihre Einsilbigkeit lange Zeit einem gewissen Dünkel zu, so als wollten sie sich das gemeine Volk vom Leibe halten, wie die Schmiede und die Steinmetze. Deshalb gab ich meine einseitigen Gesprächsversuche bald auf und begnügte mich damit, dicht neben den Kesseln zu verweilen, die kreisenden Bewegungen zu beobachten und mich von den Dämpfen einnebeln zu lassen, die mich oftmals in eine merkwürdige Trance versetzten. Wenn ich nur lange genug hinstarrte, blähten die Tropfen sich auf, zu denen der Dampf sich am Kesselrand verflüssigte, bunt schillernde Blasen erwuchsen aus ihnen, öffneten sich und schlossen mich ein. Ich bildete mir ein, in ihrem Inneren zu schweben, körperlos, bis die hauchdünnen Wände zu Lichtreflexen zerplatzten und mich, noch immer schwebend, wieder freigaben.

Wie stumpf ist dagegen die Trunkenheit, die vom Wein kommt. Immer taumelte ich aus dem Gefühl der Schwerelosigkeit, gewöhnte meine Schritte nur langsam wieder an den Boden unter meinen Füßen und fand oft erst vollständig wieder in die Wirklichkeit zurück, wenn ich im Vico Barrettari über Marios Kugeln stolperte, der wie immer mitten im Weg saß und seine Geschosse feilbot, die er für unsere

Schleudermaschinen anfertigte. Keinem anderen gelangen so meisterhafte Mordwerkzeuge, sie zerfetzten die Brust des Feindes fast mit der gleichen Wucht wie die Ladung einer Flinte.

Nur montags und freitags mied ich das Gerberviertel; an diesen Tagen geriet ich in eine Euphorie ganz anderer Art, an diesen Tagen begegnete ich Berardina. Ich hatte herausgefunden, daß Berardinas Mutter nicht wie viele andere Frauen einen Korb vom Fenster herunterließ, sondern ihre Tochter zum Einkaufen auf den Markt schickte. Anschließend suchte sich Berardina einen ruhigen Platz bei den Leinenbaracken, um die Messe zu hören, die während der Markttage in Santa Maria della Neve gelesen wurde. Diese Messen gestatteten mir eine Nähe zu Berardina, die sich sonst bei keiner Gelegenheit bot, nicht einmal während des sonntäglichen Kirchgangs.

In jener Zeit gehörte ich zu den eifrigsten Christen. Matteo Peta hatte mir oft angedroht, mich exkommunizieren zu lassen, weil ich nicht wie andere Männer zumindest am Osterfeiertag zur Kommunion ging. Letztlich war der alte Peta jedoch immer wieder davor zurückgeschreckt, ein Schaf seiner Herde in die Verdammnis zu stoßen, und hatte statt dessen für meine Seele gebetet. Jetzt dankte er dem Herrn, der mich abtrünnigen Christen wieder in den Schoß der Kirche zurückgeführt hatte – obwohl es eigentlich unmöglich war, an soviel Demut und Reue zu glauben, wie ich sie in jener Zeit an den Tag legte. Es war dem scharfen Auge des Seelenhirten entgangen, daß ich mich sonntags in der Kirche immer Berardina gegenüber setzte und so versunken in ihr Antlitz starrte, daß ich häufig die Glockenzeichen verwechselte und niederkniete, wenn die anderen Gläubigen aufstanden.

Die Messen an den Markttagen bescherten mir Wonnen, die mit denen des sonntäglichen Kirchgangs überhaupt nicht zu vergleichen waren und mich für die gewohnte, schroffe Behandlung durch Berardina entschädigten. Ich versteckte mich immer beim Brunnen delli Lioni, und sobald sie aus dem Haus trat, strich ich gleich einem liebestollen Kater hinter ihr her, während sie ihre Einkäufe erledigte.

Manchmal verlor ich sie im Gewimmel aus den Augen, aber stets fand ich sie in der Nähe der aufgetürmten Stoffballen wieder, meistens kurz bevor der Priester in Santa Maria della Neve die Hände zum Gebet hob und damit die Messe begann. Berardina schien der Liturgie andächtig zu lauschen – zumindest glaubte ich, religiöse Versunkenheit an ihren halbgeöffneten Lippen abzulesen. Ich pirschte mich im Verlauf der Messe schrittweise bis auf eine Elle an Berardina heran, dann stand ich still und lauerte. Sobald die Glocke zur Wandlung bimmelte und jeder sich demütig vor dem Sakrament niederbeugte, stürzte ich vor und warf mich so dicht neben Berardina auf die Knie, daß sich die Stoffe unserer Ärmel berührten. Sie wagte nicht, während der Wandlung aufzustehen und beiseite zu treten, und ich genoß diesen Augenblick tiefster Stille, der mir erlaubte, Berardinas Körperwärme für spätere Stunden der Einsamkeit in mich aufzusaugen. Wenn das Schicksal es besonders gut mit mir meinte, erhaschte ich sogar einen Blick auf den Ansatz ihrer Brüste. Sie roch immer ein wenig nach Salbei und Rosmarin. Ich liebe diesen Geruch, schon weil er mich an die Kräuter erinnert, mit denen Mamma Luisa vor vielen Jahren die Bäuche meiner gestohlenen Fische gestopft hatte.

Oberflächlich gesehen wurde ich für ein paar Minuten zum gläubigsten Menschen auf dem Marktplatz. Ich wünschte, die Wandlung möge ewig dauern, aber Gott weigerte sich hartnäckig, ein Wunder zu vollbringen, denn er erkannte durchaus meine trügerische Seele. So gewährte mir die Liturgie lediglich eine kurze Spanne der Glückseligkeit, die Glocke läutete, Berardina erhob sich, und ich mußte ihr Platz machen, wenn ich die Regeln des Anstands wahren wollte. Kurz darauf hob der Priester auch schon die Hände zum Segen, Berardina bekreuzigte sich und ging davon, ohne ihre Gefühle mit einer einzigen Gebärde verraten zu haben. Jedesmal nahm ich mir vor, sie anzusprechen, aber wenn sie neben mir stand und Salbei und Rosmarin meine Sinne verwirrten, fiel mir nichts ein, was ich ihr hätte sagen können.

Manchmal erwischte mich Zio Salvatore, wenn ich nach der Messe noch Zeit bei den Leinenbaracken vertrödelte und in Erinnerungen an die Minuten der Wandlung schwelgte, aber auch voller Gram darüber nachsann, warum meine sonst so ausufernde Phantasie ausgerechnet bei meiner Auserkorenen versagte.

Zio Salvatore konnte wegen meiner Trödelei sehr böse werden, nichts in seiner Miene erinnerte dann mehr an sein gutmütiges Lachen, mit dem er sonst über so manchen Schnitzer hinwegsah. Er packte mich grob am Arm und zerrte mich vor die Kiste Fische, die ich eigentlich schon vor zwei Stunden hätte verkauft haben sollen. Sein Zorn äußerte sich in zusammengepreßten Lippen und geschwollenen Stirnadern – er fluchte niemals, er schrie nicht, er stampfte nur wortlos mit seinem verkrüppelten Fuß auf. Es hatte eine seltsame Bewandtnis mit diesem von Narben und Grind übersäten Bein, das in kalten Winternächten zuckte und ächzte wie die Seele eines umherirrenden Geistes. Zio Salvatore starb, weil sich die Wunde tief ins Fleisch gefressen hatte. In meiner Erinnerung lebt er fort als ein Mensch, der nie über sein Unglück klagte, der zu den Schmerzen nickte wie zu einer liebgewordenen Gewohnheit. Aber das ist eine lange Geschichte.

Die Kiste Fische?

Natürlich war es dann meistens zu spät, sie loszuwerden, so laut ich mein Angebot auch über den Markt schrie. Die Dienerschaft des Adels hatte sich längst eingedeckt, und die arme Bevölkerung konnte sich die teuren Fische nicht leisten. Die Steuerbevollmächtigten wachten mit Argusaugen darüber, daß der auf den Preistafeln festgesetzte Wert genau eingehalten wurde, deswegen wagte ich nie, meine Fische für ein geringeres Entgelt zu verschleudern. So blieb als letzte Möglichkeit, einen Koch aus einer der umliegenden Tavernen zu überreden, mir die Fische abzukaufen. Das verstieß zwar auch gegen die Gesetze, aber die meisten Köche waren ohnehin Spitzbuben und scherten sich keinen Deut um die Pedanten des Tribunale San Lorenzo*, solange die Kiemen der Fische noch rosige Spuren von Blut aufwiesen. Ich blieb selten auf meiner Ware sitzen.

Für den Rest des Tages lungerte ich dann in der Nähe des Brunnens herum, kühlte mir ab und zu Gesicht und Hals an den Wasserfontänen und träumte davon, Berardina möge sich doch in einer spontanen Gefühlswallung vergessen und hemmungslos in meine Arme werfen. Wenn ich des Wartens müde wurde, schlich ich manchmal zu einer Hure, oder ich vertrank und verspielte einen Teil des Verdienstes, den mir der Verkauf der Fische eingebracht hatte. Am nächsten Tag grämte ich mich aufs neue in der Rolle des verschmähten Liebhabers, bewachte eifersüchtig jede noch so unbedeutende Regung in Berardinas Miene, verspottete meine Rivalen als gespreizte Gockel, buhlte um ein bißchen Aufmerksamkeit, schluckte an meinem Unvermögen, mich zu erklären, und litt Tantalusqualen, weil das Objekt meiner Sehnsucht so greifbar nahe schien und dennoch unerreichbar war. Vielleicht hätte ich mein schweigsames Werben mit der Zeit aufgegeben und mich schließlich einer leichter zu erobernden Frau zugewandt, hätte nicht ein Zufall Berardina direkt in meine Arme geworfen und mich auf diese Weise vor weiteren tölpelhaften Annäherungsversuchen bewahrt.

Des einen Unglück kann ja gleichzeitig eines anderen Glück in sich bergen. So zerstörte ein furchtbares Erdbeben die Stadt Nicastro und viele der umliegenden Dörfer, Tausende lagen damals unter den Trümmern begraben, und dreimal so viele verloren ihr Haus und ihre gesamte Habe. Glücklicherweise lag Nicastro nicht in unmittelbarer Nachbarschaft Neapels, doch wie das häufig der Fall ist, erreichten die Ausläufer des Bebens weite Teile des Südens. Ein einziger Erdstoß verirrte sich bis nach Neapel. Der Boden unter den Marktbuden erzitterte einen Atemzug lang, Kupferkessel schepperten aneinander, ein paar Feigen und Melonen kollerten auf die Erde, zwei Ziegen meckerten, dann war es vorbei. Die Händler klaubten hastig ihre Früchte aus dem Dreck, sonst kümmerte sich niemand um das Erdgrollen. Solange die Marktkarren nicht in Einzelteile zersprangen, der Boden unter unseren Füßen nicht zu gähnenden Spalten aufriß und das Meer sich nicht in hohen Brechern gegen die Schiffe aufbäumte, so lange bestand kein Grund, sich zu beunruhigen.

Nun bebte die Erde aber just in dem Augenblick, als ich mich für die bevorstehende Messe bereits ganz dicht an Berardina herangepirscht hatte. Durch die plötzliche Erschütterung – auch wenn man es nur als den Versuch eines Zitterns bezeichnen konnte – verlor ich das Gleichgewicht, stürzte und hielt auf der Suche nach einem Halt unvermutet Berardina in meinen Armen.

Welch glückliche Fügung des Schöpfers!

Ob der plötzlich ungleich intensivere Duft von Salbei und Rosmarin meine Sprachlosigkeit löste oder das Gefühl des weichen, warmen Frauenkörpers an meiner Brust den Bann brach, wußte ich später nicht mehr genau zu sagen. Ein Schwall aufgestauter Zärtlichkeit, unsinnige Wortschöpfungen sprudelten aus meinem Mund, Liebkosungen machten sich selbständig und fanden endlich den Weg, der sich ihnen monatelang verweigert hatte. Dann ein grober Zuruf aus dem Kreis der Umstehenden. Ich verstummte, errötete, schämte mich. Sie lachten. Andrea Rama lachte, die Mehlträger lachten, die Brüder Catania lachten, der Metzger, der Leinenverkäufer, Marco Donadolo, dem eine Pest die Hälfte seiner Hühner hinweggerafft hatte, die Frau des Viehhändlers Zefirelli, alle lachten. Rückten zusammen wie Bastarde vor einem einzigen Knochen, drängten sich geifernd aneinander, um sich an meiner Verletzlichkeit zu weiden. Ich spürte, wie Berardina vor der Grausamkeit dieses Lachens für einen Augenblick die Schultern zusammenzog, sich wie ein Tier totstellte, Unverwundbarkeit vortäuschte. Dann schüttelte sie meine Umarmung ab, raffte ihre Einkäufe vom Boden auf und stolperte durch die Menge davon.

»Heh, *guaglione!* Lauf deinem Täubchen nach!«

Welches Vergnügen es ihnen bereitete, meine gestammelten Geheimnisse in breiten, hämischen Mündern zu dehnen: *Amore mio!* Mein Granatäpfelchen! Tautropfen auf meiner durstigen Seele… Wieder lachten sie. Als hätten sie mich nackt in ein Brunnenloch gestoßen und starrten nun aus der kreisrunden Lichtöffnung auf mich herab. Ich konnte keinen klaren Gedanken fassen, ich wollte nur, daß dieses lüsterne Lachen aufhörte, mit dem sie sich Zugang zu meinen Gefühlen verschafften und teilhatten an etwas, das ihnen nicht gehörte.

»Was gafft ihr so!«

Ich schrie sie an, rappelte mich auf, stieß sie zurück, stemmte meine Fäuste in die Hüften und grölte ihnen meinen Spott entgegen:

Sai che la cornacchia ha questa usanza
che quando canta dice sempre crai
Crai crai crai crai
voi perzi cosi fate, gente scortese
*date buone parole et triste attese**

So waren sie. Nichts unterschied sie von einer Horde Krähen, nichts anderes brachten sie hervor als ein gemeinsames feiges *crai, crai* und die Hoffnung, dieses Gekrächze möge die spanischen Geier vertreiben. Mein Lied reizte sie nur noch mehr. Sie schlossen ihren Kreis enger um meinen Körper. Da war nur noch Schadenfreude.

»Masaniello hält es nicht mit den Krähen!« feixte einer, »wohnt er nicht Wand an Wand mit dem kaiserlichen Adler? Hat man ihm nicht geweissagt, er sei zu Großem geboren? Ein Graf? Ein Vizekönig? Was sage ich, ein König weilt unter uns. König der Fischhändler! König der Brotlosen! König der Lazzari!« Der Spötter machte einen Kratzfuß, wich unter Verbeugungen und Grußgebärden zurück, und mit ihm zerstreute sich die Menge, gestikulierend und hänselnd.

Ich biß die Zähne aufeinander. Konnte ich dafür, daß das kaiserliche Wappen an unserer Hauswand prangte, das irgend jemand vor langer Zeit einmal dort angebracht hatte? War es meine Schuld, daß meine Mutter immer wieder Gerüchte unter die Leute streute und jedem erzählte, ihr Erstgeborener sei zu Besonderem ausersehen?

Mönche schwatzen viel für einen Teller Suppe. Vielleicht hat es wirklich eine derartige Prophezeiung gegeben, vielleicht hat meine Mutter die Geschichte aber auch nur erfunden, um ihre eigenen, hochfliegenden Zukunftspläne zu rechtfertigen. Böse Zungen hielten ihren Gerüchten entgegen, das Tuch, das der Adler um den Hals trage, bedeute ein böses Omen für die Familie, hängen würde man mich, wie einen Verbrecher erwürgen, statt mich zum Grafen zu ernennen! Solch unheilschwangere Reden lockten das Fischweib in meiner Mutter hervor, sie keifte, zeterte, drohte, ja sie konnte sogar handgreiflich werden. Oft duckte ich mich in ihrer Gegenwart und wünschte mich ans andere Ende der Stadt, wenn sie mich mit Worten beleckte und verteidigte wie eine Wölfin ihr Junges.

Trotzdem beschäftigte mich die Prophezeiung mehr, als ich zugeben wollte. Ich sah oft zu dem Adler hoch – kein anderes Haus am Markt trug ein ähnliches Zeichen. Manchmal griff ich mir unwillkürlich an den Hals bei der Frage, ob wohl die gute oder die schlechte Vorsehung mein Schicksal sei. Ich habe oft zugesehen, wie die Henkersknechte ihren grausamen Dienst erfüllten, wie der Strick dem Delinquenten den Hals drosselte und sich sein Gesicht blau verfärbte, wie er röchelte, mit zappelnden Gliedern vergebens nach Luft schnappte, erschlaffte und schließlich aufgab. Ich wüßte gern, was ein Mensch in diesen letzten Minuten empfindet, ob die Todesqualen noch zusammenhängende Gedanken erlaubten, oder ob der Schmerz allen Raum ausfüllte und für nichts mehr Platz ließ als für den Wunsch nach einem schnellen Ende. Ob sie bereuten? Oder verfluchten sie ihre Richter bis zum letzten Atemzug? Immer, während ich den Adler betrachtete, spürte ich meinen eigenen Tod merkwürdig nahe, spürte Angst vor einem qualvollen Sterben und eine entsetzliche Fremdheit, die mich von allen anderen trennte. Oft war ich dann versucht, die Hasenpfote wegzuwerfen, weil sie wie eine gezinkte Karte unrechtmäßig erschlichenes Glück versprach.

Matteo Peta nannte es eine schwerwiegende Sünde, einen Fetisch mit sich herumzutragen, der Gottes Allmacht in Frage stellte. Seine Vorwürfe waren ungerecht. Ich zweifelte nicht an der Allmacht Gottes – ich wollte ja gerne glauben und beten wie alle anderen Armen. Ich fragte mich nur, ob Gott nicht einmal eine seiner unzähligen Kreaturen übersehen könnte, weil sie zu klein, zu unbedeutend, zu armselig dahinkroch. Wäre es nicht denkbar, daß Gott – nicht aus bösem Willen, nicht aus Dünkel oder Zorn – sondern aus purer Vergeßlichkeit seine Hilfe versagte? Nur für solche Fälle hielt ich die Hasenpfote bereit, wie kann so ein bißchen Rückendeckung Sünde sein? Was wußte der alte Peta schon von den Tücken des Daseins, von Furcht und Unsicherheit, von Gottes Vergeßlichkeit. Nichts wußte er. Für ihn war alles gradlinig, absehbar, er hinterfragte schon lange nichts mehr, weder Gottes Allmacht noch die bohrenden Zweifel, die seine Geschöpfe plagten. Hätte Matteo Peta sich ein klein wenig Mühe gegeben, hätte er die zweite, ganz anders geartete Seite meines Wesens erkannt, die eines Grüblers, eines empfindsamen Träumers, der seine Sucht nach Liebe und Anerkennung hinter einer rauhen Maske verbarg. Doch für den Pfarrer gab es nur einen Masaniello, den aufmüpfigen, respektlosen, den er bei jeder Gelegenheit abkanzelte. Immer warf Matteo Peta mir vor, ich wiese Tadel und Kritik weit von mir, immer schalt er mich wegen meiner Rachsucht und meiner Unfähigkeit, zu verzeihen. Dabei machte es mir gar nicht viel aus, mich einer Zurechtweisung zu stellen. Der Tadel trifft ja nur ein angenommenes Ich, das sich mit den äußeren Umständen ständig verändert. Diese Person gebe ich gern preis. Aber etwas ist in mir, das immer gleichbleibt, wichtig ist nur dieses Innerste, der verborgene und verwundbare Kern.

Das schamlose Benehmen der Meute an jenem Markttag verletzte mich tief, so tief, daß ich tatsächlich den ganzen Nachmittag auf Rache sann. Ich fühlte mich, als hätten sie meine Seele durch den Schmutz geschleift, mit Unrat beworfen, der an ihr klebte und sich nicht wieder entfernen ließ. Nichts schien mir gemein genug, um diese Schmach zu vergelten. Noch in derselben Nacht stahl ich der Signora Rama Unterhosen und Leibchen. Sie war fett genug, so daß es mich kaum Mühe kostete, das Unterzeug der mageren Eselin des Viehhändlers Zefirelli überzustreifen. Dann band ich das Tier mitten auf dem Marktplatz fest. Ihr könnt mir glauben, daß das Gelächter in unserem Viertel kein Ende nehmen wollte, weil Andrea Rama anscheinend Zefirellis Eselin der eigenen Gemahlin vorzog. Harmlose Kinderei? Nun, es kostete Rama ein hübsches Sümmchen bei einer stadtbekannten Dirne, um die Zweifel an seiner Männlichkeit auszuräumen.

Eure Zelle scheint auf einmal so dämmrig, und es kommt mir vor, als sei der Duft der Zitronenblüten schwerer geworden. Ist denn schon Abend? Wie froh ich bin, daß Ihr so bedächtig den Kopf schüttelt – es gleicht einer Bewegung aus der Ewigkeit.

4

Ich ging Berardina für die nächsten Wochen aus dem Weg; ich bereute meinen unüberlegten Zärtlichkeitsausbruch, der uns zum Gespött der Leute gemacht und durch den ich eine so wunderbare, nimmerwiederkehrende Gelegenheit vertan hatte. Jede Ausrede war mir recht, um dem sonntäglichen Kirchgang fernzubleiben, auch machte ich an den Markttagen einen Bogen um die Leinenbaracken und mied alle Zufälle, die ich vorher so geschickt herbeigeführt hatte. Aus einem eifrigen Christen wurde erneut ein leidenschaftlicher Spieler, ich nahm mein nichtsnutziges Leben wieder auf und versuchte, im Wein die Erinnerung an den Duft von Salbei und Rosmarin zu ertränken. Matteo Peta hatte sein Opfer wieder, er tadelte mich starrsinniger und herrischer als je zuvor.

Erst viel später fand ich heraus, daß Berardina durchaus nicht so fromm war, wie sie mich damals glauben ließ, eine Messe am Sonntag erfüllte vollkommen ihren Bedarf an priesterlichem Segen. Ihre halbgeöffneten Lippen entsprachen nicht – wie ich angenommen hatte – einem Zustand religiöser Verzückung, sondern bebten einzig und allein dem Augenblick der Wandlung entgegen, wenn ich mich neben ihr niederwarf und mein Atem deutlich meine Erregung verriet. Berardina verzweifelte fast an meiner Schüchternheit, gestand sie mir einmal, endlose Sonntage, Montage und Freitage habe sie auf ein Wort von mir gelauert und sich enttäuscht nach der Messe wieder auf die nächste Woche vertröstet. Den unerwarteten Erdstoß hatte sie wie eine Fügung des Himmels empfunden und sogar für einen Augenblick überlegt, ob sie das Schicksal nicht mit einer kurzen Ohnmacht unterstützen solle. Wie schlecht kannte ich die Tücke des weiblichen Herzens, was ich fälschlicherweise als Scham gedeutet hatte, war nichts anderes gewesen als wohlüberlegte List. Berardina gab sogar zu, sie habe die neugierigen Gaffer an jenem Tag ausnahmslos zur Hölle gewünscht, hatten sie doch durch ihr rohes Benehmen den Zauber einer langersehnten Begegnung zunichte gemacht.

Lange, nachdem wir bereits verheiratet waren, ergänzte meine Mutter mit einem Augenzwinkern, was Berardina verschweigen wollte. »Hätte sie denn geduldig auf ein zweites Erdbeben warten sollen«, fragte mich meine Mutter lachend, »fünf, acht, vielleicht sogar zehn Jahre, bis sie das heiratsfähige Alter überschritten hätte?«

Es ärgerte mich einen ganzen Tag lang, als ich erfuhr, wie die beiden mich übertölpelt hatten und wie ich bereitwillig in ihre Netze gegangen war, ohne der Fäden gewahr zu werden.

Wie geschickt Berardina meine Mutter hofiert hatte!

Ein paar Wochen nach der Begebenheit auf dem Markt sah ich sie immer öfter mit meiner Mutter zusammenstehen, lachend, schwatzend. Nach und nach bezogen sie auch mich in diese lockeren Zusammenkünfte mit ein, bis ich allmählich jede Scheu verlor und unser Zusammensein als ganz natürlich empfand. Monatelang ertrug Berardina das Schandmaul meiner Mutter, obwohl das wasserfallartige Geschwätz ihre Geduld sicher auf eine harte Probe stellte, und sie sich insgeheim vielleicht fragte, wie Ceccone das hatte aushalten können und ob man ihn nicht vielleicht deshalb so früh zu Grabe getragen hatte.

Wie dumm und eingebildet ich war!

Selbstverständlich schrieb ich Berardinas Lächeln, das mit der Zeit Vertrauen, Zärtlichkeit, ja unverhüllte Liebe ausdrückte, ausschließlich der Zähigkeit meines wortlosen Werbens zu. Daran glaubte ich sogar noch, als ich an einem kühlen Herbsttag vor sieben Jahren in einem wenn auch geflickten, aber frischgewaschenen Hemd über den Marktplatz stolzierte, um der Mutter Berardinas meine Aufwartung zu machen. Auch Adriana de Satis war Witwe, Pietro Pisa hatte schon lange das Zeitliche gesegnet, und es war Adriana de Satis bestimmt nicht leichtgefallen, die Familie mit Anstand zu ernähren; sie wird froh gewesen sein, wenigstens Berardina jung genug unter die Haube zu bringen.

Ich glaube, ich habe mich in meinem ganzen Leben nie so unsicher gefühlt wie an jenem Nachmittag. Meine Hände zitterten, als ich das Tuch unter meinem Hemd hervorzog, in das ich meine Brautgaben eingeschlagen hatte. Ich erinnere mich an jedes einzelne Geschenk, nicht weil sie kostbar gewesen waren, sondern weil es mich soviel Mühe gekostet hatte, meine Armut mit ein wenig Glimmer zu verbrämen. Adriana de Satis warf nur einen einzigen Blick auf die Filigrankette, die viel zu lang war, um pures Silber vorzutäuschen, und auf die Ohrgehänge mit den blauen Steinen. In einem günstigen Licht schimmerten sie wie das unbestimmbare Blau des Horizonts in der Ferne, dort, wo er mit dem Meer verschwimmt, aber die Herbstdämmerung an jenem Tag schien den Steinen allen Glanz genommen zu haben, stumpfe, blaue Glaskugeln lagen in Adriana de Satis Händen, wertloser Plunder. Der Fächer gegen die Mittagshitze hingegen hatte nichts von seiner Schönheit eingebüßt. Ich hatte ihn einem Gaukler abgeschwatzt, und es hatte mich viel Zeit gekostet, den Mann zu einem zahlbaren Preis zu überreden. Berardinas Mutter ließ ihn mehrmals zwischen den Fingern auf- und zurascheln, staunend, weil die Seide beim Öffnen das bunt schillernde Gefieder eines Paradiesvogels freigab. Es schien, als spreize er gemächlich seine Schwingen, bereit, sein Gefängnis zu verlassen und davonzuflattern. Es gab auch noch ein Paar Strümpfe in meinem Tuch, Strumpfbänder, zwei Anstecknadeln, mehr oder weniger nützliche Dinge.

Viel war es nicht, was Adriana de Satis hervorholte – später stritt sie immer ab, daß sie ein klein wenig die Brauen gerunzelt habe. Ich hatte ja nur das mindeste kaufen können, gerade genug, um die Bräuche mit Anstand zu erfüllen, obwohl ich für meine Brautgaben die kümmerlichen Ersparnisse der gesamten Familie zusammengekratzt, mich bei Zio Salvatore in Schulden gestürzt und wohlhabendere Freunde um ein paar vorzeitige Hochzeitsmünzen erleichtert hatte. Adriana de Satis war nicht einfach im Umgang, sie konnte sehr scharfzüngig und abweisend reagieren; ich weiß noch, wie mich die Aufregung vor einer möglichen Abfuhr nächtelang nicht schlafen ließ. Erstaunlicherweise schien sich Adriana de Satis mit einem so ärmlichen Schwiegersohn abgefunden zu haben, jedenfalls bot sie mir schließlich die Hand, die das Eheversprechen besiegelte, und bedeutete mir mit einem knappen Kopfnicken, ich dürfe Berardina nun küssen.

In den drei Nächten zuvor, während ich mich meiner dürftigen Geschenke wegen schlaflos im Bett gewälzt und mit Bedauern an Mamma Luisas verlorene Zechine gedacht hatte, hatte ich mir immer wieder diesen Kuß vorgestellt, das Gefühl Berardinas weicher, warmer Lippen auf meinem Mund und das leichte Zurückweichen ihres Körpers bei meiner Berührung, um nicht unschicklich zu wirken. Nichts davon erfüllte sich, denn eine ganz unerklärliche Willenlosigkeit lähmte plötzlich meine Glieder, meine Zunge klebte trocken am Gaumen und gab nicht ein einziges der Koseworte frei, die ich in den Nächten erfunden hatte, nicht einmal Berardinas Name wollte mir über die Lippen. Nur mit Mühe bewahrte ich Haltung, zwang mich einen Schritt auf sie zu, drückte meiner Braut einen ungeschickten, flüchtigen Kuß auf die Wange, drehte mich um und lief aus dem Zimmer. Ich nahm noch das Lächeln wahr, mit dem Adriana de Satis meinen Brautkuß bedachte, gerührt, weil meine Unbeholfenheit nicht zu meinem sonst so respektlosen Auftreten paßte.

Während der nächsten Tage wehten vor unseren beiden Häusern Teppiche und bunte Seidentücher, um die neue Verbindung der beiden Familien anzuzeigen. Die Gespräche in der engeren Nachbarschaft drehten sich nur noch um die bevorstehende Hochzeit, jeder wollte ein Wörtchen mitreden, überzeugt davon, daß gerade seine

Ratschläge für das Gelingen unserer Ehe unverzichtbar wären. Ich wurde des Geschwätzes bald überdrüssig, schon nach zwei Tagen erschöpften sich meine Auskünfte in einem einsilbigen Ja oder Nein, am liebsten hätte ich Berardina heimlich vor einem Feldtabernakel geheiratet, um den Klatschbasen endlich das Maul zu stopfen. Aber Taufe, Hochzeit und Begräbnis gehören zu den wenigen Anlässen, bei denen wir uns streng unseren Gebräuchen und Regeln fügen, und deshalb sollte uns der greise Matteo Peta zusammengeben, damit sich der Kreis von Taufe und Hochzeit schloß.

Meine Mutter seufzte, Ausgaben über Ausgaben. Zwei Hochzeiten innerhalb kurzer Zeit waren zuviel für das schmale Familieneinkommen, denn erst vor drei Monaten hatte meine Mutter meine Schwester Grazia verheiratet. Ich habe Grazia bisher nie erwähnt. Sie spielte keine große Rolle in meinem Leben; ich liebe sie, wie man eine leibliche Schwester liebt, jedoch eher pflichtbewußt als von Herzen. Wir hatten uns nie viel zu sagen. Vielleicht, weil sie meinem Vater so ähnlich ist, selbst wenn sie lächelt, überschattet eine Mischung von Furcht, schlechtem Gewissen und Verlegenheit ihre Züge.

Grazia unterstützte meine Mutter bei ihren Ausflüchten, die Hochzeit noch hinauszuschieben. Abend für Abend jammerten sie über das tragische Schicksal, das Ceccone so jung hatte sterben lassen, und ob es nicht ein böses Omen bedeutete, wenn weder der Vater der Braut noch der Vater des Bräutigams die Ehe absegne. Nicht einmal Mamma Luisa, die mich wie ihren eigenen Sohn geliebt habe, dürfe mein Glück miterleben. Ich lachte sie aus: Weder Mamma Luisa noch mein Vater würden für meine Hochzeit von den Toten auferstehen!

Grazia erschrak wegen solch frevelhafter Reden und bekreuzigte sich. Sie war sehr gläubig und beichtete sicher Sünden, die sie gar nicht begangen haben konnte – sie jammerte gern, weil es ihrem Wesen entsprach. Meine Mutter hingegen versuchte eigentlich immer, etwas mit Tränen durchzusetzen, sie wußte genausogut wie ich, daß sie sich zu Lebzeiten meines Vaters nie um seinen Einspruch gekümmert hatte, und daß der Versuch, meine Hochzeit zu verschieben, nur dazu diente, ihre Entscheidungsgewalt in Familienangelegenheiten zurückzugewinnen. Es hat sehr lange gedauert, bis meine Mutter mich als Familienoberhaupt akzeptierte.

Nach tagelangem Gezeter fand sie sich schließlich drein und bat Matteo Peta, unser Aufgebot an den nächsten drei aufeinanderfolgenden Festtagen in der Kirche Santa Caterina anzuschlagen. Und als niemand die Verbindung unserer beiden Familien beanstandete, setzten wir endlich das Datum der Hochzeit fest. Am 20. April 1641 sollte Adriana de Satis ihre Tochter Berardina in meine Obhut geben.

Die Bänke in der Kirche waren bis auf den letzten Platz besetzt, und da mich Berardina vor dem Altar über Gebühr warten ließ, stand ich – der Neugierde aller ausgesetzt – wie ein blank polierter Holzengel zwischen dem Flackerschein der Kerzen. Ich hielt den Blicken stand, auch wenn ich in manchen Mienen deutlichen Zweifel, sogar Bedauern las, weil die schöne Berardina Pisa eigentlich einen besseren Kerl verdient hätte, und nun mich, den Maulhelden, zum Mann bekam, der sich auf nichts anderes verstand, als die Menschen zum Narren zu halten. Es fiel mir schwer, meine Schadenfreude zu verbergen, wenn ich den einen oder den anderen meiner früheren Rivalen unter den Gästen entdeckte. Ihnen blieb nur der Neid unter ihrer gespielten Gleichgültigkeit, mit der sie mich nach der Trauung beglückwünschen würden.

In einer der vordersten Bänke kniete meine Cousine Marilena und betete wahrscheinlich inständig zur Muttergottes, daß es nicht mehr lange dauern möge, bis sie selbst Hand in Hand mit ihrem Geliebten vor dem Altar zusammentreten und sich fortan den Wortgewittern ihrer Mutter entziehen könnte. Neben ihr saß mein Vetter, Girolamo Donnarumma, wie es schien in ein endloses Gebet versunken. Girolamo verkaufte Früchte, Holzkohle und Pökelfleisch am Pendino, und sein Spitzbauch, der sich gleich einem vorwitzigen Wurstzipfel unter dem Hemd vorwölbte, verriet, daß mein Schwager nicht schlecht von seiner Arbeit lebte. Manche machten sich über den vierschrötigen

Mann lustig, auch ich konnte mir dann und wann eine boshafte Bemerkung nicht verkneifen. Meine Cousine Marilena hatte dafür wenig Verständnis. Mit den Jahren würden die meisten Männer sowieso mehr oder weniger fett, gab sie mir einmal schnippisch zur Antwort, als ich Girolamo mit einer geblähten Schweinsblase verglich – was könne einem in Notzeiten Besseres widerfahren, als einen Wurstmacher zur Verwandtschaft zu zählen.

An jenem Hochzeitsmorgen saß Girolamo da und bewegte unablässig die Lippen. Solch religiöser Eifer war seinem Wesen eigentlich fremd. Ich glaube deshalb heute noch, daß seine Psalmen damals nicht Berardinas und meiner Zukunft galten, keine Bitten um Wohlstand und reichen Kindersegen einschlossen; eher daß sich mein Vetter ausschließlich um den Inhalt seiner Würste sorgte, die er gelegentlich zu besonderen Anlässen herstellte. Girolamo stopfte so manches Abartige zwischen die Häute, ein halbes Händchen voll zerstoßener und zerriebener Hühnerknochen, winzige Stückchen zerkochten Fells, Knorpel von Entenfüßen, dann und wann streckte er das Gewicht auch schon mal mit einer erschlagenen Ratte. Niemand entdeckte jemals das Geheimnis seiner wohlschmeckenden Würste, Girolamo Donnarumma gilt bis heute als unbescholtener, ehrbarer Bürger.

Ganz hinten an einem Pfeiler lehnte Mase Carrese, ein entfernter Verwandter unserer Familie. Er kam zweimal in der Woche mit dem Schiff von Pozzuoli nach Neapel, um den Ertrag der Felder auf den Markt zu bringen. Jedesmal, wenn ich ihn traf, machte er ein mißmutiges Gesicht, als hätte ihm die Sonne auf dem Weg alles Gemüse verdorrt. Der Grund war immer derselbe: Mase Carrese hatte den Geruch von Hirse, Bohnen und Korn gründlich satt. »Nichts als Grün vor der Nase«, zeterte er, »kein Mensch kann auf Dauer nur Grün ertragen, sprießendes Grün, wogendes Grün, Grün in allen Schattierungen, ewig langweiliges Grün.« Wenn ich ihm vorschlug, statt Gemüse und Korn Pfefferschoten zu transportieren, schnaubte er verächtlich und schalt mich einen Dummkopf. Während ich vor dem Altar stand und immer noch auf meine Braut wartete, ertappte ich Mase Carrese, wie er beständig schluckte und sich von Zeit zu Zeit die Lippen leckte. Er schien nicht mit dem Speichel fertigzuwerden, der sich vor Begehrlichkeit nach den Genüssen des bevorstehenden Hochzeitsschmauses unter seinem Gaumen und seiner Zunge sammelte. Auf einmal verspürte auch ich die Gier nach einem knusprig gebratenen Stück Schwein, nach prallen Würsten, gesottenem Kalbskopf, gekochten Innereien, in Kräuter und Öl eingelegten Zwiebeln, weißen, fleischigen Fischbäuchen, cremigen Nachspeisen... Hungerschweiß trat mir aus allen Poren, die Gesichter im Kirchenschiff verzerrten sich zu Fratzen mit Schweinsohren und riesigen, malmenden Rindermäulern, Hälse und Schultern verwuchsen zu fetten Büffelnacken, ein Busen blähte sich auf wie ein pralles Ziegeneuter, platzte und ertränkte Münder, Arme, Beine, Brüste in einem Meer warmer, fettiger Milch...

Ich trat einen Schritt nach vorn, um in die verlockende weiße Flüssigkeit hinabzutauchen, doch im selben Augenblick dröhnte das Geläut der Kirchenglocken in meinen Ohren auf und riß mich in die Wirklichkeit zurück. Die Glocken kündigten die Braut an, und ich starrte auf Berardina. Langsam aus meinem Taumel erwachend, hielt ich mich an ihrem Lächeln fest, bis das Trugbild der Milch unter ihren Schritten zurückwich. Ich wundere mich noch heute, daß ich mit einem lauten, festen Ja unsere Ehe besiegelte und weder der Kalbskopf, der mir von der Festtafel entgegenglotzte, noch die Fettaugen, die auf der Suppe schwammen, mich in diesen entsetzlichen Alptraum zurückwarfen.

Adriana de Satis blieb ihren Gästen nichts schuldig, seit einer Woche waren köstliche Duftschwaden von Gebratenem, Gesottenem, Gekochtem aus ihrer Küche gedrungen, ihre Hände zeigten noch die Spuren von Fruchtfleisch und Essigsud. Aber auch meine Mutter war nicht untätig geblieben, und als sich die Gäste durch Adrianas Leckereien durchgefressen hatten, setzten wir die fröhliche Schlemmerei ein paar Häuser weiter im Vico Rotto fort, bis auch die letzte eingelegte Olive verschwunden war. Am Abend kam Messer Ruggiero mit der Laute vorbei, seine Villanellen und Cascarden verlockten selbst unmusikalische Kehlen, sich mit ein paar falschen Tönen einzumischen; ganz Kecke tanzten sogar nach französischer Mode, wurden allerdings von den anderen als schmähliche Verräter beschimpft und beiseite gedrängt. Als der Wein in den Krügen zur Neige ging und die Männer ein wenig betrunken waren, ereiferten sie sich über alte Geschichten – das übliche Fischergarn, das aus einem abgewrackten Boot eine Fregatte machte und einen einfachen Seemann zum Admiral der königlichen Flotte beförderte. Bald gab es unter den Anwesenden keinen, der nicht mindestens einen vierzigpfündigen Cefalo* aus dem Netz gezogen oder mit der bloßen Hand einen ganzen Schwarm Moränen erledigt hätte. Ich kannte diese Geschichten auswendig, es waren immer dieselben Lügengespinste, die bei solchen Gelegenheiten die Runde machten. Normalerweise log ich kräftig mit, an diesem Tag hingegen lauschte ich nur den Koseworten, die mir Berardina ab und zu ins Ohr flüsterte. Sie klangen weit verheißungsvoller als die Schaumschlägereien der zechenden Männer, so daß ich bald versuchte, die lästigen Gäste loszuwerden. Ich gab Messer Ruggiero einen unauffälligen Wink. Er lachte, nickte mir zu und begann, einen schnellen Rhythmus auf den Boden seiner Laute zu klopfen. »Madamma la Zita«, rief er, »es wird Zeit für Madamma la Zita!« So heißt der Tanz, mit dem wir Bewohner des Marktviertels ein Hochzeitsfest beenden, trotz der heiteren Klänge eigentlich ein trauriges Lied, weil Musik, Essen, Trinken und Tanzen ein Ende haben und alle Fröhlichkeit endgültig in den grauen Alltag zurücksinkt. Einer nach dem anderen sprang auf, als die ersten Töne auf dem Instrument erklangen, beim letzten Tanz erhitzten sich die Wangen der Menschen noch einmal, glühten vor Lebenslust, lautes Händeklatschen erfüllte die Stube, dicke, dünne, kleine und große Körper kreiselten nach der Musik durch den Raum. Ich liebte sie alle, arme, häßliche, mürrische, scheue, aufdringliche – sie waren wie ich. Fast stimmte es mich wehmütig, als sie endlich Anstalten machten zu gehen. Mase Carrese klopfte mir ermutigend auf die Schultern, Zio Salvatore ging nicht ohne ein anzügliches Augenzwinkern, Adriana de Satis vergoß Tränen, meine Mutter zog Grazia unter einem nicht enden wollenden Redeschwall aus der Kammer, mein Bruder Giovanni kicherte trunken, und Girolamo Donnarumma war speiübel, obwohl er nur eine einzige seiner eigenen Würste verzehrt hatte. Jeder schleppte sein Päckchen Daseinslast wieder nach Hause, ob es das schlechte Gewissen eines unehrlichen Wurstmachers, die Angst, als alte Jungfer sitzenzubleiben, der Gram um ein kürzlich verstorbenes Kind oder nur die drückenden Sorgen ums tägliche Brot waren. Das Fest hatte alle Kümmernisse für ein paar Stunden in ein strahlenderes Licht getaucht, jetzt erinnerten sich die Menschen wieder, daß die Steuern deswegen nicht geringer wurden, daß kein vierzigpfündiger Cefalo in den Netzen zappelte und daß sich die adeligen Moränen schon gar nicht mit der bloßen Hand vertreiben ließen. Ich hörte manche noch auf der Stiege laut mit Messer Ruggiero hadern … ein Stündchen hätte er wirklich noch zugeben können, wenigstens ein halbes … Madamma la Zita hatte die Bürde der Wirklichkeit viel zu früh zurückgebracht.

Ich war mit Berardina allein, allein in dem ärmlichen Zimmer, das wir in jener Nacht gegen kein anderes hätten eintauschen mögen. Von den Wänden rieselte an manchen Stellen der Kalk, selbst dieses Geräusch des Zerfalls, der Endlichkeit klang uns wie das Rauschen eines lang herbeigesehnten Regens, das Talglicht flackerte, über die Wände huschten die Schatten aller herbeigerufenen guten Geister, und die Frühlingsluft draußen versprach Wärme zu schenken für ein ganzes Leben.

Ich löste die Spangen an Berardinas Schuhen, rollte ihre Strümpfe herunter, nestelte die Knöpfe an ihrem Leibchen auf, schälte sie aus den drei übereinandergezogenen Röcken, flocht die Haarschnecken über ihren Ohren auf, zog ihr das Hemd über den Kopf, verweilte einen langen, zärtlichen Augenblick bei ihren Brüsten, erschnupperte den Duft von Rosmarin und Salbei … Nie wieder werde ich mich in solcher Lust verlieren wie in jener ersten Nacht. Ermattet wie nach einem Fieber lagen wir, Flamme im Feuer und Rauch in den Wolken, und unser Flüstern trug uns weit fort von all dem, was uns mit der Erde verband. Es gab keine Sorgen mehr, keine Armut, keine Fremdherren und keine Angst, die uns den Mund verschloß. Ein bißchen schämte ich mich beim Einschlafen meiner Wolkensprünge, weil sie so unwirklich und unmöglich schienen.

Wie lange kann so ein Glückstaumel anhalten, Bruder Anselmo, wie lange ein Gebet die Augen vor der Wirklichkeit verschließen? Das Frühjahr verging, der Sommer erfüllte die Gassen mit seiner trägen Hitze, das Fleisch auf den Marktständen verbreitete den für die Jahreszeit üblichen leichten Verwesungsgestank. Früchte faulten, grün schillernde Schmeißfliegen hockten dicht an dicht auf den Kiemen der Fische, Kinder wurden geboren, Kinder starben, die Augusthitze raffte Sieche und Greise dahin, es gab keine Arbeit, kein Geld, kein Brot, alles ging seinen Trott wie im letzten Sommer, in dem davor und in all den anderen Jahren.

Berardinas Hingabe bewahrte mich nicht vor dem Gefühl der Gewohnheit, das in den Nächten allmählich zu uns ins Bett kroch, meine Umarmungen wurden hastiger, auch gröber, gewalttätiger, wenn ich trunken vom Wein und wütend über meine Verluste beim Kartenspiel im Morgengrauen nach Hause zurückkehrte. Berardina schwieg zu meinen Ausschweifungen, immer schwieg sie und duldete, selbst vergangene Nacht, als meine Verfehlung sie wie eine gezinkte Karte um ihren Einsatz betrog, fand Berardina kein Wort des Vorwurfs.

Oft saß ich bis in die frühen Morgenstunden mit Spielern und Zechern in der Taverne del Mercato zusammen, blieb, obwohl ich selbst keine Münzen mehr einzusetzen hatte, trank von geborgtem Geld oder verkaufte meinen Spottgesang für zwei Becher Wein. Sobald die Steuerpächter auftauchten, die ihre Abende häufig in der Taverne verbrachten, hielt ich mich still im Hintergrund; man konnte aus ihrem weinseligen Gerede so manche geplante Veränderung erfahren, Steuermaßnahmen, neue Gesetze, von denen sich die Bisogni* erhofften, uns damit noch tiefer in die Knechtschaft zu stoßen.

Eines Nachts gab es einen heftigen Streit zwischen dem Steuerpächter Girolamo Letizia und Naclerio, dem damaligen Eletto del Popolo*. Letizia saß mit anderen Steuereintreibern beim Kartenspiel, als Naclerio hereinkam, um einen Krug Wein zu holen. Die Funzeln auf den Tischen rußten bis an die Decke, im Holzofen kokelten ein paar Pizzen, Qualmschwaden von brutzelndem Fett und beißender Knoblauchdunst hingen in der Luft und tauchten den engen Raum in ein staubiges, diffuses Licht. Naclerio bemerkte die Männer nicht gleich, erst als er in seinen Taschen nach ein paar Carlini* kramte, fiel sein Blick auf das gerötete Gesicht Letizias. Der Steuerpächter war stark angetrunken und hatte mehrere Spiele hintereinander verloren; in seinen Augen stand blanke Wut, während er das Münzenhäufchen vor sich auf dem Tisch hin- und herschob. Letizia war ein ausgesprochen schlechter Verlierer, man ging ihm dann besser aus dem Weg, weil er in diesem Zustand jähzornig und nur darauf aus war, mit jedem Händel anzufangen. Naclerio nahm seinen Weinkrug und versuchte, sich unbemerkt an den Steuerpächtern vorbeizudrücken. Doch da streckte Letizia schon das Bein aus, um den Eletto zu Fall zu bringen. »Illustrissimo«, spottete er, »hast du noch späte Gäste oder säufst du deinen Wein allein?«

Das ärmliche Pack schreckte von den Tischen hoch, reckte die Hälse, denn der Titel Illustrissimo war nur dem Vizekönig oder hochgestellten adeligen Persönlichkeiten vorbehalten. Als sie den Eletto erkannten und den besonderen Hohn in dieser Anrede verstanden, fielen sie in das Gelächter der Steuerpächter ein, genau wie Letizia es beabsichtigt hatte. Wir alle wußten, in welchem Ausmaß das Amt des Eletto im Laufe der Jahre an Ansehen verloren hatte, längst war aus dem Recht des Volkes, sich seinen Beauftragten selbst zu wählen, eine traurige Farce geworden. Zwar bestimmten die Capitani* der neunundzwanzig Ottinen* noch immer die Deputierten für den Volksseggi* und wählten, wie das Gesetz es vorschrieb, die Kandidaten für das Amt des Eletto aus, doch waren die Capitani meistens obrigkeitshörige Männer, und von den sechs Kandidaten, die sie für das Amt des

Eletto vorschlugen, buckelte jeder vor dem Vizekönig, so daß es im Grunde genommen keine Rolle spielte, wer von diesen Kriechern und Pharisäern schließlich das Amt übernahm. Ohne die Unterstützung der Capitani ließ sich überhaupt nichts durchsetzen, und Naclerio hatte in weiser Voraussicht seinem Bruder, Antonio d'Angelo, ein solches Amt verschafft, um sich die Ergebenheit wenigstens einiger Männer zu sichern. Eine lächerliche Mühe, denn Naclerio konnte gegen die anderen fünf Seggi kaum etwas ausrichten, denen jeweils ein Adeliger vorstand. Die Stimmenverteilung im Tribunale betrug fünf zu eins gegen das Volk, und Naclerio hatte nicht nur einmal zu spüren bekommen, daß seine Stimme dem Gewicht einer Pflaume zwischen fünf dicken Kürbissen entsprach. Er wagte ganz selten, sich den Anordnungen des Vizekönigs zu widersetzen, nicht weil er dessen Entscheidungen billigte, sondern weil er sich das Amt des Eletto um jeden Preis erhalten wollte, das ihm ein angenehmes Leben ermöglichte.

Naclerio und Letizia verabscheuten einander so sehr, daß sie sich nur mit dem Familiennamen anredeten, wenn sich ein Zusammentreffen einmal nicht vermeiden ließ. Naclerio hetzte und intrigierte bei jeder Gelegenheit gegen den Steuerpächter, um seine eigene Korruptheit und Unfähigkeit zu verdecken, und Letizia nutzte seinerseits alle Möglichkeiten, gegen den Eletto zu stänkern und das Messer in eben jene Wunde zu stoßen. Und wenn Letizia betrunken war wie an jenem Abend in der Taverne, verloren seine Beleidigungen jedes Maß.

»Hat's dir die Sprache verschlagen, Illustrissimo?« höhnte er. »Oder bist du in Eile? Vielleicht ist der Wein gar nicht für dich bestimmt, sondern ein Geschenk für die Grafen, um sie bei Laune zu halten!«

Steuerpresser! Dieb! Hurensohn! Ich weiß nicht mehr genau, welche Flüche Naclerio dem Steuerpächter sonst noch entgegenbrüllte, jedenfalls sprang Letizia auf und vertrat dem Eletto den Weg, schäumend vor Wut stieß er Kartenspieler und Zecher beiseite, denen die Feindseligkeit gegen den Steuereintreiber im Gesicht geschrieben stand. Fast jeder von ihnen hatte schon einmal am eigenen Leib erfahren, wie Letizia die Steuerschuld in doppelter und dreifacher Höhe eintrieb, jedermann kannte seine prächtige Villa, die er sich vom Schweiß der Bauern Posillipos hatte bauen und bis unters Dach mit Silbergeschirr, kostbaren Gemälden und feinen Seidenteppichen hatte ausstaffieren lassen. Wir haßten Letizia, weil man von den dukatengefüllten Truhen in seinem Haus mehr als hundert Familien aus dem Marktviertel hätte ernähren können. Auch Naclerio wußte, wie unerbittlich Letizia mit Zahlungsunfähigen verfuhr, doch selbst wenn er gewollt hätte, reichte seine Macht als Eletto nicht aus, um den Plünderer in seine Schranken zu verweisen und eine wirkliche Änderung herbeizuführen.

Dieb? Steuerpresser? Hurensohn? Letizia wiederholte fast ungläubig die Beleidungen Naclerios, packte ihn am Hals und schüttelte ihn, bis der Eletto unter dem harten Zugriff zu röcheln begann und zu Boden stürzte. Niemand wagte, ihm aufzuhelfen. Und dann spie Letizia einen solchen Schwall Gehässigkeiten in den Raum, daß ich mich noch heute schäme, Letizia nicht mit einem Faustschlag das Maul gestopft zu haben. Mit seiner Großzügigkeit und seinem Geld prahlte er, mit dem er den Bau der Flotte unterstütze, die fremdes Gesindel von unseren Küsten fernhalte. Er erfand Gefälligkeiten, die er dem Vizekönig ohne Gegenleistung erweise, obwohl sich doch sonst in dieser Stadt jeder an jedem bereichere. Mühsam häufe er Geld für die Stadtkasse auf, schrie er, nur damit sich das Gesindel von Bauern und Händlern in Sicherheit wiegen könne, damit die Bettler ihren faulen Ranzen unter der Sonne wärmten, und schließlich bewahre er, Girolamo Letizia, die Bevölkerung davor, übriges Geld gotteslästerlich zu verspielen oder zu versaufen! Solch dreiste Lügen spuckte der Steuerpächter uns entgegen, dann beugte er sich zu Naclerio hinunter, der noch immer am Boden lag und nach Luft rang, lachte ihm ins Gesicht und versprach, er werde den Eletto bestimmt in den Belangen des Volkes unterstützen.

»Wir wissen alle, Naclerio, wie du dich abmühst«, sagte Letizia, »wir wissen alle, daß dein Mitgefühl für die Armen von einem schmackhaften, reichlichen Essen abhängt und von dem prallen Beutel, den dir dein Amt einbringt.«

Er hielt einen Moment inne, um die Wirkung seiner Worte voll auszukosten, dann legte er einen solch tückischen Ton in seine Stimme, daß mich fror. »Auch ich bin ein Freund der Armen«, fuhr er fort, »du hast recht, Naclerio, es geht ihnen schlecht. Aber was glaubst du, warum deine Armen ein so karges Leben führen? Ich will es dir sagen, ich will es euch allen sagen!«

Letizia schnellte hoch, und plötzlich schrie er, schrie so unvermittelt, daß die Umstehenden erschrocken in Nischen und Ecken zurückwichen. »Weil sich das Gesindel wie Karnickel vermehrt!« brüllte er. »Es ist an der Zeit, das Pack auf ein rechtes Maß zu dezimieren – wenn die eine Hälfte verhungert, hat die andere endlich genug zu fressen!«

Niemand sprach, niemand wehrte sich gegen diese Gemeinheit. Ich sah mich um, alle hatten ihre Karten, ihre Becher oder ihr armseliges Stück Pizza im Stich gelassen, drängten ihre Körper an den Wänden aneinander, verängstigt wie Schafe bei einem Unwetter. Auch mir hatte es die Sprache verschlagen, doch ich hatte wenigstens meinen Platz nicht verlassen. Ich saß da wie ein zurückgebliebener Soldat, der sich nicht entscheiden konnte, ob er sich seiner feigen, fliehenden Kompanie anschließen oder dem Feind ausliefern sollte. Letizia sah mich aus schmalen Augen an, hob die Hand, schien mich schlagen zu wollen, ließ aber dann den Arm sinken und zuckte die Schultern:

»Nur ein Lazzaro«, sagte er gleichgültig, »nicht einmal einen Faustschlag wert.«

Danach wandte sich Letizia wieder seinen Zechbrüdern zu, schlug seine Handflächen mehrmals gegeneinander, als hätte er sich aus Versehen beschmutzt, setzte sich an den Tisch und nahm sein Kartenspiel wieder auf. »Ich werde dir zeigen, wie gut ich es mit deinen Armen meine«, rief er über die Schulter dem Eletto zu, »ich werde die Kornsteuer morgen nicht auf vier, sondern auf fünf Carlini erhöhen!«

Naclerio rappelte sich auf, blaß und gedemütigt wankte er zur Tür, preßte mühsam ein paar halbfertige Sätze zwischen den Lippen hervor, drohte, daß er mit Hilfe Kardinal Filomarinos beim Vizekönig einen Erlaß der Korn- und Mehlsteuer erwirken werde.

»Geh nur und winsle um Gnade für den Pöbel«, entgegnete Letizia mit der Ruhe des Stärkeren, »aber bedenke, Naclerio, wenn erst die Hälfte der Armen verhungert ist, wird deine Stimme noch mehr als jetzt eine Stimme der Toten sein!« Die Steuerpächter grölten. Naclerio griff nach seinem Krug und floh so hastig aus der Taverne, daß er die Hälfte des Weins über seine Hosen verschüttete. Er wollte nur weg von diesem üblen Gerede, das ihm die Furcht vor dem Verlust seines Amtes so deutlich vor Augen führte, seine Angst vor Hunger, vor Durst, vor der entsetzlichen Armut, die ihn bisher gottlob verschont hatte. Da sich Letizia wieder ins Kartenspiel vertiefte, krochen die Leute aus ihren Ecken und Nischen hervor, ärmlicher als sonst wirkten sie im Bewußtsein ihrer Feigheit. Sie setzten sich wieder, manchmal erhob sich ein Flüstern zwischen dem Knistern ihrer Karten: Fünf Carlini, fünf Carlini... Mir war die Lust am Spiel gründlich vergangen. Ich strich nicht einmal meinen Gewinn ein, sondern schob ein paar Kupfermünzen einem Bettler zu, der sich Abend für Abend vom Spielerglück eine Mahlzeit erhoffte.

Am Morgen nach jener Nacht stand ich in aller Herrgottsfrühe auf, ich wollte mit den Bauern warten und sehen, ob Letizia seine Drohung wahrmachen würde.

Am Kornzollhaus harrte schon eine Gruppe Feldarbeiter auf den Steuereinnehmer; die Männer saßen breitbeinig auf Getreidesäcken, deren Inhalt Scheffel um Scheffel gewogen, geprüft und besteuert werden mußte. Hochbepackte Esel zockelten durch das Stadttor, sie schwankten unter dem Gewicht ihrer Traglasten, gutmütige Zurufe klangen durch die Morgenluft, wenn eines der Tiere störrisch am Wegrand stehenblieb.

»Porca miseria«, murmelte einer der Männer, »wie lange sollen wir noch herumstehen, bloß um Letizias Taschen zu füllen?« Im Nu entbrannte ein wütendes Gezeter darüber, ob es nicht besser wäre, das

Getreide gleich ins Meer zu schütten und Hühner und Gänse abzuschlachten, statt sie mit teuer versteuerten Körnern durchzufüttern. In diesem Augenblick bog Letizia um die Ecke, die Augen gerötet und verquollen von der langen Nacht – seine Stimme klang so herrisch, als er einen der Männer heranwinkte, daß ich mich nicht gewundert hätte, wenn er die Steuer auf sieben Carlini festgesetzt hätte.

Diesmal war ich vorbereitet, ich wollte mich unter keinen Umständen ins Bockshorn jagen lassen, sondern zusammen mit den Bauern um angemessene Abgaben streiten. Fast war ich enttäuscht, als Letizia brummend die üblichen drei Carlini verlangte. Er hatte die Steuererhöhung von seinem Kartenglück in der vergangenen Nacht abhängig gemacht, wie ich später erfuhr, und Fortuna hatte offensichtlich die Karten zugunsten der Bauern von Posillipo gemischt.

Die Kunde vom Streit zwischen Letizia und dem Eletto verbreitete sich wie ein Lauffeuer im Marktviertel, hoffnungsvolle Gerüchte machten die Runde, der Korn- und Mehlzoll könnte womöglich ganz aufgehoben werden; die Leute schlossen Wetten ab, ob der Eletto den Kardinal aufsuchen würde oder wie gewohnt nur große Worte gespuckt habe. Einerseits fürchtete Naclerio sicher eine scharfe Zurechtweisung des Vizekönigs, wenn er sich für die Armen einsetzte, andererseits mußte er sich wenigstens nach außen hin um die Belange des Volkes kümmern. Er konnte es sich nicht leisten, von der Bevölkerung fallengelassen zu werden. Manche sagten dem Eletto nach, er habe sich bei aller Korruptheit noch ein Fünkchen Gerechtigkeitssinn bewahrt, und da die Steuern in den nächsten Tagen zwar nicht aufgehoben, aber auch nicht erhöht wurden, nahmen wir an, Seine Eminenz habe sich beim Vizekönig für die Armen verwandt, vielleicht sogar Letizia ins Gewissen geredet.

Wir vertrauten Kardinal Filomarino, auch ich sah damals einen wohlmeinenden Hirten in ihm, der sich um Linderung des Elends bemühte, wo die spanische Autorität es ihm erlaubte. Während der letzten beiden Tage aber habe ich an seiner Aufrichtigkeit gezweifelt, denn ich konnte so manche seiner Verhaltensweisen weder mit

Gottesfürchtigkeit noch mit seiner Seelsorgerpflicht den Armen gegenüber in Einklang bringen. Wie gut sich der Kardinal in den Schlupflöchern der spanischen Obrigkeit zurechtfand! Ich fragte mich, ob sich seine Huld in den vergangenen Jahren absichtlich weitgehend in Almosen erschöpft hatte, in duldsamen Worten, im Segen unseres Herrn Jesus Christus und den Mahnungen, das gottgewollte Leid auf Erden in Demut zu ertragen. Aber ein so hoher Würdenträger muß wohl auf der Seite der Mächtigen stehen und deren Interessen wahren, das Volk klein und bedürftig zu halten. Von ihm hätte ich lernen können, wie man sich zwischen zwei Fronten am Leben hält, ein Spiel, das Kardinal Filomarino meisterhaft beherrscht, um es sich weder mit dem Papst noch mit dem Hof in Madrid zu verderben. Es schmerzt mich, wenn ich daran denke, daß ich in den ersten Tagen meiner Macht das Vertrauen des Kardinals suchte, wie ein Bittsteller seine Hilfe gegen die Spanier erbat und nicht gleich merkte, wie geschickt er mich abwies, ja, mich zu überreden versuchte, mein Volk im Sinne der Obrigkeit zu führen, das heißt, im Grunde genommen zu verraten.

Sollte Naclerio in jenem Jahr wirklich um eine Unterredung gebeten haben, kann ich mir gut vorstellen, wie der Kardinal den Eletto empfing, ihm das Gefühl gab, einen Fürsprecher gefunden zu haben, wie er ihn täuschte und mit salbungsvollen Worten einlullte, ähnlich wie er mit mir verfuhr, als ich vor wenigen Tagen im Refektorium zu Gast war.

Fasse dich kurz, mein Sohn Naclerio, wird der Kardinal geseufzt und von Zeitmangel und Ermüdung gesprochen haben, von den Klagen, die ja nicht neu seien für die Kirche, von den ungerecht hohen Steuern auf Salz, Öl und Gerste, aber auch von der Pflicht der Kirche, die Spielkartensteuer zu unterstützen, um diese Sünde endlich auszurotten.

Kirche und Volk stünden auf der gleichen Seite, wird er versprochen haben, wenn es darum ginge, Korn, Mehl und Früchte nicht über ein vernünftiges Maß hinaus zu besteuern. Vielleicht hat Seine Eminenz sogar noch die Abgaben gerügt, die auf Seide, auf Strümpfe, auf Gold- und Silberdraht lagen, sicher hat er den Mietzins verworfen, der damals die Armen aus den Häusern in Baracken und Zelte trieb. Strümpfe, Seide und Silberdraht! Welch ein Hohn! Die Armen gingen auch in jenen Jahren barfuß, und wenn sie ein einziges Seidenband besaßen, zählten sie sich schon zu den Reichen. Die Bisogni wußten ganz genau, daß weder der Zins auf Seide noch die Abgaben auf Gold und Silber die Stadtkasse füllen konnten, deshalb versuchten sie ja, uns durch Steuern auf Mehl und Früchte auszubluten.

Wißt Ihr, was Kardinal Filomarino zu mir sagte, während wir vergangene Woche im Refektorium speisten und er mir einen Pokal voll schweren Weines reichte? Der Herr habe diesen Flecken Erde mit solchem Reichtum ausgestattet, daß es niemandem an etwas fehlen müsse. Es sei ein Jammer mitanzusehen, wie viele Menschen trotzdem vor Hunger stürben. Aber vielleicht wolle der Herr uns zeigen, daß ein Leben in Armut ins ewige Heil führe und gesottene Täubchen uns nur vom rechten Weg abbrächten.

Ich konnte zuerst nicht glauben, daß der Kardinal seine Worte ernst gemeint hatte, doch als er einen Augenblick später nach einer gezukkerten Mandel griff, wurde mir klar, an wen die Mahnung eigentlich gerichtet war. Kardinal Filomarino schien vom rechten Weg sehr weit entfernt, die Wangen rosig von ausreichendem Schlaf, nur hier und da ein Pickelchen von zu fettem Essen. Gesottene Täubchen! Meine Stimme klang bitter, als ich dem Kardinal den Fleischpreis vorrechnete, unbezahlbar für unsereinen; als ich ihm beschrieb, welch karges Mahl für einen Fischer ausreichen mußte: Feldfrüchte, ein Stück Pizza, dann und wann ein halbes Brot.

Jedermann in dieser Stadt weiß, daß die Bäcker Neapels lange Zeit zwei Sorten Brot buken, die Palata* für die Armen und Pane a Rotolo aus gutem, reinem Mehl für diejenigen, die es sich leisten konnten, Brot nach Gewicht zu bezahlen. Dem Grafen von Maddaloni machte es sicher nichts aus, wenn der Mehlpreis ins Unermeßliche stieg, für den bevorzugten Adel, selbst für Euch Ordensbrüder ist Brot doch nur Beigabe zu üppigen Fleischtöpfen. Habt Ihr in Eurem Leben einmal eine Palata gegessen? Das Brot der Soldaten, der Fischer und Bettler?

Ihr denkt vielleicht, der geringe, das ganze Jahr über gleiche Preis nahm Rücksicht auf die Ärmsten unter dem König, aber das täuschte nur; war das Korn teuer, verwendete man für die Palata eben weniger und schlechteres Mehl. Fragt nur Naclerio, ob es wahr ist, daß er in jenen Jahren die Bäcker anwies, die Palata noch einmal um zwei Unzen* leichter zu backen und das Mehl mit leeren Hülsen, mit Stroh und, schlimmer noch, mit Marmorstaub zu strekken. Trieb der Hunger einen Armen dazu, mehr als drei solcher Brote zu essen, konnte er sterben, so wie die siebenundzwanzig Soldaten auf dem Castel Sant' Elmo an dem im Brot verbackenen Dreck elend krepiert sind. Die Bäcker behaupteten damals, es wäre unmöglich, eine Palata von dreißig Unzen für vier Grane* zu verkaufen. Das war gelogen! Seit einer Woche backen sie zweiundvierzig Unzen für den gleichen Preis, und sind die Bäcker deswegen vielleicht ärmer geworden?

Während ich letzte Woche Kardinal Filomarino mit diesen für ihn so lästigen Problemen behelligte, drehte er fortwährend an seinem Ring, als könnten sich dadurch wie durch ein geheimes Zeichen alle Kornkammern der Stadt für die Hungernden öffnen.

Gottes Wege sind unerforschlich, nur der Herr weiß, warum manchen Menschen ein so bitteres Jammertal auf Erden beschieden ist – sagt die Kirche nicht so? Und predigt sie nicht von den Sünden des Stolzes, des Hochmuts, der Habsucht? Als ich Kardinal Filomarino daran erinnerte, daß unser König in Spanien derselben Kirche angehöre, und daß das Volk diesen König in Treue und Aufrichtigkeit liebe, seine Beamten jedoch hasse, die die Gebote der Christlichkeit mit Füßen träten, lächelte der Kardinal sein mildes, von aller Wirklichkeit entrücktes Lächeln. Er lächelte auch noch, als ich ihn drängte, mein Gesetz zur Abschaffung der Zölle anzuerkennen oder wenigstens den spanischen Handlangern das siebte Gebot Gottes vor Augen zu führen. Es stehe einem Diener der Kirche nicht zu, sich in weltliche Dinge einzumischen, wies der Kardinal mich zurecht. Zu richten obliege allein Unserem Allwissenden, Allmächtigen Herrn. »Geh hin in Frieden, Masaniello«, sagte er zu mir und zog seine Hände aus den weiten, spitzenbesetzten Ärmeln seines Talars, um mich zu segnen.

Ich hatte längst das ungeduldige Zucken bemerkt, das seine Hände während der letzten Sätze unter dem Stoff vollführten, und kurz bevor sie unter den Ärmeln zum Vorschein kamen, mußte ich für einen Augenblick an weichpluderige Tauben denken, denen man gutmütig die Freiheit schenkt. Aber es flatterten keine Friedenstauben aus dem weißen Gewand, ich empfand die Bewegung seiner Hände plötzlich wie eine Gebärde des Unwillens, mit der man ein lästiges Insekt verscheucht, das sich ins Refektorium verirrt hatte und den Weg nach draußen nicht mehr fand.

Ich dachte an die Inquisition, an Ketzer und Hexen, die man in Gottes Namen auf dem Marktplatz verbrannt hatte, an die Heiligen Kriege, die der Vertreter Petri mit Waffen und Soldaten unterstützt hatte, an die unermeßlich reichen Pfründe der Bischöfe, an die strotzenden Felder der Klöster, an den Hafer, den die Mulis des Kardinals Tag für Tag vertilgten, an die gutgenährten Mönche, die an den Tafeln der Kirche schwelgten, und an das armselige Leben der Heiligen, mit deren Beispiel man die Armen in Neapels Straßen tröstete. Ich dachte an Jesus Christus, der Brot und Fische mit den Minderen geteilt und das Kreuz für die Sünder aller zukünftigen Weltreiche unter Schweiß und Tränen getragen hat. Kein Wort von all dem kam mir über die Lippen, ich schwieg und beugte das Knie unter dem Segen. Aber ich ging nicht hin in Frieden, wie der Kirchenfürst mir empfahl, ich schlich aus dem Refektorium, die Seele voller Haß und Zweifel gegen jede kirchliche und weltliche Gewalt.

Und wenn Naclerio damals wirklich von Seiner Eminenz Fürsprache für die Armen Neapels erhofft hatte, wird ihm der Kardinal, nicht anders als mir, mit wohlgesetzten Worten den Mund verschlossen haben, mit Versprechungen, die niemand je einlösen würde, weil sie nichts anderes waren als hohle, taktierende Worte eines Prälaten.

5

Natürlich wurde der Korn- und Mehlzoll nicht aufgehoben, obwohl Kardinal Filomarino vielleicht darum gebetet hatte. Das Marktviertel erstickte wie eh und je in Lärm und Menschengewimmel, als kreuzten sich dort alle Lebensadern der Stadt; ein pulsierendes Geflecht, in dem sich das erbitterte Feilschen um ein Stück Brot mit den Litaneien der Mönche und dem ungerührten Geläut der Glocken der Kirche del Carmine vermischte, mit dem Geschrei spielender Kinder und dem Lachen sich feilbietender Dirnen. Ich verkaufte weiterhin Fische und rollte Tüten und teilte mir die Bürde, unsere Mutter zu ernähren, mit meinem Bruder Giovanni. Unser beider Verdienst reichte gerade für die notwendigsten Bedürfnisse; oft standen Giovanni und ich stundenlang beisammen und heckten Pläne aus, wie man die spanischen Gesetze unterlaufen und die Bisogni aus der Stadt vertreiben könnte. Hoffnungsvolle Wunschträume, die unser Dasein ein wenig erträglicher machten. Giovannis Besonnenheit brachte mich oft in Wut; er überlegte dreimal, bevor er einen Gedanken aussprach, er tat alles so langsam und umsichtig, als bewege er sich in einem Glasschrein – was ihm Böswillige als Trägheit auslegten –, wenngleich diese Bedächtigkeit meinem Bruder oft einen Fisch ins Netz brachte. Über die wesentlichen Dinge waren wir uns einig. Wenn wir uns stritten, ging es meist um meine Faulheit und die Unbekümmertheit, mit der ich mich gern vor lästigen Pflichten drückte. Ich genoß, Giovanni ertrug.

Nichts war ihm zu kleinkrämerisch, um nicht daraus noch einen Vorwurf wegen meines Leichtsinns zu fischen. Ich erinnere mich, wie wir am Brunnen delli Lioni herumlungerten, und während wir unsere Füße im Wasser kühlten, häufig über die Auslegung einer Legende stritten. Es ging um den verwitterten Bau unterhalb von Santa Maria della Neve, in dem Wände und Fußböden fehlten und sich statt dessen von dichtem Gestrüpp überwucherte Schutthalden zwischen den Mauern auftürmten, die nie jemand anders bewohnt hatte als Fledermäuse und Eidechsen. Ich weiß nicht, ob die Geschichte wahr ist, die Mamma Luisa um diese Ruine rankte – der Erbauer, Signore Cavolofiore, soll ein wohlhabender, mildtätiger Mensch gewesen sein, und das allein spricht für ein Märchen, denn in dieser Stadt sind Wohlstand und Geiz sehr enge Freunde. Besagter Signore Cavolofiore soll von dem Gedanken beseelt gewesen sein, der Stadt endlich ein Hospital zu schenken, behauptete Mamma Luisa, er habe nicht mehr mitansehen mögen, unter welch erbarmungswürdigen Zuständen Kranke dahinvegetierten. Signore Cavolofiore begann also, auf eigene Kosten die ersten Mauern hochziehen zu lassen, und das Volk von Neapel brachte ihm für diese Uneigennützigkeit rührende Dankbarkeit entgegen. Das dachte zumindest der Signore. Eines Tages schlenderte er gegen Mittag über den Markt, und der Duft der gebündelten Rosmarinsträuße kitzelte ihn dermaßen in der Nase, daß ihn eine plötzliche, unbezähmbare Gier nach einem gebratenen Fisch überfiel. Leider fand er nur einen einzigen Cefalo*, und Cavolofiore überlegte lange, ob er den Fisch kaufen sollte, denn die Einmaligkeit schlug sich in geradezu unverschämter Weise auf den Preis nieder. Dem Signore schien es fast eine Sünde, so viel Geld für einen einzigen Fisch auszugeben, doch schließlich siegte Lust über Sparsamkeit, Cavolofiore ließ Sünde Sünde sein, bereit, den überteuerten Preis zu bezahlen. Als er gerade mit dem Händler einig geworden war, kam ein Eisenarbeiter daher, bot gleich zweimal soviel für den Cefalo und schnappte dem Signore den einzigen Fisch weg, der auf dem Markt zu finden war. Cavolofiore wunderte sich, wie ein ärmlich gekleideter Mann eine solch große Summe ausgeben konnte, und fragte ihn, wie lange er wohl für den Preis des Fisches hatte arbeiten müssen. Der Mann lachte und gab ohne Zögern drei Tage zu. Der Signore wunderte sich noch mehr, forschte vorsichtig die Familienverhältnisse aus und beförderte mit seinen Fragen ein Weib, drei Kinder, mehrere unverheiratete Schwestern und einen kürzlich zu Grabe getragenen Vater hervor. Ob er denn da nicht sparen müsse, fragte Signore Cavolofiore den Eisenarbeiter, nicht für Krankheit, Alter und Tod vorsorgen? Der Eisenarbeiter sah den vornehmen Signore verdutzt an: Warum in Gottes Namen er sich deswegen schon heute grämen solle, gab er zur Antwort, wenn Gott ihn eines Tages mit einer Krankheit strafen sollte, ließe er sich im Hospital des Signore Cavolofiore gesund pflegen, denn dafür baue der es doch.

Dann nahm der Eisenarbeiter den Fisch und ging davon. Dem Signore soll es die Sprache verschlagen haben. Er beschloß, nie wieder auch nur einen Dukaten für Neapels Kranke auszugeben, und überließ den halbfertigen Bau den Nachtvögeln, den Schlangen und anderem kriechenden Gewürm, allemal dankbarere Kreaturen, wie der Signore erbittert verlauten ließ.

Als wäre ein hungriger Mensch elender als ein Wurm, den jeder Schuh zertreten darf! Ich konnte nichts Verwerfliches daran finden, wenn ein armer Mann seinen rechtmäßig erarbeiteten Lohn für einen vollen Bauch vertat, aber Giovanni widersprach mir mit einer Heftigkeit, die er ganz selten zeigte. Selbst als ich die üppigen Gelage der Reichen mit unseren eigenen, armseligen Mahlzeiten verglich, beharrte mein Bruder auf seinem Tadel: Statt aus purer Lüsternheit den Verdienst von drei Tagen zu verschleudern, hätte der Eisenarbeiter das Geld als Notgroschen aufsparen sollen, damit es ihn in schlechten Zeiten vor dem Verhungern bewahre. Giovanni konnte Verschwendung nicht ausstehen – meine ausschweifenden Nächte in den Tavernen waren ein ständiger Zwist zwischen uns beiden, da Giovanni immer ein paar Kupfermünzen zurücklegte, die ich dann beim Kartenspiel verpraßte.

Schlechte Zeiten? Ich lachte Giovanni aus, seine Vorahnungen, seine biblische Mäßigkeit, seine Furcht vor Krankheit und Bettelsuppe, und riet ihm, lieber heute zu schwelgen und morgen zu bereuen, das sei besser als umgekehrt.

Giovanni schwieg zu meiner Antwort. Ich redete oft leichtfertig daher, um Hunger und Not für einen Augenblick zu vergessen, und mein Bruder wußte das, aber er ärgerte sich darüber, weil ihm selbst diese Leichtlebigkeit nicht einmal im Scherz gelang. Es fiel ihm schwer, meinem sprunghaften Wesen zu folgen, wenn ich aus einer Laune heraus meine eigenen Wahrheiten mit einem Lachen beiseite schob. Ich hatte mit Giovanni immer wieder über die Trägheit und Gleichgültigkeit der Menschen gesprochen und darüber, daß wir selbst schuld seien an unserem kargen Dasein, weil wir uns mit kleinen Verbesserungen begnügten und uns damit zufriedengäben, den heutigen Tag nicht schlechter zu verbringen als den gestrigen. Keiner hätte den Mut, dem Ausmaß des Elends und den Gründen dafür ins Auge zu sehen, sagte ich zu meinem Bruder, niemand dächte wirklich an morgen.

Giovanni hatte meine Lehren begierig aufgesogen und so lange daran herumgekaut, bis er sie als eine Art Wegweiser akzeptierte. Ich weiß noch, wie still er immer wurde, während ich mit meiner Weisheit prahlte, wie er mich ansah, weil ich Worte wie Schwerter herausstieß, die auch ihn von allem Gemeinen absetzten, ihn aus der ärmlichen Umgebung heraustrugen und neben mir zu etwas Besonderem machten. Er litt, wenn ich dann oft mitten in einer Rede stockte, den Kopf schüttelte, in Gelächter ausbrach und für Stunden in der nächsten Taverne verschwand, spielte und trank, ohne mich im geringsten um das vorher Gesagte zu kümmern. Armer Giovanni. Er wußte nie, ob ich es ernst meinte oder mich über ihn lustig machte, das gab ihm das Gefühl des ewig Hinterherhinkenden.

Dabei waren mein Gelächter und mein Spott nicht böse gemeint, beides galt eher mir selbst, als daß ich Giovanni damit verletzen wollte – meine Tagträume gaben mir große Worte ein, sie kamen wie von selbst über meine Lippen, und genauso leicht vergaß ich sie wieder. Mein Bruder hat die Verschiedenartigkeit, mit der wir beide unsere Empfindungen ausdrückten, nie akzeptiert. Er wollte immer so sein wie ich.

Doch in einem behielt Giovanni recht. Die Zeiten wurden mit jedem Tag schlechter, Not und Elend wuchsen in einem Ausmaß, das sich niemand hatte vorstellen können. Die Katalanen rebellierten als erste gegen die Steuerausbeutung, liefen zum französischen Feind über und riefen schließlich die Unabhängigkeit gegen das spanische Reich aus. Im selben Jahr folgten die Portugiesen, und König Philipp und sein erster Minister mußten in ohnmächtiger Wut zusehen, wie der Herzog von Braganza den portugiesischen Thron bestieg und Spanien einen Teil des Königreiches nach dem anderen verlor. Die spanische Flotte, die einstmals so berühmte siegreiche Armada, die man mühsam mit erpreßten Steuergeldern aufgebaut hatte, existierte praktisch nicht mehr. Die Niederländer hatten sie in Grund und Boden gerammt, von siebenundzwanzig Schiffen waren mickrige sieben geblieben, und auch zu Land verlor König Philipp eine Schlacht nach der anderen. Minister Olivares wurde von zwei Weibern besiegt – welche Genugtuung, diesen stolzen Mann den Kopf vor zwei Frauen beugen zu sehen. Königin Isabella war gestorben, und die zweite Gemahlin König Philipps, Maria-Anna – die wir nur die »Deutsche« nannten –, sorgte mit Hilfe ihrer Amme dafür, daß Olivares schmählich abdanken mußte. Der gesamte Adel witzelte monatelang über die »Verschwörung der Unterröcke«, wie sie den Sturz Olivares' gehässig nannten. Der Minister starb weit entfernt vom Königshof, verbittert vor Gram und schwerkrank – man sagte, er habe über dieser Schmach den Verstand verloren.

Es war an der Zeit gewesen, daß das Königreich von diesem herrschsüchtigen Mann befreit wurde. Endlich durfte man über ihn lachen, ihn verspotten, ihn das Ungeheuer nennen, das uns jahrelang durch seine unmäßigen Forderungen geknechtet hatte.

Eigentlich hätte sich nun Mamma Luisas Märchen vom guten König erfüllen müssen, aber nichts änderte sich. König Philipp ließ sich weiterhin von meineidigen Ratgebern leiten, es gab Gerüchte, daß auch Seine Majestät erkrankt sei und das bißchen Leben, das er noch in sich fühle, ausschließlich mit seinen gemalten Träumen fülle.

Menschen werden geboren, gehorchen oder lehnen sich auf und sterben; Königreiche entstehen und zerfallen; es bleibt nur die Schönheit der Kunst beständig wie Sonne und Mond am Himmel stehen ... so etwas Ähnliches mag König Philipp wohl gefühlt haben, wenn er zwischen seinen Gemäldereihen auf- und abwandelte und darüber die Kriegsgreuel zu vergessen suchte.

Wie müde ich bin. Oftmals weiß ich nicht einmal mehr, ob das Gewesene mich so erschöpft hat oder die Erinnerung mich auszehrt, weil sie Vergangenheit und Zukunft in sich trägt, das, was hätte sein können und dann doch nicht geschehen ist. Könnte ich malen, wäre meine Müdigkeit ein unendlicher Raum, in dem die Dinge aneinander vorübergleiten oder wie die Wellen des Meeres ineinander verschwimmen – nichts hätte einen festen Platz und wäre doch ein unabdingbarer Teil des Ganzen.

Sobald ich versuche, meine Empfindungen in Worte zu kleiden, stört mich die Gesetzmäßigkeit dieses Gefüges und die scheinbare Unabänderlichkeit. Wörter wie Liebe, Haß, Achtung oder Gleichgültigkeit verbinden sich dann auf einmal mit bestimmten Menschen, obwohl sich an ihnen nur zufällig offenbart, was an verborgenen Gefühlen schon immer bestand. Ich liebe mein Weib, und doch könnte es genausogut eine andere sein, an die ich in diesen Stunden mit Wehmut denke; mein Gefühl der Verantwortung für das Volk von Neapel unterschiede sich nicht von jenem, mit dem ich eine Herde Schafe vor dem Wolf beschützte, und König Philipp nicht von einem Gaukler, der mich durch bunte Spiegel in eine Fabelwelt entführte; selbst meine Zwiespältigkeit dem Kaiser gegenüber ähnelte dem Bann, der mich beim Anblick einer schillernden, aber giftigen Schlange befiele. Nichts ist wirklich, und doch ist alles vorhanden.

Der Kaiser. Einer, der alle weltliche Macht in seinen Händen hält und doch nichts anderes ist als ein sterblicher Mensch. In den letzten Tagen mußte ich beständig an Kaiser Ferdinand II. denken, weil er diesen mörderischen Krieg begann und starb, zu der Zeit, als ich mich in mein Weib verliebte und mir Kinder wünschte. Ein Krieg, der nun schon neunundzwanzig Jahre dauert – fast ein Menschenalter –, ein Krieg, der irgendwo im Norden, in Böhmen sagt man, seinen Anfang nahm.

Protestanten. Was für ein merkwürdiges Wort für Menschen, die die Lehren Eurer Kirche in Zweifel ziehen – böhmische Ketzer nennt sie unser Bischof, Lutherpack, Hussiten, Evangelische, zurechtgeredet hätten sie sich ihren Gott. Und wegen dieses Streits, wessen Gott der rechte sei, mußten Tausende von Menschen sterben, brannten Häuser, Felder, Dörfer, Städte, verloren Kinder ihre Väter, Mütter ihre Söhne, Frauen ihre Männer.

Streng stelle ich mir diesen Kaiser vor, streng und hager wie einen Jesuitenpater. Genoino nannte ihn die Feldherrenseele, eher Soldat als Kaiser, hart und unversöhnlich sei er gewesen. Er habe dem böhmischen Volk nie verziehen, daß es sich ihm nicht unterwerfen wollte, daß es ihm, dem Kaiser, einen eigenen König entgegenstellte, den Winterkönig, der Schlacht um Schlacht verlor und schließlich fliehen mußte.

Gott schickte keine Plagen, um dem Gemetzel Einhalt zu gebieten, ein Priester segnete die zwölf Kanonen, die die Namen der Apostel trugen, die Muttergottes schwieg, als Kaiser Ferdinand den ungerechten Krieg unter den Befehl des Himmels stellte, und niemand zählte die Gemordeten, an denen dieser Kaiser den einzig wahrhaften Gott beweisen wollte. Der Kaiser starb und mit ihm, bis auf König Philipp, all die anderen, die diesen Krieg Jahr um Jahr verlängern halfen: Papst Urban VIII., Kardinal Richelieu, Minister Olivares, Gustav Adolf der Schwedenkönig, der große Feldherr Wallenstein ... alle gaben vor, nur ihrem Land zu dienen, taten so, als wünschten sie sich nichts sehnlicher als Frieden, und keiner kümmerte sich im geringsten um die Opfer, die für diesen Frieden bluten mußten.

Auch ich befahl zu morden, ließ Zollhäuser und Villen niederbrennen, glaubte an mein Recht, zu strafen und meine Ordnung durchzusetzen, hielt Reden, um zu überzeugen... Worte, in den Wind gesprochen, weil niemand sich belehren läßt.

Wie mag dem Kaiser Ferdinand in seiner Todesstunde zumute gewesen sein? Starb er einsam, voller Zweifel, verlassen und geächtet, so wie ich auf dieser Pritsche liege? Bereute er sein unbeugsames Vorgehen, durch das ein Kriegsjahr auf das andere folgte, Greuel auf Greuel sich häuften, Menschen wie Vieh krepierten und graue Asche die Länder von Norden bis Süden bedeckte? Dachte er an all die Frauen, die seine Soldaten mit Gewalt geschwängert hatten, und an die Kinder, die deshalb keinen Namen trugen? An die vielen Kämpfer, die er in den Tod geschickt hatte, und an die Jammergestalten, die krank und verwundet von den Schlachtfeldern zu den Trümmerhaufen zurückkehrten, die sie einmal ihr Zuhause nannten?

Ich sehe einen Kaiser, den das, was draußen in der Welt passiert, nicht mehr zu berühren scheint, einen alten, müden Mann, der mit sich selber flüstert und nur noch wartet. Weit weg sind die böhmischen Ketzer, unwichtig geworden Siege oder Niederlagen, weit weg das Brettspiel, auf dem der Kaiser die Figuren hin- und hergeschoben hat. Jetzt betet er. Doch nicht für ein Ende des Krieges, nicht für einen baldigen Friedensschluß fleht der Kaiser zur Jungfrau Maria, seine Bitten kreisen nur noch um seine eigene Todesstunde, darum, daß die Enge in seiner Brust ihn noch ein wenig atmen lasse und die nie gekannte Kälte aufhören möge, die er seit Stunden in seinem Körper fühlt. Still ist es. Sogar der Vogel schweigt, der den Kaiser in den vergangenen Tagen mit seinem unbekümmerten Gezwitscher geärgert haben mochte. Es gibt nichts mehr zu ordnen. Der Kaiser hat seinen Nachlaß längst in die Hände seines Sohnes übergeben, Familie, Freunden, ja selbst seinen Neidern Lebewohl gesagt. Er mag auch die Gesichter seiner Räte nicht mehr sehen, kein falsches Mitleid, weder Ungeduld noch Trauer – der Kaiser will allein sein mit der Bürde, wie schwierig es doch war, Schuld zu erkennen und Schuld anzulasten. Nur seinem Beichtvater, der ihn ein Leben lang in allen Fragen beraten hat, gestattet er noch einen Platz an seinem Bett. Doch auf die letzte weiß auch der Priester keine Antwort.

Ob Gott des Kaisers Begründungen hat gelten lassen?

Der Krieg tobte ungehindert weiter nach des Kaisers Tod, wenn auch die Stimmen, das Gemetzel endlich zu beenden, sich immer lauter und drängender von überall erhoben. Für den neuen Kaiser, Ferdinand III., wiegt das Erbe seines Vaters sicher schwer, er ist wie viele in Leid und Grausamkeit hineingeboren – Frieden bedeutet für ihn nur eine Hoffnung seiner alten Amme und das Ende einer jahrelangen Last.

Manch einer Eurer Priester sagt, Gott habe diesen Krieg geschickt, weil die Gestirne den Menschen nicht mehr heilig gewesen seien, weil Männer sich erdreisteten, am Himmel eine Ordnung nach berechenbaren, nach menschlichen Gesetzen aufzustellen, weil Sterndeuter und Gelehrte sich als neue Götter feiern ließen. Es heißt, sie lassen lebendiges Silber in engen Röhren steigen, entgegen seiner Richtung, die in alten Büchern festgeschrieben steht – die Priester sehen darin nichts als einen üblen Gauklertrick und Gotteslästerung. Noch schlimmer, sagt die Kirche, verhielte es sich mit den Lehren, die Erde drehe sich und kreise mit den Wandelsternen um die Sonne und nicht umgekehrt; Ketzer seien jene, die verlangten, die Bibel – Gottes Wort – sei falsch und müsse neu geschrieben werden. Viel zu gütig sei die Inquisition mit diesem Galilei umgegangen. Keine Folter, kein billiger Abschwur rotte Ketzer aus, nur der Scheiterhaufen verbrenne den Teufel in jenen Seelen.

Manchmal, wenn ich nachts am Hafen saß, auf festem Boden, erfaßte mich ein Schwindel, als ob die Erde sich vom Himmel entferne und ohne Sternenlicht in einer Dunkelheit versinke, die keine Schatten wirft. Dann starrte ich in das Gefunkel, die Hände in der feuchten kühlen Erde, bis Schwindel und meine Furcht vergingen, und ich lachte über den Verrückten, der diese Pracht berechnen und durch geschliffenes Glas die Sterne näher zu den Menschen holen wollte.

Schwindhirnlein nannte Genoino diesen Kepler, der dort oben Ordnung schaffen wollte, während unten der Krieg die Welt aus ihren Fugen warf. Die Sterne schwiegen, nichts stimmte, was das Schwindhirnlein aus ihnen zu lesen glaubte. Sie gaben weder den Tod von Königen, Kardinälen oder Feldherren preis, noch verriet das Sternrohr bis heute den Tag des Friedensschlusses.

Frieden? Seit drei Jahren reden die Mächtigen nur noch vom Friedensschluß, der jedem das Seine wiedergeben sollte. Recht müsse über Unrecht triumphieren... so sagen sie. Die Länder sind verwüstet, Menschen krank vom Hunger und von Seuchen, das Heer ein Haufen kriegsmüder Gestalten, und noch immer feilschen sie im Norden um die Bedingungen, die endlich diesen Krieg beenden sollen. Drei Jahre Streitereien über Titel, Grenzen, Bestechungen und Eitelkeiten, eine lange Zeit, vertan mit aufgeblasener Wichtigkeit – ein Geckentreffen, wie Genoino neulich zynisch bemerkte.

Als ich vor ein paar Tagen bei Kardinal Filomarino geladen war, warnte Genoino mich: Es sei nicht nur die Schuld der Fürsten, daß wir noch keinen Frieden hätten, denn Frieden könne es nur geben, wenn beide Seiten willens und gleich mächtig seien. Alles andere sei nicht mehr als Dulden, eine Decke, die die Flamme nicht ersticke. Und als ich Genoino daran erinnerte, das oberste Gebot der Kirche sei doch die Friedenspflicht, da lachte er. »Ja, Masaniello, so steht es wohl geschrieben.«

Papst Urban habe den Legaten öffentlich angewiesen, alle Parteien zu ermahnen, sich möglichst bald die Hand zu reichen. In geheimen Schriften habe er seinem Legaten jedoch befohlen, sich zwar um einen Frieden unter den Katholiken zu bemühen, sie aber auf keinen Fall mit den Protestanten zu versöhnen. »Und so befinden wir uns eben immer noch im Krieg«, sagte Genoino, »die Kirche scheint sich auch unter Papst Innozenz noch nicht auf ihre Friedenspflicht besonnen zu haben.«

Er hatte recht. Der große Krieg steht meinem kleinen doch recht nahe, ein Kardinal reicht eher einem feindlichen Grafen zum Friedensbund die Hand, als sich mit einem Lazzaro zu einigen. Und wenn Genoino mich auch in vielem hinterging, so muß ich ihm doch dankbar dafür sein, wieviel ich durch ihn lernte.

6

Anfangs erfuhren wir wenig vom Friedenskongreß. Manchmal verirrte sich ein reisender Mönch ins Marktviertel, aber die Betbrüder berichteten nur das, was ihre Äbte sie wissen ließen, und das betraf meistens den Kampf Venedigs gegen die Türken. Die Horden der Ungläubigen fielen damals an allen Küsten ein, über zweihundert Sklaven sollen sie aus Apulien und Kalabrien auf ihre Schiffe verschleppt haben. Wenn ich zu Berardina von Geraubten und Gemordeten sprach, hielt sie sich die Ohren zu und jammerte, der Kampf ums Brot sei schlimm genug, und daß sie nichts wissen wolle von Menschen, die weit entfernt von Neapel in ihrem Blut erstickten. Dann erinnerte sie mich an Mamma Luisa, die auch nie vom Krieg hatte sprechen wollen, vielleicht weil sie all ihre Güte und Wärme schon verschenkt hatte und in ihrem Herzen kein Platz mehr war für weitere Bedürftige.

Der Graf von Medina war endlich an den Hof von Madrid zurückberufen worden; ich glaube gern, daß er die reichen Pfründe Neapels nur widerstrebend verlassen hat. Unter uns Armen blühte neue Hoffnung auf, Hoffnung auf Linderung der Steuern, auf Schuldenerlaß, Hoffnung, daß man sich der Gefangenen in den Kerkern erinnern und sie freilassen würde, auf mildere Gesetze für die Unterdrückten und strengere für die Reichen und Mächtigen, auf bezahlbares Gemüse und besseres Brot.

Aber der neue Vizekönig, Juan Alfons Enriquez, Admiral von Kastilien, verhielt sich kaum besser als sein Vorgänger, er wußte seine Rücksichtslosigkeit nur etwas geschickter zu verbergen, was ihm manche als Mitleid und Güte auslegten; und das war wohl auch der Grund, ihn schon nach einem Jahr Amtszeit seines Postens wieder zu entheben. Immerhin hat er in diesem einen Jahr viele Richter und Beamte aus der Zeit Medinas aus dem Tribunale San Lorenzo entlassen und in die Provinz geschickt. Er hat auch den Klöstern verboten, wie bisher kleine Mengen offenen Weins an die Bevölkerung zu verkaufen, damit sich die Kirchen – die sowieso keine Steuern bezahlten – nicht noch mehr bereicherten. Uns brachte das keine Linderung, es verteuerte lediglich einen der wenigen Genüsse, bei dem wir für ein paar Stunden unser elendes Dasein vergessen konnten. Unsere Rechte bestanden nur noch auf dem Papier, während die Seggi des Adels, vor allem Capua und Nido, ständig an Macht und Einfluß dazugewannen. Über achthundert Adelige und fast sechstausend Vasallen beherrschten damals unsere Stadt, kontrollierten Handel, Gesetze, Rechtsprechung und Steuern. Immer mehr reiche Bürger versuchten, sich einen der begehrten Adelstitel zu kaufen, um anschließend das Recht der Steuerpacht zu erwerben; manche verpfändeten dafür ihr gesamtes Vermögen, weil sie sicher sein konnten, es durch die Steuereintreibungen in kurzer Zeit zu verdreifachen.

Steuern, nichts als Steuern!

Berardinas Fröhlichkeit schien lange Zeit unberührbar von unserer Armut; in den ersten Jahren unserer Ehe sang und lachte sie, immer bereit, mit einem Scherz alle Kümmernisse beiseite zu schieben. Später wurde auch sie stiller. Noch beklagte sie sich nicht, aber in ihre Lieder schlichen sich unüberhörbar schwermütige Töne ein, Tränen, die sie wohl mühsam vor mir zurückhielt, damit ich mich wegen meines spärlichen Verdienstes nicht zu schämen brauchte.

Berardina hat unser Zimmer im Laufe der Jahre mit viel Mühe hergerichtet, wochenlang Hohlsäume in störrisches Bettleinen gestichelt, sich dabei die Finger blutig gestochen ... vier Fäden aufnehmen, umschlingen, zuziehen, befestigen ... meine Mutter hatte die Näharbeiten mit lebenslang geübter Genauigkeit überwacht, an Kritik nicht gespart, und Berardina war an den Antworten fast erstickt, die sie meiner Mutter nicht zu geben wagte. Sie hatte ihr Aufatmen kaum verbergen können, als das Geld für weiteren Stoff ausging, und sie mich, halb entschuldigend, halb erleichtert, darauf hinwies, daß wir uns eben mit dem bereits gefertigten Leinen begnügen müßten. Es sei nicht weniger Wäsche, als andere Familien im Marktviertel besäßen, sagte sie, mehr könne ich für die paar Kupfermünzen nicht erwarten. Als ob das wichtig gewesen wäre! Später hat Berardina Zio Salvatore überredet, neues Wachstuch zwischen den Fensterkreuzen zu spannen. Mein Onkel war es auch, der die Fensterläden ausbesserte, die tiefen Löcher im Balustradengitter kittete, die Rattengänge verstopfte und den Rauchabzug instand setzte – Unzulänglichkeiten, denen ich keine Bedeutung beimaß und die ich deshalb auch nur widerwillig als meine Pflichten ansah. Obschon es mir gefiel, nicht im Rauch zu ersticken und im angenehm verdunkelten, kühlen Zimmer ein Mittagsschläfchen zu halten. Das einzige Fenster unseres Zimmers öffnete sich zur Marktseite, und wenn ich nichts zu tun hatte – was oft genug vorkam –, lehnte ich mich neben Berardina über die Brüstung, um dem Treiben unten zuzuschauen.

Berardina konnte sich nie sattsehen an der Geschäftigkeit der Händler: Wie sie aus hohlen Händen Wasser über die Fischbäuche spritzten, um sie frisch zu halten; wie die Metzger mit langen Blätterwedeln die Fliegen verscheuchten, fluchend, weil diese in doppelt so großen Schwärmen zurückkehrten; an den geschickten Fingern, die aus einem Batzen Ton Becher, Schüsseln und Krüge formten. Manchmal scherzte Berardina vom Fenster aus mit den Frauen, die am Brunnen mit dem Mazzariello* den Schmutz aus der Wäsche klopften, oder mit den Marktweibern, die im Schatten der Vordächer hockten und Knoblauchknollen zu dicken Ketten banden oder saure Ziegenmilch zu Frischkäse schlugen. Ein paar Meter von unserem Haus pries ein Quadrettaro* an den Markttagen seine Pfirsiche an, prallsaftige, goldgelbe Früchte, die nicht nach Gewicht, sondern nur stückweise verkauft wurden. Ich schluckte oft mühsam an dem Speichel, der sich beim Anblick der Pfirsiche in meinem Mund sammelte, und doch konnte ich den Blick nicht abwenden von den Früchten, von den Getreidesäcken, von Fleisch und Fischen, von dem weichen Provolone*, um dessen unbarmherzige Besteuerung wir die Bauern an der Käsezollbude streiten hörten. Oft ballte ich die Fäuste, weil wir uns keine dieser Köstlichkeiten leisten konnten, alles verschwand in den Mäulern des Adels, deren Gesichter trotz dieser reichhaltigen Genüsse nicht aufblühten; nichts hinterließ einen Schimmer auf ihrer gilbfarbenen Haut. Berardina tröstete mich in meiner Wut: »Wenn die Herren auch noch so stolz den Hals aus ihren steifen Golillas* recken«, meinte sie, »so unterscheiden sie sich doch nicht von den Ochsen, die am Rinderzoll um die Wette brüllen. Nicht klüger, nur leiser als das Rindvieh sind sie.«

Mit solchen Sprüchen brachte mich Berardina wieder zum Lachen, nicht einmal die fade Grütze, die sie mir wenig später vorsetzte, konnte meine gute Laune trüben. Ich weiß nicht, woran es lag, daß Berardina sich mit der Zeit veränderte, daß sie sich nicht mehr mit Hunger und Ungerechtigkeit abfinden mochte, nörgelte, schimpfte, sich manchmal kaum noch von einem zeternden Marktweib unterschied. Obwohl sie mir keine Schuld gab, schämte ich mich, weil ich ihr nur so ein karges Leben bieten konnte.

Am schlimmsten drückte das Kornzollhaus auf Berardinas Gemüt. Solide Mauern, die zwischen dürftigen Zelten und windschiefen Baracken aufragten, Mauern, hinter denen man gutes, teures Korn lagerte, ein Schandfleck zwischen der Piazza Maggiore und dem Ponticello. Die Kapelle Maria delle Grazie, klein und verloren inmitten der Mauern, änderte nichts an der ungerechten Verteilung von Korn und Mehl, und Berardina fragte mich oft, warum die Madonna in ihrem Schrein nicht vor Empörung in Scherben zerbrach, wenn läßliche Sünder wegen einer Handvoll entwendeten Mehls Opferkerzen anzündeten, während der große Diebstahl an einem ganzen Volk ungesühnt blieb.

Die Mehlträger hatten einstmals diese Kapelle gebaut und vor dem Angesicht der Madonna geschworen, nicht einen Fingerhut voll des ihnen anvertrauten Mehls auf dem Weg vom Kornzoll zu den Bäckern zu stehlen. Aber je mehr sich das Mehl verteuerte, desto häufiger verschwand es in leeren Taschen und hungrigen Mäulern. Deswegen hatte man bald den Schwur abgeschafft und die Mehlträger statt dessen per Gesetz gezwungen, sich im Tribunale San Lorenzo einzuschreiben und durch einen Eid zur Ehrlichkeit zu verpflichten. Die Diebstähle sind deswegen nicht weniger geworden, nur mit dem Unterschied, daß man die kleinen hart bestrafte, während man die großen durch Gesetze rechtfertigte. Berardina hatte ganz recht, sich so bitter zu beklagen. Es schnürte auch mir die Kehle zu, wenn ich mitansehen mußte, wie die Mehlträger einen Sack nach dem anderen aus dem Zollhaus schleppten und damit in der Via Cangiani, über den Vicolo de' Spicoli oder durch die Via Lavinajo verschwanden, scheffelweise gutes, weißes Mehl, und in unserem Topf nichts als eine Handvoll ausgekochter Bohnen. Nur sehr selten konnten wir uns ein Stück Pökelspeck dazu leisten, denn selbst das mindere Fleisch fiel unter die Steuergesetze, und wenn mein Vetter Donnarumma uns nicht ab und zu etwas zugesteckt hätte, hätten wir das wohlig satte Gefühl bald vergessen, mit dem eine Scheibe Fleisch für Stunden den Magen beruhigt.

Was hatten wir noch von dem Recht, zweimal in der Woche Markt abzuhalten, wenn die Verkaufsstände ausschließlich von den Reichen leergekauft wurden? Trotzdem verbot ich Berardina den Mund, als stünde es nur den Männern zu, sich über Steuergesetze und Abgaben zu ereifern, nicht einmal im Haus erlaubte ich ihr, die Zustände anzuprangern – vielleicht auch deshalb, weil ich mich Berardina gegenüber immer ein wenig minderwertig fühlte. So wie mich früher ihre Unbekümmertheit zum Lachen gebracht hatte, erhitzte ich mich nun über ihre Klagen, schrie sie an, und manchmal schlug ich sie auch, wenn sie gar nicht mehr verstummen wollte. Ja, Bruder Anselmo, ich bin schuld, daß Kummer und Empörung an Berardina fraßen, wie das Meer den Felsen höhlt, ich bin schuld, daß sie sich mir nicht mehr anvertraute, weil sie meine Schläge fürchtete und mehr noch das plötzliche, zähe Schweigen, mit dem ich einen Streit beendete. Oft sah sie mich an wie einen Fremden, bestürzt, ratlos, unfähig, sich in dieser Stille zurechtzufinden, und dann strich sie mit der Hand über ihre Wange, glättend, wie über ein zerknittertes Stück Stoff. Ich hielt ihren Blick nicht aus, der meinem Zorn und meinem Schweigen nur Trauer entgegensetzte, ich floh über die Stiege, wie ich als Kind vor Mamma Luisas Tränen geflohen war, ertränkte bei den Lumpensammlern am Pendino meine Scham in Wein und Zoten, und wenn ich meine Taschen bis auf die letzte Münze leergespielt hatte, lief ich, genau wie früher, zum Hafen.

Oft saß ich bis zum Morgengrauen auf den Steinen, hinter mir die stille Stadt, und lauschte den Wellen, die unterm Castel dell' Ovo an die Felsen klatschten. Wenngleich mich auch die Unabänderlichkeit dieses Geräusches ein wenig beklommen machte, nahm es mich doch gefangen, lullte mich ein, bis sich nach und nach mein Körper wie von selbst mit der Bewegung der Wellen zu wiegen begann, sich über Kiesel, Flechten, Tang und Steine erhob, um in den Grund zurückzusinken. Mein inneres Dunkel tauschte sich mit dem der Nacht, mein Atem sich mit dem der Erde, wurde eins und wurde ruhig, und es blieb nur die Nacht, klar, schattenlos und einfach. Ich ging nie fort, bevor die erste Morgenröte die Kuppe des Vesuv aus dem Nachthimmel schälte, immer empfand ich die Konturen des Berges, der sich so widerspenstig in seine Formen fügte, wie eine Hoffnung, einen tröstlichen Neubeginn, weil mir in der Morgendämmerung der Saum meines Hemdes nicht so zerschlissen erschien wie sonst.

Tagsüber vermied ich den Blick auf den Vesuv, im hellen Tageslicht empfand ich den Berg wie ein doppelhöckeriges, fettes schwarzes Tier, dessen Rücken nie ein Mensch bestiegen hatte, ein Koloß, der dem Inneren der Erde entkommen war und nun hinter unserer Stadt hockte, die Eingeweide voll glühender Lava und Asche, unberechenbar in seiner Gier, Tod über die Menschen auszuspeien. Und so erhob ich mich hastig, bevor der Berg im Tageslicht wieder sein bedrückendes Gesicht zeigte, rannte nach Hause, erschreckt von dem Gedanken, Berardina könnte plötzlich aufhören mich zu lieben, oder daß ich sterben könnte, bevor ich meinen Zorn und mein Schweigen wiedergutgemacht hätte.

Manchmal versuchte ich an solchen Morgen mit Berardina über den Tod zu sprechen, aber sie schüttelte den Kopf und schob meine oftmals düstere Stimmung dem Humor zu. »Ein Stück nahrhaftes Brot wird dir die bangen Gedanken schon vertreiben«, sagte sie und verzieh mir sogar die Schläge.

Es lag nicht am Hunger. Im Schweigen sammelte ich Kraft, wenn mich meine Hilflosigkeit gegenüber den Zuständen erdrückte. Hätte ich es Berardina doch nur begreiflich machen können, daß eine Handvoll Mehl nichts bessern würde, daß mir nichts daran lag, mich mit einer einmaligen Zuwendung zufriedenzugeben, mit einer Scheibe Käse, einem Stück Brot. Hätte ich mich doch nur nicht so in mich zurückgezogen, dann hätte ich Berardina vielleicht vor diesem unglückseligen Schritt bewahrt, der sie in den Kerker brachte und mein Herz mit solch unbezähmbarer Rachsucht erfüllte, daß ich die nachfolgenden Jahre nur auf eine Gelegenheit wartete, um Letizia diese Schmach heimzuzahlen.

Der alte Peta hat recht gehabt. Es gelingt mir nicht, zu verzeihen, schlimmer noch, ich bin sogar stolz, weil ich Letizia Gleiches mit Gleichem vergelten konnte.

Zu acht Tagen Kerker hat er mein Weib verurteilt! Acht Tage, Bruder Anselmo, acht Tage Angst, acht Tage Dunkelheit! Dabei hat sie doch nur aus Liebe gehandelt an jenem Tag, als ich vom Markt zurückkehrte und nur die Kasserolle mit den halbgaren Bohnen vorfand, sorgfältig zugedeckt, damit nicht eine Ratte die Mahlzeit wegfraß. Das leere Zimmer beunruhigte mich, es war nicht Berardinas Art, zur Essenszeit fortzulaufen.

Vor dem Haus hörte ich meine Mutter mit der Nachbarin klatschen. Sie hatte Berardina nicht aus dem Haus gehen sehen, auch die Nachbarin verneinte, niemand hatte sie gesehen. Ich lief zur Cappella della Croce. Berardina ging oft dorthin, um die Gemälde vom Tod

Corradinos zu betrachten, und manchmal vergaß sie dabei die Zeit. Doch ich fand nur ein altes Weib vor dem Bild der heiligen Magdalena, das Fürbitten zur Vergebung seiner Sünden murmelte und meine Frage nicht verstand. Deshalb hielt ich mich nicht weiter auf bei der Alten, eilte zum Markt zurück, forschte bei den Leinenbaracken, bei allen Suggici*, bei den Käsebauern, drängte aufflatternde Hühner, Gänse, Enten und Hähne beiseite, ließ mich beschimpfen, und bei jeder Auskunft wuchs meine Beklommenheit. Nicht einmal der Koch der Taverne de' Galli hatte Berardina gesehen, obwohl sie sich sonst jeden Tag auf ein Schwätzchen bei ihm einfand.

Ja, ja, es gab Gerüchte, Berardina gestatte ihm sehr freizügige Blicke, auch schon mal eine eindeutige Handgreiflichkeit. Spitzfindigkeiten! Was störte es mich, wenn ein welker Mann, mehr tot als lebendig, Vergnügen daran fand, auf Berardinas Brüste zu starren, wenn dabei eine Speckschwarte oder ein halbes Kännchen Öl abfiel. Der Koch nahm mir durch seine Blicke nichts weg. Aber an jenem Tag schüttelte er betrübt den Kopf – sogar ein Viertel Hühnerbrüstchen hatte er für Berardina abgezweigt – was in Gottes Namen konnte geschehen sein, daß sie so einen Leckerbissen vergaß.

Ich setzte mich am Brunnen delli Lioni nieder, von dort aus hatte ich den besten Blick über den Markt, konnte aber gleichzeitig die Haustür im Auge behalten. Ein Gepäckträger mühte sich vorbei, beladen mit Fleisch, Brot, Nüssen, Feigen, Weintrauben und Melonen. »Schau dir an, was die Reichen fressen«, grummelte er, und einen halben Satz von einer Frau, die man wegen einem bißchen gestohlenen Mehls in den Kerker geworfen habe. Mir stockte der Atem. In letzter Zeit hatte Berardina ständig von Mehl gesprochen, einer einzigen Handvoll guten, reinen Mehls. Sie wisse schon, wo sie welches bekommen könne. Ich sprang auf, packte den Gepäckträger am Kragen, schrie so laut, daß er sich erschrocken zu befreien versuchte: Ja, ja, er würde alles erzählen ... Letizia sitze in der Taverne del Mercato und zerreiße sich das Maul über die Brüste einer Frau ... eine Handvoll Mehl hätte sie in die Stadt geschmuggelt, und dafür habe Letizia sie in den Kerker sperren müssen… natürlich… eine Leibesvisitation sei schon nötig gewesen, so wie es seine Pflicht sei… lohnend sei es diesmal gewesen… festes junges Fleisch unter den Händen… ja, Berardina, so habe die Frau wohl geheißen…

Ich taumelte vor Wut, ließ den Gepäckträger so plötzlich los, daß er über seine Lasten fiel und Brot, Feigen und Nüsse in den Dreck kollerten.

Letizia hatte es gewagt!

Nichts anderes konnte ich denken als dieses: Er hat es gewagt, und wie muß sie sich geschämt haben! Ohne mich um den Gepäckträger weiter zu kümmern, rannte ich los in Richtung Porta Nolana, wo Matteo, ein entfernter Verwandter, an der Zollstelle Dienst tat. Er haßte mich seit dem Tag, an dem ich Berardina geheiratet hatte und damit seinen eigenen, träumerischen Plänen zuvorgekommen war, aber ich hoffte, Matteo würde trotz allem das ungeschriebene Gesetz achten, nach dem in Neapel vor allem anderen die Familie zählte.

Breitbeinig stand er vor dem Zollhaus und sah mir mit unverhohlener Gehässigkeit entgegen. Er wußte, warum ich gekommen war. Als ich ihn beschwor, mich nicht im Stich zu lassen, zuckte er nur die Schultern und meinte, ich hätte eben die Hände meines Weibes besser im Zaum halten sollen, ob Sack oder Handvoll, Diebstahl bliebe Diebstahl, und mit solchem Gesindel wolle er, Matteo, nichts zu tun haben.

Ich betrachtete meinen Vetter, sein ungeflicktes Hemd, die Weste darüber aus fein gewebtem Leinen, Schuhe, Strümpfe, seine Kleidung zeigte nicht gerade Reichtum, wohl aber behäbigen Wohlstand her. Die Arbeit an der Zollstelle hatte seine Miene verhärtet – ein verkniffenes Gesicht, das nicht so recht zu seiner Rundlichkeit paßte. In abweisender Haltung stand mein Vetter vor mir, als hätte er nie in seinem Leben etwas mit mir zu schaffen gehabt. Obwohl ich mich meiner Anbiederei schämte, trat ich dicht vor ihn hin, verwandtschaftlich, vertraulich versuchte ich, längst vergangene Bilder heraufzubeschwören: Den alten Peta, die Masken aus Tierhäuteresten, unsere Spiele und Schlägereien, unseren gemeinsamen Haß auf die Blutsauger…

nichts schien mir zu unbedeutend, um es nicht hervorzukramen. Aber nicht einmal die Erinnerung an die Schweine half, die wir manchmal durch die Villengärten gejagt hatten. Als ich gar eines meiner früheren Spottlieder anzustimmen begann, wich Matteo zurück und zischte einen Vorwurf, so leise, daß ich Mühe hatte, ihn zu verstehen. »Hüte deine scharfe Zunge, Vetter«, sagte er, »es könnte sonst ein böses Ende mit dir nehmen.«

Hatte ich richtig gehört?

Matteo war einer von ihnen geworden. Wie viele Carlini waren wohl nötig gewesen, seine Gefühle, seine Erinnerungen, seine Herkunft zu verleugnen, wie viele Wochen und Jahre einer Arbeit, die ihn kleidete, sorglos schlafen ließ, die ihn ernährte und von uns, seinen früheren Freunden, abhob? Es schien ihm nichts auszumachen, andere vor Hunger krepieren zu sehen – dafür wurde er nicht bezahlt. Vielleicht hat Matteo sogar recht, dachte ich bitter, jeder ist sich selbst der Nächste, niemand verreckt aus Mitleid für die anderen, weniger Glücklichen. Ein gebrochenes Ruderblatt oder die Weigerung eines Galeerensträflings ändern den Kurs nicht, sie vermindern vielleicht ein klein wenig die Fahrt, aber sie halten ein Schiff nicht auf. Während ich mich in Worten und Gedanken abmühte, stand Matteo immer noch breitbeinig da, den Anflug eines Grinsens auf dem Gesicht, die Füße fest in den Boden gestemmt, unangreifbar von Armut und Hunger. Und Berardina darbte in einem Verlies wegen einer lumpigen Handvoll Mehls, in einem Loch, in dem Ratten über ihre Füße huschten, wo man ihr angeschimmelte Brotrinden hinwarf und ein Becher trüben, fauligen Wassers den Durst nicht zu löschen vermochte...

Plötzlich schrie ich Matteo an. Was er gestern abend gegessen habe? Vielleicht einen fetten Cefalo, gebratene Täubchen, ein Stück saftiger Rinderflanke, Feigen, Melonen, Trauben? Oder sei es nur Pane a Rotolo gewesen, Brot aus reinem, weißem Mehl? Mein Vetter stotterte, ich weiß nicht mehr, was er alles aufzählte, Sardinen, Oliven, Pfirsiche vielleicht, aber ich erinnere mich genau, daß er einen Teller voll Minestrone erwähnte.

Minestrone! Das Wort weckte in mir ein jähes Verlangen nach herbkräftigem Gemüsegeruch, der mit Behaglichkeit zu tun hatte, satter Behaglichkeit und Frieden. Auch die herumlungernden Gaffer schienen mit ähnlichen Empfindungen zu kämpfen. Sie rückten näher, hungrig und feindselig griffen sie nach Matteo, der nach allen Seiten knuffte und sich bemühte, ihre Hände abzuschütteln. Stimmen erhoben sich, laut und fordernd schrien sie nach Genugtuung, nach Abschaffung der Steuern, nach Bestrafung der Ausbeuter, gipfelten in Vorschlägen, die Steuereinnehmer und ihre Helfershelfer in ihrer eigenen Minestrone zu ersäufen oder, besser noch, bei lebendigem Leib zu verbrennen. Einer riß sich das Hemd auf und klopfte sich mit der Hand auf die entblößten Rippen. »Mein Speck ist beim Mehlzoll geblieben«, höhnte er, »ein bißchen an der Gabella del Provolone*, ein paar Gramm am Rinderzoll, am Kornzoll, und den kläglichen Rest wird der Fruchtzoll nehmen!« Matteo starrte in die aufgebrachten Gesichter. Niemand lachte. Ich sah ihm an, wie er sich vor der Stille fürchtete, die nach den Worten des Mannes eingetreten war. Stille verhieß nichts Gutes in Neapel, Stille verband sich unweigerlich mit Gefahr, zog hastende, schreiende Menschen nach sich, Wut, Empörung, unberechenbaren Haß und Tumult. Matteo machte einen Schritt rückwärts, noch einen, ganz langsam bewegte er sich wie ein in die Enge getriebenes Tier – er wußte, wenn er ihnen den Rücken zukehrte, würden sie über ihn herfallen. Deshalb bemühte er sich, die Leute mit den Augen zu fixieren, während er zurückwich.

Vigliacco!* Canaglia!* Mariolo!* Gelächter und Schimpfwörter prasselten auf Matteo nieder, retteten ihm die Haut. Wenn die Leute lachten, hatte er außer Spott nichts mehr zu befürchten. Er drehte sich um und rannte davon.

Ich blieb bei dem Haufen stehen, ärmliche Leute wie ich, mit nackten, staubigen Füßen, ausgehungert, und doch schien ihr Gelächter voller Lebenslust und Kraft. Sie hatten ein Recht, den Anlaß des Streites zu erfahren, und so berichtete ich ihnen von der Dreistigkeit Letizias, nannte ihn eine räuberische Tarantel, die in ihrer Gier nicht einmal vor unseren Frauen haltmache.

»Ausrotten sollte man solches Geschmeiß«, schrie ich. »Totschlagen, je früher, desto besser!«

Alle stimmten mir zu, sie überboten sich gegenseitig mit hitzigen Parolen, aber als ich vorschlug, den Kerker zu stürmen und Berardina zusammen mit anderen Unschuldigen aus dem Loch zu holen, hielten sie auf einmal inne in ihrem Gezeter, das eben aus nichts als Worten bestand. Die meisten senkten den Blick zu Boden, andere kneteten ausdauernd das Kinn zwischen Daumen und Zeigefinger, zwei kniffen sich die Ohrläppchen, einer kratzte sich Läuse vom Kopf und knackte sie verlegen auf der Daumenkuppe, einige puhlten an den Schmutzrändern unter ihren Fingernägeln, die übrigen traten unschlüssig von einem Bein auf das andere.

»Schlägst du einen Wurm entzwei, ringeln sich zwei davon.«

Zögernd hatte es einer der Männer gesagt, und doch nickten alle zustimmend, Männer wie Frauen, schäbig und klein in ihrer Feigheit. »Was geht uns Berardina an. Ich kenne die Frau überhaupt nicht... ich auch nicht... kennst du sie... nie von ihr gehört...« Mehr sagten sie nicht. Der Magere, der mit seiner entblößten Brust gerade eben noch etwas hatte beweisen wollen, drehte sich um und verschwand durch die nächstliegende Gasse. Dann noch einer, und auf einmal hatten es alle eilig. Sie zerstreuten sich in alle vier Himmelsrichtungen, und für einen Augenblick glaubte ich, ich hätte geträumt, so verlassen wirkte die Zollstelle an der Porta Nolana. Nur Matteo stand noch da. Er hatte sich bis auf einen sicheren Abstand wieder genähert und trug ein breites Grinsen zur Schau.

Ich sah ihn hocherhobenen Hauptes an, bezwang den fast unwiderstehlichen Wunsch auszuspucken, ja, ich nickte ihm sogar zu, schlenderte gemächlich an ihm vorbei in Richtung Zollbaracke, um mich nach der Höhe der Strafe für das geschmuggelte Mehl zu erkundigen. Erst als ich Matteo den Rücken zukehrte, fiel mein Gesicht vor Enttäuschung zusammen.

Später schlich ich bedrückt nach Hause. Hundert Scudi* und acht Tage Kerker! Selbst wenn ich die Strafe gleich bezahlte, würde das Berardina nicht auslösen, hatte man mir versichert, sie müsse die acht Tage in jedem Fall absitzen, so lautete die Anordnung Letizias. Den Zoten und dem Gelächter der Steuergehilfen hatte ich einige Andeutungen entnehmen können, den Rest der Geschichte konnte ich mir selbst zusammenreimen. Oh, ich konnte mir gut vorstellen, wie Berardina sich aus dem Haus geschlichen, den Umweg über die Via Lavinaio genommen hatte, um nicht mit mir auf dem Heimweg vom Markt zusammenzutreffen – Berardina log sehr schlecht, und es war auch nicht das erste Mal, daß sie die Stadt verließ, um außerhalb der Stadtmauern ein bißchen Mehl zu beschaffen. Zweimal hatte ich sie erwischt, zweimal hatte ich ihr streng verboten, solch gefährlichen Handel zu wiederholen. In der Nacht nachdem man sie aus dem Kerker entlassen hatte, gestand sie mir alle Einzelheiten, sie wußte, daß ich sie in jener Nacht nicht schelten würde. Es war, wie ich es mir vorgestellt hatte. Berardina hatte den Weg durch die Via Lavinaio genommen, an all den Frauen vorbei, die Tag für Tag in dieser Straße vor ihren Häusern sitzen und Wolle spinnen. Die Mittagshitze habe ihr den Schweiß aus allen Poren getrieben, sagte Berardina, so daß die Tücher, die sie sich auf den Leib gebunden hatte, feucht und schwer am Körper klebten. Niemand habe sie auf der Inseliciato* beachtet. Grau vor Hitze und Staub sei das Vesuvpflaster unter ihren Fußsohlen gewesen, das an jenem Tag alle im Krater gespeicherte Glut auszuströmen schien, und die Angst, einem der rohen Gesellen in die Hände zu fallen, die sich aus der Pflicht, nach Schmuggelware zu suchen, ein schlüpfriges Vergnügen machten, habe ihr fast den Atem genommen. Aber der Wachposten sei gottlob jung und unbeholfen gewesen. Dann endlich hochaufgeschossene Kornähren und freies Feld. Ein Lied habe sie geträllert, als sie das Korn vor sich sah und später das Mehl, dessen Gewicht nicht durch leere Hülsen und unbestimmbaren Dreck gestreckt worden war. Beim Bauern seien nicht viele Worte nötig gewesen, man kannte die Bittsteller aus der Stadt, ja, einen guten Preis habe er gemacht und ihr einen ganzen Strumpf voll Mehl gegeben, den sie in die mitgebrachten Tücher eingeschlagen habe. Das Stroh habe ihr der Bauer umsonst überlassen, um das Bündel auszustopfen, bis es einem gut verpackten Säugling glich. Und alles sei gutgegangen bis zum Stadttor… ja, der gleiche Posten habe noch seinen Dienst versehen, fast noch ein Kind, das Gesicht gerötet von Hitze und tolpatschigem Eifer, sein Geruch nach altem Schweiß, nach Flintenöl, nach magerer Knoblauchkost und Angst vor seinem Capitano… er habe ihr so leid getan, sagte Berardina, selbst nach acht Tagen Kerker mit einem Lächeln.

Und dann, im letzten Augenblick, sei alles schiefgegangen. Unvorhersehbar sei es gewesen, ein unglückseliger Zufall, ausgerechnet Letizia in die Arme zu laufen. Keine Lüge, kein Bitten, kein Lächeln habe geholfen, unbarmherzig habe er Lumpen und Stroh auseinandergerissen, der Strumpf sei noch im Fallen aufgeplatzt und das kostbare Mehl zwischen Pferdeäpfeln und Kuhfladen zerstäubt. Dann habe Letizia sie in die enge, niedrige Zollbaracke gestoßen, den Rock, das Leibchen, das Hemd, fast alles habe sie ausziehen müssen, bis sie halbnackt Letizias lüsternen Blicken ausgesetzt gewesen sei und seinen Händen… er habe sogar zwischen ihren Beinen nach versteckter Schmuggelware gesucht!

Berardina weinte vor Wut und Scham, während sie mir stockend berichtete, wie Letizia sie als Fischerhure verhöhnt hatte, als sie ihm nicht zu Willen sein wollte, ja, ihr sogar gedroht hatte, sie für eine Nacht an Peppe Carafa zu verkaufen: Der alte Bock würde ihr schon Gehorsam beibringen!

In jener Nacht schwor ich ein zweites Mal, mich an Letizia zu rächen. Die meisten Steuerpächter nahmen sich das Recht zur Leibesvisitation – um ein gerechtes Strafmaß festzusetzen, wie sie ihre Geilheit umschrieben. Diese Schmach war das Schlimmste, was mir je widerfahren war; Hunger, Armut, Elend, all das konnte ich ertragen, aber die Demütigung, die Letizia Berardina zufügte, habe ich bis heute weder vergessen noch verziehen. Noch immer quält mich die Vorstellung seiner Hände auf Berardinas Haut. Nie werde ich mit Sicherheit wissen, ob er sie nicht geschändet hat, ihren Mund mit seinem Speichel genäßt und seinen Samen in ihren Leib ergossen hat – nie, ob der Klumpen Blut und Schleim, den sie Wochen später aus ihrem Leib preßte, nicht an jenem Nachmittag gezeugt wurde und ein Bastard unter Berardinas hartnäckigem Schweigen herangewachsen war.

Kurz nachdem ich die Zollbaracke verlassen hatte, ahnte ich noch nicht, wie tief Letizia mich gedemütigt hatte, damals dachte ich nur an die hundert Scudi und mochte nicht glauben, daß er es wirklich bei dieser harten Strafe belassen würde. Hundert Scudi! Bei der Madonna del Carmine, wo sollte ich soviel Geld hernehmen? Ich lief zur Cappella Santa Maria della Neve hinauf und warf mich vor dem Bildnis des heiligen Gennaro auf die Knie, betete und hoffte auf ein Wunder. Der heilige Gennaro beschützte Neapel doch auch sonst vor fast allem Übel, er hielt das Meer und den Vesuv im Zaum, bewahrte unsere Ernte vor Hagel und Stürmen, seine Hände wehrten die Pest von den Stadttoren ab; warum hätte in seinem großmütigen Herzen nicht noch Platz für die Not eines Lazzaro sein sollen? Ich hatte es dem Heiligen nie an Ehrfurcht fehlen lassen, nie die Prozession versäumt und mit den anderen am Straßenrand ausgeharrt, bis Kardinal Filomarino die zwei Phiolen mit dem Blut des Heiligen an uns vorübertrug. Immer hatte ich mit den Gläubigen inständig um das Wunder gebetet und demütig das Haupt gesenkt, wenn sich das Blut endlich verflüssigte, an den Wänden der Phiolen herablief, so dünnflüssig, als tropfe es aus einer frischen Wunde. Als ich nun vor dem Bild des Heiligen über das Wunder nachsann, zweifelte ich sogar einen Augenblick lang, ob ich den heiligen Gennaro nicht besser in der Cappella del Tesoro um seine Unterstützung hätte bitten sollen, dort, wo man die Phiolen mit dem kostbaren Saft in einem Schrein aufbewahrte. Ich bat den Heiligen um Verständnis, denn der Weg nach Santa Maria della Neve war kürzer gewesen, und es bedurfte eines eiligen Wunders, um Berardina aus dem Verlies zu befreien und die Strafe von hundert Scudi wenigstens auf die Hälfte zu vermindern. Ich betete also zum heiligen Gennaro, zum barmherzigen Gennaro, zum mildtätigen Gennaro, zum gütigen Gennaro, zum hilfreichen Gennaro, ich flehte beim kostbaren Blut des Gennaro, beim heiligen Blut des Gennaro, beim wundersamen Blut des Gennaro, beim Wunder des Blutes des heiligen Gennaro. Nachdem ich eine halbe Stunde alle Litaneien abgearbeitet hatte, fügte ich noch ein Gebet an unsere Madonna del Carmine hinzu, La Bruna, die selbst den lahmen Bettler von seinem Leiden erlöst hat, nachdem er dreißig Jahre lang vor der Kirchentür darum gebetet hatte. La Bruna, die die Kraft besaß, die Glocke des Konvents del Carmine wie von unsichtbaren Händen gezogen läuten zu lassen... inständig betete ich zu unserer dunkelhäutigen Madonna, bis meine Knie schmerzten, und ich fand, daß es genug war. Dann hastete ich nach Hause, im festen Glauben an die Hilfe des heiligen Gennaro und der Madonna del Carmine.

Dank meiner Mutter Klatschmaul hatte sich das Familienglück bereits in allen Häusern des Vico Rotto verbreitet, so daß sich außer der engeren Familie sogar entferntere Verwandte eingefunden hatten. Giovanni, Grazia mit ihrem Mann, Zio Salvatore, Girolamo Donnarumma, Berardinas Mutter, Neffen, Nichten, Cousinen, Tanten, Onkel, und wer sonst noch ein Plätzchen ergattert hatte, drängte sich in unserem Zimmer und auf der Stiege. Die Gelegenheit war günstig, es Matteo heimzuzahlen. Ich malte sein schändliches Verhalten mit allen mir zur Verfügung stehenden Mitteln so schwarz aus, daß man den Untreuen selbstverständlich sofort aus der Familiengemeinschaft ausschloß; ich verdrehte auch den Vorfall an der Porta Nolana ein klein wenig zu meinen Gunsten, worauf mir meine Verwandten für meine Besonnenheit dankten, die einen Tumult, ja ein Blutbad verhindert habe. Oft unterbrach man meine Schilderung durch ein flehentliches *Dio mio, Santa madonna, o Gesù*, ganz zu schweigen von der Anrufung zahlreicher Heiliger, die man aus den Winkeln des Gedächtnisses hervorkramte. Als ich endlich zum Schluß kam und die Strafe von acht

Tagen Kerker und die hundert Scudi erwähnte, verstummten alle bedrückt. Ich konnte es Girolamo ansehen, daß er die Summe in Würsten verrechnete und erst vor Geschäftseifer rot wurde, dann ziemlich blaß, bis er schließlich meinte: »Das ist eine Menge Geld für eine Handvoll Mehl.«

Trotzdem ließen sie mich nicht im Stich. Girolamo holte als erster ein paar Geldstücke aus seinem Ledersäckchen, zehn Scudi legte er auf den Tisch, und die anderen folgten seinem Beispiel; diejenigen, die nur wenige Kupfermünzen bei sich trugen, liefen nach Hause und kamen mit der Summe zurück, die sie entbehren konnten. Bis zum Abend hatte sich ein ansehnliches Häufchen angesammelt, aber so oft ich auch nachzählte, es fehlten über vierzig Scudi, und mir fiel niemand mehr ein, von dem ich etwas hätte borgen können. Die Einrichtung unseres Zimmers gab nicht viel her, wertloses Gerümpel, das meiste jedoch unentbehrlich – es war kaum etwas dabei, was ich hätte verkaufen können, einen Stuhl vielleicht, die Kupferkanne oder die Seidendecke, die meine Mutter uns zur Hochzeit geschenkt hatte. Viel brachte das alles nicht.

»Ich könnte Ceccones Bett verkaufen.« Meine Mutter hatte es ganz beiläufig gesagt, aber mir war der zögernde Unterton nicht entgangen, und so schüttelte ich energisch den Kopf. Es war ein wundervolles Bett, die geschwungenen Pfosten endeten in geschnitzten, weit aufgesperrten Löwenrachen, niemand wußte genau, wie ein so kostbares Stück jemals in den Besitz unserer Familie hatte gelangen können. Ein Ehebett muß im Haus bleiben, dachte ich, so etwas verkauft man nicht, nicht einmal in der ärgsten Not, das bringt Unglück. Meine Mutter lächelte, als hätte ich meine abergläubischen Befürchtungen ausgesprochen. »Das Bett stimmt mich traurig, Masaniello«, sagte sie, »Ceccone ist so schwer gestorben.«

Ich hatte nie darüber nachgedacht, daß meine Mutter nach all den Jahren noch immer den frühen Tod meines Vaters betrauerte; durch ihr unaufhörliches Gerede erweckte sie den Eindruck einer von Leben und Geschäftigkeit erfüllten Frau. Mir war nie aufgefallen, wie alt sie geworden war, ihre Gestalt ein zu vertrauter Anblick, als daß ich ihre Runzeln, ihren gebeugten Rücken, die braun gefleckten Hände, den mühsamen Gang mit der unendlichen Trauer verbunden hätte, die meine Mutter in ihrem Herzen mit sich herumschleppte. Sie hatte sich selten darüber beklagt, wie sehr sie darunter litt, daß Ceccone seine Enkel nicht aufwachsen sehen durfte, daß sie das Glück ihrer verheirateten Kinder nicht mehr mit ihm teilen konnte, und sie hatte mich nie wissen lassen, wie einsam und nutzlos sie sich trotz ihrer großen Familie fühlte. Meine Mutter muß meinen Blick wohl gespürt haben, denn sie stand auf und begann, die wenigen Töpfe und Pfannen zu ordnen. Ich verstand, daß sie einer mitleidigen Umarmung ausweichen wollte, und so half ich ihr nur, die entbehrlichen Hausgeräte auszusortieren, sparte mir auch die Bemerkung, daß das fehlende Bett die Trauer nicht bannen, sondern eher verstärken würde.

Am nächsten Tag verkaufte ich das Ehebett meiner Mutter und einen Teil des Hausrats zu einem so guten Preis, daß ich einen Teil des geliehenen Geldes gleich wieder zurückgeben konnte. Ich ging sofort hin und zahlte die Steuerbehörde aus, versuchte auch noch einmal, Berardina freizubekommen, aber die Steuerpächter lachten nur und schickten mich unverrichteterdinge wieder fort. Tagelang haderte ich mit dem heiligen Gennaro wegen dieser Ungerechtigkeit, zweifelte an der Mächtigkeit unseres Schutzpatrons, beschimpfte ihn insgeheim als trickreichen Betrüger und warf ihm vor, mit der Verflüssigung seines Blutes uns Gläubige aufs gemeinste zu täuschen.

Sobald mein Zorn verraucht und einer tiefen Niedergeschlagenheit gewichen war, bereute ich meine Beschuldigungen, lief in die Kirche del Carmine, zündete vor der Madonna zwei Kerzen an und bat sie, mich für meine Sünde des Zweifels bei dem Heiligen zu entschuldigen.

Ich litt, wie ich seit Jahren nicht mehr gelitten hatte. Aß kaum einen Bissen, schlich schweigsam über den Markt, bot meine Sardinen mit so finsterer Miene an, daß niemand die verhexten Fische kaufen wollte; ich mied die Tavernen, weil ich Letizia auf keinen Fall die Freude über meinen jämmerlichen Zustand gönnen wollte. Nacht für

Nacht saß ich am Hafen, starrte ins Wasser, bis das Mondlicht sich nicht mehr auf den Wellen spiegelte und die erste, fahle Morgendämmerung mich mit der Furcht vor dem klaren Anblick des Vesuv nach Hause trieb. Am fünften Tag lungerte ich stundenlang vor dem Castel Nuovo herum, es hieß, einige Strafgefangene seien begnadigt worden, und sie sollten bis zum Mittag entlassen werden. Ich hoffte, von dem einen oder anderen etwas über Berardina zu erfahren, aber ich wartete vergebens. Auf einer der vielen Galeeren, die zu jener Zeit im Hafen lagen, waren mehrere Sträflinge an verdorbenem Essen krepiert, und da das Schiff noch in derselben Nacht auslaufen sollte, hatte der Vizekönig die Begnadigung der Gefangenen kurzerhand ausgesetzt und sie, statt sie freizulassen, auf die Galeere abgeordert, um die fehlenden Ruderer zu ersetzen.

Ich ängstigte mich um Berardina, stellte mir vor, wie sie in dem düsteren Verlies hockte zwischen Räubern, Dirnen und Kupplerinnen, zwischen dem Abschaum der Stadt, und das alles wegen einer lächerlichen Handvoll Mehls. Ich hatte selbst einmal mehrere Tage im Kerker zugebracht, weil ich die Fischsteuer nicht bezahlt hatte, und wußte, welch roher Methoden sich die Aufseher bedienten – nicht nur Schläge gehörten zum täglichen Brot eines Gefangenen. Und Berardina fürchtete sich im Dunklen, sie träumte oft ganz entsetzliche Dinge, von Werwölfen, die sie in blutige Stücke rissen, oder winzigen Gnomen, die durch alle Körperöffnungen in ihren Leib krochen und ihn aufbliesen, bis er platzte. Ich ballte die Fäuste, wenn ich daran dachte, wie Berardina die ganze Nacht vor Angst weinen würde, ohne daß jemand kam und sie in die Arme nahm, um sie aus ihren Alpträumen zu wecken und zu trösten.

Aber sie besaß mehr Zähigkeit, als ich ihr zugetraut hatte. Am achten Tag stolperte sie aus dem Kerker, die Hand vor den Augen gegen das grelle, ungewohnte Tageslicht, schmutzig, verlaust, abgemagert, lief sie wie ein struppiger Bastard in meine Arme. Sie war erschöpft, aber sie schien den Kerker ohne größeren Schaden überstanden zu haben. Als wir die Via Arenaccia durchquerten und in der Nähe der

Mehlzollstelle vorbeikamen, blieb ich stehen und schrie so laut, daß es alle hören konnten: »Bei der Madonna del Carmine, ich will nicht mehr Masaniello heißen, wenn ich mich nicht eines Tages an dieser Canaille rächen werde!«

Während der nächsten Wochen änderte ich meine häuslichen Gewohnheiten, meine Zechkumpane vermißten meine lautstarke Stimme beim Morraspiel, meine gewohnte Listigkeit, mit der ich die Mienen meiner Gegenspieler bespitzelte und blitzschnell, die Finger in die Luft schnellend, eine höhere Zahl herausschrie und meistens gewann. Beim Pendino trank man ohne mich, und in der Taverne del Mercato langweilte man sich bei Liedern und Witzen, die weit hinter meinem Spott zurückblieben. Statt dessen sah man mich jetzt oft abends mit Berardina bis nach Chiaia laufen. Die Leute lächelten uns zu, vielleicht weil wir beide nicht wirkten wie langjährige Eheleute, sondern weil ich wie ein Frischverliebter um mein eigenes Weib zu werben schien. Und obwohl mich Letizias Schamlosigkeit bis aufs Blut peinigte, versuchte ich auf diesen Spaziergängen, Berardina neue, vielleicht bisher verschwiegene Einzelheiten zu entlocken, unwichtige Details, wie die Namen der Aufseher im Kerker, die Berardina gar nicht behalten hatte. Sie erinnerte sich äußerst ungern an jene Tage, an den Schmutz, an das Gesindel, das sich hinter den Mauern krümmte, und je hartnäckiger sie auf meine Fragen schwieg, desto heftiger plagte mich die Vorstellung von Letizias aufgerichtetem Geschlecht.

Damals wußte ich nicht, daß Berardina das rohe Benehmen des Steuerpächters viel schneller vergessen hatte, als ich annahm, denn erst vor kurzem gab sie die quälenden Empfindungen zu, dic sic in den Nächten im Kerker gepeinigt hatten – Trauer, Scham, Schuldgefühle, die gar nichts mit Letizia zu tun hatten –, erst als Berardina wieder schwanger war und hoffte, dieses Mal das Kind zu behalten, erzählte sie mir, wie sehr sie sich über ihre Unfruchtbarkeit gegrämt hatte. »Alle Nachbarinnen haben Kinder empfangen und geboren«, klagte sie, »sogar von den Türken geschändete Frauen schenken gesunden

Söhnen das Leben.« Nur sie nicht, sie sei die ganzen Jahre unfruchtbar geblieben, und deswegen habe sie nächtelang im Kerker weinen müssen; Hunger, Durst, Ratten, schimmelige, feuchtkalte Wände, all das sei vorübergegangen, aber das Gefühl der Minderwertigkeit sei auch nach der Zeit im Kerker Nacht für Nacht zurückgekehrt, die Vorstellung, daß nach ihrem Tod nichts von ihr bleiben würde als ein paar abgetragene Kleider.

Als Berardina mir vor ein paar Tagen sagte, daß sie endlich ein Kind von mir trage, schämte ich mich, weil ich sie nach der Kerkerstrafe wegen ihrer Schweigsamkeit so hart getadelt hatte; während sie sich grämte und mit Schuldgefühlen plagte, lag ich neben ihr, von kleinlichen Racheschwüren erfüllt und ausschließlich um die Wiederherstellung meiner Ehre besorgt. Jetzt, im nachhinein, verstehe ich Berardinas Schwermut, die mich oft geärgert hatte, wenn wir zu einer Taufe eingeladen gewesen waren und sie sich abseits von Gelächter und Musik gehalten und mir mit ihrer Miene den Spaß am Fest verdorben hatte. Wie mußte sie darunter gelitten haben, ausgeschlossen gewesen zu sein von dem Gefühl, das alle Mütter bei einer Taufe eint und für ein paar Stunden den Unterschied zwischen arm und reich bedeutungslos macht.

Auch ich wünschte mir immer einen Sohn, aber ich stellte nie in Frage, daß ich ihn eines Tages in die Welt heben würde. Ich verhielt mich stets, als gäbe es in meinem Leben unendlich viel Zeit, Zeit für Dinge, die ich bisher hinausgeschoben hatte, Zeit für Veränderungen – es gab kaum etwas, von dem ich nicht glaubte, es auch noch morgen oder in einem Jahr tun zu können. Nur meine Rache schien mir unaufschiebbar. Diesen Schwur habe ich erfüllt, und wenn mir bald ein Sohn geboren wird, so braucht er sich deswegen für seinen Vater nicht zu schämen.

7

Scham. Ich weiß nicht, wie ich das Gefühl benennen soll, das mich mein Leben lang begleitet hat, ein innerer Drang, mich ständig zu beweisen, und obwohl dieses Gefühl niemals auch nur eine meiner schlechten Gewohnheiten bessern konnte, hat es mich niemals verlassen.

Es war wohl eine Art von Scham, die Fehler meines Vaters in meinem eigenen Wesen wiederzuerkennen, seinen Hang zur Faulheit, zum Kartenspiel, zum Trinken, seine Selbstsucht und auch sein Schweigen und seine Bitterkeit. Ich hielt jene Versuche nie lange durch, in denen ich mich dagegen wehrte, meinem Vater gar zu sehr zu gleichen, allzu bereitwillig fiel ich stets in mein bequemes Lotterleben zurück. Alles schien sich wie in einem zwangsläufigen Kreislauf zu wiederholen, Gewinne und Verluste beim Kartenspiel, die Streitereien mit meinem Bruder, das Gezeter meiner Mutter, Berardinas Not, das bißchen Kupfergeld gut einzuteilen, mein Mut, der sich in nichts als Worten niederschlug... das kümmerliche Fischerdasein, das Mamma Luisa für mich vorausgesehen hatte, schien sich zu erfüllen. Und doch, wie schnell vollzieht sich manchmal eine Veränderung, merkwürdig auch, daß es im Herbst geschah, da die Natur zum Sterben sich bereitet, die Schatten länger werden, da nicht gesät, sondern die Saat längst abgeerntet ist und in den Vorratskammern lagert.

Welch wunderbarer Herbst im letzten Jahr. Die Hüllen der Haselnüsse platzten auf und gaben sattbraune Schalen frei, so rund und glatt, als hätte jemand die Oberfläche liebevoll poliert, Kastanien verloren ihre Sommerstacheln, Weizen und Hirse türmten sich in den Kornkammern, die Schweinemast hatte so reichlich Fleisch gegeben wie lange nicht mehr, gelber Provolone reifte in schattigen Kellergewölben – der Adel brauchte sich keine grauen Haare wachsen zu lassen, für den Winterspeck war mehr als ausreichend gesorgt. Schon wieder regierte ein neuer Vizekönig Neapel. Ach, Bruder Anselmo, fast ist es müßig, darüber zu klagen, daß sich der Herzog von Arcos in keiner Weise von seinen Vorgängern unterschied. Sechsundvierzig Schiffe, beladen mit achthundert Soldaten und viertausend Mann Fußvolk, waren bei den jüngsten Auseinandersetzungen nötig gewesen, eine Million Kriegsschulden sollte das Volk von Neapel für die spanische Krone aufbringen. Wie schon in den Jahren zuvor versuchte man, das Geld durch einen neu erhobenen Mietzins einzutreiben, doch als die Bevölkerung in manchen Stadtvierteln dagegen aufbegehrte, ließ die Regierung die Auflage wieder fallen, und es gab lange Zeit Gerüchte, die Summe solle statt dessen über eine Fruchtsteuer erpreßt werden. Dieses Hin und Her mit der Fruchtsteuer war uns nichts Neues. Immer wieder hatte die Regierung in den vergangenen Jahren versucht, unsere Feldfrüchte, die einzige unversteuert gebliebene Nahrung, mit Abgaben zu belegen, immer wieder hatten die Herren aus Angst vor einem Aufstand davon abgesehen, und obwohl in den Tavernen beim Wein heftig über diese Steuer gestritten wurde, machte sich niemand zu diesem Zeitpunkt ernsthafte Sorgen darüber.

An einem dieser Herbstabende schlenderte ich durch die Via Carminelli. Ich pfiff vor mich hin, denn ich hatte an jenem Tag reichlich Fisch verkauft und klimperte gutgelaunt einen Teil meines Verdienstes von einer Hand in die andere – wenn ich Glück hätte, dachte ich, und es mir gelänge, die gerissenen Spieler unter den Zelten am Rande des Marktes zu übertölpeln, könnte ich mein Geld glatt verdoppeln. Die Bauern waren längst in ihre Dörfer zurückgekehrt, nur noch ein paar Ziegen hoppelten umher und warteten darauf, gemolken zu werden. Als ich am Konvent del Carmine vorbeikam, löste sich eine Gestalt aus dem Schatten einer Mauernische und vertrat mir den Weg. »Gott segne dich, mein Sohn.« Ein verhaltenes Lachen entfuhr mir, weil der Fremde mir Gottes Segen antrug, während ich mich auf dem Weg zu lasterhaftem Glücksspiel befand. Ich kannte den Mann nicht. Ein magerer Leib, unter einer einfachen Mönchskutte verborgen, tiefe Linien durchfurchten sein Pergamentgesicht, Kraterlandschaft eines entbehrungsreichen Lebens; trotzdem ging etwas Gebieterisches von ihm aus, das Auftreten und die Haltung des Fremden verrieten, daß er einmal bessere Zeiten gesehen haben mußte. Er stand da, als erwarte er eine Antwort auf seinen Segen. Ich hielt ihn für einen der umherwandernden Bettelmönche, die einen auf dem Marktplatz ständig um Almosen angingen, und als ich ihn – schon um einer Bettelgabe auszuweichen – fragte, ob er Brüder seines Ordens besuchen wolle, zeigte er ein dünnes Lächeln. »Mit Brüdern heißt es vorsichtig sein«, murmelte er, »weißt du, wer deine Brüder sind?«

Ich wunderte mich über diese Antwort, seit meinen Erfahrungen mit dem alten Peta hegte ich zudem keine große Zuneigung zu Priestern und Betbrüdern, deshalb nickte ich ihm nur flüchtig zu und schickte mich an, meinen Weg fortzusetzen. Der Fremde hielt mich am Hemdsärmel fest. »Die Stadt wächst und wächst«, sagte er, »die Villen der Reichen werden prächtiger, ihre Sünden ausschweifender, und die Bevölkerung bleibt ein Heer armseliger Sklaven. Wie heißt du, mein Sohn?«

Der Fremde schien meinem Namen gar keine Aufmerksamkeit zu schenken. Es ärgerte mich, meine Zeit mit einem altersschwachen Betbruder zu vertrödeln, und ich hatte mich schon abgewandt, als er mich noch einmal ansprach und nach Arpaia fragte. Doch als ich ihm den Weg zur Taverne del Mercato wies, wo Arpaia um diese Stunde regelmäßig zu finden war, da schüttelte der Alte den Kopf. »Bestell ihm nur einen Gruß aus Fort Pignone«, sagte er. Dann zog er sich mit behutsamen Schritten in den Schutz der Konventmauer zurück, und kurz darauf hatte ihn die Dunkelheit verschluckt. Ich stand noch eine Weile und dachte über den Fremden nach, der wie ein Geist aufgetaucht und wieder verschwunden war, und beschloß – neugierig, wie ich nun einmal bin –, Arpaia gleich den rätselhaften Gruß zu überbringen.

Arpaia hatte ein gutes Blatt in der Hand, er ließ sich nur ungern stören und scheuchte mich mit einer Kopfbewegung beiseite. Erst als ich ihm den Satz des Priesters zurief, zuckte er zusammen, warf die Karten hin und zerrte mich am Arm nach draußen: »Was hat Genoino dir sonst noch aufgetragen?«

Ich wies auf die dunklen Umrisse des Konvents, lachte und schnippte mit den Fingern in die Luft. »Nichts. Ein Teufel hat dem Alten jedes weitere Wort gestohlen!«

Arpaia zeigte keinerlei Verständnis für meinen Spott, er versetzte mir einen heftigen Stoß und zischte mir zu, ich solle mein Lästermaul im Zaum halten. Dann ging er davon, ohne mir eine weitere Erklärung zu geben, was mich dermaßen verdroß, daß ich nach einem vorbeigackernden Huhn trat und das arme Tier sogar noch über den ganzen Marktplatz verfolgte.

In jener Nacht verlor ich jedes Spiel. Es gelang mir weder, den Fremden aus meinen Gedanken zu verbannen, noch die feindselige Reaktion Arpaias zu vergessen, der sonst nie einem derben Scherz abgeneigt war und Gefallen daran fand, einen beiläufigen Satz zu einer abendfüllenden Geschichte auszuschmücken. Was hatte ein Priester in einem Fort zu suchen? Fort Pignone? Ich hatte nie von diesem Ort gehört.

Bald machten Gerüchte die Runde, ganz offensichtlich war ich nicht der einzige, den der Fremde verunsicherte. Die einen tuschelten von einem verkleideten Banditen; andere von einem in Mönchskleidung entflohenen Ketzer oder einem Laienbruder, der im Auftrag der Steuerpächter Schmuggelware ausspionierte – ein paar Weiber brüsteten sich sogar, einen Heiligen gesehen zu haben, dessen Gesicht von Mitleid mit den Armen gezeichnet sei. Dann fiel immer häufiger der Name Genoino und auch das Wort Rebell. Diejenigen, die Genoino kannten, schwiegen, manche, weil sie einen Aufstand befürchteten, andere, weil sie durch ihn Jahre ihres Lebens eingebüßt hatten so wie Arpaia, der Genoinos Freundschaft mit zehn Jahren Kerker bezahlt hatte. Aber davon sollte ich erst später erfahren.

Genoino. Ich wußte nichts anzufangen mit diesem Namen und haderte im stillen mit Mamma Luisa, die mir zweifellos die Geschichte, die sich mit diesem Menschen verband, vorenthalten hatte. Doch sie hatte ja so manches vor mir verschwiegen oder nach ihrer eigenen Art zurechtgerückt. Abend für Abend drückte ich mich in der Nähe des Konvents herum, hoffte, dem Priester zu begegnen, ihn in ein Gespräch verwickeln und ihm dabei vielleicht sein Geheimnis entlocken zu können. Als ich schon alle Hoffnung aufgegeben hatte und den Fremden längst außerhalb der Stadtmauern wähnte, traf ich ihn eines Nachts wieder. Der Morgen dämmerte schon, und ich spürte Glieder und Kopf schwer vom Wein, deshalb glaubte ich auch im ersten Augenblick an eine Sinnestäuschung, dann an ein Tier, das von Baracke zu Baracke schlich, schattengleich – bald aber erkannte ich ganz deutlich die Gestalt in der Kutte. Ich lachte leise: Eine späte Stunde für einen rechtschaffenen Priester. Am Brunnen gelang es mir schließlich, einen Zipfel seines Gewands zu fassen.

Genoino? Ich flüsterte den Namen und beschwor den Fremden, keine Angst vor einem Freund zu haben, nur reden wolle ich, nichts als ein wenig reden. Zu dieser Stunde? Schuldbewußt senkte ich den Kopf, ich schwieg, denn es war immer die gleiche Scheu, die mich in der Nähe eines Kirchenmannes befiel. Wie sollte ich ihm erklären, daß ich vom Kartenspiel kam, getrunken hatte und betrogen und daß trotzdem keine Münze für Berardina übriggeblieben war. Genoinos Schmunzeln enthob mich jeder Rechtfertigung, er kannte die Männer dieses Viertels nur zu gut und wußte, welchen Vergnügungen sie nachts in den Tavernen oder unter den Zelten frönten. Auch schien er mich auf einmal zu erkennen. »Masaniello«, sagte er, »der Possenreißer, der unerschrockene Spötter.«

Eigentlich hatte ich Genoino gleich nach den Gerüchten fragen wollen, die man sich über ihn erzählte, jetzt und hier ohne Umschweife Geständnisse von ihm erzwingen, aber mit einem Mal schien mir der Platz zu alltäglich – unmöglich, an einem Brunnen, an dem Frauen Schmutz aus der Wäsche klopften und Männer verschwitzte Hände und Füße kühlten, unmöglich, an einem solchen Ort Geheimnisse auszutauschen. Auch war mir der Blick nicht entgangen, mit dem Genoino die Umgebung nach unerwünschten Lauschern ausspähte. So zog ich ihn statt dessen hinüber zum Vico Rotto, ins Haus, und bot ihm Platz auf unserer Stiege. Ich weiß noch, wie ernsthaft ich ihm versicherte, dies sei kein Haus, in dem Verräter wohnten.

Merkwürdig. In einem Haus, in dem nur um Brot gestritten wurde, in meinem Haus ausgerechnet von Verrätern zu sprechen. Genoinos Gebaren mußte mich wohl veranlaßt haben, diesen Ausdruck zu gebrauchen – ich konnte seine Miene in der Dunkelheit kaum erkennen, aber ich roch den Angstgeruch eines gehetzten Tieres, und das erhob mich, einen Lazzaro, der nichts zu verlieren hatte, über den Priester. Einen flüchtigen Augenblick nur, denn gleich darauf verbreitete Genoino wieder die Abgeklärtheit, die Dienern der Kirche zu eigen ist. Er sei nicht immer Priester gewesen, sagte er fast ein wenig grob, so, als wollte er den Abstand verringern, den seine Angst geschaffen hatte.

In jener Nacht erzählte er mir eine lange, unerfreuliche Geschichte, seine Geschichte aus den Jahren, als noch der Graf von Ossuna Neapel regiert hatte. Genoino hatte damals für einige Wochen das Amt des Eletto del Popolo verwaltet und diese Zeit genutzt, ein Komplott gegen den Adel zu schmieden, den er aus ganzer Seele haßte. Leider sei er von jeher ein zu unruhiger Geist gewesen und habe sich noch nie mit kleinen Schritten zufriedengeben mögen, von Ungeduld habe er sich leiten lassen und von der Dummheit, an die Treue seiner Gefolgsleute zu glauben. Wie ein Verbrecher habe er fliehen müssen, ohne das mindeste erreicht zu haben.

Ein Zeichen setzen? Wofür? Ich erschrak über die Bitterkeit in seiner Stimme, als er meine Frage beantwortete. Jede Zeit erfordere ihre eigenen Zeichen, sagte er, und Menschen, die bereit seien, solche zu erkennen und anzunehmen. Nein, er sehe keine Schande in der Flucht, zum Märtyrer sei er nicht geboren.

Zu glatt. Zu einfach. Enttäuschung zog mir den Mund zusammen. Sollte das nun der Rebell sein, der mich als Kind bis in meine Träume verfolgt hatte, dieser zerknitterte, gebeugte Priester? Ein Feigling, ein entflohener Verbrecher?

Genoino stieß den Atem durch die Nase, abschätzig, als habe er meine Gedanken erraten. Das Wort Verbrechen bedeute in jeder Zeit etwas anderes, wies er mich zurecht. Die einzige Schuld, derer er sich anzuklagen habe, sei der Versuch gewesen, die Stadt Neapel vor der unerbittlichen Herrschaft des Adels zu bewahren. Genoino versicherte mir in jener Nacht, daß mit mehr Zeit und Geduld Verbesserungen zu erreichen gewesen wären. Der Graf von Ossuna sei ihm ein guter Freund gewesen, ein Verbündeter in dem Wunsch, die Armen wenigstens von einem Teil der unerträglichen Lasten zu befreien – jeder von ihnen habe das Seine getan in den wenigen Freiräumen, die noch geblieben waren. Ich sei zu jung, sagte Genoino, viel zu jung, um die Kunst des Taktierens zu verstehen. Leider sei fast alles, was er damals zu ändern versucht habe, in den Anfängen steckengeblieben, doch immerhin sei es ihm gelungen, zehn Berater im Seggi durch anständige, dem Volk wohlgesonnene Männer zu ersetzen, und auch einige der Ottinenvorstände, zum Beispiel den Capitano del Mercato mit dem getreuen Arpaia, einer der wenigen, der auch heute noch ein gegebenes Wort nicht vergesse. Aber weder Ossuna noch Arpaia noch er selbst hätten verhindern können, daß das Adelspack weiterhin das Volk ausblute, sich schamlos an den Ärmsten der Armen bereichere...

Ich weiß noch, wie Genoino innehielt, er schien erschöpft, und vielleicht bedrückte es ihn auch, sein Versagen vor mir zuzugeben. Als er endlich weitersprach, zitterte seine Stimme vor Empörung. Von Verleumdungen, Intrigen, umstürzlerischen Machenschaften berichtete er, von heimlichen Absprachen mit dem französischen Feind und

Hochverrat – nichts sei den Günstlingen des Königs zu schäbig gewesen, um es dem Grafen von Ossuna nicht anzulasten! Niemand habe dem Grafen helfen wollen, auch nicht den anderen, die den Schergen in die Hände gefallen waren und später im Kerker oder auf einer Galeere das Komplott abbüßen mußten. Er selbst habe noch mit allen Mitteln versucht, die Ankunft des neuen Vizekönigs, Kardinal Borgia, zu verhindern, nicht ahnend, daß Borgia, dieser mitleidslose, selbstgerechte Kardinal der römischen Kurie, von Mittelsmännern gut verborgen, längst in der Stadt weilte. Lächerlich seien die Pläne zur Gegenwehr gewesen, lächerlich und nutzlos wie das ganze Komplott.

Nur durch einen glücklichen Zufall sei es Genoino und Arpaia gelungen, rechtzeitig zu fliehen. Bis nach Marseille seien sie den Häschern entkommen, dann habe die Malaria die weitere Flucht vereitelt. Lebendig wollte man uns haben, geiferte Genoino, lebendig vor ein spanisches Gericht zerren, uns in aller Öffentlichkeit die Ehre aberkennen und uns dann zwischen Ratten und Würmern verfaulen lassen. Monate später habe man ihn freigelassen, nur um ihn in Neapel erneut der Dunkelheit der Kerker auszusetzen: Castel Nuovo, Baia, Capua, Gaeta, keine dieser Mauern sei ihm erspart geblieben, bis man ihn im Jahre 1622 endgültig verurteilt habe, sein gesamtes Vermögen konfisziert und ihn wie einen Sack Stroh nach Afrika verschifft habe, in Ketten gelegt, beschimpft, getreten, bespuckt von der Besatzung bis hin zum Maat. Nie werde er den Triumph in jenen Gesichtern vergessen, sagte Genoino, das billige Lachen sinnloser Grausamkeit ... der gute König Philipp habe ihm nämlich an Stelle des Gabeltodes ein achtundzwanzigjähriges Dahinfaulen im Fort Pignone gewährt. Zwölf Jahre seines Lebens sei er dort eingemauert gewesen zwischen sonnentrockenen Wänden und Schwaden von gelbbraunem Sand, die durch die Ritzen der Mauern fegten; zwölf Jahre Einsamkeit, zwölf Jahre Hitze, Hunger, Durst und Krankheit ... am schlimmsten aber sei das Schreien der Vögel gewesen, einziges Geräusch in der unerträglichen Stille ...

Mehr mochte Genoino nicht erzählen, hartnäckig schwieg er, so sehr ich ihn auch bedrängte, mir das Ende dieser schrecklichen Geschichte nicht vorzuenthalten. Erst durch Arpaia erfuhr ich, daß Genoino später Freundschaft mit seinem Wärter geschlossen hatte, einem gutmütigen, duldsamen Mann, der sich nichts sehnlicher wünschte, als der Sandwüste zu entkommen. Genoino hatte dann mit Hilfe dieses Wärters in jahrelanger Arbeit ein Modell des Forts geschnitzt, ein Geschenk, das den König milde stimmen sollte. König Philipp schenkte Genoino tatsächlich die Freiheit, allerdings mußte er versprechen, nie wieder einen Fuß auf neapolitanischen Boden zu setzen. Der König bewilligte sogar noch viertausend Dukaten, eine Entschädigung für sein konfisziertes Vermögen. Jahrelang habe sich Genoino an den zugewiesenen Orten aufgehalten, erzählte mir Arpaia, bis er es nicht mehr aushielt und sich wieder nach Neapel wagte. Doch nach kurzer Zeit habe man Genoino erneut in den Kerker des Castel Nuovo geworfen, den armen Greis monatelang darben lassen und nur aufgrund der Fürsprache eines mächtigen Freundes endlich freigelassen. Als ich Arpaia nach seiner eigenen Strafe fragte, schüttelte er den Kopf: Es wäre unrecht, Masaniello, meine Kratzer mit Genoinos Wunden zu vergleichen.

In jener Nacht, als Genoino neben mir auf dem Stiegenabsatz hockte, wagte ich nicht, meine eigenen Gedanken preiszugeben. Noch nicht. Ich scheute mich davor, meine Empfindungen auszusprechen, Empfindungen, die ich nach dem Gesagten als lächerlich klein, ja kindisch einschätzte, obwohl ich sie während langer Jahre wie einen Schatz gehütet hatte.

Der totenstille Marktplatz kam mir in den Sinn, Menschen, die auf das Geheiß zweier Wörter ihre Habe im Stich gelassen hatten, schreiende, hastende, nur von einem Ruf getriebene Menschen. Ich dachte an die Feigheit meines Vaters, an seine Furcht und an die Ohrfeige, zu der ihn diese Furcht verleitet hatte; ich dachte an Mamma Luisa, an ihre Geschichten und an meine Träume, an verschlafene Straßen, an die Stille und an meine kindlichen Phantastereien von uneingeschränkter Macht. Das Tuch um den Hals des Adlers erschien mir in jener Nacht wie eine Warnung, die Macht denen zu überlassen, die damit umgehen konnten. *Serra, Serra* bekam plötzlich einen ganz anderen Sinn. Der Wutausbruch meines Vaters und meine Empörung darüber wogen leicht gegen zwölf Jahre Kerker, gegen endlose Tage und Nächte, deren Eintönigkeit nur von Windgeheul und umhertreibendem Sand unterbrochen wurde. Meine Vorstellung von einem Rebellen schrumpfte zusammen auf eine alte, müde Gestalt, der man die Last der Jahre von weitem ansah, schrumpfte zusammen auf das von Enttäuschung und Bitterkeit gezeichnete Leben eines Mannes, der als Rebell aufgebrochen war und nun im Schoß der Kirche Zuflucht vor dieser Sünde suchte.

Wie recht Genoino hatte. Es ist viel einfacher, der Kirche zu dienen, als sich für das Volk abzuschinden. Das Volk duldet keine schwachen Diener, das Volk ruft nach Herren, ruft nach einer Macht, von der es sich blenden lassen und die es als eigene Stärke verinnerlichen kann. Fällt der Herr, fällt auch das Volk, und wenngleich ein Rebell das Volk vom blinden Vertrauen in fremde Stärke abbringen will, so tut er doch nichts anderes, als eine Macht durch eine andere zu ersetzen. Das Volk ist träge, es folgt der Macht, solange sie ihm nicht zuviel abverlangt – wieviel bequemer ist es zu gehorchen, fremdem Wissen und fremdem Denken zu folgen, als nach eigenen Erkenntnissen zu handeln.

Die meisten Menschen verlangen ja nur nach Brot, und gibt man ihnen genug, wollen sie nichts mehr wissen davon, welcher Kampf um dieses Brot ausgefochten wurde. Sie hassen den Kämpfer, so wie sie jetzt mich hassen, denn mein Name erinnert sie an den Krieg, den sie vergessen wollen, und deswegen ist es so schwer, ein Diener des Volkes zu sein. Die Diener Gottes hingegen verkünden ein Reich voller Herrlichkeit, in dem keine Veränderungen nötig sind, in dem es keine Furcht, keinen Kampf, keinen Krieg gibt, nur Glückseligkeit. Die Diener Gottes sind angesehen, weil sie versprechen, was die Menschen hören und glauben wollen: ein fernes, aber für jeden erreichbares Paradies.

Seid ihr der Einfachheit halber Priester geworden, Bruder Anselmo? Eine ungehörige Frage, die ich auch Genoino in jener Nacht nach langem Schweigen stellte. Wer war ich denn, daß ich mir anmaßte, zu richten?

Trage die Asche heraus, Amaryllis, und über die Schulter
wirf sie in fließendes Wasser,
doch schaue nicht zurück. So will
ich
Daphnis zu Leibe,
wenngleich ihn Götter und Sprüche nicht
scheren –
Führt aus der Stadt mir ins Haus, ihr Sprüche,
führt mir den Daphnis

Leise hatte Genoino die Verse Vergils gesprochen – zu dessen Grab er mich später manchmal mitnahm und mir dort in der Stille das in den Grabstein gemeißelte Vermächtnis des Dichters erklärte – und gelächelt, weil ich die Antwort, die in dem Vers verborgen lag, nicht verstand.

Er nahm mir meine Sicht seiner Geschichte nicht übel. Man könne ihm eine gewisse Feigheit vorwerfen, sagte er zu mir, während wir noch immer auf dem Absatz der Stiege saßen. Allerdings möge ich bedenken, daß nur das Gewand des Priesters ihm die Möglichkeit gegeben habe, sich dem Arm der weltlichen Gerichte zu entziehen. Einen Diener des Volkes könne man verjagen, als Diener Gottes jedoch dürfe er bleiben. Und als ich Genoino fragte, ob seiner Meinung nach ein Rebell ein einsamer, von allen gescholtener Kämpfer sei, nickte er: »Das lateinische Worte ›rebellis‹ bedeutet nichts anderes als *›den Krieg erneuernd‹*, und Krieg führen, Masaniello, auf welche Weise auch immer, heißt, sich auflehnen gegen Gesetze, die bis dahin gegolten haben.«

Genoino hatte in jungen Jahren den Doktor der Rechte erworben, er wußte, welche Fehden hinter gültigem Recht verborgen lagen. Die Umsetzung einer jeden neuen Idee erfordere Kämpfe, sagte er, und selbst wenn sich diese nur auf gedanklicher Ebene abspielten, so riefen sie dennoch Undank und Ablehnung, oft Haß gegen den hervor, den sein Wissen von den anderen unterschiede. Durch alle Epochen, in allen Ländern gebe es Beispiele dafür, Giordano Bruno, Campanella, Oliver Cromwell... doch davon wolle er mir ein andermal erzählen. Er sei müde, und von diesen Dingen zu reden, erfülle ihn mit einer jahrhundertealten Traurigkeit. Genoino legte mir für einen Augenblick seine trockene Greisenhand an die Wange, dann erhob er sich und schlüpfte ohne ein weiteres Wort durch die Tür.

Ich blieb noch eine Weile auf der Stiege sitzen. Es schien mir schlüssig, was Genoino über die Einsamkeit eines Rebellen gesagt hatte, über die Furcht der Menschen und ihrer daraus erwachsenden Feigheit. Und doch blieb da eine winzige Hoffnung in meinem Herzen, die sich auch durch das Gesagte nicht verdrängen ließ: Hätte Giordano Bruno sich denn verbrennen lassen, wenn nicht auch er eine solche Hoffnung verspürt hätte?

Ich stand auf, das viele Gerede hatte mich hungrig gemacht, und so ging ich hinauf, allerdings ohne große Zuversicht, etwas Eßbares zu finden. Berardina lag im Bett und schlief, den Arm über das Gesicht geschoben wie ein ängstliches Kind. Eine fast schmerzhafte Zärtlichkeit überfiel mich, und ich schämte mich wie schon so oft, daß ich nicht von meinem Lotterleben lassen konnte, nicht ausreichend für meine Familie sorgte, mich vor meinen Freunden in den Tavernen aufblies, statt mich selbst um eine Handvoll Mehl zu kümmern. Bei del Pendino fühlte ich mich wie ein König, wenn mir meine Kumpanen für die Zeitspanne einiger Becher Weins all die Trugbilder glaubten, die meine Lieder aus ihren Herzen an die Oberfläche trugen, und die doch am nächsten Morgen vor der Wirklichkeit wie Rauch zerstoben. Vor meinem schlafenden Weib stand ich da wie ein kümmerlicher Tagedieb, der nicht eine seiner Versprechungen einlösen konnte. Ich schlug vorsichtig das Laken zurück und kuschelte mich an

Berardina, als könne ich mit einem bißchen Wärme alle Schuld abbitten. Sie lächelte im Halbschlaf.

Bald fand ich heraus, daß nicht nur Arpaia sich an Genoino erinnerte, kaum einer der älteren Männer hatte die Wochen vergessen, in denen er den damaligen Eletto del Popolo vertreten hatte. Es schien fast, als sei die Zeit stehengeblieben und Genoinos Gefangenschaft nur eine unliebsame, nicht zu ändernde Unterbrechung gewesen.

Genoino traf sich oft mit Arpaia und den alten Freunden in der Taverne del Mercato, um an die Gespräche von früher anzuküpfen. Ab und zu mischten sich auch Händler in den Kreis der Zuhörer, wie Bernardo, an dessen Familiennamen ich mich nicht erinnere. Ein wuchtiger Mann, der früher angeblich bei der Stadtwache gedient hatte, nun aber einen einträglichen Weinberg besaß. Er rasierte sich selten, und wenn er es tat, blieb immer ein Rest störrischer Bartstoppeln stehen, so daß er trotz seines Wohlstandes eher einem Landstreicher glich. Ich weiß noch, wie mich seine Stimme faszinierte, eine tiefe, herrische Stimme, die zu kommandieren gewohnt war. Anfangs fehlte Bernardo nie, später ließ er sich immer seltener blicken, und schließlich blieb er ganz weg. Genoino schien sich deswegen zu ärgern. Ich wunderte mich darüber, aber heute weiß ich, wie sehr der Priester auf die Unterstützung der reichen Bürger zählte.

Damals dachte ich mir nicht viel dabei, daß ich unter diesen Männern der einzige Lazzaro war und Aufnahme fand in einem Kreis wohlhabender Leute. Sie schienen mich gern zu haben, die beiden Brüder Salvatore und Carlos Catania, Andrea Rama, Ardizzone – obwohl ich gegen einige von ihnen Vorbehalte hegte. Gegen Carlos, weil er so teures Brot buk, und gegen Michelangelo Ardizzone, weil er für die ungerechte Kornverteilung mitverantwortlich war. Gerade Carlos gehört zu jenen, die in den vergangenen Tagen versuchten, ihr Süppchen an meiner Macht zu wärmen. Manchmal fand sich auch Euer Mitbruder Fra Savino Boccardo ein, und Mercurio Cimmino, der zu allem zahnlos und freundlich nickte. Anfangs setzte ich mich noch ein wenig abseits, weil ich durch meine ärmliche Kleidung unter ihnen auffiel, doch wenn Genoino kam und mich wie einen der ihren an den Tisch bat, vergaß ich, daß ich wie ein Aussätziger unter Gesunden wirkte.

Nichts hatte sich gebessert während Genoinos langer Abwesenheit. In verhalten geführten Gesprächen wies er uns ständig darauf hin, auch darauf, daß es ihm nicht entgangen sei, wieviel Haß und Wut unter der Bevölkerung gärten. Er ermunterte mich, keine Ungerechtigkeit in meinen Liedern zu verschweigen, während Arpaia mich manchmal beiseite nahm und mich bat, meinen Spott zu mäßigen, weil es besonnenere Stimmen brauche, um die Mißstände öffentlich anzuprangern. Genoino konnte außer sich geraten, wenn die Rede auf die Hellebardiere kam, die immer noch ihr Emblem verkauften. Sie nahmen Geld dafür, den einen oder anderen Händler unter den Schutz ihrer Truppe zu stellen – Praktiken, die eigentlich schon unter dem Grafen von Ossuna verboten worden waren. Doch die meisten dieser Verbote wurden ohnehin nicht eingehalten, besonders nicht von jenen, die es sich leisten konnten. So zahlte zum Beispiel der Metzger Luca dem General der Hellebardiere weiterhin jährlich zwölf Zechinen, was jenem erlaubte, sein Schweinefleisch unter dem Schutz der Hellebardiere manchmal schon zwei Wochen vor der festgesetzten Zeit zu verkaufen, viel früher als andere Metzger. Aber nicht nur Luca war dadurch reich geworden, die meisten Händler und auch die Besitzer der Tavernen sicherten sich ihre überteuerten Preise durch irgendein Wappen einer mächtigen Familie.

Wenn Genoino während solcher Gespräche Naclerio einen Gesinnungslumpen schimpfte, den das Volk verjagen müßte, weil er seine Pflichten als Eletto nicht ernst nähme, verzog Arpaia nur spöttisch den Mund. »Ihr seid lange fortgewesen, Genoino«, sagte er oft, »das Volk hat den Mut verloren, wahrscheinlich hat es nie welchen gehabt.«

Arpaia sprach die Wahrheit, wenn er Genoino die Menschen beschrieb, die er täglich im Marktviertel vor Augen hatte, müde Menschen, die ihren Schutzheiligen die Verantwortung zuschoben, sie vor

Steuern und Unrecht zu bewahren; Knechtnaturen, die zwar geiferten und schimpften, die aber weder fähig noch willens schienen, gegen die Übermacht des Adels anzukämpfen.

Wollt Ihr Schafe zu Wölfen machen?

Genoino beachtete den Einwand Arpaias nicht, er sah zu mir herüber, zerkrümelte gedankenverloren einen Rest Pizza zwischen den Fingern und schwieg.

Auch über den neuen Vizekönig wurde viel geredet bei diesen Zusammenkünften. Der Herzog von Arcos gab sich nach außen hin leutselig, bestach durch wohlgesetzte Worte und höfische Manieren, aber Genoino warnte davor, sich von diesem wohlwollenden Gehabe täuschen zu lassen: Arcos sei jedes Mittel recht, die eine Million Dukaten einzutreiben, die in der Stadtkasse fehlten. Überall gärte es. Auch der französische Feind machte sich im letzten Jahr wieder an unseren Küsten breit. Seine Truppen hatten Elba besetzt, den Hafen Porto Longone eingenommen und belagerten seit einiger Zeit Orbitello. Nicht nur einmal hatten sich die Schiffe unserer Feinde bis in den Hafen Neapels vorgewagt. Es war dem Vizekönig zwar gelungen, die Franzosen zurückzutreiben, aber die Kosten von Flotte und Heer waren dabei in schwindelnde Höhen gestiegen, und wieder einmal sollte das Volk herhalten, um diese Kosten zu decken. Die Warnung seines Vorgängers, Neapel sei längst ausgeblutet, schlug Arcos in den Wind. Genoino ermahnte uns, keiner der spanischen Versprechungen zu trauen; der Herzog von Arcos würde sich um keinen Preis zum Gespött des Madrider Hofes machen wie der Admiral von Kastilien, den König Philipp unter Verwünschungen über die fehlenden Steuergelder nach Madrid zurückberufen habe, nachdem jener den Mietzins in Neapel aufgehoben hatte. Tatsächlich hatte der Vizekönig uns versprochen, von neuen Auflagen abzusehen, was ihn jedoch nicht daran hinderte, gleichzeitig die alten Steuerschulden und bestehenden Abgaben mit unerbittlicher Härte einzutreiben.

Wenn es um Geld ging und darum, es sich selbst an nichts fehlen zu lassen, hatten die Bisogni schon immer weit aufgehaltene Hände.

Auch der Herzog von Arcos haßte alles Ärmliche und Behelfsmäßige. Stets mied er auf seinen Spazierfahrten die Piazza del Lavinaio, die Sellaria und vor allem das Marktviertel, das er eine Brutstätte des Müßigganges nannte und die Bewohner einen Haufen dummer Barbaren. Und wenn sich eine Durchfahrt nicht vermeiden ließ – zum Beispiel für Messen in der Kirche del Carmine –, sah man Arcos' Miene an, wie sehr er sich vor den Baracken und baufälligen Hütten ekelte, vor unseren überbevölkerten Häusern, den schmutzigen Zelten und vor den Lazzari, die in den Gassen herumlungerten oder am Straßenrand schliefen. »Gebt dem Volk seine Heiligen, es weiß mit Geld doch nichts anzufangen«, soll er einmal angewidert ausgerufen haben, als eine Schar Bettler seine Kutsche umringte und manche versuchten, den Saum seines Mantels zu küssen.

Im November verdichteten sich die Gerüchte, daß das Volk über neue Steuern die eine Million Schulden aufbringen müsse. Die alte Feindschaft zwischen Naclerio und Letizia brach erneut auf, man hörte die beiden erbittert auf dem Marktplatz streiten, wobei Bartolomeo d'Aquino, ein ebenso hartherziger Steuerpächter, Letizia in seinen maßlosen Spötteleien über die Dummheit, Nichtsnutzigkeit und Unbelehrbarkeit des Pöbels nach Kräften unterstützte, ja sogar noch übertraf. Beide behaupteten, die Steuerpächter hätten dem Vizekönig sechshunderttausend Scudi aus der Steuerschuld vorgestreckt und gedächten, diese mit einem Gewinn von weiteren vierhunderttausend über eine Fruchtsteuer einzutreiben. Naclerio schäumte: Womit die Armen diese Lasten wohl bezahlen sollten?

»Mit Hunger, mein Lieber«, spotteten sie, »ganz billig mit dem Hunger!« Sie lachten und ließen Naclerio stehen.

Andere wollten gehört haben, der Vizekönig denke überhaupt nicht daran, die Feldfrüchte zu besteuern, sondern werde versuchen, die fehlende Summe über die sowieso schon untragbare Mehlsteuer und über die Weinsteuer zu erpressen. Es gab auch Gerede von Franzosenanhängern; reiche Bürger und Adelige aus dem Seggi di Capua planten ein Komplott, hieß es, im Zusammenhang damit fiel oft der

Name des Duca di Guisa. Angeblich hatte es einen heftigen Disput zwischen den Adeligen von Capua und Kardinal Filomarino gegeben, sogar von einem Fußtritt wollte man wissen. Nichts stimme mehr in dieser Stadt, unkte Genoino, wenn der Adel den kirchlichen Würdenträgern nicht mehr die gebührende Achtung zolle, werde bald das gesamte Ordnungsgefüge zusammenbrechen.

Gegen Ende des Jahres kam es zu einem Vorfall beim Konvent del Carmine, der Genoino recht zu geben schien. Der Herzog von Arcos und seine Räte befanden sich auf dem Weg zur Kirche del Carmine, um die Messe zu hören. Als die Kutschen in die Via Tribunali einbogen, strömten aus den umliegenden Gassen Frauen, Männer, Kinder, ärmlich gekleidete Leute, die den Kutschen hinterherliefen, schrien und gestikulierten. Immer zahlreicher wurden sie, bis sie auf dem Marktplatz die Kutsche des Vizekönigs umzingelten und damit auch die anderen Gespanne zum Stehen zwangen. »Keine Fruchtsteuer! Adelspack! Das Blut des heiligen Gennaro soll über Euch und Eure Kinder kommen, wenn Ihr die Fruchtsteuer erhebt! Sfruttatore! Mariolo!«
Schimpfwörter und Drohungen vermischten sich mit Fürbitten an La Bruna und den Schutzpatron der Stadt. Der Herzog von Arcos beugte den Kopf halb aus der Kutsche, zuckte aber gleich darauf vor den vielen Händen zurück, die sich ihm entgegenstreckten, vor den plärrenden, schmuddeligen Bälgern, die Mütter ihm entgegenhoben und für deren Magerkeit sie den Herzog verantwortlich machten. Männer rüttelten an den Streben der Kutsche, geballte Fäuste, Drohgebärden und feindselige Mienen. Der Vizekönig schwitzte unter der steifen Golilla, die plötzlich viel zu eng seinen Hals umschloß und ihm die Luft abzudrosseln schien. Er räusperte sich, es dauerte lange, bis ihm seine Stimme gehorchte und ihm ein paar Worte einfielen, mit denen er die Situation zu entschärfen suchte. Schließlich begann er in seinem geschraubten, von Schnörkeln überladenen Spanisch über die mißliche Lage der Regierungskasse zu jammern, über die Forderungen des Königshofes, von seinen eigenen Verdiensten sprach er und von den

militärischen Siegen über den französischen Feind. Von der Pflicht des Vizekönigs, jeden zufriedenzustellen, den König, die Räte, den Adel, die Steuerpächter... natürlich läge ihm das Wohl seiner Untergebenen als erste Pflicht am Herzen... nein, in seiner Stadt brauche niemand des Hungers zu sterben... selbstverständlich... eine Linderung der Lasten... er, der Herzog von Arcos, bemühe sich ja, trotz der desolaten Ebbe in der Regierungskasse...

Niemand glaubte ihm. Man konnte es an den Mienen der Leute ablesen, die man schon zu oft belogen hatte. Trotzdem ließen sie die Kutschen ungehindert passieren, als Arcos den Befehl zur Weiterfahrt gab, und seine Vorsicht, nicht auf dem gleichen Weg in den Palazzo Reale zurückzukehren, war unnötig. Der Mob hatte sich die Mahnungen unseres Prälaten während der Predigt zu Herzen genommen und sich folgsam zerstreut.

So schnell vergessen, wie die Obrigkeit hoffte, hatten sie allerdings nicht. In der folgenden Nacht brannte eine der Zollbuden ab, und in den nächsten Tagen rotteten sich in den ärmlichen Vierteln immer wieder Gruppen von Menschen zusammen, palaverten, gestikulierten und stoben auseinander, wenn sich Soldaten näherten. Nachts huschten Gestalten über den Marktplatz, hastige Bewegungen im Dunkeln an Hauswänden entlang, geduckte Schatten, die sich sogar bis in die höhergelegenen Villengegenden hinaufwagten. Morgens traten diese nächtlichen Umtriebe deutlich zutage: Unmißverständliche Warnungen, dem Volk nicht noch die Fruchtsteuer aufzubürden, äußerten sich in langen Reihen gekreuzter Bohnen und an Stricken baumelnden, ausgestochenen Kürbisköpfen, manchem Adelsgesicht zum Verwechseln ähnlich. Gelächter und Spott im Marktviertel über das spanische Pack, das sich oben im Palazzo Reale verschanzte, und dem man es schon noch zeigen und ihm die Lust am Knechten austreiben würde... an den Hof von Madrid würden sich die verhaßten Fremden zurücksehnen, wenn sie erst einmal einem Volk von Barbaren als Zielscheibe für Knüppel und als Sündenböcke gedient hätten.

Am 3. Januar dieses Jahres gab der Herzog von Arcos die Festsetzung der neuen Steuer auf die Feldfrüchte bekannt: Ein Cantaro* trockener Früchte sollte mit zehn Carlini besteuert werden, bei den frischen Früchten schwankte die Höhe der Abgabe zwischen fünf und zehn Carlini, je nach Saison. Die abgebrannte Zollbude müßte aus Mitteln der Bevölkerung wieder aufgebaut werden. So lautete das Dekret, und die Bevölkerung zahlte und schwieg.

Die Steuerpächter prahlten mit dem vermeintlichen Sieg der Regierung. Es sei schon etwas Wahres daran, daß ein einziger Tropfen ein Faß zum Überlaufen bringe, lachten sie, nur müsse das Faß bis zum Rand gefüllt sein. Sie verwiesen auf die Heilige Schrift, zitierten die Stelle vom Backenstreich und andere Bibelworte, in denen von Barmherzigkeit, Nächstenliebe und Demut die Rede ist. Solche christlichen Tugenden seien für die Armen, die von politischen Notwendigkeiten nicht mehr verstünden als Ochsen und Ziegen, und deshalb sollten wir dankbar sein und uns fügen unter die harte Knute. Im übrigen brauche ein Vizekönig weder Entschuldigungen noch Rechtfertigungen, und sie, die Steuerpächter, erst recht nicht, denn sie seien nur die ausführenden Glieder am Leib der Regierung.

Nach außen hin schienen die Armen dieser sarkastischen Beurteilung recht zu geben, auf dem Marktplatz und in den umliegenden Gassen herrschte das gewohnte Treiben, Lärmen und Feilschen um ein ausreichendes Stück Brot oder eine Handvoll Bohnen. Der Vizekönig und seine adeligen Getreuen wähnten ihre Sicherheit unangetastet, sie ahnten nicht, was sich trotz scheinbarer Unterwürfigkeit in manchen Spelunken am Rande des Marktes zusammenbraute.

Vielleicht trügt mich meine Erinnerung auch, vielleicht hatte sich gar nichts geändert im Bewußtsein der Menschen, und ich bildete mir nur ein, die Stimmen der Unzufriedenen seien lauter geworden. Ich veränderte mich und übertrug mein eigenes Erwachen auf die anderen, wie man es vielleicht tut, wenn man sich fürchtet, allein zurückzubleiben. Wenn ich ehrlich bin, waren die Gespräche bei unseren Zusammenkünften nicht anders als vorher, vorlaute Sprüche und der

Wunsch, bei Geschichten die Wirklichkeit zu vergessen, oder sie zumindest für ein paar Stunden in ein helleres Licht zu tauchen.

Ich hatte in der Zwischenzeit jede Scheu vor Genoino verloren, bewunderte seinen Scharfsinn, sein Wissen und die ruhige Zuversicht, mit der er unabänderliche Dinge auf einen späteren, günstigeren Zeitpunkt verschob. Wenn ich an ihn denke, wie er sich in den ersten Monaten unserer Bekanntschaft verhielt, mag ich ihn noch heute. Allabendlich spann er sein Garn in der Taverne del Mercato, verstrickte uns in wundersame Bilder, in nie gehörte Worte, bis wir glaubten, selbst auf unwegsamen Pfaden zu flüchten. Wir hingen an seinen Lippen, und doch waren wir es selbst, die sich durch Dornen und Gestrüpp der Maccia kämpften, auf ausgedörrtem Boden kauerten, zitterten, weil wir den Atem der Verfolger im Nacken spürten, hungerten, dürsteten, mit Genoinos Stimme die Kreaturen verfluchten, die ihn hetzten, unversöhnlicher in ihrem Haß als der Teufel gegen Gott. Wir erlitten die Qualen des Entdecktwerdens und der Gefangennahme, den Spott der Häscher und das Reiben der engen Kette an wunden Gliedern. Wir stöhnten beim Anblick der ockerfarbenen Wüste, schlossen die Augen vor gleißendem Licht, schleppten uns über eine nicht enden wollende Öde, über stechende Gräser und sengenden Sand, hofften auf den Schatten einer einzelnen Akazie in der Ferne, auf eine Zitadelle oder eine karstige Erhebung, in deren Schutz man die aufgeplatzten Fußsohlen mit einem feuchten Lappen umwikkeln könnte. Wir erschauerten bei den Klagelauten fremder Vögel unter einem staubgelben Himmel, vor dessen Weite alles Lebendige auf die Größe eines Sandkorns zusammenschrumpfte. Während Genoino dasaß und das Schreien der Vögel imitierte, schien er für Augenblicke auch etwas von deren Gestalt anzunehmen. Oft spreizte er im Gespräch die Arme, so daß sich seine weiten, dunklen Kuttenärmel wie Flügel entfalteten, drohend über dem Tisch hingen, und wer einen Zwischenruf auf den Lippen gehabt hatte, verstummte vor Genoinos herzlosem Falkenblick. Er weidete sich an unserem Erschrecken.

Eigentlich ist Genoino auch nach seiner Freilassung ein Gefangener geblieben, dem es in keinem Augenblick seines Lebens gelang, sich von seinem Haß zu lösen – ein Gefangener, der sich auf den verwinkelten Pfaden der Rache verlor, ohne auch nur einen Schritt vorwärtszukommen. Oft schlug er einen Bogen von der Ursache seiner Haft zu den Mißständen in der Stadt, aber da winkten die meisten Männer ab. Sie hatten sich den ganzen Tag über geärgert, nun wollten sie sich vergnügen und gaben nicht nach, bis Genoino sein Gerede über die Zustände seufzend abbrach und die Männer mit einer neuen Geschichte versöhnte. Aber er gab nur scheinbar nach, nie vergaß er seine wirkliche Absicht, lauerte auf Gelegenheiten, den Gesprächsfaden wieder genau dort aufzunehmen, wo er ihn abgebrochen hatte. O ja, der Priester war ein aufmerksamer Beobachter und schlau genug, seine Beobachtungen im geeigneten Moment mitzuteilen, so daß seine Bemerkungen, die ganz achtlos hingeworfen schienen, treffsicher den Kern der Wunde trafen.

Eines Abends, als ich ihn ein Stück begleitete, fragte er mich, ob mich die Steuergesetze bitterer getroffen hätten als andere. Es sei ihm nicht entgangen, wie meine Miene sich verhärte, wenn die Rede auf die Praktiken der Steuerpächter käme. Immer gelang es Genoino, den Eindruck zu erwecken, man selbst sei der Ratsuchende, meisterhaft verstand er es zu verbergen, wie er Gefühle lenkte, bis sie aufbrachen und sich ihm zur Verfügung stellten, sich für seine Zwecke anboten und ausnützen ließen, ohne daß er sich dabei eine Blöße geben mußte. Auch mir kam es so vor, als hätte ich seit Wochen nur auf diese Gelegenheit gewartet, ihm, dem geduldigen Zuhörer und weisen Ratgeber, mein Herz auszuschütten. Die Schmach, die Letizia Berardina zugefügt hatte, brach aus mir heraus, meine Stimme zitterte, als ich von dieser Ungerechtigkeit sprach, von meinen Racheschwüren und meiner Unfähigkeit, zu vergessen und zu verzeihen.

Genoino hörte mir zu, ohne mich ein einziges Mal zu unterbrechen. »Ist die Befriedigung persönlicher Rachegefühle nicht kleinlich und ungenügend?« fragte er dann im mildstrengen Ton eines Beichtvaters, worauf ich zerknirscht den Kopf senkte und mich schämte vor seiner Großzügigkeit, mit der er zwölf Jahre Kerker wie einen einzigen Tag abtat, während ich wegen einer Woche, die ich nicht einmal selbst abgesessen hatte, noch immer in Wut geriet. Genoino lächelte, und es fiel mir damals nicht auf, wie oft und wie leicht er dieses Lächeln eines bußbereiten Christen benutzte, unter dem man sich selbst unzulänglich fühlte, klein, hilflos, und das einem doch gleichzeitig ein Gefühl der Sicherheit vermittelte und tiefer und tiefer in eine Vertrauensseligkeit verstrickte, aus der zu lösen mich später so viel Mühe gekostet hat. Wir beide seien nicht die einzigen, die ungerechtfertigte Kerkerhaft ertragen mußten, sagte Genoino noch, doch gerade diese Ungerechtigkeit verbinde unser Schicksal mit dem anderer, unerschrockener Denker.

An jenem Abend hörte ich zum ersten Mal von Tommaso Campanella und seiner *Civitas Solis*, jenem fernen Reich, in dem alle Gesetze zum Wohl des Volkes geschrieben sind. Von der Sonne als Abbild Gottes sprach Genoino, von einem Volk, das selbst seine Räte wähle, und von dem Weisesten unter ihnen, dem Priester Hoh, dem als Oberhaupt alle kirchliche und weltliche Entscheidungsgewalt obliege. Güte zeichne ihn aus, und die Liebe zum Volk gelte ihm als oberstes Gebot. Weder Ungerechtigkeit noch Ungleichheit gebe es zu beklagen in jenem Reich, Frauen und Männer seien vor dem Priester Hoh ohne Unterschied, gleiches Recht und gleiche Pflichten gelten für jeden von ihnen. Niemand fehle es an Arbeit, und es mache keinen Unterschied, ob die Arbeit minder sei oder einen klugen Kopf erfordere; solange nur jeder seinen Platz mit Sorgfalt ausfülle, gehörten die gemeinsam erwirtschafteten Güter allen zu gleichen Teilen. Arm und reich seien unbekannte Wörter, denn jedem würde der gleiche Wohlstand zuteil.

Civitas Solis. Reich unter der Sonne, ein Paradies ohne Ungerechtigkeiten, ein Reich des Volkes, des Friedens und der Wärme – es schien mir unvorstellbar, daß es irgendwo auf der Welt einen solchen Platz geben könnte. Und obwohl Genoino mir später erklärte, daß dieses Reich nicht wirklich existiere, sondern nur ein Gedankengebilde sei, an dem es zu lernen gelte, das bestehende Weltbild zu verbessern; obwohl Genoino mich immer wieder ermahnte, meine Kraft nicht an eine unerreichbare Utopie zu verlieren, hat mich dieser Wunschtraum nie wieder losgelassen.

Wenn ich nicht schlafen konnte, erschuf ich breite, sonnendurchflutete Straßen, Menschen, die sich ohne Unterwürfigkeit vor der Weisheit eines Priesters Hoh verbeugten und deren Gesichter Zufriedenheit ausstrahlten. Ganz allmählich vertauschte sich dieses Wunschbild mit der Wirklichkeit, die ich täglich vor Augen hatte. Neapels Plätze füllten sich mit diesen erträumten Menschen, Gassen verbreiterten sich zu einem unendlichen Raum, in dem niemand getreten, geschunden, beleidigt wurde, die Glocke des Konvents del Carmine verkündete Frieden an einem sonnendurchfluteten Golf. Manchmal sah ich im Traum den Priester Hoh durch die Straßen schreiten, sein Antlitz glich dem König Philipps, aber er trug die Kleidung eines Lazzaro. Und ich sah mich mit den anderen das Haupt beugen vor jenem Priester und spürte, daß meine eigene Verbeugung gleichzeitig mir galt, mir, dem wie der Priester gekleideten Lazzaro, ein sichtbares Abbild des unsichtbaren Gottes. Und trotzdem, obwohl in diesen Träumen sich alle Dinge einem strahlenden Licht entgegenhoben, ja selbst der Monte Somma* seinen Schatten über der Stadt verlor, trotzdem hing eine Todesahnung über dem Licht, weil nur der Tod wirkliche Gleichheit bewahrheiten konnte. Manchmal, in den Nächten, in denen ich auf den Steinen am Hafen meinen Gespinsten nachhing, drohte ich dem Vesuv mit der Faust, als wäre der Berg schuld, daß Utopie und Wirklichkeit nicht zueinander fanden. Denn nichts in dieser Stadt glich bei Tageslicht besehen meiner Civitas Solis, dem goldenen Kalb, um das ich in meinen Träumen tanzte.

Neapel sei kein geeigneter Ort für einen Priester Hoh, mahnte Genoino, obwohl ich nie zu ihm von meiner erdachten Stadt sprach. Er ahnte wohl, was mich beschäftigte, und sah besser voraus als ich, wohin mich solche Träume führen würden, und das trat, wie ich erst viel später erkannte, seinen Plänen entgegen. Il Santo Ufficio* habe bewiesen, wie die Kirche im Bund mit der spanischen Krone solch ketzerisches Gedankengut ausrotte, warnte er und rechnete mir vor, daß Campanella seine Ideen mit siebenundzwanzig Jahren Kerker bezahlt habe, ein halbes Leben lang eingeschlossen und von dem Gedanken gemartert, daß gerade das Volk, dem alle seine Bestrebungen gegolten hatten, das Komplott Campanellas verraten habe. Zwölfmal sei Campanella bis an den Rand des Wahnsinns gefoltert worden, einmal hätten ihn die Folterknechte sogar vierzig Stunden lang hintereinander gequält. Campanella sei zwar nicht an diesen Torturen gestorben, jedoch habe die Folter ihn duldsam gemacht und demütig in den Schoß der Kirche zurückgetrieben. Als er sich schließlich soweit herabließ, die Macht der Kirche öffentlich über die des Königs zu stellen, schenkte der Papst ihm gnädig die Freiheit, verbannte ihn aber nach Frankreich, um weitere aufrührerische Umtriebe zu verhindern.

Welch großmütiges Geschenk, einem Mann die Freiheit zurückzugeben, dessen Geist gebrochen war und der Jahre später in einem französischen Dominikanerkloster einsam und verbittert starb, weil niemand den Sinn seiner Schriften verstand. »Wieder einmal bekehrte sich ein Diener des Volkes zu einem Diener der Kirche«, sagte Genoino damals zu mir, »als ob der Unverstand der Massen jede befreiende Idee erniedrige und in den unwandelbaren Schoß der Kirche zurückzwänge.« Genoino verglich das Volk mit einem ungeborenen Kind, dessen Kraft und Lebenswillen die Mutter zwar spürt, von dem sie aber nicht sicher sein kann, ob es gesund geboren und ohne den nährenden Leib überleben wird. Eine Macht müsse wachsen, bevor sie eine andere überwinden könne, meinte Genoino, und besiegelte damit, ohne daß wir beide es ahnten, das Ende unserer Beziehung.

Wenn Genoino mit mir sprach, tat er es in freundlichem Ton, aber immer schwang in seinen Worten eine gewisse Herablassung mit. Es ärgerte mich, wie dumm und unverständig er uns Arme hinstellte, gleich einer Horde Tiere, die nur von niederen Instinkten geleitet wurde. Ich begann, in Genoinos Gegenwart am Wein zu sparen; er schmunzelte, als er es bemerkte und meinte, für diese Art von Kasteiung sei ich wohl nicht geschaffen. Seine Überheblichkeit verletzte mich, aber es gelang mir selten, mich dem Bann zu entziehen, den er trotz allem auf mich ausübte. Es machte mich stolz, daß er sich mit mir abgab, einem einfachen Fischhändler, den die Bisogni als Lazzaro beschimpften, weniger wert als der Abfall, den man den Schweinen vorwarf. Einer, dessen Kleidung nach Fischen, nach Knoblauch und Armut stank, der nichts besaß als seinen mutwilligen Spott, eine laute Stimme und einen berühmten Namensvetter.

Auch diese Geschichte kannte ich von Genoino, die Geschichte des anderen Masaniello, der vor hundert Jahren in Neapel einen Aufstand gegen die Inquisition angeführt hatte. Masaniello di Costa Sorrentino, Capitano di Strada, einer, der versucht hatte sich zu wehren gegen die unerbittliche Kirche, gegen die Willkür der Ketzerverbrennung, gegen die Macht, mit der die Kirchenobrigkeit Gedankenfreiheit unterdrückte und sich nicht scheute, den Anschein der Einheit durch Folterwerkzeuge aufrechtzuerhalten. An den Feuertod meines Namensvetters nach dem niedergeschlagenen Aufstand wollte ich nicht denken; nur daran, daß der Name Masaniello in den Büchern für einen unerschrockenen Kämpfer stand, daß es einen Masaniello gegeben hatte, der herausragte aus der endlosen Reihe durch den Tod namenlos gewordener Menschen. Ganze Dörfer waren unter der Asche des Vesuv verschüttet worden, Lachen, Weinen, Vorsätze, die Versuche all dieser Menschen, ein besseres Leben zu führen, waren zu einheitlichem Staub zerfallen. Aber dieser Name – mein Name – bewahrte die Erinnerung an ein einzelnes, mutiges Leben, und das erfüllte mich mit einer tiefen, inneren Freude.

Ich prahlte damit vor meinem Bruder, verspottete ihn, weil er keine solche Namensverwandtschaft aufweisen konnte, weil er nur einfach Giovanni Battista hieß, unbedeutend.

»Was ist dir lieber«, fragte ich ihn, »ein heldenhaftes Leben und ein schmählicher Tod, oder zu den Mittelmäßigen zu gehören und friedlich im Bett zu sterben?« Wie erwartet, zog Giovanni letzteres vor. Wem nütze es schon, meinte er, die mageren Rippen eines Lazzaro zwischen Reisigbündeln brennen zu sehen.

Damals brauchte ich ihn wieder, meinen Bruder Giovanni, den ich so lange vernachlässigt hatte, brauchte ihn als kläglichen Spiegel für meine eigene Wichtigkeit. Als Berardina im Kerker saß, wies ich Giovannis Trost zurück, ging ihm aus dem Weg, weil ich mich in meiner Verzagtheit nicht mehr von ihm unterschied. Doch seitdem ich Genoino kannte, konnte ich auftrumpfen mit meinem geliehenen Wissen, von dem ich glaubte, es berechtige mich, meinen Bruder verächtlich zu finden.

Manchmal nahm ich Giovanni mit zu unseren Zusammenkünften in der Taverne. Er blieb in seiner Ecke sitzen, sagte kein einziges Wort, hörte nur zu und schwieg auch noch, wenn wir zusammen nach Hause gingen. Er sei Masaniellos Bruder, nur das hat er geantwortet, als man ihn nach seinem Namen fragte.

8

Eine Macht müsse wachsen, bevor sie eine andere überwinden könne – so mag ein Priester denken, der die Ewigkeit vor Augen hat. Unten, in Sizilien hatten sie nicht so viel Geduld. Das Volk hatte genug von Hunger und den taktierenden Worten der Kirche. Zwei Monate ist es erst her, seit sich in Palermo das Volk erhoben hat, doch mir kommt es vor, als seien seitdem mehrere Leben vergangen, so viel ist geschehen. Es scheint mir unmöglich, diese Fülle auf ein einziges Leben zu verteilen.

Auch in Sizilien verkaufte man seit langem die Palata zu Wucherpreisen, miserables Brot wie das unsere, das den Magen wie ein Stein beschwerte und trotzdem den Hunger nicht stillte.

Ich hätte Giuseppe Alesi gern gekannt, den Mann, der sich an die Spitze des sizilianischen Volkes stellte und ihm Mut und Kraft gab, sich nicht länger in die elenden Zustände zu fügen, sondern sich endlich gegen die adeligen Unterdrücker zu wehren. Ganze Horden rotteten sich unter Alesis Befehl zusammen. Sie plünderten Waffen und Pulver aus den Zeughäusern, zerstörten die Zollbaracken, verbrannten Schuldscheine und Zollbücher auf riesigen Scheiterhaufen, überwältigten die Matrosen der spanischen Feluken und befreiten die Galeerensträflinge aus ihren Ketten, zündeten Villen und Paläste an und drohten, ganz Palermo in eine Feuersbrunst zu verwandeln, wenn der Vizekönig nicht die Steuern erlasse. Der Marquese de los Velez schwor Alesi, alle Forderungen zu erfüllen – welch ein Narr, blind dem Eid eines Spaniers zu vertrauen. Es kostete Giuseppe Alesi das

Leben, denn nach einigen Tagen gewannen die Soldaten die Kontrolle über die Stadt zurück, und der Vizekönig ließ die Rädelsführer des Aufstands hängen. Die meisten Zugeständnisse wurden sofort zurückgenommen, nur der Erlaß der Mehl- und Fruchtsteuer blieb bestehen, das übliche Gnadengeschenk, um aufgebrachte Stimmen für eine Weile zum Schweigen zu zwingen und die eben erst wiederhergestellte Ruhe nicht zu gefährden. Die Bevölkerung gab sich damit zufrieden, zwei Steuern weniger, das erleichterte den Armen ja ein klein wenig das Leben.

Anfang Juni drang die Nachricht vom sizilianischen Aufstand und dem dortigen Steuererlaß bis nach Neapel durch und gab unserer eigenen Unzufriedenheit neue Nahrung. Vor den Zollbaracken versammelten sich täglich wütende Menschenmengen. »Und Neapel?« schrien wir den Steuerpächtern entgegen. »Sind wir Neapolitaner weniger wert als die Palermer? Wir gehören zu einem Reich unter dem gleichen König! Erläßt man in Palermo die Steuern, werden auch wir keinen Zoll mehr auf Mehl und Früchte bezahlen! Es lebe König Philipp! Nieder mit seinen Beamten!«

Der Herzog von Arcos hüllte sich in Schweigen. Erinnert Ihr Euch, Bruder Anselmo, wie ausgestorben der Palazzo Reale, Villen und Paläste wirkten in jenen Tagen, weil die hasenherzigen Herren auf ihre Landgüter geflüchtet waren? Und diejenigen, die in der Stadt geblieben waren, wagten sich nicht aus den Häusern, zitterten hinter verrammelten Fenstern und Türen, weil sie fürchteten, der Pöbel könne ihnen genau wie in Palermo das Dach über dem Kopf anzünden? Der größte Teil der Truppen, die in Neapel einquartiert gewesen waren, hatte ja vor kurzem die Stadt verlassen, die verbliebenen Kompanien reichten bei weitem nicht aus, einen Aufstand niederzuschlagen. Die Großmäuligkeit des Adels war mit den Soldaten davongezogen; Neapel schien nur noch von Armen bevölkert zu sein.

Das Himmelfahrtsfest und der Reiterzug am 23. Juni zu Ehren des heiligen Giovanni standen bevor, und Ihr wißt selbst, welch unübersehbare Menschenmenge sich während dieser Prozessionen in den

Gassen Neapels drängt. Drohungen häuften sich, das Fest des heiligen Giovanni werde in einem Blutbad enden, wenn die Steuern bis dahin nicht erlassen würden.

Ich schwöre, ich war nicht die treibende Kraft – noch nicht –, auch wenn man mir diese Umtriebe jetzt in die Schuhe schieben will. Wie hätte ich, der des Schreibens nicht mächtig ist, die Botschaften verfassen können, die in jenen Tagen an Hauswänden flatterten und alle, die sich nicht länger fügen wollten, am Fest des heiligen Giovanni statt zur Prozession zu einer Zusammenkunft in die Taverne de' Galli luden. Gerüchte machten die Runde, Kardinal Filomarino werde Prozession und Reiterzug verbieten, sollten die Drohungen nicht verstummen, und er ermahnte die Gläubigen in der Predigt am Sonntag, sich nicht an einem geheiligten Festtag zu versündigen.

Auch meine Mutter maß mich mit einem sorgenvollen Blick, nicht nur, weil ich die Messe wie üblich versäumt hatte; auch meine Mutter schien mich mit jenen in Verbindung zu bringen, denen Kardinal Filomarinos Zurechtweisung gegolten hatte.

Nein, ich hatte wirklich nichts damit zu tun, obwohl ich mir vorgenommen hatte, die angekündigte Zusammenkunft in der Taverne de' Galli auf keinen Fall zu versäumen.

Zwei Wochen vorher schon, am Morgen des Himmelfahrtstages, brannte die Fruchtzollbaracke. Die Messe in der Kirche del Carmine war noch nicht ganz zu Ende, und ich wartete draußen zwischen der Menschenmenge, um mich der Prozession anzuschließen. So selten ich auch die Messe besuchte, weil mir der eintönige Fürbittensingsang auf die Nerven ging, nie versäumte ich, die Prozessionen an Feiertagen wenigstens ein Stück zu begleiten. Es gab so viel zu sehen. Träger, sonst laute, ungeduldige Männer, die nun unter der geschmückten Statue mit ungewohntem, duldsamem Ernst schwitzten, die Gewänder der Reiter, klirrendes Zaumzeug, Federbüsche, gewirkte Decken, all die Dinge, die das Jahr über in den Kirchentruhen verstaubten.

Als die ersten Flammen aus dem Barackendach loderten, entstand ein Geschiebe unter den Leuten, als gäbe es Brot umsonst. Im Nu bildete sich eine undurchdringliche Mauer von Gaffern um den Brandherd, ohrenbetäubendes Geschrei hob an, nicht ängstlich oder entsetzt, nein, begeistert wiesen wir auf die Flammen. Ein Symbol der Unterdrückung brannte! Niemand dachte mehr an die Prozession, niemand rührte einen Finger, um das Feuer zu löschen, wir wichen auch nicht von der Stelle, als Antonio Barbaro und ein Trupp Birri* den Gerbergesellen Platz schaffen wollten, um den Brand zu bekämpfen.

Gesegnet sei der Leib unseres Herrn Jesus Christus.

Flüsternd ging dieser Satz plötzlich von Mund zu Mund, einer nach dem anderen fiel auf die Knie und senkte das Haupt. Bald konnte ich sehen, was sie in die Knie gezwungen hatte. Vor dem Kirchenportal stand Kardinal Filomarino und hielt die Monstranz in seinen hocherhobenen Händen wie der Engel Gabriel sein Schwert, das heilige Banner, das nie seine Wirkung verfehlte. Selbst die Gerbergesellen ließen Befehl Befehl sein, knieten nieder, auch wenn sie von ihren Nebenmännern verstohlen getreten und gestoßen wurden und sich ein gezischtes Verräter gefallen lassen mußten, weil sie zum Brandlöschen angetreten waren. Auch ich beugte die Knie vor dem Leib Christi. Bald war nichts anderes mehr zu hören als der Auf- und Abgesang der Fürbitten und im Hintergrund das Knistern der Flammen. Kardinal Filomarino nahm sich Zeit, ließ Unserem Herrn und den Schutzheiligen der Stadt ein Ausmaß an Verehrung zuteil werden, als gelte es, die Sünden der ganzen Welt abzubitten.

Ein paar Frauen, die die Messe gehört hatten, berichteten später, Kardinal Filomarino sei mit der Monstranz durch das Kirchenschiff gehastet, als wären die Türken hinter dem Allerheiligsten her.

Tagelang gab es kein anderes Thema im Marktviertel. Niemand wollte den Namen des Brandstifters kennen, aber alle feierten den Helden, der es gewagt hatte, ein Symbol der herrschenden Macht in Schutt und Asche zu legen. Sosehr die Birri sich auch bemühten, der Übeltäter wurde nie gefunden.

Nach diesem Vorfall verschärften sich die Parolen an den Hauswänden. Aber jedes Übel obliegt einer gewissen Gewöhnung, und da sich keine der Drohungen in den nächsten Tagen erfüllte, übersahen die königlichen Beamten bald angeschlagene Zettel, gekreuzte Bohnen und die kürbishaften Todesvisionen, denen Hitze und Feuchtigkeit sowieso nach einigen Stunden groteske Züge verliehen. Doch dann, als niemand mehr an diese Drohungen glaubte, geschah etwas, das den Vizekönig zur offenen Gegenwehr zwang.

Das Admiralsschiff der spanischen Flotte brannte! Das Feuer brach just in einer jener Nächte aus, als man im Palazzo Reale den Namenstag einer Gräfin mit einem üppigen Gelage feierte. Die Feste im Palazzo Reale forderten uns im Marktviertel immer zu Zoten und Witzen heraus, zeichneten sich doch die adeligen Damen dort oben durch besondere Häßlichkeit aus, und keiner von uns Männern konnte einsehen, warum Arcos über die Keuschheit dieser Vogelscheuchen strenger wachte als eine alte Nonne über die Novizinnen in ihrem Kloster. Nur Arcos' Tochter, Donna Leonora Lombai, ist wirklich schön. Erst vor wenigen Tagen, als ich im Palazzo Reale geladen war, sah ich sie aus der Nähe, und sie erschien mir noch schöner, als ich sie in Erinnerung gehabt hatte. Ich konnte nie begreifen, wie der Herzog von Arcos, dieser sauertöpfische Wichtigtuer und seine kuhäugige Gemahlin ein Geschöpf von solchem Liebreiz zustande brachten... es wird ja auch so manches gemunkelt über den rechtmäßigen Vater Donna Lombais...

Das Admiralsschiff brannte, ein unerhörter Affront gegen die Obrigkeit. Dreihunderttausend Zechinen befanden sich in den Gallonen an Bord des Schiffes, für den Hof in Madrid bestimmt. Fässer voller Pulver lagerten im Schiffsrumpf, Musketen, Hellebarden, Schleudermaschinen und anderes Kriegswerkzeug, ganz zu schweigen von dem Privatbesitz des königlichen Generalbevollmächtigten, der in jenen Tagen in Neapel weilte und mit diesem Schiff nach Madrid zurückkehren wollte. Es hätte am nächsten Tag auslaufen sollen, und nun brannte es.

Ich stand mit meinen Kumpanen vor der Taverna del Mercato, als wir plötzlich den Feuerschein am Himmel bemerkten, gleich zum Hafen hinunterrannten und uns mit anderen Schaulustigen durch das Stadttor zwängten. Wie lodernde Fackeln schwankten die Masten über dem Rumpf, der Wind griff brennende Tuchfetzen auf, trieb sie wie einen Schwarm riesenhafter Leuchtkäfer durch die Luft, bis sie auf der Wasseroberfläche zerzischten. Dann explodierten die Pulverfässer, und das Schiff zerbarst wie ein gigantischer Feuerball. Schreie von Verwundeten gellten durch die Luft, Befehle der Wachen, niemand konnte im Flammenregen unterscheiden, ob es brennende Menschen waren oder Wrackteile, die da ins Meer stürzten. Merkwürdigerweise schwieg die Glocke Eures Konvents, die doch sonst bei jeder Feuersbrunst Sturm läutet. Stumm und dunkel ragte der Turm aus dem Klostergemäuer auf, nicht einmal die Pechfackeln am Tor brannten, die sonst mit ihrem Licht die Nacht erhellen. Mich fröstelte, weil mir der Feuerschein draußen auf dem Meer und die schweigende Glocke wie ein Werk des Teufels vorkamen.

Das Wrack brannte die ganze Nacht, am nächsten Morgen trieben verkohlte Planken an Land, die die Kinder für ihre Spiele beschlagnahmten. Es war nichts zu retten gewesen, vierhundert Tote, die Gallonen mit den dreihunderttausend Zechinen waren auf den Grund des Meeres gesunken, der Privatbesitz des Generalbevollmächtigten zerstört, die Reste geplündert. Das Fest im Palazzo Reale hatte einen unerwartet grandiosen Abschluß gefunden. Besonders darüber gab es hämisches Gelächter im Marktviertel, Zoten über das Beamtenpack, das in bequemen Sesseln an der Seite des Vizekönigs den Abenteuern Don Quijotes lauschte, sich der Völlerei ergab und wohl zu trunken gewesen war, um im Hafen nach dem Rechten zu sehen. Tatsächlich hatte sich keiner der Beamten in jener Nacht in der Nähe des Brandherds blicken lassen.

Der Herzog von Arcos schäumte, und seine Räte ließen verbreiten, nichts anderes sei beabsichtigt gewesen, als den Herzog von Arcos und seine treuergebenen Beamten am Königshof anzuschwärzen, sie für alle Untaten dieses zügellosen Volkes verantwortlich zu machen, um Arcos auf einen gottverlassenen Posten irgendwo in der Provinz abzuschieben und statt dessen den Grafen von Maddaloni, diesen unermeßlich reichen, arroganten Gecken, auf den Stuhl des Vizekönigs zu setzen.

Der Graf von Maddaloni galt als Feind des spanischen Adels und stand seit einiger Zeit im Verdacht, ein Komplott gegen die Regierung zu schmieden. In gewisser Weise war er beliebt bei uns, nicht weil er sich etwa besonders um unsere Belange gekümmert hätte, sondern weil er keine Gelegenheit ausließ, die Gewaltherrschaft Arcos' anzuprangern und gegen ihn zu intrigieren. Sein Bruder, Don Peppe Carafa, hatte sich erst kürzlich erdreistet, Kardinal Filomarino in aller Öffentlichkeit als einen Mittelsmann der spanischen Spitzbuben zu beschimpfen. Es gab also genug Motive, in Maddaloni den Schuldigen zu suchen, ganz gleich, ob man ihm etwas nachweisen konnte oder sich nur auf Vermutungen stützte. Der Vizekönig befahl noch am selben Tag, die beiden Brüder Carafa zu verhaften, und es dauerte nur wenige Stunden, bis der Graf von Maddaloni im Kerker saß. Sein Bruder folgte ihm nach einigen Tagen in eine unfreiwillige Zweisamkeit nach. Euer Abt, Bruder Anselmo, soll von Kardinal Filomarino eine scharfe Rüge erhalten haben, weil er die Glocke des Konvents nicht hatte läuten lassen; nichts als eine Rüge, obwohl die Gerüchte nicht verstummen wollten, daß er mit Maddaloni an einem Strang ziehe. Es ist bis heute nicht geklärt, ob ein unglücklicher Zufall das Schiff in Brand setzte oder die beiden Carafabrüder tatsächlich ihre Hände im Spiel gehabt hatten. Ich glaubte weder das eine noch das andere, und gleich mir war der größte Teil der Bevölkerung überzeugt, La Bruna habe endlich ein Zeichen gesetzt. Unsere Madonna, die in Neapel schon unzählige Wunder gewirkt hat und die sich nicht darum kümmert, ob der Bittsteller ein Lazzaro ist oder ein Sklave, solange er reinen Herzens bittet. Manche beharren nämlich eigensinnig darauf, die dunkle Farbe der Statue weise sie als die Madonna der dalmatinischen Sklaven aus, und nennen sie deshalb Unsere Mamma Schiavona.

Trotzdem zweifelte nach jener Nacht kaum jemand von uns daran, daß die Madonna sich auf die Seite der Unterdrückten gestellt habe und der Schiffsbrand als Zeichen gegen die Fremdherren zu deuten sei.

Natürlich ging auch ich nach dem Schiffsbrand in die Kirche del Carmine und leckte den Fußboden vor La Bruna, um meinen Dank und meine Ehrfurcht zu bezeugen. Kardinal Filomarino rügte mich deswegen. Ich solle meine Hinwendung nicht übertreiben, sagte er, solche Untat dürfe man nicht in einen Beistand der Madonna ummünzen, La Bruna verabscheue frevelhafte Sünder.

Der Kardinal schien zu befürchten, daß sich der Glaube des Volkes an die Hilfe der Madonna mit Unzufriedenheit und Aufbegehren ungut vermischen und einen Tumult heraufbeschwören könne; wie anders sollte man sich sonst seine inständigen Bitten an den Vizekönig erklären, die Fruchtsteuer auszusetzen – wenigstens bis nach den Heiligenfesten im Juli und August. Arcos berief tatsächlich in jenen Tagen noch einmal eine Ständevertretung ein, aber seine Räte beharrten auf ihrem Entschluß, die fehlende Million Dukaten durch gnadenlose Besteuerung einzutreiben. Von einem Aufschub oder gar einem Erlaß war nicht mehr die Rede. Nicht Härte, sondern Nachsichtigkeit führe zum Aufstand, ließen die Räte verlauten, je mehr man dem Pöbel bewilligte, desto unmäßigere Forderungen erhöbe er. Genoino meinte, damit sei an der Besteuerung nicht mehr zu rütteln, denn der Spott seiner Räte könne den Vizekönig leicht zum Spielball gewisser Intrigen machen, niemand wisse, wie viele Anhänger den Grafen von Maddaloni heimlich unterstützten.

Wie Genoino vorausgesagt hatte, stimmte der Herzog von Arcos selbstverständlich der Entscheidung seiner Räte zu, die Fruchtsteuer mitleidslos einzutreiben. Daneben säte er geschickt Zwietracht unter dem Adel, um zu verhindern, daß er sich untereinander oder mit den reichen Bürgern gegen ihn verbündete. Für uns Lazzari traf er zusätzliche Maßnahmen.

Ihr wißt, welch besondere Verehrung die Menschen aus der Sellaria, wo Hunger und Armut am schlimmsten sind, dem heiligen Giovanni entgegenbringen. Sie freuen sich das ganze Jahr auf das Fest Ende Juni und auf den Reiterzug, mit dem sie ihren Schutzpatron nach jahrhundertealtem Brauch ehren. Und ausgerechnet dieses Fest verbot Kardinal Filomarino, wobei er sich allerdings auf ein Dekret des Vizekönigs berief und dem Brandstifter der Fruchtzollbaracke und unserer Ungezügeltheit die ausschließliche Schuld an diesem Verbot gab. Die Kunde von dieser Gemeinheit durchlief rasch die angrenzenden Viertel, und der Adel nutzte die aufgeladene Stimmung, indem er verbreiten ließ, alle Versprechungen des Vizekönigs über eine Milderung der Lasten seien von jeher unglaubwürdig und hohl gewesen. Wieder brannten einige Zollbuden. Als es Don Peppe Carafa auch noch gelang, aus dem Gefängnis zu fliehen, begann Arcos in jedem Winkel der Stadt Spitzel einzusetzen, die gegen Belohnung aufrührerische Umtriebe melden sollten.

Es wurde allmählich zu gefährlich, unsere Zusammenkünfte in den Tavernen fortzusetzen, und als ich meine ärmliche Behausung als Treffpunkt vorschlug, stimmte Genoino sofort zu. Ein überbevölkertes Haus am Vico Rotto war unverdächtig, niemand würde bemerken, wenn dort ein paar mehr Leute ein- und ausgingen. Das einzige Problem war das Klatschmaul meiner Mutter, und so stellte ich ihr Genoino als reisenden Mönch aus Florenz vor, der in geheimer Mission unterwegs sei und deshalb Tavernen und öffentliche Plätze meiden müsse, sich ab und zu aber bei einem Becher Wein und ein wenig Männergeschwätz erholen wolle.

Ich zögerte nicht, meine Mutter und mein Weib zu belügen. Ihre Gutgläubigkeit, insbesondere der Respekt meiner Mutter vor allem, was mit der Kirche zu tun hatte, machten mir meinen Schwindel leicht. Meine Mutter begegnete Genoino mit größter Ehrerbietung, während Berardina ihn haßte seit dem Abend, an dem sie ihn das erste Mal traf.

Es waren stets die gleichen Männer, die er in meiner Stube um sich scharte: die Brüder Catania, Seccone, Ardizzone, Fra Savino, Antimo Grasso, von dem das Gerücht ging, er sei ein treuergebener Anhänger des Grafen Maddaloni und habe diesem schon viele Gefallen erwiesen – besonders wenn es darum ging, ihm Huren für seine Schäferstündchen zu vermitteln. Antimo war früher Soldat gewesen, es hieß, er sei in Krawallen erfahren und habe für Maddaloni so manche Messerstecherei ausgefochten. Aber seit dieser im Kerker saß und Antimo sozusagen beschäftigungslos war, nahm er jeden Auftrag an, der mit wenig Arbeit und dem Geruch von Gefahr verbunden war. Mein Vetter, Girolamo Donnarumma, gesellte sich bald zu unserer Runde, manchmal mit einer Speckseite unterm Hemd, und später auch Marco Vitale, der einer meiner engsten Vertrauten werden sollte. Als Genoino einmal so ganz nebenbei zu Fra Savino sagte, er dürfe ruhig in Begleitung eines seiner Ordensbrüder kommen, da brachte er Euch mit, Bruder Anselmo.

Verzeiht, wenn wir versuchten, Euch Mönche mit ein paar Bechern Wein zu ködern, Euch benutzten, um unseren Treffen einen harmlosen Anschein zu geben. Heute schäme ich mich dafür, Euch so hintergangen zu haben, aber damals gab ich Genoino in allem recht und überlegte nicht, ob ich durch mein bedingungsloses Vertrauen jemand anderem Schmerz zufügte. Ihr habt von dem Wein nur genippt, ich erinnere mich genau, daß Euer Becher noch fast voll war, als Ihr nach kurzer Zeit aufgestanden seid und Euch mit einer Entschuldigung zurückgezogen habt. Genoino nannte Euch einen einfältigen Tropf, an den jedes Wort verschwendet wäre, aber das war wohl nicht der Grund, warum Ihr nie wiedergekommen seid. Und trotzdem habt Ihr uns nicht verraten. Deshalb bin ich froh, daß gerade Ihr mich pflegt, denn ich weiß, nichts kann Euch bewegen, einen Schutzsuchenden preiszugeben.

Ja, hätte ich mich damals weniger blenden lassen, läge ich heute wahrscheinlich nicht in dieser Zelle auf Eurer Pritsche. Längst ging es nicht mehr darum, bei ein paar Bechern Wein die Wirklichkeit zu vergessen. Genoino erzählte noch immer Geschichten, aber es waren keine vergnüglichen Possen mehr, keine Schauermärchen, in denen das Gruseln aufhörte, sobald das letzte Wort verklungen war. Von niedergeschriebenen Rechten sprach er, von einer Art Charta, die es gelte, wieder in die Hände des Volkes zu legen, wenn die Knechtung jemals ein Ende haben sollte. Kaiser Karl V. habe in dieser Schrift mit seinem Siegel bezeugt, daß den Bürgern Neapels die gleiche Anzahl Stimmen im Tribunale zustünden wie dem Adel, und somit das Volk über seine Belange, auch über die Höhe der Steuern, mitzuentscheiden berechtigt sei.

Gleiche Rechte für alle? Niemand glaubte Genoino. Wir lachten ihn aus, als er uns von Oliver Cromwell erzählte und an Beispielen zu erklären versuchte, welche Macht eine einige Bürgerschaft gegen die Herrschenden bedeute, mächtig genug, sogar einen König zu vertreiben.

König Philipp sei an unserer Misere nicht schuld, hielten wir Genoino entgegen, stritten mit ihm: ein König bleibe immer ein König. Wir wollten nur die Steuern auf ein gerechtes Maß vermindern, den raffgierigen Adel und die Räte vertreiben, und dann unter König Philipp in Frieden leben.

Genoino seufzte und ging zu praktischeren Themen über, wie den Preisen der Nahrungsmittel und welche Mengen davon eine Familie nötig habe, um ein erträgliches Dasein zu führen.

Ohne überlegen zu müssen, schrien wir Preise und Mengen heraus: Zwei Tornesi* für eine Kanne Öl, siebenundzwanzig Grane für ein Rotolo* Käse, sechs Grane für Rindfleisch, und neun Grane für Kalb, zwei Grane für eine Karaffe Wein, und vor allem dürfte eine Palata nicht weniger als sechsunddreißig Unzen wiegen, wenn wir nicht vor Hunger krepieren wollten. Das waren die Dinge, die uns Armen am Herzen lagen und von denen wir etwas verstanden, nicht Stimmengleichheit im Tribunale. Wichtig waren für uns die für Genoino so lächerlichen Dinge des alltäglichen Lebens, Brot, Fleisch, Früchte, Arbeit, und das Recht zu leben, ohne getreten, verachtet und ausgebeutet zu werden. Dafür zog ich gern durch die Gassen, versammelte wie in früheren Jahren Halbwüchsige um mich, sang ihnen meine Spottlieder vor und lehrte sie, genaue Forderungen auf dem Marktplatz und in den angrenzenden Vierteln zu verbreiten. *Die Bäcker baumeln am höchsten Galgen, denn sie glaubten sich schon Barone*… ach, Bruder Anselmo, meine Stimme ist brüchig geworden. Damals aber lauschten sie meinen Liedern, übernahmen begeistert meine Bilder, die den Hunger von den Tischen fegten und statt dessen Käse, Fische, gutes Brot und Früchte auf die Teller häuften; Terrinen, die sich nicht leerten, bis auch der letzte am Tisch sich sattgegessen hatte, ein Schlaraffenland, in dem Steuern aus dem Wortschatz verbannt waren. Die Kinder stoben davon, meine Parolen auf den Lippen: Ohne Zoll! Zahlt keinen Zoll! Viva La Madonna del Carmine. Viva König Philipp. Tod der schlechten Regierung!

Ich kam bald in den Ruf eines Mannes, der aussprach, was alle dachten, wenngleich auch manche die Inbrunst meiner Reden belächelten, vielleicht weil ich versuchte, die geschliffene Sprache Genoinos nachzuahmen. Manchmal flüsterte ich mit dem Adler an unserer Hauswand über das Gefühl von Wichtigkeit, das ich nach und nach mit meiner Person verband, und fast jeden Abend kniete ich vor der Madonna del Carmine, berichtete ihr von den Kümmernissen der Fischer, der Bauern und der Händler; auch von meinen eigenen Sorgen erzählte ich ihr, von Genoinos Abschätzigkeit, die meinem Stolz einen Stich versetzte, von der Scheu, die ich in letzter Zeit wieder vor seiner Gelehrtheit empfand, und von dem Ärger über die Dummheit mancher Menschen, die trotz allem nichts anderes in mir sahen als einen Possenreißer.

Eines Abends stürmte ich in die Kirche, um La Bruna den letzten Streich der Obrigkeit zu schildern und mich der gerechten Empörung der Heiligen zu versichern. Ich hatte mich am Morgen mit ein paar anderen Fischhändlern geweigert, den Zoll für die Fische zu entrichten. Die Steuerpächter hatten uns nicht einmal für wert befunden, mit uns über Recht und Unrecht der Steuererhebung zu streiten, sondern den gesamten Fang kurzerhand eingezogen. Ich zitterte vor Wut, als ich mir vorstellte, wie Letizia mit seinen Kumpanen über unseren Widerstand spottete, während sie sich an den konfiszierten Fischen gütlich taten. Ich flehte die Madonna um ein Zeichen an – sollte Letizia doch an einer Gräte elend ersticken!

Als ich im guten Glauben an den Beistand der Madonna die Kirche verlassen wollte, bemerkte ich drei Schatten, die sich in eine Nische duckten, und erkannte den berüchtigten Banditen Perrone, dem man Morde, Plünderungen und Brandstiftung zur Last legte, und der ganz offensichtlich an jenem Abend in der Kirche Schutz vor seinen Verfolgern suchte. Erst wollte ich mich an diesem Gesindel vorbeidrücken, doch als Perrone mich ansah, als ob auch ich vor dem Gesetz auf der Hut sei, beschloß ich in einem Anfall von Mut, ihn zur Rede zu stellen. Einer wie er habe kein Recht, in der Kirche auf Gnade zu hoffen, rief ich ihn an, die Madonna habe genug mit den Armen der Stadt zu tun und könne sich nicht auch noch um Diebe und Mörder kümmern. Ich trat auf Perrone zu und gab ihm einen Stoß, daß er gegen den Taufstein taumelte. Er rappelte sich auf, erst verdutzt, dann entrüstet, als er meine Armseligkeit erkannte und gleich darauf eine Flut Verwünschungen gegen mich ausstieß. Stinkende Fischblase, faulende Knoblauchzwiebel und Broccolifresser waren die mildesten Schimpfwörter, die er mir verpaßte, und wer ich denn sei, daß ich mich zum Hüter der Gerechtigkeit aufspielte.

Schon bereute ich meine Vorwitzigkeit, einer gegen drei, dachte ich und glaubte nicht, daß die Heiligkeit einer Kirche diese Gesellen abhalten würde, einen gemeinen Mord zu begehen. Perrone war früher einmal Birro gewesen, dann aber wegen eines Skandals aus dem Dienst entlassen worden. Er hatte seine Funktion als Birro mißbraucht, indem er eine Spelunke beschützt hatte, die ihm selbst gehörte. Seitdem galt er als Vogelfreier und verunsicherte die Gegend mit seinen Raubzügen. Ich wich ins Kirchenschiff zurück, La Bruna im Rücken, und der Angstschweiß muß mir die Rede eingegeben haben, über die Perrone kurz darauf so schallend lachte. »Ich bin nur ein Lazzaro«, rief ich, »aber hätte ich so viele Männer hinter mir wie du, Perrone, würde ich dem Volk von Neapel zu seinem Recht verhelfen, selbst wenn man mich dafür hängen sollte.«

Perrone lachte aus vollem Hals über solche Worte aus dem Mund einer so abgerissenen Gestalt wie mir. Doch auf einmal verstummte er, sah mich an, als hätte er eine Art Verwandtschaft entdeckt. »Du bist furchtlos«, sagte er, »das gefällt mir. Auch wenn deine Gesinnung nichts mit der unseren gemein hat, kannst du meiner Unterstützung gewiß sein, wenn du sie einmal brauchen solltest. Ich schwöre es bei der Madonna del Carmine.« Perrone schlug mir auf die Schulter, und ehe ich noch begriff, daß meine Frechheit mir das Leben gerettet hatte, zog er sich mit seinen Spießgesellen zurück, um sich für die Nacht einzurichten. Ich machte, daß ich davonkam.

Ein hohes Lob aus dem Mund eines gefürchteten Banditen und ein Schwur, an den ich später noch denken sollte. Eigentlich wollte ich mich mit solchem Gesindel nicht abgeben. Ich schämte mich vor meiner Mutter und vor Berardina, die sich ganz sicher geweigert hätten, auch nur ein Wort mit Perrone zu wechseln. Aber Genoino überzeugte mich schließlich, daß solche Galgenvögel durchaus nutzbringend einzusetzen seien. Es gäbe immer etwas zu tun, sagte er, mit dem sich kein anderer die Hände beschmutzen wolle. Ich ahnte nicht, wie recht er behalten sollte.

Am nächsten Tag palaverte ich so lange mit den Fruchthändlern, bis ich sie überzeugt hatte, nicht einen Carlini der fälligen Zollgebühr zu entrichten. Die Steuerpächter wandten sich sogleich an Zuffia, den Grassiere*, und der schickte nach Naclerio und den Birri, um die wütenden Gruppen auseinanderzutreiben und das Zollgeld wenn nötig mit Gewalt einzuziehen. Naclerio hastete über den Markt – soweit sein entengleicher Gang etwas wie Hast erlaubte –, doch noch bevor er ein schlichtendes Wort sprechen konnte, schrien die Händler ihn nieder und hätten ihn verprügelt, wenn er sich angesichts ihrer Wut nicht augenblicklich besonnen hätte. Um seine Haut zu retten, blieb ihm nichts anderes übrig, als für diesen Tag den Fruchtzoll zu erlassen und die Steuerschuld aus der Stadtkasse zu begleichen.

Am Abend feierten wir in der Taverne, und ich wurde als Held des Tages von allen freigehalten. In jener Nacht wählten sie mich zum Anführer der Alarben* für das bevorstehende Fest der Madonna del Carmine. Seit Jahren schielte ich auf diese Ehre, und ich war stolz, endlich vor aller Augen in vorderster Reihe die Festung zu stürmen. Auch wenn es nur ein Scheingefecht war und Türme und Mauern der Burg aus bemaltem Holz und Pappe bestanden, wollte ich ihnen meinen Mut, meinen Kampfgeist schon beweisen und den Gegnern den Sieg nicht leicht machen. Denn der Sieg gehörte nicht den als Türken verkleideten Alarben; wie jedes Jahr gewannen die Lazzari, zur Erinnerung an den Mut der neapolitanischen Fischer, die unsere Madonna del Carmine aus den Händen der Türken zurückerobert hatten. Bisher hatte ich immer im Haufen der Lazzari gekämpft, nicht als Anführer, sondern als einer unter vielen, die man für dieses Spiel aus den ärmsten Vierteln holte, um in gewöhnlicher Fischerkleidung mit Stekken und dünnen Ruten gegen die Knüppel der Compagnia degli Alarbi anzurennen. Die Alarben waren stets in der Überzahl, und die Lazzari kehrten, wenngleich als Sieger, jedoch übersät mit blauen Flecken und Beulen nach Hause zurück. So wollten es die Regeln des Spiels, um der alten Überlieferung gerecht zu werden.

Alle fieberten dem Fest der Madonna entgegen, denn an diesem Tag geschah oft ein Wunder, sei es die Heilung eines Kranken, ein unerwarteter Geldsegen, ein gefährlich rauchendes Wölkchen, das während der Prozession über dem Vesuv erstarb, oder es wurde ein Kind mit einer Glückshaut geboren. Jedermann hoffte natürlich, daß das zu erwartende Wunder die eigene Familie betreffen würde.

Die Tage bis zum 16. Juli vergingen schnell, viel zu schnell schien mir, um mich ausreichend auf das Gefecht vorbereiten zu können. Ich hatte über vierhundert kräftige Männer zu meinen Kampfgefährten bestimmt, und Genoino, dem kriegerische Händel eigentlich hätten fremd sein sollen, unterstützte mich mehr, als ich von einem Mann Gottes erwartet hatte. Er begleitete mich oft auf das brachliegende

Feld, wo ich mit meinen Männern im Morgengrauen für das Spiel übte.

Jedes Kind erkenne unsere schwachen Punkte, meinte er eines Abends, als wir wie üblich zur Lagebesprechung in der Taverne all' Acqua della Bufala zusammensaßen. Wir hatten absichtlich eine Taverne so weit draußen in Poggio Reale gewählt, damit niemand von der Gegenpartei unsere Pläne belauschte. Genoino schlug vor, wie eine Meute Wölfe gleichzeitig von mehreren Seiten auf die Festung einzustürmen und in einem einzigen Angriff Mauern und Türme niederzurennen. Als ich einwandte, das Spiel fände damit ein vorzeitiges Ende, lächelte er sein dünnes Lächeln: Ich würde andere Gelegenheiten erhalten, um meine Tapferkeit zu beweisen. Dann drückte er mir Geld in die Hand, einen ganzen Tornese, um länger und doppelt so starke Stöcke zu kaufen. Fra Savino werde mir dabei behilflich sein.

Fra Savino! Immer wieder dieser undurchsichtige Mönch! Ich habe nie herausgefunden, welche Rolle er wirklich spielte, aber es war nicht zu übersehen, daß er Genoinos uneingeschränktes Vertrauen besaß, und das ärgerte mich. Im stillen beschloß ich, die Stöcke ohne Fra Savinos Hilfe zu besorgen.

Ich glaubte, aus Genoinos Ratschlägen einen deutlichen Wink herauszulesen. Unser Spiel sollte nur Spiel scheinen, bis eine ausreichende Menschenmenge auf dem Marktplatz versammelt wäre, um das Scheingefecht mittels einiger wohlüberlegter Parolen in einen Tumult zu verwandeln. In diesem Fall wären die dickeren Stöcke ein unschätzbarer Vorteil gegen die Birri. *»Serra, serra?«* flüsterte ich Genoino zu, »und danach zum Palazzo Reale und den Erlaß der Mehl- und Fruchtsteuer erzwingen?«

Entgegen meiner Erwartung lachte Genoino mich aus, und für einen Augenblick sah ich ganz deutlich Geringschätzung in seinen Augen aufblitzen, auch wenn er mir gleich darauf begütigend die Hand auf die Schulter legte. »Wir wollen uns nicht zu Narren machen und an die Unterstützung oder gar Einigkeit der Massen glauben«, sagte er. Außerdem habe der Vizekönig sicher längst Vorkehrungen getroffen, um einen solchen Krawall zu verhindern. Ob ich denn nicht Peppe Palumbo bemerkt hätte, der sich mit seiner Bande seit einigen Tagen häufiger als sonst im Marktviertel zeige? Und daß sich dieses Gesindel vom Adel für jeden Dienst kaufen ließe, sei doch hinreichend bekannt.

Und Perrone?

Ich erinnerte daran, was Perrone mir in der Kirche del Carmine geschworen hatte, doch Genoino winkte ab – ein solches Versprechen einzulösen, könnten sich Arme nicht leisten. Seine Bemerkungen waren nicht böse gemeint, vielleicht hatte er recht, meine voreiligen Pläne zu dämpfen. Trotzdem ärgerte ich mich, mit welcher Selbstverständlichkeit er die Planung des Gefechts übernahm. Was wußte ein Greis schon von solchen Spielen? Ein Greis, dessen Hände zitterten, wenn er etwas anfaßte, und der manchmal sogar danebengriff, weil seine Augen ihn um die Entfernung betrogen. Was wußte einer, der seine Lehren nur aus Büchern bezog, davon, wie man sich prügelte, wie man den Gegner in die Knie zwang, ohne selbst dabei den Halt zu verlieren? Mich hatten die Männer zum Anführer gewählt, weil ich seit frühester Jugend in solchen Dingen Erfahrung gesammelt hatte.

Auf einmal hatte ich keine Lust mehr, Genoino den übermütigen Streich zu gestehen, den ich mir mit den übrigen Alarben am letzten Sonntag geleistet hatte. Wir waren nach unserer Übung schreiend und spottend am Palazzo Reale vorbeigezogen, und als sich der Herzog von Arcos am Fenster gezeigt hatte – wohl um uns eine Gnade zu erweisen –, hatten wir uns niedergebeugt, um zum Schein den Boden zu küssen. Aber es war für jedermann ersichtlich gewesen, daß unsere Haltung einzig und allein dazu diente, dem Vizekönig unser Hinterteil entgegenzustrecken. Genoino hätte über diesen Scherz sicher nicht gelacht, denn wenn er auch über die spanische Herrschaft schimpfte, ließ er es öffentlich nie an der gehörigen Ehrerbietung gegenüber dem Adel fehlen. Trotzdem nahm ich das Geld für die Stöcke und fügte mich Genoinos Belehrungen.

Berardina tobte, als ich ihr den Tornese zeigte. Sie wolle nicht auch noch Geld von diesem Priester im Haus haben, schrie sie mich an, es genüge, wenn sich die Stube mit Genoinos Gerede fülle, er an diesem Tisch säße und seine Spinnenfinger nach allem griffen, was nur ihr und mir gehöre. Berardinas Ausbruch erschreckte mich. Ich wußte, daß sie Genoino nicht mochte, aber ich hatte keine Ahnung gehabt, wie sehr sie ihn haßte. Sie konnte mir ihre Abneigung nicht erklären. Ich warf ihr kindische Eifersucht vor, die sie schließlich auch zugab, doch ich spürte, daß ich unrecht tat, ihre Gefühle nur auf verletzte Eitelkeit zu schieben. Berardina gestand mir schließlich die Angst, die sie in Genoinos Gegenwart beschlich, und das Frösteln, wenn er seinen Blick unter halbgeschlossenen Lidern auf sie richtete. So habe sie sich als Kind immer den Schwarzen Tod vorgestellt, der hinter den Stadttoren lauerte, um seinen Pestatem in die Häuser zu blasen. Natürlich wisse sie, daß das ein Kindermärchen sei, trotzdem empfände sie den Priester wie die personifizierte Krankheit. Nicht nur einmal habe sie geträumt, aus Genoinos Mund kröchen Würmer und Reptilien, die von allen Winkeln des Zimmers Besitz ergriffen, so daß sie nirgends mehr einen Fuß hinsetzen konnte, ohne glitschige, blutleere Haut zu spüren. »Gib den Tornese zurück«, bat sie, »dieses Geldstück bringt Unheil über dich.« Sie weinte wie ein verängstigtes Kind. Ich nahm sie in die Arme, aber es gelang mir nicht, sie zu trösten und ihr die Furcht zu nehmen, auch nicht, als ich ihr klarzumachen versuchte, daß die Abhängigkeit von einem Priester nicht viel anders sei als die Abhängigkeit von Gott.

Berardina mied Genoino auch weiterhin. Sobald er durch die Tür trat, heuchelte sie Geschäftigkeit, weigerte sich, ihm auch nur einen Becher Wein vorzusetzen, und verschwand bei einer Base oder bei ihrer Mutter, bis sie sicher war, daß Genoino das Haus wieder verlassen hatte. Nicht einmal meine Mutter, die sonst so gern ihre spitze Zunge an jedem Klatsch wetzte, verstand Berardinas Verhalten. Sie runzelte die Brauen, sobald eine abfällige Bemerkung über Genoino fiel: Ein Priester sei über jede Schuld und Kritik erhaben.

An den Morgen nach Genoinos Besuchen untersuchte Berardina

Tisch, Stühle, das Bett und die Truhe, als erwarte sie, Genoinos Finger hätten Schleimspuren hinterlassen. Dann wusch sie alles, um jeden Fingerabdruck des Priesters zu beseitigen, und beklagte sich, daß es ihr nicht gelänge, seine Gegenwart aus dem Zimmer zu verbannen.

In allen anderen Dingen hat Berardina zu mir gehalten.

Wieviel besser es mir geht, Bruder Anselmo. Das Reden fällt mir leichter, und auch die Enge in meiner Brust hat sich ein wenig gelockert. Wollt Ihr mich stützen, damit ich mich aufrichten, vielleicht sogar ein paar Schritte gehen kann? Ach, die Zitronenblüten, deren Duft mich seit Stunden begleitet. Habt Ihr jemals darüber nachgedacht, wieviel Gewürm sich unter der Blütenpracht eines Baumes verbirgt, lichtscheue Brut, die sich in den Spalten der Wurzeln ringelt, sich wieder und wieder verknäuelt, ohne einander jemals zu erkennen. Was, wenn sie ihr Schattenreich plötzlich verließen und zu Tausenden und Abertausenden ans Licht kröchen und Erdreich, Häuser, Menschen dicht an dicht mit ihren schleimigen oder gepanzerten Leibern bedeckten, weil sie ihr Recht über das unsere stellten…

Spürt Ihr die Brise, die vom Meer herweht? Wie gerne würde ich den Schimmer noch einmal sehen, der gegen Abend über der Wasseroberfläche hängt, Felsen in Fabelwesen verwandelt und Inseln in Feenreiche, schwimmende Schlupflöcher reisender Vögel.

Seht Ihr, meine Beine tragen mich wieder. Niemand soll sagen dürfen, Masaniello sei ein Feigling gewesen, der sein Volk im Stich ließ und sich in einem kranken Leib hinter Klostermauern versteckte. Nie wieder sollen sie über mich lachen, meinen Schweiß und mein Zittern verspotten, so wie sie heute in der Kirche mit ihrem Gelächter über mich herfielen – über mich, den Generale del Popolo*. Sie werden nicht wagen, die Hand gegen mich zu erheben, sondern mich ehren wie Moses, der sein Volk ins Gelobte Land führte.

Wie gut mir die Luft tut und der Blick hinunter auf die Vielfalt in Eurem Garten… Blumen, Bäume, Licht, das ist es, was mich ins Leben zurückholt, und Eure Geduld, Bruder Anselmo, während ich mir die Last von der Seele rede. Ja, die Stille und die Bereitschaft, die Ihr mir schenkt, obwohl Ihr die meisten Begebenheiten schon kennt, von denen ich Euch erzähle. Ihr seht die Bedrängnisse der Armen mit den Augen der Ewigkeit, klein und nichtig mag Euch erscheinen, was einen anderen quält und am Leben verzweifeln läßt. Daß Ihr mir trotzdem zuhört, bereit seid, Euch meine Sicht der Dinge anzuhören ohne die Besserwisserei, die sonst den Dienern Gottes zu eigen ist, gibt mir ein wenig Vertrauen in die Kirche zurück.

Nein, nein, laßt mich ruhig noch einen Augenblick hier stehen, ich verspreche Euch, mich dann wieder ganz folgsam Eurer Fürsorge und Heilkunst zu ergeben.

9

Nein, faßt mich nicht an, Bruder Anselmo, nicht noch einen Kräuterwickel! Zuviel Zeit geht verloren mit diesen Dingen. Ich habe es versprochen? Meinetwegen, von den Tropfen will ich noch nehmen, dann soll es genug sein. Es ziemt sich nicht für den Generale del Popolo, sich von einem wunden Leib befehlen zu lassen. Ach... am Sonntag ahnte ich noch nicht, daß mir das Ende des Tages schon den Abglanz dieses Titels bescheren würde. Nein, nicht dieser, der Sonntag vor acht Tagen, das Fest der heiligen Maria delle Grazie. Ihr könnt doch den Tag nicht vergessen haben – jenen 7. Juli, an dem alles begann.

Verzeiht. Immer wieder vergesse ich, wie verschieden Euer Leben von dem unseren ist. Für Euch beginnt ja jeder Tag gleich, in den dunklen Gängen dieses Konvents und in dem verhangenen Licht Eurer Kirche. Ihr könnt nicht wissen, wie strahlend sich dieser Sonntag aus der Morgendämmerung schälte. Kein Wölkchen zeigte sich am Himmel, kein Fädchen Grau trübte die Weite, ich konnte das Meer nicht sehen, aber ich wußte, wie es flirrte und glitzerte bis dorthin, wo es sich mit dem Himmel verband.
So ein Morgen war dieser 7. Juli, als ich mich bei Tagesanbruch erhob, um mit meinen Männern ein letztes Mal vor dem Fest das Gefecht zu proben. Diesmal wollten wir unsere Kostüme tragen. Auf dem Stuhl lag alles bereit, was ich mir mit viel Mühe zusammengeliehen hatte: eine scharlachrote Tunika, eine gelbe Schärpe, weite Hosen aus knisterndem Stoff in der Farbe der Sonne, der Fez, der sich auf meinem

Kopf wie ein übergroßer Blutstropfen ausnahm, und für meine linke Seite der krumme Säbel. Sogar eine Flinte hatte ich einem Soldaten abgeschwatzt. Sie funktionierte nicht mehr, aber was machte das schon. Ich hängte sie trotzdem über die Schulter und sah wunderbar damit aus. Nachdem ich mir das Gesicht mit Asche geschwärzt hatte, nahm ich den langen Stock, der in einer Ecke des Zimmers lehnte, und rieb das Holz zwischen Daumen und Zeigefinger. Ich lachte leise, als ich die kräftige Biegsamkeit spürte. Diese Stöcke würden auf den Rücken der Gegner tanzen, Fra Savino hätte auch keine besseren finden können. Ich war bei meinem Entschluß geblieben, auf seinen Rat und seine Hilfe zu verzichten.

Die lange Stange behinderte mich ein wenig, als ich mich durch die Tür mühte, und das Schwert klirrte gegen das falsche Gold, das von der Schärpe baumelte. Berardina richtete sich halb im Bett auf. Ich verstand ihr Gemurmel schon nicht mehr, die einzige Antwort, die sie erhielt, war das Tappen meiner barfüßigen Sohlen auf der Stiege. Am Brunnen schöpfte ich aus der hohlen Hand ein wenig Wasser, um den Rest Schlaftrunkenheit zu vertreiben, dann ging ich mit raschen Schritten in Richtung Sant' Eligio davon, wo ich mich mit meinen Kumpanen verabredet hatte. Ich hörte Euch Mönche die Morgenlitanei singen und schlug ein Kreuz, um die Madonna zu grüßen.

An der Fruchtzollbaracke begannen die Bauern bereits, Feigen und Melonen von den Rücken der Esel abzuladen, sie schwitzten, obwohl die Luft noch frisch und kühl war. Ich rief Mase Carrese einen Gruß zu, der seine Fracht von einigen Händlern begutachten ließ, während er darauf wartete, daß die Steuerpächter Gemüse und Früchte endlich zum Verkauf freigäben. Ich blieb sogar für einen Augenblick stehen, nicht nur, um mich an dem Anblick der saftigen Feigen zu weiden, sondern auch mit dem Hintergedanken, mir in einem unbeobachteten Moment ein oder zwei davon unters Hemd zu stopfen. Als ich gerade hinlangen wollte, trat Diego Zuffia, der Grassiere, aus der Baracke. »Drei Grane die Feigen heute«, rief er.

Ein viel zu hoher Preis! Keiner machte Anstalten zu kaufen. Zuffia sah sich um. »Will niemand Feigen für drei Grane? Pralle, saftige Feigen aus Pozzuoli?«

Einer der Händler nahm eine Frucht auf und wog sie in der Hand. »Drei Grane? Warum nicht gleich zehn?« Er schleuderte die Feige dicht neben Zuffia so heftig auf den Boden, daß sie beim Aufprall aufplatzte und das Fruchtfleisch wie aus einer feuchten gelben Wunde hervorquoll. Zuffia runzelte die Stirn und wies den Händler scharf zurecht: Die Feigen seien ein Geschenk Gottes, ein Sünder, wer sie mutwillig zerstöre. Mase Carrese stieß einen Lacher aus, der Ton klang in der Stille so verbittert, daß Zuffia unwillkürlich zurückzuckte. Mase streckte Zuffia seine schwieligen Hände entgegen. »Gottes Früchte?« fragte er spöttisch, »du redest von Gottes Früchten? Ich arbeite vom Morgengrauen bis zum Sonnenuntergang, um den Ertrag der Felder Pozzuolis auf den Markt zu bringen. Gemüse und Früchte eines wahrlich reichen, gesegneten Bodens, wenn die Abgaben nicht wären. Willst du wissen, Zuffia, welcher Lohn den Bauern von Gottes Geschenken übrigbleibt?«

Ohne Zoll! Ohne Zoll! Wem die Arbeit, dem der Lohn!

Eine günstige Gelegenheit, meine Parolen in die Menge zu schreien. Wie oft hatte ich in den letzten Tagen im Marktviertel mit diesen Worten die Leute aufgehetzt. Aber diesmal war ich offensichtlich unter die falschen Zuhörer geraten. Einer der Händler drehte sich zu mir um, maß meine Verkleidung mit einem geringschätzigen Blick und hieß mich, zu meinen Gauklerspielen zurückzukehren, statt rechtschaffenen Männern die Zeit zu stehlen. Gauklerspiele! Dieser Mann wagte es tatsächlich, mich, den Anführer der Alarben, einen Gaukler zu nennen, mich, der am nächsten Sonntag den Mut der Neapolitaner in diesem alten Ritual wieder aufleben lassen würde. Oh, ich wollte es diesem Großmaul schon zeigen, ihn mit meinen vierhundert Männern in die Knie zwingen und die Stöcke auf seinem Buckel wirbeln lassen. Ich rannte davon, um mit meiner gesamten Streitmacht anzurücken. Aber innerhalb der kurzen Zeit, die ich brauchte, um nach Sant' Eligio zu laufen und mit meinen Männern zur Zollstelle zurückzukehren, hatte sich eine solche Menschenmenge angesammelt, daß für uns kaum noch ein Durchkommen war. Gerüchte verbreiteten sich auf dem Markt in Windeseile, und wenn es sich gar um einen Streit über Steuern und Abgaben handelte, gab es für die meisten kein Halten mehr. Ich drängelte mich bis nach vorn durch. Zuffia hatte in der Zwischenzeit nach Naclerio schicken lassen.

Der Eletto war unausgeschlafen und deswegen äußerst reizbar, er stand da, vierschrötig und fett, die Hände über der Brust verschränkt, und man konnte an seiner Miene ablesen, daß er nicht die geringste Lust verspürte, sich in aller Herrgottsfrühe mit dem Pack zu streiten. Es ging um den Zwist, der schon seit Wochen zwischen Bauern und Händlern schwelte; die Händler bestanden darauf, daß die Bauern den Zoll bezahlen sollten, da sie die Waren vom Land in die Stadt brachten, die Bauern wiederum wollten den Händlern die Abgaben zuschieben, weil ihnen sonst überhaupt kein Gewinn mehr von ihrer Arbeit blieb.

Naclerio redete mit Engelszungen, versuchte den Anschein zu erwecken, ein salomonisches Urteil fällen zu wollen, und schlug vor, beide Parteien zu gleichen Teilen mit der Zollgebühr zu belasten. In Wirklichkeit war Naclerio einfach zu faul, um eine gerechte Entscheidung herbeizuführen, auch wollte er sich weder die eine noch die andere Partei zum Feind machen. Aber diesmal hatte er sich verrechnet, niemand war bereit, sich mit der üblichen Ausweichtaktik abspeisen zu lassen. Die Bauern zerrten ihre Esel zu einem dichten, grauen Block zusammen, die Händler beschimpften Naclerio, umringten, bedrängten ihn schließlich so sehr, daß er sich eine ungeduldige Entscheidung abzwang. »Wenn ihr euch nicht vertragen könnt, werde ich es handhaben wie bisher und wie das Gesetz es festlegt«, blaffte er. »Die Steuern sind von den Bauern zu entrichten, weil sie vom Umland in die Stadt kommen und sich somit den Steuergesetzen der Stadt unterwerfen müssen! Und wer sich dagegen wehrt, dem lasse ich Stockhiebe verabreichen und ihn anschließend auf einer Galeere anketten!«

Die Worte Naclerios entfachten ein solch wütendes Gebrüll, daß der Eletto erschrocken gegen die Wand der Zollstelle zurückwich. Alle Anschuldigungen, die man in den letzten Jahren gegen ihn gesammelt hatte, prasselten auf ihn nieder, vermischten sich mit der Wut gegen den Adel und die spanische Regierung, und Naclerio wurde zum Sündenbock, auf dessen Schultern man alle Ungerechtigkeit lud, die dem Volk je widerfahren war.

Mase Carrese sprang auf ein Holzpodest. Nichts von der Leidensmiene, die er üblicherweise zur Schau trug, war übriggeblieben. Seine Stimme überschlug sich, als er seinen Zorn in die Menge schrie: »Gott schickt Überfluß, die Regierung den Hunger! Soll ich umsonst den langen Weg in die Stadt gemacht haben? Die Bauern ohne Gewinn von morgens bis abends in der Erde wühlen? Der Herrgott und die Jungfrau Maria mögen mir meinen Zorn verzeihen, aber bevor ich den Blutsaugern einen einzigen Carlini in den Rachen werfe, sollen die Ärmsten der Armen den Ertrag der Felder bekommen!«
Mase Carrese sprach nur aus, was alle anderen Bauern empfanden. Niemand hinderte ihn, nein, sie klatschten Beifall, als er heruntersprang und nacheinander die drei nächststehenden Körbe umriß. Feigen, Äpfel, Birnen, Melonen rollten durcheinander über den Boden, Kinder knufften sich durch die Menge, um soviel wie möglich von den unerwarteten Schätzen aufzuklauben, Männer und Frauen bückten sich hastig, um an dem Segen teilzuhaben. Die meisten aber benutzten die Früchte als Wurfgeschosse, reife Feigen klatschten Naclerio und Zuffia ins Gesicht, Bauern und Händler bewarfen sich gegenseitig, so manches Gesicht troff von der Feldarbeit eines ganzen Sommers. Zuffia suchte sehr schnell das Weite, er wußte aus schmerzhafter Erfahrung, wie solche Krawalle zu enden pflegten. Wir ließen ihn laufen, wir hatten ja immer noch Naclerio, dem es nicht gelang, sich aus dem Getümmel in Sicherheit zu bringen.

Auch ich griff mit beiden Händen in die Körbe, besinnungslos vor Wut und Empörung schleuderte ich in die Menge, was ich mir nie hatte leisten können: teure saftige Feigen. Als es mir plötzlich bewußt wurde, legte ich die Feigen vorsichtig in den Korb zurück, eine lächerliche Geste, in dem Tumult ein paar Früchte retten zu wollen. Don Tiberio fiel mir ein, seine Warnung, nicht in kindischen Raufereien Kraft zu vergeuden, statt sich gemeinsam an den Verantwortlichen zu rächen. Ich dachte an Berardina, wie sie müde und abgezehrt aus dem Verlies taumelte, dachte an das Bett meines Vaters, das nun in einem fremden Zimmer in einem fremden Haus stand, an Campanella, der mit seinen Schriften gekämpft und dafür ein halbes Leben im Kerker verbüßt hatte. Ich sah die Menschen um mich herum, die auch nur mit Worten kämpften oder glaubten, mit gut gezielten Fruchtgeschossen die Zustände zu ändern. Ich bückte mich, nahm einen Stein auf und schleuderte ihn gegen Naclerio, der sich den Gesetzen des Vizekönigs beugte, statt sich um die Forderungen des Volkes zu kümmern. Der Stein traf den Eletto mit solcher Wucht, daß er gegen die Wand der Zollbaracke taumelte. Er rang noch nach Atem, als ich auf das Holzpodest sprang und in die Menge schrie: »*Quattro soldi al rotolo!** Es lebe der König von Spanien, nieder mit der schlechten Regierung!«

Bauern und Händler hielten in der Feigenschlacht inne, starrten zu mir hinauf, lachten über den barfüßigen Fischverkäufer in der scharlachroten Tunika, an dessen Hüfte ein verrostetes Schwert baumelte und der jetzt das Lied vom Tod der Bäcker anstimmte. Zuerst hielten die Leute es wohl wirklich für ein Gauklerspiel, weil ich auf dem Podest stand, auf dem sonst Schwertschlucker, Feuerfresser und Bauchredner ihre Kunststücke vorführten, doch nach wenigen Worten begriffen sie, daß mein Lied sie nicht zu Lachen oder Spott verführen wollte, sondern bitter ernst gemeint war.

Quattro soldi al rotolo! Keinen Zoll mehr! Plötzlich schrien alle dasselbe. Naclerio nutzte den Moment der Unachtsamkeit und verdrückte sich langsam hinter die Zollbude. Kurz darauf sah ich ihn rennen und wußte, er würde nicht eher verschnaufen, bis er den Hafen erreicht hätte, ein Boot losgemacht und in Richtung Palazzo Reale davongerudert wäre. Später erfuhr ich, daß Perrone mit einigen seiner Bande Naclerio geholfen und ihn bis vor die Gemächer des Vizekönigs begleitet hatte. Er sei Naclerio noch einen Gefallen schuldig gewesen, rechtfertigte er sich. Als sich die Menge an den Eletto erinnerte, den einzigen Schuldigen, dessen sie im Augenblick habhaft werden konnte, war es längst zu spät.

Lassen wir ihn doch laufen, diesen räudigen Hund! Ich hatte nicht geglaubt, daß sie mir noch einmal zuhören würden, daß ich ihre Empörung über den Feigling zum Schweigen bringen könnte; ich verstand nicht gleich, warum sie verstummten und zu mir aufsahen, gespannt, was ich ihnen zu sagen hätte.

Ein Wunder war geschehen, Bruder Anselmo. Auf einmal wußte ich, La Bruna hatte an mir ein Zeichen gesetzt, damit sich die Prophezeiung des Wanderpredigers erfüllte. La Bruna gab mir auch die folgende Rede ein, ganz leicht kamen die Worte über meine Lippen, als hätte ich in meinem Leben nie anders gesprochen als der Priester Hoh zu seinem Volk. »Laßt euch von meinem Äußeren nicht täuschen«, rief ich. »Petrus war arm und nur ein Fischer wie ich. Und doch war er ausersehen, das Wort Gottes über die ganze Welt zu verbreiten. Man hat auch mir eine große Bestimmung prophezeit, und nun ist die Zeit gekommen, diese zu erfüllen. So wahr ich Masaniello heiße, ich werde die Stadt Neapel von allen Lasten befreien, und unsere Madonna del Carmine wird mir beistehen. Kein Tod schreckt mich, keine Folter, keine Schmach; selbst wenn man meinen Leib wie den eines Verbrechers über den Marktplatz schleifen würde, so würde ich bis zum letzten Atemzug nicht von meiner Bestimmung abweichen. Für das Wohl des neapolitanischen Volkes gestorben zu sein, wird mir den schmählichsten Tod vergelten! Lazzari schimpfen die adeligen Unterdrücker uns, Lazzari wie Diebe, Gesindel, Abschaum, Gezeichnete. Nehmen wir diesen Namen an und geben ihm die Bedeutung einer freien Seele. Frei sind wir geboren, und frei von allen fremden Gesetzen wollen wir leben und sterben.«

Ich weiß nicht, warum ich in dieser Rede von meinem Tod sprach, dem schimpflichen Ende eines Verbrechers, von dem es mir in diesem Augenblick schien, als wäre es seit meiner frühesten Jugend allgegenwärtig gewesen. Wie in einem zweiten Gesicht sah ich vor mir, wie sie meinen Leib entehrten, ihn mit Schmutz und Unrat bewarfen, in die Gosse zerrten und dort wie einen lästigen Kadaver vergaßen.

Ach, nur eine gemeine Vision des Teufels war es, um mich von meiner Aufgabe abzubringen... die Vorsehung traf ja nicht ein... Ihr wißt, Bruder Anselmo, daß sie mich ehrten wie einen König, mich immer noch lieben... manchmal ist mir, als hörte ich sie von ferne rufen... viva Masaniello. Hört Ihr es nicht? Tausende von Stimmen. Vielleicht ist Euer Gehör nicht mehr fein genug und die Mauern dieses Konvents zu dick? Ich träume nur? Nein, ich kann ihn ganz deutlich vernehmen, diesen Ruf, mit dem sie mich ehrten, mir dankten, als ich am Sonntag auf dem Podest stand und zu ihnen gesprochen habe. Viva La Bruna. Viva Masaniello.

Wie stolz war ich, als Pione vortrat und mir versprach, mich mit seinem Gefolge zu unterstützen. Pione war der Anführer der Lazzari, die die Festung bei dem Spiel verteidigen sollten, die bereit gewesen waren, gegen uns zu kämpfen und mir nun ihren Gehorsam anboten.

Zündet die Zollbuden an!

Niemand wußte die Stimme ausfindig zu machen, die plötzlich herausschrie, was sich jeder schon einmal gewünscht hatte. Mase Carrese war es wohl nicht gewesen, der nun ebenfalls auf das Podest sprang und vorschlug, eine gütliche Einigung zu versuchen. Er wolle mit Bauern und Händlern zum Palazzo Reale ziehen und unsere Forderungen vor dem Vizekönig wiederholen. Die meisten lachten ihn aus, zu oft hatten sie sich in der Vergangenheit damit zufriedengegeben. Nur etwa fünfzig Männer schlossen sich Mase Carrese an, die Nachgiebigen, die ewig Ängstlichen und die, die eigensinnig darauf beharrten, dem Vizekönig noch einen Rest von Ehrenhaftigkeit zu belassen. Der Herzog von Arcos hat Mase Carrese kaltschnäuzig an den Grassiere verwiesen, wie ich später erfuhr und mir daraufhin die Bemerkung nicht verkneifen konnte, Gutgläubigkeit sei mit Dummheit gleichzusetzen.

Noch bevor Mase Carrese zurückkehrte, brannten die ersten Zollbuden. Waagen, Zollbücher, Schuldscheine, alles, was nur im entferntesten mit Steuern oder Abgabelasten zu tun hatte, zerstörten, zerrissen, verbrannten wir – nichts sollte überdauern, was Blut und Schweiß der unterdrückten Bevölkerung gekostet hatte. Niemand stahl etwas. Plötzlich sah ich meinen Bruder auf mich zukommen. Er schwenkte eine Stange, an deren Spitze ein Stoffetzen flatterte. Das Emblem der Hellebardiere. Er mußte es von einer Taverne heruntergerissen haben. »Blutgeld!« rief er immer wieder, während er sich durch die Menschenmenge bis zu mir durchboxte, »wie im Fegefeuer sollen diese schändlich erpreßten Papiere brennen!« Ich verstand die Welt nicht mehr. Mein Bruder, der besonnene, zurückhaltende Giovanni hatte sich den Aufständischen angeschlossen, mehr noch, er hatte offensichtlich eine ganze Horde Bettler, Seifensieder, Lumpensammler, die Ärmsten der Armen aufgelesen und führte diesen Haufen mir zu. Ich half meinem Bruder auf das Podest und umarmte ihn. Daß er mich in jener Stunde nicht im Stich ließ, war der tiefste Liebesbeweis, den ich je in meinem Leben erhalten habe.

Ich kann mich nicht mehr genau erinnern, was zu welcher Stunde in diesem Durcheinander geschah. Aus allen umliegenden Häusern rannten Menschen, eine unüberschaubare Menge, bewaffnet mit Stöcken, auf deren Spitzen sie Brote gespießt hatten, manche trugen auch Spitzhacken, Schaufeln, Piken, was sie eben in der Eile an waffenähnlichen Gegenständen gefunden hatten. Irgendwann stürmten wir zum Kerker San Giacomo delli Spagnoli, brachen das Tor auf und befreiten alle Gefangenen, die in den Verliesen dahinvegetierten, ohne einen Unterschied zu machen, ob es sich um Diebe, Mörder oder nur um Schmuggler handelte. Die Gefangenen flohen nicht, um das unerwartete Geschenk der Freiheit zu genießen, sondern schlossen sich unserem Haufen an, der nun zum Palazzo Reale hinaufdrängte. Dreiunddreißig Unzen für eine Palata! Gleiches Gewicht wie das Brot der Reichen! Wir brüllten unsere Forderungen hinauf, schwenkten die aufgespießten Brote in der Luft, drohten dem Herzog von Arcos mit Fäusten, als er sich endlich am Fenster zeigte. Er trug die gewohnte blasierte Miene zur Schau. Natürlich war er längst über den Aufruhr im Bilde. Ich kann mir gut vorstellen, wie er sich mit seinen Räten über den Pöbel lustig gemacht hatte, als Naclerio ihm von dem Vorfall am Markt berichtet und ihn vielleicht beschworen hatte, Neapel auf dem schnellsten Weg zu verlassen. Einen Weiberrock wird er den Eletto geschimpft und mit seiner Absetzung gedroht haben, wenn es ihm nicht gelänge, seinesgleichen im Zaum zu halten.

Als die ersten Scheiben unter einem Steinhagel zersplitterten, fiel Arcos' Gleichmut in sich zusammen. Er wich vom Fenster zurück, statt seiner beugte sich nun Don Ferrante Caracciolo heraus, dem Arcos wohl befohlen hatte, sich unsere Forderungen anzuhören – ein lächerlicher Befehl, denn jeder im Palast wußte, daß wir die Aufhebung der Zölle verlangten. Don Caracciolo hatte Mühe, sich Gehör zu verschaffen, aber schließlich gelang es ihm, uns das Angebot des Vizekönigs verständlich zu machen: Seine Exzellenz, der Herzog von Arcos, Getreuer des Königs von Spanien, erlasse mit sofortiger Wirkung den Fruchtzoll und, wenn wir ruhig abzögen, auch einen Teil des Mehlzolls. Die Antwort war ein einstimmiges Gelächter. Wieder flogen Steine hinauf. Ich sah, wie Don Caracciolo sich nach hinten ins Zimmer verbeugte, stumm, denn der Vizekönig konnte dem Lärm selbst entnehmen, wie wir seinen Vorschlag aufgenommen hatten. Jetzt trat auch Don Caracciolo vom Fenster weg, wahrscheinlich berieten sie drinnen das weitere Vorgehen gegen das Pack, das sich nicht wie in Palermo mit der Abschaffung des Fruchtzolls zufriedengeben wollte. Ein paar von uns schickten sich bereits an, durch die Fenster zu steigen, da knallten die ersten Schüsse durch den Palasthof.

Der Herzog von Arcos hat mir vor drei Tagen versichert, er habe niemals einen Schießbefehl gegeben, ein schreckliches Mißverständnis nannte er es, denn er habe immer versucht, unnötiges Blutvergießen zu vermeiden. Ich glaubte ihm sogar. Es befanden sich nämlich nur ein paar tausend bewaffnete Soldaten in der Stadt, viel zu wenige, um sich gegen die Masse des Pöbels zu behaupten. Trotzdem ärgerte mich, wie der Vizekönig versuchte, seinen Eigennutz als Großmut darzustellen, seine gewohnte Taktik, im nachhinein die Geschehnisse umzudeuten, bis sie zu seinen Gunsten sprachen – genauso wie er mich auf seine Umsicht hinwies, deretwegen er Kinder und Frauen sofort nach Beginn der Schießerei ins Castel Nuovo habe bringen lassen. Daß er selbst an nichts anderes als an Flucht gedacht hatte, verschwieg er. Vielleicht fühlte er auch gar keine Schuld, weil er sich einredete, seine Räte hätten ihn schließlich zu diesem Schritt genötigt. Man findet leicht eines anderen Rücken, dem man das eigene feige Verhalten aufbürden kann. Nicht anders rechtfertigten sich auch die Soldaten: Gewalt hatten sie gelernt, Gewalt wandten sie an und konnten daran nichts Verwerfliches finden.

Nachdem sie zu schießen begonnen hatten, waren auch wir nicht mehr zu halten. Schleuderten ihnen Stöcke, Piken und Hacken entgegen, schlugen mit unseren Fäusten nieder, wer sich uns in den Weg stellte, bis nur noch ein kläglicher Haufen übrig war. Wer von ihnen noch imstande war zu laufen, ließ sein Gewehr fallen und floh. Nicht einmal die gefürchteten deutschen Hellebardiere konnten den wütenden Mob abwehren, der durch das Portal nachdrängte. Auch sie rannten, lächerlich geworden in ihren ledernen Wämsern und den prunkvollen Helmen, rannten die Männer, die ihre Kraft an die Reichen verkauft hatten und nun ihre Pflicht im Stich ließen.

Oben, am Ende der Marmortreppe stand Don Caracciolo und versuchte, uns aufzuhalten. Wir seien doch ein Volk, beschwor er uns, ein wenig Geduld noch, und er werde uns den erwünschten Steuererlaß mit dem Siegel des Vizekönigs überbringen. Don Caracciolo, königlicher Oberstallmeister, sagte die Wahrheit. Auch er war Neapolitaner. Ich wußte aus früheren Gesprächen, daß er mit Don Tiberio verwandt war, und deshalb hatte ich Don Caracciolo nie für einen Schuft halten können, trotz seiner Beziehungen zum Hof. Wir hielten inne, um Don Caracciolo Gelegenheit zu geben, seine Zugehörigkeit zum neapolitanischen Volk zu beweisen. Er versprach, sogleich mit dem geforderten Dokument zurückzukehren. Lange warteten wir, zu lange. Als Don Caracciolo endlich wieder auftauchte, war unsere Geduld bereits am

Ende. Wir schrien ihn nieder, als er uns nur einen billigen Erlaß der Mehlsteuer zusichern wollte. Steine prasselten von allen Seiten auf ihn nieder. Er duckte sich und lief um sein Leben, die aufgebrachte Menge hinter ihm her. Kaum eine der Türen hielt unserem Ansturm stand, Seidenteppiche, Gemälde, Silberzeug, geschliffene Pokale, was uns an Wertvollem unter die Finger kam, flog in den Hof und zerschellte auf dem Pflaster. Manche ließen ihre Wut an den Fliesen aus, so daß der Boden bald mit Splittern und Scherben übersät war. Wir sahen Naclerio durch ein Fenster fliehen, ließen ihn laufen, es gab keine Zeit zu verlieren. Einzig die Gästezimmer verschonten wir, in denen sich Kardinal Trivulzio in diesen Tagen aufhielt.

Niemand wagte es, die Gesetze der Gastfreundschaft zu verletzen, vielleicht hielt uns auch eine tiefverwurzelte Scheu zurück, diese Zimmer im Beisein eines hohen Prälaten zu verwüsten. Bald waren wir bis zu den Räumen im hinteren Teil des Palazzo vorgedrungen, in denen sich Arcos mit seinen Räten eingeschlossen hatte, weil sie als die sichersten galten. Es gelang uns nicht, auch nur eine der massiven Türen zu zertrümmern, lediglich ein winziges Sichtfenster zersplitterte unter der Spitze einer Hellebarde. Vereinzelt drangen Gesprächsfetzen durch die zerschlagene Scheibe, ein hastiges Hin und Her von Anordnungen und Widersprüchen, ab und zu ein paar Schritte, unentschlossen und ängstlich. Wir verstanden genug, um uns Arcos' Plan zusammenzureimen. Durch einen geheimen Gang wollten sie in den Hof gelangen, wo eine Kutsche stand, mit der es ihnen vielleicht gelingen würde, die sicheren Mauern von San Luigi zu erreichen. Aber vorher wollten sie unsere Wut durch ein Dokument beruhigen, nichtige Versprechungen, um uns abzulenken. Graf Ottavio Sauli sollte es schreiben und aus dem Fenster werfen. Wir sahen es an uns vorbeiflattern, kümmerten uns nicht darum, denn es galt, zuerst die Flucht zu vereiteln.

Erneutes Geschiebe und Gedränge durch die Gänge, diesmal in umgekehrter Richtung. Wir zwangen das Gefährt gerade noch rechtzeitig zum Halten, zerrten den Kutscher vom Bock und schnitten die

Riemen des Pferdegeschirrs entzwei. Pione sprang in die Kutsche und drohte, den Vizekönig zu erstechen, wenn dieser nicht umgehend alle Zölle erlassen würde, schlimmer noch, er griff in seiner Wut nach Arcos' Knebelbart und riß ihm ein Büschel Barthaare heraus, eine der schmählichsten Beleidigungen, die man einem Spanier antun konnte. Die Menge johlte, als Pione das Haarbüschel einer alten Wäscherin hinblies und Arcos aufforderte, das Pfand durch eine Tarantella mit der Alten auszulösen, während er Arcos' Kopf noch immer am Bart hin- und herzerrte wie den einer verkleideten Holzpuppe.

Der Vizekönig ließ es mit sich geschehen, als sei diese Dreistigkeit ein böser Traum, und erst als Pione seinen Bart losließ, schien Arcos zu begreifen, was sich jener erlaubt hatte. Da wich die Starre von ihm, er schien zu wachsen, das Bewußtsein zurückzugewinnen, daß er als Vertreter des Königs vor dem Volk stand. Er stieg aus der Kutsche, und im gleichen Augenblick wich das Gedränge und Geknuffe ehrfürchtiger Scheu. Niemand fluchte mehr, niemand lachte mehr, als sie ihren Regenten so hautnah vor sich sahen, es gab nicht wenige, die sich anschickten, die Beinkleider des Vizekönigs zu küssen. Doch dann machte Arcos einen Fehler, der die respektvolle Einfalt zerstörte. Er redete uns auf spanisch an, die Sprache der Obrigkeit, die Sprache, in der die Gesetze geschrieben waren, die uns unterdrückten. Damit hatte er seine Überlegenheit verspielt; er wußte es, noch bevor er den ersten Satz beendet hatte. Er verhaspelte sich, wich zurück, griff hinter sich in die Kutsche, und auf einmal prasselten Zechinen auf die Leute nieder. Ich konnte die Beutel auf dem Sitz erkennen, in seiner Raffgier hatte Arcos es nicht lassen können, seine Flucht mit Gold und Schmuckstücken zu beschweren. Und doch rettete ihm seine Gier die Haut. Für einen Augenblick bewunderte ich sogar seine Geistesgegenwart, die Armen statt mit Versprechungen mit ein paar Handvoll Gold zu blenden und abzulenken, denn während die Menge sich schreiend nach den Zechinen bückte, hastete Arcos hinüber zur Kirche San Luigi, und mit ihm die meisten seiner adeligen Räte. Ich sah ihn stürzen, aber da war schon einer zur Stelle, der den Vizekönig auf seine Schultern lud und ihn weitertrug. Später erfuhr ich auch dessen Namen, Giuseppe San Vincenzo, ein Neffe Genoinos.

Lazzari! Ich dachte, daß man den Armen diesen Namen zu Recht gegeben hatte. Narren waren sie, die sich mit Gold betrügen ließen, kleine Kinder, die jeden Schritt erlernen müssen und immer wieder fallen, wenn keiner da ist, der sie stützt. Ich schwang mich auf einen Fenstersims, versuchte, sie daran zu erinnern, daß ihr Schweiß in jeder Münze steckte, ihre Armut, und daß sie nicht besser seien als die spanischen Hyänen und verdienten, von jenen bis ins Innerste zerfleischt zu werden. Es dauerte eine Weile, bis sie begriffen, was ich ihnen sagen wollte, und ich verstand ja auch ihr Zögern, den Reichtum, den sie so unerwartet in den Händen hielten, wieder fortzuwerfen... Brot, Fleisch, Früchte, Hoffnung für ein krankes Kind... nicht alle folgten denen, die die Zechinen beschämt wieder zu Boden schleuderten.

Keine Steuern mehr! Nieder mit der schändlichen Regierung! Wenigstens darin waren wir uns einig.

Wir rannten den Entflohenen nach bis zum Konvent San Luigi und versuchten, das Hauptportal des Klosters zu stürmen. Der Abt zeigte sich am Fenster, schlug entsetzt ein Kreuz, denn wenn die Bevölkerung sich an den Toren der Klöster vergriff, mußte sie mit dem Leibhaftigen im Bunde sein. Anders vermochte er sich wohl eine derartige Ungeheuerlichkeit nicht zu erklären. Wenige Zeit später sahen wir einen Mönch, der sich über die rückwärtigen Mauern des Konvents davonmachte, mehr rutschend als kletternd, weil ihn seine weite Kutte behinderte, mehr aber noch sein von vielen fetten Jahren behäbig gewordener Leib diese Art der Fortbewegung nur noch schlecht verkraftete. Der Abt hatte ihn offensichtlich mit einer Botschaft zu Kardinal Filomarino geschickt, denn es dauerte nicht lange, bis sich eine Kutsche näherte und wir die Mulis des Kardinals erkannten. Das Volk vertraute ihm, er hatte sich nicht nur einmal für die Belange der Armen eingesetzt und eine Milderung der Abgabelasten verlangt, deshalb gab es keinen Grund, seiner Kutsche den Weg zu versperren. Im Gegenteil, wir hofften alle, der Kardinal würde seine Macht dafür einsetzen, unsere Forderungen zu unterstützen.

Stille kehrte ein, als sich Kardinal Filomarino wie ein schützender Engel vor das Klosterportal stellte, uns wie üblich mit hocherhobenem Kreuz auf die Knie zwang und ermahnte, uns nicht mit Waffengewalt an einem Gotteshaus zu versündigen. Er verbürge sich, alle unsere Forderungen vom Vizekönig mit Brief und Siegel zu erlangen, sofern wir die Waffen niederlegten und von jeglicher Gewaltanwendung gegen das Kloster absehen würden. Niemand widersprach, niemand zweifelte daran, daß sich der Vizekönig der Würde und dem Einfluß der Kirche beugen würde, alle warteten geduldig die Zeit ab, die der Beauftragte brauchte, um Arcos die Botschaft des Kardinals zu übermitteln.

Unser Warten wurde belohnt, auch wenn uns die Minuten unendlich lang wurden, bis der Marchese von Torrecuso aus dem Konvent trat und dem Kardinal ein Dokument übergab. Ohne es zu öffnen, bestieg dieser seine Kutsche und fuhr über die Via Toledo zurück. Wir liefen neben und hinter der Kutsche her, sahen nichts anderes als das Dokument, das der Kardinal in Händen hielt und das er immer wieder triumphierend hin- und herschwenkte. Erst vor der Kirche del Carmine hielt er an. Hier, vor der glanzvollen Kirche der Stadt, von deren Portal aus man den ganzen Marktplatz übersah, die verkohlten oder noch schwelenden Zollbuden, Symbole der Macht und der Unterdrückung – hier brach der Kardinal das Siegel, unter dem alle unsere Hoffnungen aufgeschrieben sein sollten.

Man hatte uns betrogen. Der Herzog von Arcos hatte entgegen aller Versprechungen nur die Fruchtsteuer und einen Teil des Mehlzolls erlassen. Für einen Augenblick standen wir starr, dann brach ein Tumult los, wie ihn der Kardinal in seinem langen Leben noch nie erlebt hatte. Vom Marktplatz, aus der Sellaria, aus dem Gerberviertel, aus der Lavinaio, aus allen Gassen und Winkeln strömten Kampfwütige zusammen, Tausende, die bereit waren, ihre Rechte mit Gewalt zurückzuerobern. Ein neuer Ansturm auf San Luigi mißlang – nutzlose

Kraftvergeudung, die Pforten des Klosters aufzubrechen, denn Arcos war längst mit Hilfe der Frater über die Dächer des Pizzofalcone in die Kirche Santa Maria degli Angeli geflohen. Von dort aus hatten ihn ergebene Theatiner ins Castel Sant' Elmo gebracht, und spät nachts sollte er weitere Getreue finden, die ihn in einer Sänfte ins Castel Nuovo trugen. Viele Adelige schafften es, ihm auf geheimen Pfaden dorthin zu folgen, andere verbargen sich aus Angst vor dem Mob in den Mönchszellen der umliegenden Klöster. Alle hatten uns betrogen. Die Spanier, der neapolitanische Adel, Kardinal Filomarino; bis hin zum unbedeutendsten Mönch lachten sie über unsere Geduld, über unser Vertrauen und unsere Gutgläubigkeit. Aber sie sollten ihr Lachen teuer bezahlen.

Bis zum Abend hatten wir die meisten Soldaten und Wachen entwaffnet. Anfangs erbeuteten wir nur abgebrochene Piken und Trommeln, später fielen uns Musketen, Hellebarden und Schießpulver in die Hände. Die wenigsten von uns hatten je gelernt, mit Flinten umzugehen, dafür warfen wir um so besser mit Steinen, Knüppeln oder Fakkeln. Bis auf drei gingen sämtliche Kerker in Flammen auf, bald brannten auch in Chiaia und anderen, abgelegeneren Gegenden Schandhäuser und Zollbaracken nieder.

Warum wir die Verliese der Nuntiatur und den erzbischöflichen Kerker verschonten? Glaubt Ihr wirklich, Bruder Anselmo, es ging uns nur darum, blindlings zu zerstören und wahllos niederzubrennen, was uns im Weg stand? Ich gebe zu, es war ungeheuer befriedigend, die Symbole der Macht wie Kartenhäuser zusammenstürzen zu sehen, aber dahinter stand der Wunsch nach geordneten, gerechten Gesetzen, die jedem von uns ein menschenwürdiges Dasein ermöglichen sollten. Und auch die Hoffnung, jemanden zu finden, der sich unserer Ratlosigkeit annehmen, der vermitteln und lenken sollte, uns aber nicht betrog.

Wo war Genoino, wo Arpaia, wo waren all die anderen, die sich in den Tavernen mit großen Worten gebrüstet hatten? Genoino hatte sich den ganzen Nachmittag nirgends blicken lassen. Ich schob es auf seinen alten, müden Körper, der solchen Tumulten nicht mehr gewachsen war, aber ich spürte auch ein leichtes Gefühl der Unsicherheit, ob ich mich nicht vielleicht doch in Genoino täuschte, ob er überhaupt imstande wäre, einen solch ungeordneten Haufen zu führen.

Wir einigten uns schließlich auf Don Tiberio Carafa, Prinz von Bisignano, meinen alten Freund, der seine Zuneigung zum Volk so oft bewiesen hatte und der zusätzlich zu seiner Weisheit auch zwei militärische Titel vorweisen konnte, von denen wir uns strategische Vorteile versprachen. Ich war glücklich über die Wahl Don Tiberios, konnte er doch nun seine Träume von einer gerechteren Welt, die ihn schon so lange begleiteten, in die Tat umsetzen. Wir schickten eine Abordnung zu seiner Villa, und Don Tiberio ließ sich nicht lange bitten. Obwohl er alt und gebrechlich war, bestieg er sofort sein Pferd, bat sogar seinen Neffen und den Prinzen von Satriano, ihn zu begleiten und bei seiner Unterredung mit dem Vizekönig zu unterstützen. Männer, Frauen, sogar Kinder und Greise liefen von Chiaia bis zum Marktplatz neben dem Pferd Don Tiberios her, bis er uns anwies, die Kirche del Carmine aufzusuchen und dort auf das Ergebnis seines Gespräches zu warten.

Noch einmal hatten wir eine harte Geduldsprobe zu bestehen, aber wir rührten uns nicht vom Fleck, bis Don Tiberio zurückkehrte und uns verkündete, daß der Fruchtzoll ab sofort abgeschafft wäre. Wir brachen in Gelächter aus, unflätigen Spott, der nicht in eine Kirche gehörte. Dasselbe hatte Arcos schon vor Stunden Kardinal Filomarino zugesagt. Wieder hatten wir mit dem Warten kostbare Zeit vergeudet, man wollte uns mürbe machen, Zeit schinden, bis Verstärkung anrückte, um den Aufstand niederzuschlagen. Don Tiberio hatte versagt. Jetzt trauten wir nur noch uns selbst.

In kürzester Zeit brannte das Mehlzollhaus mit allen Geräten und Vorräten, diese soliden Mauern, die uns am bittersten auf der Seele lasteten. Dann stürmten wir nach San Lorenzo, in dessen Turm Gewehre und Schießpulver lagerten, vor allem aber ging es um die Steuerdokumente, die in San Lorenzo aufbewahrt wurden. Im Turm hatten sich einige geflohene Soldaten und Adelige verschanzt, die uns den bisher heftigsten Widerstand entgegensetzten und sofort zwei von uns niederschossen. Das brachte die Menge nicht nur zum Stehen, die meisten wichen sogar ängstlich und unentschlossen zurück. Bis auf einen Sizilianer, der mit erhobenen Fäusten nach vorn drängte und sich die Kehle aus dem Leib schrie; als Hasenfüße beschimpfte er uns, als feige Nichtsnutze, Broccolifresser und getretene Hunde, und was unser Leben schon wert sei, daß wir den Turm nicht stürmten! Er hatte recht. Nichts war unser Leben wert, wenn wir uns weiterhin unterdrücken ließen. Wir rannten erneut gegen den Turm an, immer wieder, auch noch, als eine Kugel den Sizilianer mitten in die Stirn traf. Ein paar von den Adeligen versuchten, durch unsere Reihen zum Konvent San Paolo durchzubrechen, dicke Packen Steuerdokumente unter den Hemden versteckt. Wir konnten ihnen das meiste wieder entreißen. Don Tiberio war uns gefolgt. Auf einmal stand er hinter mir, sprach mich an, warum ich nicht versuchte, diese Raufbrüder mit meiner Stimme zurückzuhalten. Ich wollte ihm meine Antwort entgegenschleudern, meinen Zorn darüber, daß er sich auf die Seite der Mächtigen stelle, daß seine Theorien hohl und unaufrichtig seien. Aber als ich in sein gerötetes, schweißnasses Gesicht sah, seinem Atem entnahm, wie schlecht er sich fühlte, weil Schwüle und Menschenmassen ihn zu ersticken drohten, da tat er mir leid. Verfangen im Staub seiner Bücher, die sich geduldig seiner Zeitvorstellung unterwarfen, sich öffnen und schließen ließen, ohne daß das Geschriebene darin sich veränderte – Don Tiberio war Jahrhunderte zu alt. Und als er noch einmal versuchte, die Menschen zu bewegen, lieber ihre eigenen Häuser zu bewachen, als sich bewaffneten Soldaten entgegenzuwerfen, da legte ich ihm den Arm um die Schultern und führte ihn weg, um seinen alten Körper vor ungerechten Steinen zu bewahren. Er nickte mir zu, unendlich müde und enttäuscht, bevor er sich in die Villa eines Freundes zurückzog. In derselben Nacht ließ er sich ins Castel Nuovo bringen. Wir haben nie wieder miteinander gesprochen.

Es war eine entsetzliche Nacht, dieser 7. Juli, ein Fest des Lärms und des Feuers, diese Nacht vor zehn Tagen, deren Datum sich mir eingebrannt hat, daß ich es mein ganzes Leben lang nicht mehr vergessen werde. Wir waren müde, hungrig und ausgepumpt, unsere Körper verschwitzt und verdreckt, wir waren ratlos, weil Neapel brannte wie Troja und wir trotz der Flammen nichts erreicht hatten. San Lorenzo schien uneinnehmbar, wir waren nicht einmal bis zum Turm vorgedrungen, hatten die Glocke nicht läuten können, um die gesamte Bevölkerung Neapels zusammenzurufen.

Der Platz begann sich zu leeren. Wir hatten niemanden gefunden, der unseren Aufstand unterstützte. Adelige, die sich noch am Morgen für das Volk verwendet hatten wie der Prinz von Monte Mileto, der Prinz von Monte Sarchio und der Prinz von Satriano, saßen längst einträchtig im Castel Nuovo zusammen, andere sollten ihnen noch in dieser Nacht folgen; selbst die beiden Carafabrüder hatten sich mit der Hilfe Peppe Palumbos eingefunden. Vergessen war ihr Groll auf den Herzog von Arcos, vergessen der Brand auf dem Admiralsschiff und Maddalonis verräterische Beziehungen zum französischen Feind. Der Adel suchte seinesgleichen, das Volk blieb allein.

Ich kehrte mit meinem Alarbenhaufen zum Marktplatz zurück, ich wollte das Mehlzollhaus bis auf die Grundmauern niederbrennen sehen, konnte meine Augen nicht abwenden, klatschte bei jedem herabstürzenden Balken. Viele meiner Männer kauerten auf dem Boden, manche waren so müde, daß sie kaum noch die Augen offen halten konnten. Und doch harrten sie bei mir aus. Das machte mich stolz. Ich dachte an den Racheschwur, den ich vor Jahren beim Mehlzollhaus geleistet hatte. So wahr ich Masaniello heiße... Die Erinnerung an die Bitterkeit, die sich mit jenem Schwur verband, erfüllte mich mit neuer Kraft. Hunger, Durst und Müdigkeit schienen plötzlich wie weggeblasen, ich spürte fast so etwas wie Zwang in mir, Zwang zu kämpfen, Zwang nicht aufzugeben, ja, auch zu töten.

Ich sprang auf einen Marktstand und wies auf das brennende Zollhaus. »Sollen wir es dabei bewenden lassen«, schrie ich, »jetzt, wo der

Sieg fast unser ist?« Da hörte ich sie meinen Namen rufen. Erst vereinzelt, leise, dann schwollen die Stimmen an zu einem einheitlichen Chor: Masaniello soll uns führen! Viva La Bruna! Viva Masaniello! Viva Masaniello! Ein Gefühl, das ich seit Jahren vergessen glaubte, traf mich fast schmerzhaft aus der Erinnerung: *Serra, Serra.*

Auf einmal wußte ich, ich brauchte diese Wunderwörter nicht. Die da unten schrien meinen Namen, Masaniello, schrien sie, Masaniello soll uns führen. Ich, ein Lazzaro, ein Ausgestoßener, ein Taugenichts und Possenreißer, hatte mich über den Rebellen vom Marktplatz erhoben, gewaltiger, mächtiger, gerechter, aus dem Volk, für das Volk – ein Priester Hoh.

Stadt unter der Sonne. So schien mir in diesem Augenblick der vom Feuerschein der Brände erleuchtete Marktplatz, vor mir erhitzte, kampfbereite Gesichter, Augen, die vor Gehorsam und Zuneigung glänzten, Lippen, die meinen Namen formten, nicht den Genoinos. Mich wollten sie, nicht den Priester, der vom bequemen Schoß der Kirche aus agierte, der mit gelehrten Worten revoltierte, Genoino, der weder Kreuz noch Rosenkranz an seiner Kutte trug und mit Geschichten blendete, von denen niemand sagen konnte, ob sie sich wirklich zugetragen hatten. Aber ich war wirklich, die Menschen auf dem Marktplatz waren es, die Zollbuden, die wie Scheiterhaufen brannten, die Flucht des Vizekönigs, die Niederlage Don Tiberios, die Stimmen, die nach mir, dem schmutzigen, barfüßigen Fischverkäufer riefen, all das war wirklich. Ich fühlte mit der Hand nach dem Amulett auf meiner Brust. Ja, La Bruna hatte ein Zeichen gesetzt.

Die Männer auf dem Marktplatz waren verstummt, sie erwarteten von mir die Antwort, ob ich für sie der sein wollte, zu dem sie mich gerade erhoben hatten. Noch bevor ich ihnen sagen konnte, wie stolz ich war, begannen die Glocken der Kirche del Carmine zu läuten. San Lorenzo stimmte ein, San Luigi, Sant' Antonio, Sant' Eligio, alle Kirchenglocken Neapels sangen, als ob auch sie mich zu einer Zustimmung bewegen wollten. Doch ich hatte mich getäuscht, das Läuten galt gar nicht mir. Von allen Seiten bewegten sich Prozessionen auf den Marktplatz zu, Dominikaner, Theatiner, Franziskaner, Karmeliter und Jesuiten. Die Mönche von San Luigi trugen die Muttermilch der heiligen Maria, die Reliquie ihres Klosters, voraus, und Kardinal Filomarino folgte, die Phiolen mit dem Blut des heiligen Gennaro in Händen. Als er sie hochhob, fielen meine Männer auf die Knie, und es schien, als gehöre der Sieg der Kirche. Ich erinnerte mich plötzlich an Genoinos verächtliche Miene, als er mir erzählte, wie Karmelitermönche in Palermo den Brand der Floresvilla verhindert hatten, indem sie das Volk vor dem Sakrament auf die Knie zwangen; an seine beißenden Worte, als er davon sprach, wie die Kirche immer wieder versucht hatte, Einhalt zu gebieten durch Ehrfurcht vor ihren Heiligen. Deshalb blieb ich stehen, betete inständig zu unserem Schutzpatron, der vor Jahren den Lavastrom von Neapel weg ins Meer gelenkt hatte, er möge mir nun die Kraft geben, nicht von der Stelle zu weichen.

Kardinal Filomarino trat auf mich zu. »Bist du ungläubig, mein Sohn, oder ist es nur die Sünde des Stolzes, die dich dein Knie nicht beugen läßt?« fragte er mich, und sein Ton war dabei so streng, daß ich mich fast hätte einschüchtern lassen. Ich fuhr mit der Hand in meine Tasche und umklammerte die Hasenpfote, es war, als ob ich meinen Kopf wieder an Mamma Luisas Brüste lehnte, ihre Wärme spürte und nichts auf der Welt mir etwas anhaben könnte. Ich beugte mich vor und küßte den Ring des Kardinals, wie es die Ehrerbietung vor dem Würdenträger vorschrieb, aber ich blieb hartnäckig stehen. »Ich glaube an Gott und die Heilige Jungfrau Maria«, sagte ich zu ihm, »La Bruna hat an mir ein Zeichen gesetzt, um uns Armen zu beweisen, auf welche Seite Gott die Heiligen gestellt hat. Ich beuge mein Knie demütig vor ihnen, nicht aber vor dem Zwang der Kirche.«

Kardinal Filomarino schnappte nach Luft. Aus seiner Miene las ich Befremden über solch ungebührliches Verhalten, doch auch eine Spur von Bewunderung. Er fragte mich, ob ich der Anführer des aufbegehrenden Pöbels sei, und forderte mich auf, die Leute im Namen der Kirche nach Hause zu schicken.

Im Namen der Kirche, Bruder Anselmo. Im Namen der Kirche verlangte er von mir, wir sollten uns weiterhin den Ungerechtigkeiten beugen, weiterhin knechten lassen, mit unserem Hunger die Taschen der Mächtigen stopfen. Ich mußte mit meiner Antwort ein wenig warten, weil ich das Zittern in meiner Stimme verbergen wollte, unerschrocken und entschlossen wollte ich sprechen, für mich und die anderen.

»Wir werden nicht eher weichen, bis der Vizekönig alle unsere Forderungen erfüllt hat«, sagte ich endlich, »ich habe es bei unserer Madonna geschworen.« Kardinal Filomarino zögerte, schien zu überlegen, dann nahm er mich beiseite und sprach zu mir von meiner Armut, als sähe er einen Makel darin, den es zu beheben gelte. Schließlich bot er mir einen Lohn von zweitausend Scudi, um mir und meiner Familie Auskommen und Wohlstand zu sichern. Zweitausend Scudi, eine unvorstellbare Summe nur dafür, die verirrten Schafe seiner Herde zu beruhigen, zweitausend Scudi, um meine Männer zu verraten. Ich brauchte nicht zu überlegen. »Ehrwürdige Eminenz«, antwortete ich, »vor Euch steht ein armer Fischer. Von dem wenigen, was ich verdiene, hat mir der Steuerpächter das meiste genommen, und nicht genug der Schmach, hat er mein Weib acht Tage im Kerker darben lassen. Wir alle hier besitzen kaum genug, um unsere Kinder zu ernähren. Aber nicht alle Goldtruhen der spanischen Krone könnten mich dazu verleiten, mein Volk zu verraten. König Philipp soll seinen Teil von uns erhalten, eine gerechte Steuer, weil er das Reich beschützt. Was aber gebührt seinen Räten, die sich einem Faulenzerleben ergeben, die fressen, saufen und unser Geld in Festen verprassen? Weder die Räte noch der Vizekönig haben ein Recht, uns mit solch harten Abgaben zu belasten. Unsere Forderungen sind gerecht. Wenn der Herzog von Arcos sie erfüllt, stehe ich mit meinem Leben dafür ein, daß er keine getreueren Untertanen finden wird als die Lazzari vom Marktplatz. Wenn nicht... nun, Eure Eminenz haben gesehen, wozu wir Armen fähig sind.«

Kardinal Filomarino errötete. Ich weiß nicht, ob aus Empörung über meine Drohung oder weil ich es wagte, ein so großzügiges Angebot der Kirche auszuschlagen. Er bekreuzigte sich, stellte sich wieder an die Spitze der Prozession und machte den Mönchen ein Zeichen, vom Marktplatz abzuziehen. Ich hatte gesiegt.

Kardinal Filomarino wird wohl dem Vizekönig von diesem Vorfall berichtet haben. Ich weiß nicht, wie er meine Worte verdreht hat, jedenfalls ließ Arcos noch in der Nacht die Wachen am Castel Nuovo verstärken, die Zahl der Soldaten bei San Lorenzo verdreifachen, da er wohl um die sechzehn Kanonen und die restlichen Waffenvorräte bangte, die noch im Turm lagerten.

Vor drei Tagen, als ich bei Arcos zu Gast war, hat er mir angedeutet, wie sehr er Schlachtengetümmel hasse, den Brandgeruch von Schießpulver, Körper, an denen Schweiß und Blut klebe und der Geruch des Todes. Er fechte lieber mit Worten, sagte er und lächelte dünn, er ziehe der Unwiderruflichkeit einer Kanonenkugel die Mehrdeutigkeit einer Kabinettssitzung vor. Der Herzog von Arcos ist ein Feigling. Immer noch quält ihn die Angst, obwohl er weiß, daß ich wund und krank in diesem Kloster liege – er hatte sein Leben lang Angst. Angst vor dem unberechenbaren Pöbel, die ihn in jener Nacht nicht schlafen ließ, Angst, daß er die drei Castelle der Stadt nicht lange würde halten können, Angst vor Hunger, vor Durst, vor Spott, Angst vor Siechtum, Angst vor einem unbedeutenden Tod. Sicher hat er an jenem Abend Depeschen nach Rom und Madrid gesandt und König Philipp und den Papst um Waffen, um Soldaten, um Unterstützung gegen uns Barbaren gebeten; sicher hat er sich Pläne zurechtgelegt, wie er uns hinhalten und mit Zugeständnissen guten Willen heucheln könnte, sicher hat er mich verflucht und das Volk zur Hölle gewünscht. Er gab noch in jener Nacht Befehl, die Palata am nächsten Tag mit dreiunddreißig Unzen zu backen. Er hoffte wohl, uns mit ein wenig zusätzlichem Brotgewicht beruhigen zu können. Es sollte ihm nichts mehr nützen.

Um drei Uhr nachts ließ ich die Sturmglocken läuten. Tausende strömten auf dem Marktplatz zusammen, um bei La Bruna zu schwören, die Waffen nicht eher niederzulegen, bis alle Forderungen erfüllt wären. Alles, was an die erdrückende Ausbeutung erinnerte, sollte dem Erdboden gleichgemacht werden, um für die Kindeskinder Zeugnis von der Rache und Stärke des neapolitanischen Volkes abzulegen. Nicht eine Zollbude wurde verschont. Fleisch-, Fisch-, Salz-, Öl-, Wein- und Käsezollbaracken gingen in Flammen auf, nicht einmal das Seidenzollhaus blieb stehen. Wir stürmten Zeughäuser und Waffengeschäfte, zwangen die Händler, Schießpulver, Zündschnüre und Waffen herauszugeben. Als sich einer von ihnen mit einem Hammer zur Wehr setzte, stachen wir ihn kurzerhand nieder und warfen brennende Pechfackeln in sein Haus. Kurz darauf erschütterte eine ungeheure Explosion die Porta della Calce am Molo Piccolo, das Haus des Händlers flog mit allen darin verwahrten Pulvervorräten in die Luft und begrub auch ein paar von uns unter den Trümmern.

Ja, das war Mord, eine Todsünde, Bruder Anselmo. Aber Mord war es auch, als die Kinder der Armen verhungerten, als die Kranken sich keinen Arzt leisten konnten und starben; Mord war es auch, als man Ketzer auf Scheiterhaufen verbrannte, Soldaten in den Krieg schickte und Sträflinge an den Rudern der Schiffe verrecken ließ. Trotz der Toten und Verletzten priesen wir die Explosion als ein Zeichen La Brunas, gleich der Vernichtung des Admiralsschiffes.

Die größten Tumulte brachen in den ärmsten Vierteln aus, im Marktviertel, in der Lavinaio, an der Porta Nolana, in der Conciaria, in der Sellaria und an der Piazza dell' Olmo. Wer keine Gewehre fand, bewaffnete sich mit Schwertern oder Piken, manche auch nur mit Stöcken, Sensen und Steinen. Die Schlacht dauerte bis zum Morgengrauen, immer neue Menschenmassen schoben sich von den Außenbezirken in die Stadt. Selbst Frauen griffen mit Besen in die Kämpfe ein, um angestammte Rechte zurückzufordern. »*Viva il re!*«* schrien sie. »Tausend Jahre soll der König leben, nieder mit der schändlichen Regierung.«

Als wir das städtische Pulverhaus in die Luft sprengen wollten, zündete das Pulver nicht mehr. Auch wenn der Herzog von Arcos ein

Feigling ist, in strategischen Plänen und an Voraussicht war er uns weit überlegen. Und es gab noch eine Menge Menschen in der Stadt, die wider ihre Überzeugung den Anordnungen der Regierung folgten. Ich weiß nicht, wie es Arcos gelang, so schnell seine Befehle an die entsprechenden Stellen zu senden, aber er hatte sofort nach dem Anschlag auf das Haus des Händlers alle Pulvervorräte der Stadt befeuchten lassen, um weitere Explosionen zu verhindern. Und nicht nur das, er hatte außerdem in aller Eile die gesamte Region des Pizzofalcone befestigen lassen; mit Erde gefüllte Fässer dienten als notdürftige Barrikaden, an den Toren des Palazzo Reale, entlang der Stadtmauer, an allen Straßenausgängen kämpften Berittene gegen den ständigen Zulauf der Massen. Die meiste Sorgfalt hatte der Vizekönig allerdings auf den Schutz des Castel Nuovo verwendet. Allein an den Ecktürmen postierten über vierhundert Wachen, fast dreitausend Soldaten, Italiener, Spanier und Deutsche hatte er im Inneren des Castels zusammengezogen, damit sie sein armseliges Leben und das seiner Getreuen vor dem Mob schützen sollten.

Es war Krieg in der Stadt.

10

Ich war zum Umfallen müde. Nur eine Stunde ausruhen, dachte ich, das Geschehene an mir vorbeiziehen lassen und es endlich fühlen; mich meiner Kleider entledigen, nackt sein, unbehindert. Ich trug ja immer noch das Festkostüm oder was davon übrig war. Meine Tunika hing in Fetzen an mir herunter, Schärpe und Fez hatte ich im Getümmel verloren, und meine Hose war mit Feigenresten, Ruß, Asche und Blut besudelt. Ich ging nach Hause.

Fast wäre ich im Dunkel des Stiegenhauses über Genoino gestolpert. »Es wird Zeit, daß du dich deiner wahren Freunde erinnerst«, sagte er mürrisch. Seine Vorwürfe trafen mich, als wäre ich nackt in ein Feld Nesseln gestürzt. Ich hätte mit meiner Unüberlegtheit seine Pläne zunichte gemacht, sagte er, alles wäre zu erreichen gewesen, von der Abschaffung der Steuern bis hin zur Stimmengleichheit im Tribunale, hätte ich mich nicht als Held prostituieren müssen, und damit die Bürger auf die Seite des Adels getrieben. Nichts als nutzlose Kämpfe und ein Blutbad hätte ich durch meine Eitelkeit heraufbeschworen, wertvolle Energien damit verschleudert. Als ich einwandte, das Volk habe mich zu seinem General bestimmt, lachte er spöttisch: Viva dem Generale del Popolo! Viva Masaniello! Genoino äffte den Ruf der Menge nach, demütigte mich mit einer Verbeugung, als hofiere er einen Narren in einem Gauklerspiel.

Ich hatte einen ganzen Tag und eine ganze Nacht gekämpft, mir die Füße wundgelaufen, weder gegessen noch getrunken; ich hatte Feuer gelegt und Mord zugelassen, hatte Menschen aufgehetzt, den Vizekönig bedroht und den Kardinal beleidigt; ich hatte all das für die Menschen in meiner Stadt getan und war in dem Bewußtsein nach Hause zurückgekehrt, daß mein Verhalten gut und richtig gewesen war. Und nun, angesichts dieses greisen, gebrechlichen Körpers, zerstob mein Stolz wie die Asche der brennenden Häuser, klein fühlte ich mich, unzureichend und ratlos.

So hätte ich denn versagt in seinen Augen? Noch sei nicht alles verloren, antwortete Genoino mir, wenn ich nur seinen Rat befolgte, gelänge es sicher, meine Fehler auszumerzen und die Kräfte des Volkes in geeignete Bahnen zu lenken. Erneut sprach er von der Cola Quinto, der Charta Karls V., in der einst die Privilegien des neapolitanischen Volkes aufgezeichnet worden seien. Solange wir dieses Dokument nicht in Händen hielten, gebe es keinen Beweis für die Unrechtmäßigkeit der Steuererhebung. Etwas Geduld sei vonnöten, bis er, Genoino, dieses Dokument in den Archiven finden und dem Volk übergeben könne. »Schlaf nur, Masaniello«, sagte er, »schlaf jetzt und überlasse wichtige Dinge denen, die damit umzugehen wissen.« Genoino schlüpfte durch die Tür in seiner lautlosen Art, die in mir stets ein Gefühl der Beklommenheit weckte. Ich ging langsam hinauf. Mit jeder Stufe verlor sich das beengende Gefühl und wich der Freude, daß es dieses Zimmer dort oben gab, in das ich heimkehren konnte. Ich begann zu laufen, nahm zwei, drei Stufen auf einmal, konnte es plötzlich nicht mehr erwarten, die Tür hinter mir zuzuschlagen.

Giovanni hatte sich bei San Lorenzo von Don Tiberio überreden lassen, den Kampf aufzugeben und nach Hause zu gehen. Seitdem wartete er mit Berardina auf mich, besorgt, weil sie die Vivarufe auf dem Marktplatz gehört hatten, das Läuten der Glocken, die Gesänge der Mönche, die Stille, während ich mit Kardinal Filomarino gesprochen hatte; später die Explosion, das Toben aus den umliegenden Gassen und die Angst, mir könnte etwas zugestoßen sein. Als die beiden mich umarmten, schrumpfte Genoino auf die Größe eines Zwerges. Meine Müdigkeit verflüchtigte sich, ich fühlte mich frisch, brauchte den Schlaf nicht mehr, nach dem ich mich vor einer Stunde noch gesehnt hatte. Ich war glücklich.

In den frühen Morgenstunden erstellten Giovanni und ich mit Hilfe unseres Freundes Marco Vitale eine Liste von sechzig Palästen und Villen, die mit erpreßten Steuergeldern erbaut worden waren. Ganz oben auf dieser Liste standen die Namen Letizias und Felice Basiles, einem früheren Bäcker, der sich durch seine unmenschliche Steuerpacht einen Platz in den reichsten Kreisen erschlichen hatte. Ich zog meine zerschlissenen Hosen an, das geflickte Hemd, setzte die rote Mütze auf ... ich wollte Letizia in derselben Kleidung schmähen, die ich getragen hatte, als Berardina aus dem Kerker in meine Arme getaumelt war. Fünfzig Männer waren schnell gefunden, darunter Lumpensammler und Straßenverkäufer, Menschen, die Letizias unerbittliche Raffgier so weit gebracht hatte, daß sie in Höhlen am Rande des Marktes hausen mußten. Ich führte den Haufen an, in der Hand eine brennende Pechfackel, dicht hinter mir folgten zwei Bauern von einem Gehöft in der Nähe Neapels, die der Steuerpächter einmal wegen ganz geringer Schmuggelware auf das grausamste hatte auspeitschen lassen.

Wir ließen uns Zeit. Letizia sollte ruhig von weitem zusehen, wie wir anrückten, um alles zu zerstören, was er im Laufe der Jahre von uns erpreßt hatte. Wir schwiegen, weil der aufgestaute Haß uns Worte und Atem nahm, schweigend auch umzingelten wir das Haus, besetzten Abzweigungen und Kreuzungen der umliegenden Gassen. Erst dann trat ich vor und schlug ein Fenster ein – wir hatten gehungert, während Letizia sich Fensterglas hatte leisten können! Nichts rührte sich im Haus, auch nicht, als wir eine Scheibe nach der anderen zersplitterten und die Türen eintraten. Letizia war längst über alle Berge, er hatte es vorgezogen, seine Haut zu retten, statt seinen Besitz in Sicherheit zu bringen. Unsere Wut entlud sich über seinen Gobelins, den goldbestickten Seidenvorhängen, Ebenholztischen, Wandvertäfelungen, Gemälden, Silbergeschirr und Juwelen. Schuldscheine flogen aus dem Fenster und verbrannten mit den anderen Dingen auf einem riesigen Scheiterhaufen. Manch einer der Schaulustigen schimpfte uns Banditen, aber niemand hielt uns auf, niemand ging weg, im Grunde ihres Herzens hätten sie alle gern Letizia inmitten seiner Besitztümer auf dem Scheiterhaufen brennen sehen. Keiner stahl etwas. Es war Blutgeld. Schließlich warfen wir Pechfackeln durch die Fenster und übergaben unseren Haß den Flammen. Mein Bruder zog mit den Männern weiter zur Villa des Felice Basile. Nur ich blieb noch eine Weile in der Nähe des Hauses stehen, hörte aus dem Knistern die Stimmen der Feuergeister, sah sie Balken belecken, ihre gierigen, gelbroten Zungen sich um Mauern winden, um Fensterrahmen und Türen, die Brüstung hinauf bis zum Dachstuhl. Eine tiefe Freude erfüllte mich.

Nein, schüttelt nicht den Kopf, Bruder Anselmo. Ich mußte es auskosten, um endlich meine Bedrängnis loszuwerden, das Bedürfnis der Rache, das alle anderen Gedanken und Gefühle erstickte, das mich so lange erniedrigt hatte. Heißt es nicht im Brief des Jakobus: Wenn die Lust empfangen hat, gebiert sie die Sünde; die Sünde aber, wenn sie vollendet ist, gebiert den Tod. Ich wollte die Sünde nicht, nicht den Tod, und auch wenn ich an Stelle der Rache erst einmal nur große Leere empfand, so war ich doch wieder frei. Asche blieb Asche, ich konnte gehen.

Als ich Basiles Villa erreichte, war die Arbeit schon getan. Pione nahm mich auf die Seite, er hatte drei Männer beim Stehlen erwischt und fragte mich, ob die Diebe bestraft werden sollten. Es ging um einen Teppich, einen Silberrahmen und einen Käse, Kleinigkeiten gemessen an dem, was verbrannte. Ich kannte die entsetzliche Armut meiner Mitstreiter, sie hatten in ihrem Leben nie so viel Reichtum auf einem Haufen gesehen. Ich zögerte, schwankte zwischen Verständnis, Mitleid und Unbeugsamkeit, dachte an meine eigenen Diebessünden, aber auch an den Adler, der in meinen Träumen dicht unter den Wolken kreiste, unerschrockener, einsamer Jäger. Den Diebstahl an sich hätte ich verzeihen können, aber daß sich die Männer meinem ausdrücklichen Befehl widersetzt hatten, mußte ich bestrafen. Ich verurteilte den Käsedieb zu fünfundzwanzig Stockhieben, die anderen beiden zum Tode. War es nicht gerecht? Sollten die Bisogni denn sagen dürfen, wir Lazzari seien nicht besser als sie, Räubergesindel und Diebe?

Die Männer waren mit meiner Härte nicht einverstanden.

Mein Bruder trat vor. Es sei schade um das wertvolle Zeug, meinte er, warum ich es, statt zu verbrennen, nicht unter den Armen verteile. Was hätte ich Giovanni auf diese Frage antworten sollen? Vor meinem Schweigen duckte er sich und wich zurück.

Die meisten Steuerpächter und viele Beamte hatten bis zum Mittag die Stadt verlassen, ihre gesamte Habe blieb in ihren Villen zurück. Nur Naclerio hatte seinen Besitz rechtzeitig in Sicherheit gebracht, er hatte wohl geahnt, daß es den Regierungsbeamten bald an den Kragen gehen würde. Eine Villa nach der anderen fiel den Flammen zum Opfer, Pferde, Ziegen, Hühner und Gänse flohen, oft als lebende, brennende Fackeln. In den Stallungen des Consigliere Antonio De Angelis, dem Eletto del Popolo in den Jahren Montereys, entdeckten wir unterm Pferdemist versteckt zehntausend Scudi, bei Valenzano fanden wir zwei Fässer voller Goldzechinen. Als das Gold nicht brennen wollte, legte ich es als Geschenk für König Philipp beiseite. Aus der Villa des Duca di Caivano schlugen so hohe Flammen, daß die Nonnen von Santa Chiara zitterten, das Feuer könnte ihre Kirche erfassen und in Asche legen.

Äbte und Äbtissinnen aller Klöster zogen mit ihren Brüdern und Schwestern in langen Prozessionen durch die Straßen. Wir trieben sie spottend in ihre Klöster zurück: Wo sie denn gewesen seien, als Zölle und Abgaben die arme Bevölkerung ausbluteten, jedoch die Klöster verschonten? Damals hätte man die Diener Gottes gebraucht, nun träten wir selbst für unsere Rechte ein.

Seid auch Ihr bei den Prozessionen dabeigewesen, Bruder Anselmo? Was habt Ihr empfunden, als die Menschen nichts anderes verlangten, als daß die drückenden Abgaben von ihren Schultern genommen würden? Schienen Euch die Forderungen gerecht oder habt Ihr es als Gotteslästerung von Euch gewiesen, als wir drohten, die Klöster niederzubrennen, weil Mönche und Nonnen sich weigerten, den Besitz herauszugeben, den sie für den Adel innerhalb ihrer Gemäuer versteckten? Vieles davon ging später in Rauch auf, selbst die kostbaren Rahmen der Heiligenbilder verbrannten, nachdem wir die Leinwände herausgeschnitten und den Kirchen zurückgegeben hatten.

Wir benötigten dringend Waffen. Was wir bisher erbeutet hatten, reichte nicht aus. Die viertausend Musketen, um die wir einen Genueser Kaufmann erleichterten, waren endlich mehr als genug, um den Krieg gegen die Obrigkeit zu gewinnen. Ich verteilte die Waffen unters Volk, benannte Befehlshaber und wies diese an, jedem Mann das Schießen beizubringen. Gegen Mittag rückten aus Pozzuoli fünfhundert alemannische Soldaten und zwei Kompanien Italiener an. Ich ritt ihnen mit Giovanni entgegen, hinter uns ein Heer bewaffneter Lazzari. Es ist nicht wahr, daß ich diese Soldaten nach unserem Sieg bei Pietra Santa töten ließ; ich steckte in den Kerker, wer sich nicht ergab, aber nach zwei Tagen schenkte ich allen die Freiheit, gab ihnen Wein, Brot und Fleisch, und sie sangen, sangen ein Hochlied auf mich, den Generale del Popolo, froh, dem gepreßten Dienst entsagen zu dürfen.

Bis zum frühen Abend befehligte ich bereits eine Armee von über vierzigtausend Mann. Der Vizekönig ließ mich durch einen Boten wissen, er sei gewillt, alle Steuern zu erlassen und niemanden für die bisher entstandenen Schäden zur Rechenschaft zu ziehen. Lächerliche Bemühungen, denn ich hatte bereits am Nachmittag Händlern und Tavernen befohlen, die Preise auf ein bezahlbares Maß herabzusenken, und die Steuern nach meinem Ermessen festgesetzt. Fleisch und Wein hatte ich mit einer kleinen Abgabe belegt, Seide und Silber sollten weiterhin teuer besteuert werden, alle restlichen Abgaben hatte ich erlassen. Ebenso hatte ich die Vorsteher der Ottinen durch rechtschaffene Männer aus dem Volk ersetzt, Zuffia seines Postens enthoben und statt dessen Cornelius Spinola das Amt des Grassiere übertragen. Die meisten Steuerpächter und Beamten waren sowieso geflohen, der Vizekönig hatte sich mit seinen Räten auf dem Castel Nuovo verschanzt, ich hatte die Waffengewalt über die Stadt; wer sollte meinen Anordnungen widersprechen?

Ich lachte dem Boten ins Gesicht: Ob er glaube, daß nur einer aus dem Volk dem Vizekönig noch trauen würde, diesem Intriganten, der bisher keines seiner Versprechen gehalten hatte? Ich ließ dem Herzog von Arcos ausrichten, was Genoino mir aufgetragen hatte: Alle Privilegien, die Kaiser Karl V. dem neapolitanischen Volk geschenkt hätte, müßten wieder eingesetzt und das Originaldokument dem Volk überlassen werden. Alle seit Bestehen der Cola Quinto eingeführten Steuern seien widerrechtlich, jeder Zoll bedürfe von nun ab der Einwilligung des Volkes und der Zustimmung des Papstes. Volk und Adel stünden die gleiche Anzahl Stimmen im Tribunale zu, und all die genannten Rechte dürfe das Volk mit Waffengewalt verteidigen.

Bald darauf überbrachte mir der Principe della Roccella ein Dokument, das er als die gewünschte Akte auswies. Wie sollte ich, der ich des Lesens und Schreibens unkundig bin, mich von seiner Echtheit überzeugen? Wäre nicht Marco Vitale zur Stelle gewesen, hätte man mich wahrscheinlich übertölpelt. Das Dokument war falsch, Marco Vitale hatte es an der noch feuchten Tinte erkannt.

Als ich den Betrug in die Menge schrie, floh der Principe in die nächste Kirche, wo er sich vor dem aufgebrachten Pöbel in Sicherheit brachte. Als er nicht ins Castel Nuovo zurückkehrte, schickte Arcos den Grafen von Maddaloni mit der Botschaft, man habe dem Principe della Roccella irrtümlich ein falsches Dokument mitgegeben. Ich hatte also recht vermutet; der Vizekönig hatte den Verräter aus dem Kerker entlassen. Erwartete Arcos, daß wir diesem Mann vertrauten, der fett und geduckt auf dem Pferd saß, seinen trügerischen Mund unter einem Spitzbart verbarg, der seine Freunde wechselte, wie es ihm gerade gelegen schien, und nie auch nur einen der Fische bezahlt hatte, die seine Bediensteten vom Markt mit nach Hause nahmen?

Ich war nicht der Dummkopf, für den Arcos mich offensichtlich hielt, obwohl er sich diesmal mehr Mühe mit der Fälschung gegeben hatte; drei oder vier Siegel sollten die angebliche Echtheit beweisen. Ich ließ Maddaloni sofort gefangennehmen. Hätte ich ihn doch nur seinem Schicksal überlassen, der tobenden Menge, die den Verräter auf der Stelle aufknüpfen wollte. Statt dessen hörte ich auf Perrone, der plötzlich ein ordentliches Gerichtsverfahren für Maddaloni verlangte und mich beschwor, den Grafen bis zum Urteil im Kerker del Carmine gefangenzuhalten. Perrone ist nie etwas anderes gewesen als ein gemeiner Dieb, ein Lügner, ein Mörder, dem es auf eine Untat mehr oder weniger nicht ankam, wenn sie nur seine Taschen füllte. Er überredete mich, ihm und Antimo Grasso den Grafen von Maddaloni zu überlassen – ich glaubte den beiden sogar, als sie mir versicherten, nur durch einen unglücklichen Zufall habe Maddaloni auf dem Weg zum Kerker entkommen können. Perrone hat mir ein paar Tage später bewiesen, wie leicht Lügen über seine Lippen gehen und wie wenig er sich an seinen früheren Eid gebunden fühlte.

Als der Herzog von Arcos erfuhr, wie es Maddaloni ergangen war, begriff er endlich, daß wir die Waffen nicht eher niederlegen würden, bis ich das echte Dokument in Händen hielte. Nun sandte er gleich eine ganze Abordnung des Adels. Denkt nur, der Principe di Monte Sarchio d'Avalos, der Principe di Satriano Ravaschieri, der Duca di Castel di Sangro und der Conte di Conversano verbeugten sich vor mir, baten mich um Geduld und versicherten, der Herzog von Arcos habe Giuseppe Maria Caracciolo bereits nach San Lorenzo geschickt, um die Charta so bald wie möglich herbeizuschaffen. Ich gewährte ihnen eine Stunde Aufschub und versprach, bis dahin die Waffen ruhen zu lassen. Die eine Stunde verrann, die ganze Nacht ging vorbei, ohne daß Caracciolo mit der Charta auftauchte. Es blieb mir nichts anderes übrig, als San Lorenzo zu stürmen. Nicht allein die Charta bewog mich zu diesem Schritt, im Turm befanden sich immer noch einige Soldaten, die mit den dort lagernden Kanonen den Marktplatz bedrohten.

Ich ließ die Sturmglocke läuten. Ein Heer von Freiwilligen lief zusammen, um unter meinem Befehl zu kämpfen. Zu Tausenden rannten wir gegen San Lorenzo an. Nach drei Stunden übergaben die Eingeschlossenen Waffen und die sechzehn Kanonen. Zur selben Zeit bewegte sich vom Umland her ein Zug Frauen auf die Stadt zu, sie brachten Messer, Dolche, Sicheln und Pechfackeln, um ihren Teil zur Befreiung beizutragen. Aus dem Torre del Greco und aus Capua rückten ein paar Kompanien deutscher Soldaten an, nach einem kurzen Gefecht gaben aber auch sie sich geschlagen. Wir ließen sie laufen, wer wollte, konnte sich unseren Reihen anschließen. Wir hatten gesiegt, Neapel war unser.

Vierundzwanzig Paläste von den sechzig hatten wir inzwischen niedergebrannt. Zwei Nächte und einen ganzen Tag saßen Arcos und seine Räte schon im Castel Nuovo, aus der Fluchtburg war ein Gefängnis geworden. Meine Männer hatten das Castel umzingelt und verhinderten die Zufuhr neuer Lebensmittelvorräte, ausgesandte Boten fingen sie ab, Schiffe, die Proviant brachten, schickten sie zurück. Die feine Gesellschaft begann zu hungern.

In San Lorenzo hatten wir weder Caracciolo noch die Charta Kaiser Karls V. gefunden, und ich ließ Arcos übermitteln, wenn sich das Dokument nicht bis zum Abend in den Händen des Volkes befände, würde ich nicht nur die restlichen Paläste bis auf die Grundmauern niederbrennen, sondern auch das Castel Nuovo in einen Trümmerhaufen verwandeln, ohne jegliche Rücksicht auf die Eingeschlossenen. Ich trug solchen Haß in mir, weil man uns wieder und wieder betrogen hatte; ich schwöre, ich hätte meine Drohung wahrgemacht. Ja, mitsamt der Frauen und Kinder.

Stundenlang stand ich mit meiner Streitmacht auf dem Marktplatz, bereit, noch vor Anbruch der Dunkelheit das Castel zu stürmen. Es ist gut, daß ich mich nicht auch noch dieser Schuld anzuklagen habe, denn bevor die Sonne unterging, überbrachte Kardinal Filomarino eine Pergamentrolle. Er sah müde aus, seine Miene war verkrampft, und als er näher zu mir hintrat, bemerkte ich, wie seine Hände zitterten. Vielleicht vermutete er einen erneuten Betrug und befürchtete, daß ihn in diesem Fall weder seine kirchliche Würde noch sein hohes Alter vor der Wut des Pöbels schützen würden. Er bat mich, ihm mit meinen Männern in die Kirche del Carmine zu folgen. Erst dort wollte er das Siegel brechen, und ich erfüllte ihm diesen Wunsch gern, im Beisein der Madonna unseren Sieg über alle Ungerechtigkeit zu verkünden. Von der Kanzel aus verlas Kardinal Filomarino die einzelnen Artikel. Niemand von uns verstand die geschraubte Sprache der Obrigkeit, und am Ende warteten wir noch immer auf die Erklärung, welche Privilegien dem Volk von Neapel zustanden. Unwillige Stimmen wurden laut, die die Echtheit des Dokuments erneut bezweifelten, manche bezichtigten Kardinal Filomarino sogar ganz offen des Verrats oder zumindest der Mitwisserschaft. Er gab mir ein Zeichen, zu ihm auf die Kanzel zu kommen. »Ich bin alt und grau geworden im Dienst des Herrn«, sagte er leise zu mir. »Die Kirche mag sich in der Auslegung mancher Schriften getäuscht haben, in Demut bekennen wir unsere Fehler vor dem Herrn. Aber es verletzt mich zutiefst, von den Gläubigen meiner Herde des bewußten und gewollten Verrats beschuldigt zu werden. Sag ihnen, daß es nicht wahr ist, Masaniello, dir scheinen sie mehr Respekt entgegenzubringen als der Kirche.«

Es rührte mich, daß er mich um Hilfe bat, um Schutz, und ich war stolz, ihm meine Macht über das Volk zu beweisen. »Man hat uns oft belogen und betrogen«, rief ich meinen Männern zu, »aber keiner soll sagen, Masaniello, der Generale del Popolo, sei nicht gerecht.« Ich wollte niemanden verurteilen, dessen Schuld nicht bewiesen war, deshalb verbürgte ich mein Leben für Kardinal Filomarinos Gesinnung. Meine Worte schienen ihm Mut zu machen, seine Hände zitterten nicht mehr, als er das Dokument zusammenrollte und es mir übergab. Er schwor beim Allmächtigen Herrn, daß ihm dieses Dokument von seiner Exzellenz, dem Herzog von Arcos, als die echte Charta Kaiser Karls V. übergeben worden war, und zum Zeichen seiner Redlichkeit versprach er, die Kirche nicht eher zu verlassen, bis ein Gelehrter uns von der Echtheit der Urkunde überzeugt hätte. Er bat mich, einen solchen aus unserer Mitte zu bestimmen. Arpaia schlug Genoino vor, denn dieser besäße den Verstand eines Rechtsgelehrten, die ehrliche Seele eines Priesters, und nichts gelte ihm mehr als die Liebe zum Volk. Es war nichts dagegen einzuwenden. Ich hatte Genoino den ganzen Tag nicht gesehen, deshalb gebot ich der Menge, sich zu gedulden, bis ich den Priester gefunden und ihn wegen der Echtheit der Charta befragt hätte.

Wir fanden ihn schnell, nur ein paar Schritte entfernt von der Kirche. In den vergangenen Stunden, in denen ich Genoinos Rat gebraucht hätte, seine Unterstützung, seine weise Geduld, während all dieser Stunden hatte er sich in einer Zelle Eures Konvents verborgen gehalten, und ich war bitter enttäuscht, daß Genoino der Wichtigkeit der Stunde ganz offensichtlich wenig Bedeutung beimaß. Er saß am Tisch, vor sich ein paar aufgeschlagene Bücher, darunter halb verdeckt einige bekritzelte Blätter, ein hastig hingeworfener Federkiel und verstreuter Sand, mit dem man Geschriebenes trocknet. Genoino schien sehr ärgerlich über die Störung; er herrschte uns an, wir sollten im Garten warten, bis er sein Zwiegespräch mit Gott beendet habe. Er könne später beten, sagte ich und hielt ihm das Dokument hin, jetzt müsse er uns helfen, die Charta auf ihre Echtheit zu prüfen. Ich hätte ihm nichts zu befehlen, antwortete er kalt, er sei keinem anderen Herrn verpflichtet als Gott. Und dann sah er mich an mit einem Blick, vor dem jeder weitere Einwand verstummte. Arpaia zog mich hinaus, und als ich ihn fragte, warum Genoino so zornig auf mich sei, wandte er sich verlegen ab und schwieg.

Wir mußten lange auf Genoino warten. Ich weiß noch, daß ich, während ich im Klostergarten auf und ab ging, den Zitronenbaum wie einen Boten des Todes empfand, der Duft der Blüten mir den Atem nahm und eine plötzliche Vision meine Glieder lähmte. Ich sah Genoino wie einen alten, unruhigen Wolf in der Zelle auf und ab gehen, hörte ihn sprechen mit Menschen, die für mich unsichtbar blieben. Er schimpfte auf mich, nannte mich einen barfüßigen Einfaltspinsel, mit dem er schon viel zu viel Zeit verloren habe. Genoino redete spanisch. Wut stand in seinen Augen, während seine Gesichtszüge merkwürdig starr und unbeweglich blieben. Womit kann man zwölf Jahre Blindheit vergelten, sagte er, Hunger, Durst, Krankheit, den Angstschweiß eines Gehetzten, Einsamkeit, Schande – wie viele Goldprägungen ist das wert? Jemand, den ich nicht sah, lachte leise, sprach von Genoinos konfisziertem Vermögen, von Ämtern, Macht und Befugnissen, während Genoino seine Stimme dagegen erhob, immer lauter werdend – obgleich ich nicht verstand, wovon er sprach, denn nicht Wörter kamen aus seinem Mund, sondern tönende, beschriebene Blätter. Der Abt Eures Klosters trat in die Zelle, und die Blätter ordneten sich wie von selbst zu den anderen auf dem Tisch, der Abt streute Sand aus und lachte: Gottes Wege sind unerforschlich. Sie hatten Genoino gekauft, ein Komplott zwischen Kirche und Regierung geschmiedet, und sie hatten sich dabei eines Gestrandeten bedient, den man meinen heimlichen Ratgeber nannte. Daß ich ihm Ruhm, Ehre und Führerschaft gestohlen hatte, sagte Genoino nicht, aber ich sah sein Gesicht und fror. Als er endlich zu uns in den Garten trat, war die Vision verflogen.

Mir ist kalt, Bruder Anselmo. Gebt mir die Decke dort, das wird mir gut tun.

Was wollte ich sagen? Ach ja. Arpaia bat Genoino, uns bei der Überprüfung der Charta nicht im Stich zu lassen. Sein unterwürfiger Ton schien mir unangemessen und ärgerte mich. Ich wies Arpaia zurecht, Genoinos Platz wäre an meiner Seite gewesen, statt sich hinter den Röcken der Betbrüder zu verbergen; zuviel Zeit sei dadurch verlorengegangen.

Genoino nahm die Charta an sich, er rechtfertigte sich nicht, den ganzen Weg bis zu meinem Haus schwieg er. Erst in der Stube gab er die Antwort auf meinen Tadel, vor allen, die sich dort versammelt hatten und auf uns warteten: Marco Vitale, mein Bruder, Fra Savino, die neuen Vorstände der Ottinen, Spinola, Perrone, Grasso, Ardizzone und Berardina, die unbeachtet von allen auf dem Bett kauerte. Er habe für mich gebetet, sagte Genoino, denn er sähe, daß mein Wunsch sich erfüllt habe. Aus mir sei ein Rebell geworden.

Da erhob ich zum ersten Mal meine Stimme gegen den Priester, bezichtigte ihn des Verrats an all dem, was er mich gelehrt hatte, sprach von Campanella, dessen Name ich mit dem Geläut der Glocke del Carmine verband, sprach vom Recht des Volkes, sich den Weisesten aus seiner Mitte selbst zu wählen, und von der Prophezeiung des Wanderpredigers, die mich ausersehen hatte, dem Volk von Neapel ein Leben zu schaffen, wie es die Charta des Kaisers bestimmte.

Ob ich mir deswegen das Recht herausnähme, das Castel Nuovo zu zerstören, und nicht genug der Anmaßung, auch noch die Räumung des Castel Sant' Elmo befohlen hätte? Als ich Genoino auf seine Frage vorhielt, er selbst hätte mir versichert, es sei nach der Akte des Kaisers unser Recht, unsere Freiheit mit Waffen zu verteidigen, lachte er spöttisch: Waffengewalt und die Bemessung der Freiheit der Willkür des Pöbels überlassen? Nimm dich in acht, Masaniello.

Genoino warf mir vor, mich an königlichen Rechten zu vergreifen. Wohl erlaube die Charta des Kaisers dem Volk, sich zu versammeln, jedoch seien die Bedingungen, Waffen zu gebrauchen, genau festgelegt. Daran habe sich selbst mein berühmter Namensvetter gehalten, als er vor hundert Jahren die Einführung der Inquisition mit Waffengewalt zu verhindern versucht habe. Jener habe die Freiheit schützen wollen, ich aber begehre die Übergabe einer Festung, eine Domäne, die nur dem König gebühre. Ich könne es einen Eingriff in die verbrieften Rechte des Königs nennen, schloß Genoino, er nenne es Rebellion.

Sorgfältig gewählte Worte, damit ich abermals unter seinen Einfluß geriet. Genoino wußte, welche Ehrfurcht ich dem König entgegenbrachte, daß ich nichts schlimmer empfand, als mich gegen die Krone aufzulehnen, und ich mich schon bei dem Gedanken schuldig fühlte, in den Augen des Königs als gemeiner Rebell zu gelten. Ich ging demütig von meiner Forderung ab und bat Genoino, mich mit seinem Wissen vor unrechtmäßiger Anmaßung zu bewahren. Er beruhigte mich:

auch Wallenstein habe man einen Rebellen genannt, weil er seine Ideen gegen die Ziele der Obrigkeit stellte; deswegen sei er aber trotzdem ein großer Feldherr gewesen.

In den Augen des Priesters bin ich vielleicht nie etwas anderes gewesen. Ein Feldherr, dem man den Befehl gab, zu kämpfen, zu siegen, zu töten. Einer, der nicht fragte, warum seine Soldaten sterben mußten, warum er Länder verwüstete, den Menschen Heimat und Habe nahm; einer, der nur vorwärtsstürmte, getrieben von der Sucht nach dem Sieg. Am Anfang begleiten Begeisterung einen Soldaten, Siegeslieder, aber die Blumen, die man ihm vor die Füße wirft, muß er zertreten und Liebe verwandeln in Haß. Und auch wenn er den Krieg gewonnen hat, speist man ihn ab mit Gold oder mit dem bißchen Ehre wegen eines verlorenen Beins – Mitleid für einen ausgedienten Körper. Man braucht ihn nicht mehr; um die Friedensbedingungen feilschen die, für die er sein Leben aufs Spiel gesetzt hat. Soldaten sind austauschbar wie die Prägung auf einer Münze. Schwermut befällt mich, weil ich nicht weiß, ob ein Krüppel je wieder lernen kann, mit Freude zu gehen.

Was rede ich denn von Krüppeln. Nein, haltet mich nicht fest, laßt mich aufstehen, Bruder Anselmo. Ich hatte ein bißchen Fieber – was ist das schon. Ich bin nicht mehr krank. Weg mit diesen Wickeln und Tüchern, unter denen meine Stimme dumpf und müde klingt. Viva Masaniello. Meine Stimme zittert nicht, niemand wird lachen, sie werden meinen Befehlen wieder gehorchen, weil ein Priester Hoh nur sterben, nicht aber verjagt werden kann. Seht Ihr, wie ich einen Fuß vor den anderen setze ohne zu schwanken? Wer hat Euch erlaubt, die Tür zu schließen? Wollt Ihr mich mit Dämmerlicht und Schwermut ersticken? Geht, laßt die Abendbrise herein, damit sie den Tod aus dieser Zelle vertreibt. Was spielt es für eine Rolle, ob Genoino mich aus Schwäche belogen und betrogen hat. Es gab Stunden, in denen er meine Gesinnung mit der eines noblen Herrn verglich, nur das ist wichtig.

Ob Genoino am Dienstag die Echtheit der Charta schließlich bezeugte? Einen Eid hat er darauf nicht geleistet. Er sagte nur, es sei ungebührlich, an den Worten des Vizekönigs zu zweifeln, zumal dieser in einem Zusatz verspräche, alle Forderungen des Volkes zu erfüllen. Ich solle in die Kirche del Carmine zurückkehren und Kardinal Filomarino von den Anschuldigungen des Pöbels befreien. Als ich Genoino drängte, mich zu begleiten, lehnte er ab – er sei müde und sein greiser Körper derartigen Menschenmassen nicht mehr gewachsen. Ich lief also allein hinüber in die Kirche und bat den Kardinal, die Akte ein zweites Mal zu verlesen. Diesmal versuchte er, uns die geschraubte Sprache verständlich zu machen, immer wieder unterbrochen vom Jubel der Menschen. Bis er beim Zusatz des Vizekönigs anlangte, in dem es hieß, Seine Exzellenz, der Herzog von Arcos, werde versuchen, von Seiner Majestät dem König Verzeihung zu erbitten für alle Vergehen, die sich während dieser Rebellion zugetragen hätten. Sie sollen vergeben und vergessen sein!

Rebellion! Als ob Genoino dem Herzog von Arcos die Feder geführt hätte! Ich fuhr auf, riß Kardinal Filomarino das Schriftstück aus den Händen, und es ist nur Arpaias Umsicht zu verdanken, daß es nicht auf der Stelle in Fetzen endete. »Wir sind niemals Rebellen gewesen«, schrie ich, »wir sind treue Untertanen des Königs!« Ein jeder müsse sich den Gesetzen unterordnen, verlangte ich, das Volk genauso wie der Vizekönig und seine Räte. Nicht wir seien die Rebellen, sondern jene, die die Gesetze des Königs mit Füßen träten, denn Adel gelte nicht auf dem Papier, wirklicher Adel lebe in einer gerechten Seele. Wir forderten nichts, was uns nach dem Wort des Kaisers nicht zustehe, und deshalb dürften wir die Waffen nicht eher niederlegen, bis alle Versprechen erfüllt seien.

Die Menschen stimmten mir zu, niemand wollte ein Rebell sein, niemand des Aufruhrs bezichtigt werden. Und auf einmal fanden sich auch andere Unstimmigkeiten in der angeblichen Charta, es fehlte die Klausel von der Zustimmung des Volkes zu den Steuern, ich erinnere mich auch nicht, daß vom Recht des Waffengebrauchs die Rede gewesen wäre. Erst da fiel mir auf, daß Genoino kaum einen Blick auf die Schriftrolle verwendet hatte.

Vielleicht hatte Don Cimmino, ein alter Beschützer aus meinen Jugendjahren, mich zu Recht davor gewarnt, an die Echtheit des Dokuments zu glauben: Es habe einmal eine ähnliche Akte von Ferdinand dem Katholischen gegeben, die Neapels Bewohnern Waffengewalt und Versammlungsfreiheit zubilligte. Kaiser Karl habe unserem Volk diese Rechte verliehen, aber ob er je sein Siegel unter solch ein Schriftstück gesetzt habe, wüßten nur die, in deren Besitz sich die Akte befände. Und wenn wirklich eine solche Charta in den Archiven existiere, wäre kein spanischer Regent so dumm, sie einem von uns zu überlassen. Auch dir nicht, Masaniello, hatte Don Cimmino gesagt und mir empfohlen, weder den Spaniern noch den Priestern zu vertrauen.

Hatte Genoino die Charta auf Anordnung des Vizekönigs gar eigenhändig verfaßt, oder genügte es ihm, mich an die Echtheit einer niederträchtigen Kopie glauben zu lassen, um seine Macht gegen die meine auszuspielen? Warum war er dann nicht mit in die Kirche gekommen, um sich an seinem Triumph zu weiden? Wer stand auf seiner Seite? Nur Arcos und die spanischen Räte, oder auch Kardinal Filomarino, für dessen Gesinnung ich mein Leben verbürgt hatte? Was war mit Perrone und Antimo Grasso, zu wem gehörte Arpaia?

Quälende Fragen, auf die ich bis heute keine befriedigende Antwort gefunden habe. Vielleicht war Genoino auch nur getrieben von der Furcht vor der Nutzlosigkeit eines alten Mannes, der dem nahenden, alles auslöschenden Tod etwas entgegensetzen mußte. Was sollte ich tun? Ich hatte meinem Volk versprochen, die Charta des Kaisers mit Waffen zu erkämpfen. Was, wenn sie nun gar nicht existierte, wenn das Siegel des Kaisers darunter fehlte und sie somit wertlos war? Was, wenn irgendein Mönch die Niederschrift des Überlieferten allzu ernst genommen hatte, was, wenn die Schriftrolle nur aus einem gemeinen Ränkespiel des neapolitanischen Adels entstanden war oder ein Trick reicher Bürger war, die sich dadurch Stimmengleichheit im Tribunale zu erschleichen versuchten?

Ich brauchte Genoino, denn wer sonst sollte mir beim Abfassen meiner Forderungen behilflich sein, und ich brauchte auch Kardinal Filomarino, dessen hohe kirchliche Würde selbst der Herzog von Arcos respektierte. Die Angst des Prälaten vor dem schreienden Pöbel war mir nicht entgangen, und wenn ich einen Trumpf in der Hand hatte, so war es die Macht, aus meinen Männern entweder eine Horde Mörder und Brandstifter oder treu ergebene Untertanen zu machen.

Ich sagte dem Kardinal also, ich könne angesichts dieses erneuten Betruges nicht mehr für meine Männer garantieren, er möge den Herzog von Arcos überzeugen, meine Forderungen umgehend zu erfüllen, denn sonst triebe die Stadt ihrem Untergang entgegen. Der Kardinal sandte seinen Bruder, den Kapuzinermönch Francesco Maria Filomarino, sogleich mit dieser Botschaft ins Castel Nuovo. Dafür versprach ich, die restlichen Villen auf meiner Liste erst einmal zu verschonen.

Es ging schon auf Mitternacht zu, als ich auf dem Marktplatz eine letzte Versammlung abhielt und befahl, noch in dieser Nacht alle Bilder des Königs öffentlich auszustellen und mit dem Wappen der Stadt zu schmücken. Ich hörte, wie sie mir Treue schworen, und als ich in ihre Gesichter sah, die vor Begeisterung und bedingungslosem Gehorsam glühten, als sich nicht einer unter ihnen fand, der sich meinen Befehlen entgegenstellte, wurde mir angst, ich könnte versagen.

Das Tuch um den Hals des Adlers. Wißt Ihr noch, was ich Euch darüber erzählte? Ich drehte mich um nach dem Tier an meiner Hauswand, das unter dem Licht der Fackeln einem dunklen Fleck glich und den Anschein von Hoheit, ja, jegliche Würde verloren hatte. Meine Stimme klang belegt, als ich mich noch einmal an meine Männer wandte und zu ihnen von meiner Hoffnung sprach, die Stadt von allen erdrückenden Lasten zu befreien, von meinem Wunsch nach Frieden, so daß nicht mehr Feuersbrünste, sondern nur noch der Mond den Himmel erhelle, Gewehre, Schwerter und Dolche in den Truhen verschwänden, und auch der Teller des Ärmsten sich mit dem

Reichtum unserer Felder füllen möge. Ich sprach auch von meiner Furcht, daß sie sich abwenden könnten von mir, von Undank und Treulosigkeit, von der Vergeßlichkeit, die einen Wohltäter unter die namenlosen Toten einreiht, sobald die Gaben zu reichlich und zu selbstverständlich fließen. Es waren Trauer und Müdigkeit, die mir solche Worte eingaben, und das Gefühl eines frühen Todes, das mich beim Anblick des Adlers schon immer bedrückt hatte. Viva Masaniello, schrien sie, wir wollen mit Masaniello leben oder sterben! Ich glaubte ihnen, und wußte doch, daß sie sich selbst belogen. Ich stieg vom Podest und ging nach Hause.

Berardina hatte meine Rede vom Fenster aus mit angehört. »Warum sagst du so schreckliche Dinge«, fragte sie mich, »sie lieben dich doch.« Auch sie täuschte sich. Nicht mich liebten die Menschen, sie liebten Parolen, Schauspiele, die Wichtigkeit der Stunde, meinen Mut, weil sie glaubten, es wäre der ihre.

Ich fiel aufs Bett. Alle Müdigkeit der letzten Tage brach über mich herein. Der Wein, mit dem ich versucht hatte, gegen Schlaf und Hunger anzukämpfen, lähmte meine Glieder und ließ meine Gedanken stolpern. Die Bilder der tobenden Menschenmassen wollten mir nicht aus dem Kopf, brennende Häuser... die zwei, die ich für ihren Diebstahl mit dem Tode bestraft hatte, riefen Verrat und Gerechtigkeit, immer wieder, als wären es die einzigen Wörter, die sie je in ihrem Leben gelernt hätten. Und dann, übergewichtig in Kopf und Ohren: Rebell, Rebell, Rebell...

War es unrecht von mir, mich an die Spitze des Volkes zu stellen und mit Waffengewalt zu erzwingen, was nicht friedlich zu erreichen war? Was war falsch daran, daß Genoino sich derart über mich erzürnte, Genoino, der selbst einen Aufstand angezettelt hatte und ihn heute noch gutheißt. Hatte der Priester bessere Gründe gehabt als die Unterdrückung des Volkes, die ungerechte Behandlung der Armen? Ob auch sie mich anklage, ob ich auch für sie ein Rebell sei? fragte ich Berardina. Sie sah mich verwundert an. Sie hatte nur eine vage Vorstellung, was das bedeutete, aber wie alle anderen hatte sie den Ton im Ohr, mit dem dieses Wort ausgesprochen wurde, verächtlicher als Dieb oder Mörder. Sie lächelte: wie könne ich ein Rebell sein? Wer so etwas behaupte? Ich schwieg, ich wagte nicht zuzugeben, daß Genoino mich der Rebellion bezichtigt hatte, um Berardinas Haß auf den Priester nicht noch zu schüren. Denk nicht mehr darüber nach, sagte sie, schlaf jetzt!

Sie meinte es gut, sie sah, wie müde und traurig ich war. Aber wie hätte ich schlafen können? Nichts war geklärt, nichts von all dem erreicht, wofür wir seit drei Tagen kämpften. San Lorenzo war unser, Kanonen und Waffen in den Händen des Volkes, die Schmach Berardinas gerächt, Letizia verjagt und ärmer als ein Lumpensammler – all das hatte den Vizekönig nicht gehindert, uns mehrmals arglistig zu täuschen. Ich sprang auf, erklärte Berardina in hastigen Worten, ich müsse mich noch vor Sonnenaufgang mit Genoino beraten. Sie wurde selten laut, aber diesmal hielt sie ihren Zorn nicht zurück: Genoino! Genoino! Sie zeterte, ich sei besessen von dem alten, häßlichen Gespenst, von seinem hinterhältigen Blick, dem unverständlichen Gerede, von seinem leisen Tritt und dem verschlagenen Lächeln – ein Blendwerk des Teufels sei das. Woher ich denn so genau wisse, ob sich nicht ein falscher Priester unter dieser Kutte verberge? Da sei ihr Perrone noch lieber, der lichtscheues Gesindel seine Freunde nenne und lachend zugäbe, daß er für eine Handvoll Gold seine eigene Mutter erschlagen würde.

Ich schalt Berardina, obwohl ich selbst noch vor einer Stunde an Genoino gezweifelt hatte. Was versteht schon ein Weib, das zwischen Töpfen und Teigbrettern zu Hause ist, das nicht unterscheiden kann zwischen hohlem Geschwätz und einer gelehrten Rede – was verstand Berardina von dem, was mich mit Genoino trotz aller Zweifel verband. Sie wandte den Kopf ab, ließ es nicht zu, als ich mich mit einem Kuß versöhnen wollte.

Auf dem Weg zu Genoino traf ich unvermutet Perrone dicht bei einer Seitenpforte des Konvents. Ich wunderte mich, denn Perrone mied die Nähe der Priester, es sei denn, er suchte in ihren Kirchen Zuflucht vor seinen Verfolgern. Er verhielt sich sehr merkwürdig, redete viel und hastig, was sonst nicht seine Art war und mir auf die Nerven ging, weil ich meine Gedanken noch ordnen wollte, um vor Genoino zu bestehen. Ich gab Perrone einen unbedeutenden Auftrag, um ihn loszuwerden.

Genoino schien mich erwartet zu haben. Er habe gute Nachrichten für mich, sagte er, der Herzog von Arcos wolle auf meine Forderungen eingehen, und Seine Eminenz, Kardinal Filomarino, werde mich deswegen am Morgen zu einer Unterredung ins Refektorium laden. Auch sollte ich über die Wahl eines neuen Eletto del Popolo nachdenken, da dieses Amt seit Naclerios Flucht nicht wieder besetzt worden war. Genoino schlug Arpaia vor, und ich hatte nichts einzuwenden, außer, daß dessen ruhige, besonnene Art mich manchmal an meines Bruders Trägheit erinnerte. Aber vielleicht war es gerade diese Besonnenheit, die ein Eletto brauchte, um die Bevölkerung zufriedenzustellen. Als ich versuchte, mit Genoino über die Charta zu sprechen, unterbrach er mich mit einer schroffen Handbewegung, die mich augenblicklich zum Schweigen brachte. Abwehr lag in seinem scharf geschnittenen, kantigen Gesicht, auch eine Spur von Grausamkeit, die mir vorher nie aufgefallen war. Er habe dazu nichts mehr zu sagen, wies er mich zurecht, ich solle ihm weitere Demütigungen ersparen. Genoino zog sich zurück ohne ein weiteres Wort, und ich verstand zum ersten Mal in meinem Leben das Gefühl meines Bruders, wie ein unmündiges Kind behandelt worden zu sein. Schweigen. Sich zurückhalten. Wer würde den Preis bezahlen für diesen gegenseitigen Krieg um ein bißchen Überlegenheit?

Ich kniete noch eine Weile vor La Bruna. In einer jähen Eingebung zog ich die Hasenpfote aus der Tasche und legte sie der Heiligen zu Füßen, nicht ohne vorher die verdrückten Härchen zu glätten. Gewissermaßen war es ein Verrat, den ich beging, ein Verrat an Mamma Luisa, an den gestohlenen Fischen meiner Kinderzeit und den Märchen vom Recht der Diebe; auch ein Abschied von den stillen Straßen, in denen ich *Serra, Serra* geflüstert hatte in der Hoffnung auf uneingeschränkte Macht. Kein Aberglaube sollte mehr zwischen mir und der

Heiligen stehen, damit sie sich nicht von mir abwandte und mich mit meiner Last allein ließ. Und als ich so über Mamma Luisa nachdachte, roch ich den Duft von Salbei und Rosmarin ganz deutlich, und mir fiel auf, daß ich diesen Geruch seit geraumer Zeit an Berardina vermißte. Sie roch schon lange wie alle Armen, nach Arbeit, nach Hunger, nach Enttäuschung. Vielleicht hatte ich aber auch nur die Fähigkeit verloren, etwas anderes wahrzunehmen.

Ich stand auf und lief nach Hause zurück. Ich hoffte, Berardina schlafend zu finden, so wie früher, wenn ich im Morgengrauen aus den Tavernen zurückkehrte und mit meinem Körper, mit ein wenig Zärtlichkeit meine Sünden wiedergutzumachen versuchte.

Berardina stand am Fenster. »Kardinal Filomarino möchte dich sprechen«, sagte sie. »Bald.« Und noch jemand sei hier gewesen, um auszurichten, daß man in einer der Villen zwei geheime Zimmer mit Truhen voller Wertsachen entdeckt hatte. Nun wüßten sie nicht, ob sie Haus und Wertsachen niederbrennen sollten. »Geh nur«, setzte Berardina noch hinzu. »Sie erwarten deinen Befehl.« Sie drehte sich um, und ich sah sie auf die Trümmer der abgebrannten Zollbaracken starren, müde und traurig.

11

Gegen Mittag fand ich endlich Zeit, der Aufforderung Kardinal Filomarinos zu folgen. Ich hatte mir eine gute Nachricht erhofft, Rat und Hilfe von seiten der Kirche. Wiederum wurde ich nur getadelt. Kardinal Filomarino saß aufrecht in einem Sessel, streng und abweisend sein Blick, der sich so schlecht mit dem milden Ton seiner Stimme vertrug; herrisch auch das purpurfarbene Gewand und das Amethystkreuz auf seiner Brust – das Schwert der Kirche. Ich stand da, von plötzlicher Bangigkeit erfüllt wie ein Sünder vor einem unerbittlichen Richter. Lange sprach er vom Reichtum unserer Felder und vom Jammertal der Armen auf Erden, von Mißverständnissen, vom rechten Weg und von der nötigen Ehrerbietung, die ein jeder dem Gesetz und der Obrigkeit entgegenzubringen hätte. Ich habe Euch schon von dieser Unterredung erzählt, die mich so bitter enttäuschte. Schließlich mahnte mich Kardinal Filomarino, daß es an der Zeit wäre, den Menschen Frieden zu geben, denn diese Stadt bedürfe keines Feldherren mehr. Frieden. Diese Entscheidung lag längst nicht mehr in den Händen der Kirche oder der Obrigkeit, es stand in meiner Macht, Frieden zu geben oder zu nehmen. So fragte ich ihn, ob er denn meine Gesetze anerkenne, die Abschaffung der Zölle und das Privileg des Volkes, angestammte Rechte mit Waffengewalt zu verteidigen. Zwang, Gewalt und Waffen ließen sich niemals mit den Geboten Gottes vereinbaren, antwortete er, Gottes Wille sei, sich in Demut und Gehorsam zu fügen. »Trinken wir auf den Frieden, Masaniello.«

Kardinal Filomarino hielt mir einen Pokal entgegen – Glas aus Venezia, durch das der Wein schimmerte wie die Abendsonne, wenn sie sich in den bunten Scheiben der Kirchenfenster bricht. Auf den Frieden und auf mein zukünftiges Amt als Eletto del Popolo wollte er mit mir trinken, auf die tausend Dukaten, die mir und meiner Familie von nun an jedes Jahr zur Verfügung stünden. Ob mir das Angebot nicht hoch genug scheine, fragte er dann, unsicher geworden durch mein Schweigen. Es war das zweite Mal, daß er mich zu kaufen versuchte, mich bewegen wollte, mein Volk und den Auftrag, den La Bruna mir gegeben hatte, um schnöden Goldes willen zu verraten. Judasgeld bot er mir an und schien sich nicht einmal zu schämen, als er sein Angebot noch um zweihundert Dukaten erhöhte. Womit sonst als mit Gold ich denn die Lücke füllen wolle, sobald ich meine Macht in die Hände der Obrigkeit zurückgegeben hätte?

Nichts schien mir in jener Stunde mehr glaubhaft. Weder die Echtheit der Charta noch die Versicherung des Vizekönigs, die Einhaltung aller Privilegien zu beschwören; weder Kardinal Filomarinos Liebe zum Volk noch seine Mahnungen, der Wille Gottes sei nur in Demut und Gehorsam zu erfüllen – Liebe, Frieden, Vertrauen, Treue, Gesetz und Ordnung zerfielen im Munde Seiner Eminenz in ein Häufchen nackter Buchstaben, die ihren ursprünglichen Sinn verloren hatten.

Ich schwieg, obwohl sich mir alle Fehler der Kirche auf die Lippen drängten, stumm schwor ich, meine Pflichten so lange zu erfüllen, bis ein Vertrag aufgesetzt und von König Philipp besiegelt wäre. Erst dann wollte ich in mein früheres Dasein zurückkehren, kümmerlich in den Augen des Kardinals, reich in den meinen, weil es endlich von Freiheit und gerechten Gesetzen bestimmt wäre. Ein weiter Weg, den ich während meines Schweigens im Refektorium vor mir sah, ein Weg, den ich mit Angst, mit Lügen und Verleumdungen, mit Grausamkeit und Schwäche, auch mit meiner eigenen Unfähigkeit gepflastert sah. Ich beugte das Knie unter dem Segen, verbarg meine Gefühle unter einer Geste von Demut und Gehorsam.

Während ich mich zu Hause mit Genoino und Marco Vitale beriet, überbrachte ein Bote einen Brief des Vizekönigs, in dem er unser Recht auf die Privilegien bestätigte. Sämtliche Zölle und Auflagen, die in Stadt und Reich seit Kaiser Karl V. eingeführt worden waren, sollten abgeschafft, alle Vergehen und Beleidigungen verziehen und vergessen sein. Von Rebellion war nicht mehr die Rede. Ich barst fast vor Stolz. Unser Kampf schien nun endlich einen gerechten Ausgang zu nehmen, und ich befahl sogleich, die Waffen niederzulegen und die gesamte Bevölkerung in der Kirche del Carmine zu versammeln.

Die Kirche faßte nur einen kleinen Teil der Menge, der Marktplatz wimmelte von Menschen; Frauen, Männer, Kinder, Greise, Reiche und Arme, sogar Mönche hatten sich dort eingefunden, um zu hören, was ich ihnen zu sagen hatte. Nur ein paar hundert Mann trugen Gewehre bei sich, um mich zu beschützen, der Rest meiner Streitmacht war unbewaffnet, so wie ich es befohlen hatte.

Ich ritt durch die Menge, Giovanni an meiner Seite – nie werde ich die Liebe und Dankbarkeit in den Gesichtern vergessen. Viva, viva Masaniello, riefen sie mir entgegen. Ich hatte die Kirche schon fast erreicht, als die Stimmung umschlug, Unruhe und Furcht sich plötzlich unterm Volk bemerkbar machten. Eine Horde Reiter preschte auf den Marktplatz zu, rücksichtslos trieben sie mit ihren Pferden die Menge auseinander, allen voraus Perrone. Als sie näher kamen, sah ich, daß sie entgegen meinem Befehl bewaffnet waren. Ich spürte ganz deutlich, daß irgend etwas nicht stimmte. Es lag nicht nur an den Gewehren, Perrone saß zu sicher, zu überheblich auf seinem Pferd – auch sein Blick gefiel mir nicht, als ich ihm befahl, abzusteigen und die Waffen niederzulegen. Er lachte verhalten, und gerade dieses Lachen traf mich tiefer, als wenn er mich verspottet oder angespuckt hätte. Und dann ging alles sehr schnell. Perrone gab seinem Pferd die Sporen, riß das Gewehr hoch, und einen Augenblick später eröffneten die Banditen das Feuer. Sieben oder acht Gewehre zielten auf mich. Keiner der Schüsse traf, obwohl ich mich weder duckte noch zur Seite sprang und erst aus meiner versteinerten Haltung erwachte, als Arpaia mich an den Schultern rüttelte. Ich war unverletzt geblieben. Die Schreie um mich herum brachten mich vollends zu Besinnung: Ein Wunder! La Bruna hat ein Wunder vollbracht! Nieder mit den Lumpen!

Dreißig Banditen starben sofort unter den Gewehrsalven meiner Männer, die übrigen kämpften sich durch bis in die nächstliegenden Kirchen und Klöster. Die meisten von ihnen flüchteten in die Kirche del Carmine, die innerhalb kürzester Zeit zum Schauplatz einer Schlächterei wurde, wie ich noch nie eine gesehen hatte. Nichts schien dem Volk mehr heilig; bis in die Sakristei verfolgten sie die Banditen, abgeschlagene Köpfe und klaffende Leiber besudelten den gesegneten Boden. Keiner von Perrones Kumpanen hat die Kirche lebend verlassen. Ihn selbst fanden wir in einer Zelle dieses Klosters, zusammen mit seinem Bruder. Perrone war schwer verwundet, und obwohl er um Gnade flehte, hieb ihm einer meiner Männer mit einem Streich den Kopf ab. Antimo Grasso erwischten wir, als er fliehen wollte. Auch er war verletzt. Um den Preis seines Lebens gestand Antimo den Verrat.

Während ich mich mit Kardinal Filomarino im Refektorium nicht hatte verständigen können, war man am anderen Ende der Stadt schneller handelseinig geworden: Tod dem Masaniello. Der Graf von Maddaloni hatte Perrone gut bezahlt, mein Leichnam war ihm einiges wert. Don Peppe Carafa sollte sich nach meinem Tod an die Spitze des Volkes stellen, sich den Anschein geben, es in meinem Sinne weiterzuführen, bis man in aller Heimlichkeit meine treuesten Anhänger getötet hätte. Erst dann wollte der Graf von Maddaloni die Macht übernehmen und endlich seinen verhaßten Gegner, den Herzog von Arcos, für die Demütigungen der letzten Jahre büßen lassen. Antimo gab sogar die fünfzig Canteri Pulver zu, die Perrone und seine Bande in ausgetrockneten Brunnenschächten versteckt hatten, um den Marktplatz mit meiner gesamten Streitmacht in die Luft zu jagen, sollte sie sich Peppe Carafas Befehlen nicht fügen. Auch Perrones Bruder, den wir den Abt nannten, weil er als Laienbruder gewisse Vorrechte der Kirche genoß, gehörte zu den Verrätern; so manch einer meiner sogenannten Freunde aus den Tavernen, selbst einige der neuernannten Ottinenvorstände hatten sich kaufen lassen.

Das Pulver fanden wir rechtzeitig, am vergifteten Wasser zweier Brunnen mußten unschuldige Menschen sterben, bevor wir die Missetat entdeckten. Trotz seines Geständnisses verlor auch Antimo Grasso den Kopf.

Wem sollte ich noch trauen? Genoino? Kardinal Filomarino? Ihr wißt ja, daß es dem Grafen von Maddaloni gelang, in einer Mönchskutte aus der Stadt zu fliehen. Auch Peppe Carafa hielt sich im Kloster Maria del Nuovo verborgen und wartete auf eine günstige Gelegenheit, sich der Rache des Pöbels zu entziehen. In seiner gewohnten Arroganz glaubte er immer noch, mich, den einfältigen Fischverkäufer, täuschen zu können. Er schrieb an den Vizekönig und bat ihn, eine Kanone vom Castel Nuovo abfeuern zu lassen, damit ich, aufgeschreckt von dem Schuß, meine Männer auf dem Marktplatz versammeln würde. Don Peppe Carafa hoffte, dadurch genügend Zeit zu gewinnen, um aus der Stadt zu fliehen. Er beauftragte einen Mönch, diese Nachricht dem Herzog von Arcos zu überbringen. Aber Don Peppe Carafa hatte sich bitter verrechnet. Meine Männer hatten das Kloster durchsucht, und als sie den Verräter dort nicht fanden, das Gebäude zwar verlassen, sich aber nicht weit davon versteckt, um die Pforten zu bewachen.

Der Mönch schritt hastig und schuldbewußt aus, zu hastig für einen Diener Gottes. Keine gestammelte Entschuldigung half, meine Männer zwangen ihn, die Kutte abzulegen, forderten auch noch sein Unterzeug, bis nichts mehr die Speckwülste verbarg, die sich der Mönch im Laufe seines geruhsamen Klosterlebens angefressen hatte. In seinen Schuhen fanden sie schließlich das verräterische Zettelchen, und sie hätten ihn wegen seiner Arglist totgeschlagen, wenn nicht ein paar Frauen Einhalt geboten hätten.

Meine Männer stürmten das Kloster. Don Peppe Carafa entkam über eine Mauer und erreichte mit knapper Not das Haus einer Dirne.

Niemand soll sagen, diese von allen gescholtenen Geschöpfe hätten kein Gefühl für Recht und Sitte – selbst diese Dirne zollte mir ihren Tribut. Sie stieß Don Peppe Carafa mitleidslos zurück auf die Straße, wo ihn meine Männer einen Augenblick später niedermetzelten. Als sie mir seinen Kopf auf einer Lanze brachten und ich das Beweisstück dieses gemeinen Verrats vor Augen hatte, überkam mich solche Empörung, daß ich dem toten Haupt ins Gesicht spie, es an den Haaren und am Bart hin- und herzerrte, enttäuscht, weil ich diesen schändlichen Menschen nicht mit eigenen Händen hatte erwürgen können. Ich befahl meinen Leuten, zurückzugehen und dem Leichnam den Fuß abzuhacken, mit dem er uns Lazzari getreten hatte. Später hängte ich Fuß und Haupt eigenhändig in einem Käfig am Marktplatz auf, und die Inschrift darunter wird noch für meinen Sohn Zeugnis ablegen, daß dies kein Mord, sondern die gerechte Bestrafung war für einen Verräter am Volk. Die Jagd nach den Komplizen Perrones dauerte bis zum Sonntag. Wir fingen alle bis auf Maddaloni, auf dessen Kopf noch immer dreißigtausend Scudi stehen.

Seit Tagen fault der Leichnam Don Peppe Carafas zwischen abgeschlagenen Banditenhäuptern, denn ich befahl, die Vögelhorden zu verscheuchen, damit dieses Fleisch keine Kreaturen Gottes vergifte. Letzte Nacht erschienen mir im Traum seine verzerrten Züge; Don Peppe Carafa verhöhnte mich, triumphierte, daß seinesgleichen neun Leben hätten und es mir niemals gelingen würde, sie alle auszurotten.

Kardinal Filomarino wies jede Beteiligung an der Verschwörung von sich. Wenn er auch manches in meinem Verhalten nicht billige, sagte er, meinen Tod habe er nicht gewollt. Er erteilte mir sogar die Absolution für das Urteil, das ich an Peppe Carafa vollstreckt hatte. Was bewies das schon? Jedermann wußte, daß die gesamte Maddalonisippe zu den Todfeinden Kardinal Filomarinos zählte. Der Keim des Mißtrauens blieb in mir zurück, wuchs, vermehrte sich wie ein giftiges Wolfsmilchgewächs, das sich durch meine Glieder fraß und an mir zehrte.

Ich entfernte mich immer weiter von mir selbst. Ja, ich muß zugeben, daß von da an Argwohn und auch Grausamkeit meine Gesetze diktierten. Manchmal ließ ich mitten in der Nacht die Sturmglocke läuten. Dann hatte sich jeder, vom gemeinsten Mann bis zum höchsten Adeligen, unverzüglich auf dem Marktplatz einzufinden. Ich hatte ihnen nichts zu sagen, ich wollte nur sehen, ob sie meinem Befehl gehorchten.

Nachts glich Neapel einem Irrlichtergarten. Hinter den Fenstern flackerten Talglampen, und in den Straßen loderten Pechtonnen – niemand sollte das Nachtdunkel ausnutzen können, um unlautere Machenschaften zu schmieden. Adelige, die mir verdächtig schienen, warf ich in den Kerker, auf dem Weg dorthin mußten sie sich vor dem Wappen des Königs verbeugen, das ich überall in der Stadt hatte aufstellen und schmücken lassen. Die übrigen durften ohne meine Erlaubnis die Stadt nicht verlassen, während sich jeder Lazzaro innerhalb und außerhalb der Stadtmauern frei bewegen konnte. Arcos und seine Räte im Castel Nuovo erhielten von mir weder Brot noch irgendein anderes Lebensmittel; auch mußten sie sich mit dem wenigen Wasser zufriedengeben, das sich noch in den Regenwasserbrunnen fand, denn ich hatte eigenhändig die Zuflüsse verstopft, die das Castel mit Wasser versorgten.

Tagsüber hielt ich Gericht im Vico Rotto. Giovanni hatte in seiner vorausschauenden Art die Wand zwischen seiner und meiner Stube durchbrechen lassen. So standen mir zwei Fenster zur Verfügung, eines mit Sicht auf den Marktplatz und eines auf die Lavinaio hinaus. Das ermöglichte mir, nach beiden Seiten hin Befehle zu geben. Oft saß ich auf dem Fenstersims, ließ die Beine nach unten baumeln, ein Schwert oder eine Muskete in Händen, und beobachtete die schier endlose Menschenschlange, die sich an meinem Haus vorbeibewegte. Nicht alle kamen mit Bitten, viele wollten mich einfach nur sehen oder mir ihren Gruß entbieten. Illustrissimo, es lebe unser Generale del Popolo, riefen sie hinauf, und ich neigte nur leicht den Kopf, so wie es sich für einen Mann meines Ansehens geziemte. Kein Gesetz, keine

Anordnung durfte mehr befolgt werden, bevor ich sie nicht abgesegnet hatte. Ach, Bruder Anselmo, wie bedauerte ich, kein Siegel mit meinem Namen zur Verfügung zu haben – selbst als ich das Dekret unterzeichnete, das die Zerstörung der Adelsseggi befahl, mußten zwei Striche in Form eines Kreuzes genügen. Der Illustrissimo, Signore Tommaso Aniello d'Amalfi, Capitano, Generale des treuesten Volkes, befiehlt, daß besagte Anordnung in gebührender Weise ausgeführt wird – wenigstens diese Worte, mit denen ich meine Unterschrift stets begleitete, entsprachen meinem Amt und meiner Würde. Alles entschied ich. Dreißigtausend Soldaten überwachten meine Befehle, und sie taten es gern. Ich setzte Lebensmittelpreise und Provisionen fest, gebot über Polizeivorschriften und militärische Belange, ich war Herr über Ämter und Würden und höchster Richter der Stadt. Selbst Priester und Mönche unterstanden meiner Order, was keinem der Vizekönige bisher gelungen war.

Ich hätte die Diener Gottes lächerlich gemacht und zur Ehrlosigkeit gezwungen, als ich ihnen befahl, ihre Kutten und Talare bis unter die Knie zu kürzen? Nein, nicht ich war es, die Mönche selbst hatten sich der Ehrlosigkeit verschrieben, als sie den Verrätern ihre Kutten reichten und ihnen damit zur Flucht verhalfen. Sollte ein erneuter Verrat mich das Leben kosten? Es war nicht schamlos, als ich dieses Gesetz auf alle Männer und Frauen ausdehnte, als Mönche, Adelige, königliche Diener, Huren und Ehefrauen gehorchten, ja selbst der Kardinal meinem Aufruf folgte; als hochgeschürzte Röcke Knie und Waden freigaben und nackte Frauenbeine des Stadtbild beherrschten. Es war nicht schamlos, Bruder Anselmo, es war umsichtig und gerecht.

Selbst Kardinal Trivulzio hat mir die Ehre seines Besuches erwiesen. Gilt das nicht als Beweis, daß er alle meine Entscheidungen billigte? Man hätte ihn zu dieser Demütigung gezwungen? Ich habe nicht um diesen Besuch gebeten, und wenn der Herzog von Arcos den Kardinal genötigt hat, so könnt Ihr diese Speichelleckerei nicht mir zum Vorwurf machen. Nein. Auch wenn Euch manches an meinem Verhalten nicht gefällt, so müßt Ihr doch zugeben, daß hinter meinen Gesetzen nichts anderes stand als der Wunsch um das Wohlergehen meines Volkes. Habe ich nicht ausreichend Brot an die Armen gegeben, nicht für ledige Frauen Ehemänner gesucht, einen Ehebrecher aber zu Tode peitschen lassen, wie es die Gebote der Kirche verlangen?

Meine Männer vertrauten mir, vollstreckten widerspruchslos, was ich stumm, durch ein Heben meiner Hand oder meines Kopfes angedeutet hatte. Kratzte ich mich am Hals, bedeutete das Tod durch Köpfen, streckte ich das Kinn, wurde der Beschuldigte gehängt. Hätten meine Männer die Befehle denn befolgt, wenn ich falsch entschieden hätte? Und wäre ein ganzes Volk auf eine Gebärde von mir verstummt, ja auf die Knie gefallen, was sonst nur Kardinal Filomarino mit dem heiligen Sakrament erreichte? Vielleicht habt Ihr recht, vielleicht war es blinder Gehorsam, Dankbarkeit, weil ich ihnen Brot gegeben hatte, weil ich dafür sorgte, daß immer ein Notvorrat an Getreide in den Magazinen lagerte; vielleicht auch nur Staunen, da ich die Reichtümer Perrones unter den Bedürftigen verteilte und kein Beutestück für mich selbst behielt. Jetzt sind sie der strengen Ordnung überdrüssig geworden, fallen wie Tiere über die Kornsäcke der Stadt her, lachen über meine Befehle und pfeifen mich aus, wenn ich das Wort an sie richte, so wie heute morgen in der Kirche del Carmine. Hunger und Verrat haben mich nicht umgebracht, die Demütigung dieses Morgens jedoch brennt in meiner Seele gleich einer Wunde – es ist wie Sterben vor dem eigentlichen Tod.

Ich führte ein Volk von Krüppeln. Gehen wir ein Stück, sagten die Lahmen, und ich, der Blinde, wies ihnen den Weg. Dabei bin ich so stolz auf mein Wissen gewesen. Und nun scheint mir, als hätte ich es so lange gedreht und gewendet, bis ich mich darin verlor. Wie schon als Kind hatte ich mir ein Gefüge geschaffen, das Erlebtem und Gedachtem einen festen Platz zuwies, und was sich dieser Ordnung widersetzte, versuchte ich, zu übersehen oder zu brechen. Damals war es Mamma Luisa, die sich meinem Gefüge nicht beugte, diesmal war es Berardina, die sich ausschloß und meine Ordnung durch ihr Schweigen störte. Auch meine Mutter gehorchte mir nicht, aber sie konnte nicht anders. Ich kannte ja ihr Schandmaul und ihre Neigung, sich zu brüsten – sollte ich ihr in aller Öffentlichkeit den Mund verbieten? Obwohl es mich ärgerte, daß sie in der ganzen Stadt herumlief und mein Leben ausbreitete, von der Weinmenge, die ich trank, bis hin zu meinen Träumen. Manchmal nachts, wenn mir eine freie Stunde blieb, stritt ich deswegen mit ihr – ohne ihr Verhalten im geringsten zu bessern.

Der Streit mit Berardina war anderer Art. Wenn ich sie umarmte, versuchte sie auszuweichen, einmal bemerkte ich sogar, wie sie sich nach einem Kuß verstohlen die Lippen wischte. Es tat mir weh, daß ich für sie ein Fremder geworden war. Sie nickte zu den Erleichterungen, die ich den Armen verschafft hatte, aber sobald ich Neapel eine freie Stadt nannte, lachte Berardina kurz und trocken auf. »Den Vesuv kann man nicht wegtragen«, sagte sie. »Auch du nicht.«

Sie ging öfters als sonst in die Kapelle, um die Bilder vom Tod Corradinos* zu betrachten, auf dem Weg vermied sie den Blick auf das Holzpodest, auf dem ringsum die Köpfe der Erschlagenen staken. Erst vor drei Tagen, als ich die Gewänder zurechtlegte, die ich in der Kirche del Carmine bei der Beschwörung der Charta tragen sollte, gestand mir Berardina, daß sie sich nicht vor den Gemordeten fürchte, sondern das neue Leben, das in ihrem Leib heranwuchs, vor dem Anblick solcher Grausamkeit beschützen wolle. Jahrelang hatte Berardina darauf gehofft, ein Kind zu empfangen, und als sich diese Hoffnung endlich erfüllte, wagte sie tagelang nicht, es mir zu sagen. Meine Mutter, meine Geschwister, alle hatten es gewußt, nur ich nicht.

Der Generale del Popolo wird einen Sohn haben. Letzte Nacht habe ich mir diesen Satz oft wiederholt, den Klang auf der Zunge geschmeckt und keine rechte Freude empfunden, denn ich werde in der Vorstellung dieses Kindes als Versager leben, als Mörder, als Feigling. Ach, ich hätte alle Glocken in der Stadt läuten lassen sollen, als ich von dem Kind erfuhr. Statt dessen stand ich da mit dem gleichen verlegenen Schuldgefühl, mit dem ich früher in Mamma Luisas Küche die gestohlene Fische unterm Hemd versteckt gehalten hatte, dachte nur an meine eigene Verletzlichkeit und konnte wieder keine Abbitte leisten. Ich war allein. Ein Menschenschinder in den Augen derer, die ich liebte.

Am Donnerstag überbrachte mir Kardinal Filomarino die Botschaft, daß seine Exzellenz, Rodrigo Ponce De Leon, Herzog von Arcos, Vizekönig der Stadt Neapel, getreuer Diener König Philipps IV. von Gottes Gnaden, sich im voraus mit allem einverstanden erkläre, was ich im Namen des Volkes fordern würde, und daß er Seiner Eminenz, Kardinal Filomarino, Macht und Gewalt übertrage, mit mir einen Vergleich zu schließen. Arcos glaubte wohl, durch die Aufzählung seiner Titel und Würden seine Kapitulation zu verbrämen. In Wirklichkeit war er des entbehrungsreichen Lebens auf dem Castel Nuovo müde, der knappen Nahrungsvorräte, der fast wasserlosen Zisternen, des Murrens seiner Räte, wenn sie einfaches Brot in Rationen einzuteilen hatten. Sicher machten sie Arcos verantwortlich, dessen Starrsinn und Intrigen sie in diese unerträgliche Situation gebracht hatten. Sie sehnten sich nach einem bequemen Bett, nach einem üppigen Mahl und nach ungestörter Nachtruhe. Dafür war selbst Arcos bereit, das Gesicht zu verlieren und vor einem Gemeinen zu kapitulieren. Sie waren am Ende aller Ausflüchte angelangt.

Ich brach nicht in Hochrufe aus, wie Kardinal Filomarino es offensichtlich erwartet hatte. Er fragte mich, ob ich denn immer noch nicht zufrieden sei, und dann ermahnte er mich, endlich einen Strich unter Kampf und Gewalt zu setzen. Don Peppe Carafa, Perrone und seine Kumpanen sollten ihren Verrat nicht umsonst mit dem Leben gebüßt haben, nun könne ich sie in Frieden ruhen lassen. Auch sie seien Geschöpfe Gottes gewesen – nur unser Allmächtiger Herr sähe in die Seelen der Unglücklichen, und deshalb habe Jesus am Kreuz seinen Mördern vergeben. Auch ich solle mich nun großmütig zeigen.

Ich lachte Kardinal Filomarino ins Gesicht: Ob er nicht wisse, wie der Herzog von Arcos mich heimlich nenne? Eine nichtsnutzige, ungebildete Kreatur, einen Tölpel, der etwas von Fischen, vom Hunger und von der Armut, nichts aber von Politik verstünde. Großmut? Eine Viper müsse man zertreten, um sich vor ihrem Biß sicher zu fühlen! Der Prälat sah mich an und schlug ein Kreuz, eine hastige, erschrockene Geste. Er wolle solch unduldsame Worte meiner Müdigkeit zuschreiben, sagte er, denn ich hätte in vergangenen Tagen eine edle Gesinnung bewiesen und dürfe meine Seele jetzt nicht mit der Sünde des Hochmuts beschmutzen.

Ich saß noch lange da und sann über seine Worte nach. Gott hatte sich seit dem Verrat Perrones weit von mir entfernt, meine frühere Zuversicht war einer tiefsitzenden Bitterkeit gewichen, die ich in immer neuen Befehlen und ungezählten Karaffen Wein zu vergessen versucht hatte. Ich befehligte eine Armee von der Größe einer halben Stadt, ich besaß unumschränkte Macht und die Verehrung des neapolitanischen Volkes, aber ich spürte, wie all dies unter meinen Händen zerrann. Ich dachte an die Abende zurück, an denen ich mit Genoino auf der Stiege gesessen oder im Schatten der Kirchenmauer lange Gespräche geführt hatte, voller Einverständnis, voller Vertrauen; ich dachte an den Schwur Perrones, mit dem er mir vor der Madonna Beistand versprochen hatte. La Bruna hatte sowohl den Schwur als auch den Verrat zugelassen, La Bruna schwieg, der König im fernen Madrid schwieg, Genoino schwieg, Berardina schwieg – nur von mir erwartete man, daß ich im Namen aller sprach.

Ich rief die Wachen, die stets zu meiner Verfügung unter dem Fenster postierten, und befahl ihnen, Genoino und Arpaia zu mir zu schicken. Genoino hatte sich lange nicht blicken lassen, auch unter den Karmeliterbrüdern und Franziskanern, die mir tags zuvor ihre Aufwartung gemacht hatten, hatte ich seine hagere Gestalt vermißt. Es gelang Genoino wohl nicht, wie die anderen das Haupt vor mir zu beugen. Er habe in den Büchern die Rechte studiert, damit sein Rat mir jederzeit dienen könne, entschuldigte er sich, als ich ihm seine Abwesenheit vorwarf.

Genoino deutete den Sinneswandel des Vizekönigs als gutes Zeichen und riet mir, auf den Vergleich einzugehen. Arpaia hingegen war sich dessen nicht sicher. Er sah in Arcos' Botschaft eher den Beweis eines neuen, trickreichen Ränkespiels, um Zeit zu gewinnen. Man hatte ein Dutzend Galeeren gesichtet, die Kurs auf den Hafen Neapels steuerten, und Arpaia befürchtete Verstärkung aus Madrid, Waffen und kampferprobte Soldaten, deren Übermacht wir nicht gewachsen wären. Er traute den Spaniern nicht. Die Kapitulation sei erzwungen, meinte er, und erinnerte mich an jenen Abend in meiner Stube, an dem alles geregelt schien, der Frieden schon einmal bevorstand. Nur die Brüder Carafa und Perrone seien anderer Meinung gewesen... Genoino fiel Arpaia ins Wort. Frieden sei von jeher erzwungen, ob durch Waffengewalt, Verträge oder Kapitulation. Die Brüder Carafa seien Arcos' ärgste Feinde gewesen, und was Perrone beträfe, nun ja, wen kümmere eine so schwarze Seele. Genoino redete und redete. Schließlich verwies er auf Kardinal Filomarino, der sich wohl kaum als Bote dieses Briefes hergegeben hätte – diesmal verbürge er sich für den Herzog von Arcos, ich hätte keinen Grund, an dessen Friedenswillen zu zweifeln. Seine Eminenz und er selbst, Genoino, seien beide Diener vor dem Herrn und hätten zusammen in der Kirche gebetet, daß kein falsches Wort mehr das Verhältnis zwischen Volk und Regierung trüben möge. Meine Entscheidungen seien bisher eines Königs würdig gewesen, ich solle jetzt nicht durch ungerechtfertigtes Mißtrauen den Frieden aufs Spiel setzen. Wieder verfiel ich Genoinos wohlgesetzten Worten. Berardina hat recht, im Grunde bin ich immer von ihm abhängig geblieben.

Was es mit den Galeeren auf sich hatte, klärte sich schnell auf. Ein Zufall hatte sie vor unsere Küsten geführt, und der Vizekönig hatte den Befehlshaber der Flotte, Prinz Giannettino Doria, angewiesen, nicht vor Abschluß des Vergleichs in den Hafen einzulaufen. Wirklich drehten die Schiffe bald ab, und als der Prinz seinen Admiral um Lebensmittel schickte, gab ich ihm großzügig mehr, als er erbat. Er ging auch auf meine Bedingung ein, eine Meile vor der Küste zu ankern und der Besatzung den Landgang zu verbieten.

Arpaias Einwände zählten nicht mehr. Ich schämte mich, an Kardinal Filomarino und an Genoino gezweifelt zu haben. Um meinen Fehler wiedergutzumachen, ließ ich sogleich ein Gebäude abreißen, das dem Palast des Kardinals die Sonne nahm, und befahl meinen Männern, zusammen mit mir vor dem Prälaten niederzuknien und ihn wegen unseres Mißtrauens um Verzeihung zu bitten. Anschließend zog ich mit ihnen in die Via Francesca und betete vor dem Bildnis König Philipps drei Vaterunser und drei Ave Maria, damit Gott ihm ein langes, erfülltes Leben schenke.

Als ich zurückkam, fand ich in meiner Stube Schreiber und Advokaten vor, auch einige Männer, die ihre Gesichter hinter Masken verbargen, Adelige, die auf der Seite des Volkes stünden – wie Genoino mir versicherte. Diese Männer hatten viel einzuwenden, es dauerte sehr lange, bis wir uns auf die Bedingungen des Vergleichs einigen konnten, die auch die Stimmen hinter den Masken guthießen. Nachdem die Schreiber das Traktat zu Papier gebracht hatten, sandten wir einen Boten zu Kardinal Filomarino, damit er Name und Siegel daruntersetze. Noch am selben Nachmittag verlas er in der Kirche del Carmine den Vergleich mit der spanischen Regierung, anschließend sang er ein feierliches Tedeum. Die Kirche war bis auf den letzten Platz gefüllt, draußen drängte sich halb Neapel, um der Stunde des Friedens beizuwohnen. Ich sah Männer weinen, weil nun endlich der Zustand erreicht schien, den Kaiser Karl diesem Volk versprochen hatte.

Als ich das Wort ergreifen wollte, schob Genoino mich beiseite und erinnerte die Menschen in einer langen Rede daran, daß er es gewesen sei, der bereits unter dem Grafen von Ossuna für diese Rechte gekämpft und zwölf Jahre seines Lebens dafür gebüßt habe. Dann sprach Kardinal Filomarino über die Denkwürdigkeit dieser Stunde und nahm der Menge das Versprechen ab, sich nun, nachdem alle Forderungen erfüllt seien, der Ordnung und den Gesetzen der Regierung zu fügen.

Für mich blieben keine Worte mehr übrig. Ich stand in einer der vordersten Bänke, ein Zuhörer wie alle anderen. Niemand hieß mich vortreten, um mich für meine Verdienste zu loben, niemand sprach von meinem Schweiß, meinen Entbehrungen, niemand von meiner Großmut und meiner Gerechtigkeit. Sie sangen das Tedeum, fielen einander vor Dankbarkeit in die Arme, strömten an mir vorbei aus der Kirche hinaus auf den Marktplatz, um den Frieden zu feiern. Ich blieb wie ein vergessenes Gebetbuch in der Kirche zurück.

12

Ich will es ihnen nicht übelnehmen, daß sie in der überschwenglichen Freude ihre Pflichten mir gegenüber versäumten. Sie hatten mich nicht vergessen, denn schon am Abend schmückten sie die Straßen für mich wie für einen König. Der Herzog von Arcos hatte mich ins Castel Nuovo geladen, und meine gesamte Streitmacht begleitete mich. Sie waren stolz auf ihren Generale del Popolo, einen Mann aus ihrer Mitte, der vom Ranghöchsten der Stadt wie seinesgleichen behandelt wurde.

Ein wenig steif ritt ich auf dem Pferd, das mir Seine Eminenz zur Verfügung gestellt hatte, eines der prächtigsten Tiere aus den kirchlichen Stallungen. Hinter mir die Kutsche des Kardinals, flankiert von Giovanni und Arpaia, auch sie unsicher in den kostbaren Gewändern, die wir nur auf Bitten Kardinal Filomarinos trugen. Wir waren es nicht gewöhnt, uns in Brokatstoffen zu bewegen. Eigentlich wäre ich dem Vizekönig lieber in meiner gewohnten Kleidung gegenübergetreten, sie hatte bisher ausgereicht, und ich sah nicht ein, warum ich mich nun durch Blendwerk von den Armen unterscheiden sollte, zu denen ich ja immer noch gehöre. Schließlich ließ ich mich doch überzeugen, daß der Herzog von Arcos es als Beleidigung auffassen könnte, wenn ich mich vor ihm in einer blutbefleckten Hose zeigte und in einem Stofflappen, den nur ein Gutwilliger noch als Hemd erkennen konnte. Trotzdem empfand ich ein Gefühl der Abtrünnigkeit, als ich mich auf einmal durch Glanz und Flitter derart von meinen Männern unterschied. Genoino begleitete mich. Er trug eine blasierte Miene zur

Schau und konnte nur schlecht seinen Ärger verbergen, weil er nicht, wie er gehofft hatte, an der Seite Kardinal Filomarinos dem Castel entgegenfuhr, sondern ich ihm einen Platz sogar noch hinter Arpaia zugewiesen hatte. Eigensinnig verweigerte er ein Pferd und bestand statt dessen darauf, in einem Sessel getragen zu werden. Schließlich ließ ich ihm seinen Willen, obwohl ich genau wußte, daß seine Gebrechlichkeit im Grunde nur ein Vorwand war, um seine verletzte Eitelkeit zu verbergen.

Als unser Zug das Castel erreichte, schickte uns Arcos den Hauptmann seiner Leibgarde entgegen, um mich im Namen Seiner Majestät des Königs zu begrüßen und hineinzubegleiten. Ich ließ den Hauptmann am Tor warten, wendete mein Pferd und gebot der Menschenmenge zu schweigen. Hier, vor dem Castel Nuovo, im Beisein des Vizekönigs, wollte ich die Rede halten, die man mir nachmittags in der Kirche verweigert hatte. Wie stolz war ich, als auf meine Handbewegung hin sogleich alles Geschrei verstummte – solchen Wert maßen sie meinen Worten bei, daß sie fürchteten, auch nur ein einziges davon zu überhören. »Meine Getreuen«, rief ich ihnen zu. »Neapel ist frei! Danken wir Gott und unserer Madonna del Carmine, die uns in den Tagen des Kampfes nie verlassen hat.«

Die halbe Bevölkerung der Stadt stand vor mir, Tausende beeideten auf meinen Befehl hin Treue und Gehorsam vor Gott. Dann ließ ich sie auf La Bruna schwören, auf jeden unserer acht Schutzheiligen, auf König Philipp von Gottes Gnaden, auf Seine Eminenz, Kardinal Filomarino, und schließlich auch auf den Herzog von Arcos, Vizekönig der Stadt Neapel. »Seine Exzellenz, der Herzog von Arcos, hat sich auf das Andenken Kaiser Karls V. besonnen«, fuhr ich fort. »Der Vizekönig hat die Privilegien erneuert, die uns der gütige Kaiser geschenkt hat, und uns von allen ungerechten Lasten, von allen widerrechtlichen Zöllen befreit. Ich habe euch versprochen, euch nicht um eines schnöden Vorteils willen zu dienen, denn eure Liebe ist mir Dank genug. Seine Eminenz, Kardinal Filomarino, kann bezeugen, daß ich das Gold zurückgewiesen habe, das er mir am Anfang unseres gerechten

Krieges angeboten hat. Auch würde ich solch protziges Kleid nicht tragen, hätte Seine Eminenz mich nicht inständig gebeten, meine Fischerkleidung abzulegen, in der ich an eurer Seite gekämpft und den Sieg errungen habe. Unsere Forderungen sind fast erfüllt, nichts wird mich abhalten, bald zu meinem Weib und zu meinem Fischhandel zurückzukehren; ich verspreche, dies Kleid abzulegen, ohne jegliche Begehrlichkeit oder Neid. Von Euch erbitte ich nichts als ein Vaterunser in meiner Todesstunde.«

Warum nur überfiel mich erneut die Todesahnung wie ein plötzlicher Schmerz? Mein Bruder hatte mich gewarnt, mich nicht allein ins Castel zu begeben. Giovanni hatte Angst, mir könnte es ergehen wie dem Grafen von Sarno oder all den anderen, die auf die Gastfreundschaft im Castel vertraut hatten und statt dessen einem Meuchelmord zum Opfer gefallen waren. Auch ich fürchtete mich. Sollte hinter diesen Mauern geschehen, was ich so oft in meinen Visionen gesehen hatte? Viva, riefen meine Männer, viva Masaniello, er soll noch hundert Jahre leben!

Ich bemerkte ein Grüppchen Gerber in der Menschenmenge, erinnerte mich an ihre Scheu, an ihre Schweigsamkeit und an den Gleichmut, mit dem sie in ihren Kesseln rühren, als gebe es kein Gestern und Morgen. Das gab mir meine Zuversicht zurück. La Bruna würde mich nicht sterben lassen, bevor ich ihren Auftrag erfüllt hätte, denn noch war die Charta weder von Arcos beschworen noch vom König besiegelt. Sollte mir aber doch etwas zustoßen, mußte ich meinen Männern noch die Warnung mit auf den Weg geben, die Waffen nicht eher niederzulegen, bis diese letzte Forderung erfüllt wäre.

»Hört nicht auf die adeligen Herren«, bat ich, »mißtraut ihnen wie einer Vipernbrut. Der Krone Spaniens soll weiterhin gehören, was ihr gebührt. Die Abschaffung der ungerechten Zölle jedoch wird diejenigen treffen, die uns so mitleidlos ausgeblutet haben, den Adel und seine Helfershelfer, die Steuerpächter, diese unersättlichen Blutsauger, die sich von nun an von ihrer Hände Arbeit ernähren mögen oder ihr Dasein in Armut fristen, damit ihr Leben König Philipp zur Ehre gereiche. Ich reite jetzt durch dieses Tor. Seht ihr mich nicht in einer Stunde wieder, so sollen Blut und Brand die Stadt zerstören.« Tausendfach erscholl das Versprechen, meinen Tod zu rächen. Dann gab ich meinem Pferd die Sporen, und nur die Kutsche des Kardinals durfte mir folgen. Selbst Genoino mußte draußen bleiben.

Der Herzog von Arcos stand auf der Treppe, bis auf sein dunkelrotes Seidencape ganz in Schwarz gekleidet. Nie vorher war er mir so groß erschienen. Ich beugte das Knie. Er ließ mich ungebührlich lange in dieser demütigenden Haltung verharren, und als er mich endlich aufstehen hieß und näherkam, schien mir für einen Augenblick, als koste es ihn unendliche Mühe, mich, den nach Wein und Schweiß stinkenden Lazzaro, nach höfischer Sitte zu umarmen.

Doch dann begrüßte Arcos mich als Retter des Volkes, voller Freude, endlich den kennenzulernen, der des Vizekönigs dringlichste Wünsche in die Tat umgesetzt habe. Hatte ich mich völlig in diesem Mann getäuscht, als ich ihm Intrigen, Härte und Grausamkeit unterstellt hatte? Vielleicht war es ihm wie mir ergangen, umgeben von meineidigen Ratgebern, die seine Worte verdreht hatten um des eigenen Vorteils willen. Ich sah sie mir gut an, diese adeligen Herren, die scheinheilig das Haupt vor dem Vizekönig beugten und mich am liebsten beiseite getreten hätten wie einen räudigen Hund. Sie machten kein Hehl daraus, wie sehr sie sich über meine Rede draußen vor dem Castel geärgert hatten, in der ich sie zu Recht als Vipernbrut beschimpft und meine Männer zu Rache und Vergeltung aufgerufen hatte. Wie sie nach Luft schnappten, diese eitlen Blutsauger, als Arcos mich einen Freund der spanischen Regierung nannte, wie sie hämisch die Münder verzogen und Don Diego di Mendoza gar die Hand hob, als wolle er mich wie eine lästige Fliege verscheuchen. Man sagt Mendoza eselhafte Treue zu Arcos nach, vielleicht, weil er sich zwischen den rücksichtslosen Günstlingen Olivares' am Hof von Madrid nicht hatte halten können und froh war, noch einen angemessenen Posten in der Provinz Neapel gefunden zu haben. Es war mir entsetzlich peinlich, als ich einige Damen wiedererkannte, auf die ich früher die

Schweine gehetzt und die ich in den Tavernen mit unflätigen Zoten beleidigt hatte. Sie erinnerten sich wohl nicht mehr an mein Gesicht, da sie mir die Hand zum Kuß boten; die Schwester Arcos', die Prinzessin von Marano, die Marchesa di San Vito und all die anderen Hochgeborenen. Auf einmal glaubte ich, ersticken zu müssen. Wände neigten sich mir zu, der Boden unter meinen Füßen schwankte, die Spiegel an den Wänden warfen mein Gesicht hundertfach als verzerrte Fratze zurück; König Philipp saß plötzlich auf dem Thron inmitten des Saales, und ich hörte ihn das Urteil über mich sprechen: Tod dem Masaniello. Tod dem Rebellen, der sich an königlichen Domänen vergriffen hat. Seinen Leib soll man vierteilen und auf dem Scheiterhaufen verbrennen, seine Asche aber in alle Winde verstreuen, damit nichts mehr Zeugnis gebe von dem, der sich gegen seinen König erhoben hat.

Als ich wieder zu mir kam, lag ich auf den bunten Fliesen und wimmerte wie ein Kind. Kardinal Filomarino versuchte, mir aus einem Becher ein Getränk einzuflößen. Ich stieß ihn weg, nicht aus diesen Händen wollte ich das Gift entgegennehmen, aus Händen, die mich so oft gesegnet hatten. Sie hielten mich fest, gewaltsam, bis ich schließlich trank, und der Wein aus dem Becher Schluck für Schluck seine wohltuende, belebende Wirkung entfaltete. Wieder einmal, wie so oft in den letzten Tagen, hatte meine Müdigkeit mir einen Streich gespielt. Ich schämte mich entsetzlich für die klägliche Vorstellung, die ich den adeligen Gaffern gegeben hatte. Wie sollten sie mich denn je meines Amtes entsprechend würdigen, wenn ich bei einem solchen Anlaß zusammenbrach und mich wie ein kranker Narr auf dem Boden wälzte. Ich sprang auf, so schnell es meine zitternden Beine erlaubten. »Euer Exzellenz werden mir hoffentlich gütigst den kleinen Schwächeanfall verzeihen. Ich habe seit Tagen kaum geschlafen, Ihr wißt aus eigener Erfahrung, daß der Schlaf diejenigen meidet, die die Last der Verantwortung auf ihren Schultern tragen.«

Ich haßte mich dafür, daß ich dem Vizekönig schmeichelte, hoffte aber gleichzeitig, mich dadurch aus meiner peinlichen Lage zu retten.

Ja, ich versprach ihm sogar ein Geschenk von fünf Millionen Scudi aus den beschlagnahmten Vermögen einiger Adeliger. Arcos schien von der hohen Summe überwältigt. »Ein großherziges Angebot, Illustrissimo Masaniello«, sagte er, »manch einer meiner Räte sollte sich ein Beispiel nehmen an einer so edlen Gesinnung.«

Illustrissimo nannte er mich, wie seinesgleichen – die Anrede schien ihm ganz selbstverständlich über die Lippen zu kommen, und ich ließ mich gern blenden. »Ein gerechter Ausgleich für die abgeschafften Zölle, Exzellenz«, antwortete ich, »und wenn dieses Vermögen für Eure Belange nicht ausreicht, wird mich mein Volk für den Rest nicht im Stich lassen.« Kaum hatte ich es ausgesprochen und die unverhohlene Gier in Arcos' Miene bemerkt, erschrak ich. Ich verfügte über den Willen meines Volkes, ohne vorher seine Zustimmung eingeholt zu haben; ich erhob mich über die Armen, wie es die Mächtigen von jeher getan hatten. Der Vizekönig lächelte. Vielleicht überschlug er in Gedanken den unermeßlichen Reichtum der Brüder Carafa, zufrieden, weil ich nicht nur seine ärgsten Feinde beseitigt hatte, sondern ihm auch noch ihr Vermögen in die Hände spielte, ohne daß er dafür einen Finger krümmen mußte. Ich hatte einen schwerwiegenden Fehler begangen, aber ich konnte das Gesagte nicht mehr zurücknehmen.

Draußen erhob sich plötzlich ein beängstigender Lärm, der mich gottlob vor weiteren Mißgriffen bewahrte. Ich sprang auf. Die Stunde war längst vergangen, und meine Getreuen rüsteten sich zur Rache. Sie brachen in lautes Freudengeschrei aus, als ich mich unverletzt am Fenster zeigte. Ich sah manche rennen, um in den benachbarten Kirchen die Glocken zu läuten, was uns in den letzten Tagen als Angriffsfanal gedient hatte. Ich gab sofort Order, das Geläut einzustellen. »Ich will Euer Exzellenz ein Beispiel geben, daß nichts in dieser Stadt ohne meinen Befehl geschieht«, sagte ich und schrie über den Platz: »Ehre Seiner Majestät dem König, Ehre Seiner Eminenz Kardinal Filomarino, Ehre Seiner Exzellenz dem Herzog von Arcos!«

Es genügte meinem Stolz nicht, daß die Menge meine Worte einstimmig wiederholte. Nein, ich mußte dem Vizekönig beweisen, wie weit meine Macht reichte, eine Macht, die ein ganzes Volk umfaßte, größer und herrlicher war als alles, was man in Neapel bisher gesehen hatte. So rief ich noch einmal hinunter: »Ich befehle jedem, der nicht ein Rebell genannt werden will, unverzüglich nach Hause zu gehen.« Innerhalb weniger Minuten war der Platz wie leergefegt. Kardinal Filomarino und der Herzog von Arcos sahen mich an, und ich spürte mich wachsen unter diesem Blick. Triumphierend.

»In diesem Volk lebt ein außerordentlich starker Sinn für Gerechtigkeit, Exzellenz«, sagte Kardinal Filomarino, »Gott möge die Kraft der Neapolitaner in die richtigen Bahnen lenken.« Es klang spöttisch. Vielleicht antwortete Arcos deswegen in seinem gewohnten arroganten Tonfall, daß es sich bei der Gerechtigkeit um eine sehr wankelmütige Dame handle.

Ach, Bruder Anselmo, die freundschaftlichen Gesten, mit denen sie mich an jenem Abend aus Vorsicht bedachten, nicht einmal meine prächtigen Kleider konnten darüber hinwegtäuschen, wie schlecht meine Herkunft sich mit der ihren vertrug.

Ich bat den Vizekönig, den Titel Generale del Popolo, den mir das Volk verliehen hatte, zu bestätigen, und er versicherte mir, er werde seine königlichen Räte anweisen, alle von mir getroffenen Entscheidungen zu respektieren und auch in Zukunft meinen Befehlen zu gehorchen. Das Wort Respekt hatte für uns Lazzari eine feststehende Bedeutung, man respektierte die Gesetze des Königs und die Gebote der Kirche – ich ahnte nicht, daß der Vizekönig Respekt keineswegs mit Einhaltung gleichsetzte und daß Zukunft durchaus nur eine Spanne von zwei oder drei Tagen bedeuten konnte. Ich nahm seine Worte für bare Münze und verkündete noch in derselben Nacht auf dem Marktplatz, der Herzog von Arcos habe mich zum Oberbefehlshaber der Stadt Neapel ernannt. Der Vizekönig versprach mir auch, die Vergleichsakte vom königlichen Schreiber aufsetzen zu lassen und am folgenden Sonnabend in der Kirche del Carmine in Gegenwart aller königlichen Räte seinen Eid darauf zu leisten.

Dem Frieden der Stadt stand nichts mehr im Weg – so verstand ich diese Versprechungen. Ich wollte niederknien, um dem Vizekönig zum Dank die Hand zu küssen, aber Arcos verhinderte diese Demutsbezeugung, statt dessen nahm er eine seiner Ketten ab und legte sie mir um den Hals. Ich versuchte vergebens, das Geschenk abzulehnen, das mich aufs neue in den Verdacht der Bestechung brachte, aber Kardinal Filomarino ließ auch diesmal keines meiner Argumente gelten. So nahm ich die Kette schließlich an, um das eben erst geschlossene Bündnis mit dem Vizekönig nicht zu gefährden.

Später gebot mir Kardinal Filomarino, in seiner Kutsche Platz zu nehmen, eine unerhörte Ehre für einen armen Lazzaro. Die Diener des Vizekönigs liefen der Kutsche mit brennenden Fackeln voraus, und als ich mich noch einmal umdrehte, sah ich alle Fenster im Castel Nuovo hell erleuchtet. Eine große Ruhe erfüllte mich. »So ist dein Herz nicht mehr von Argwohn und Haß gegen den Adel vergiftet, mein Sohn?« fragte Kardinal Filomarino mich, »ich freue mich, daß du deinen Feinden Verzeihung gewährst.«

Diese Stadt habe keine Feinde mehr, antwortete ich, von nun an wolle ich, gemäß meines Amtes, Ordnung und Frieden aufrechterhalten. Kardinal Filomarino sah mich nachdenklich an. »Die menschliche Seele ist dunkel und voller Zauder«, murmelte er, »gebe Gott, daß du recht behältst, mein Sohn.«

Ich stand noch lange vor meinem Haus und schaute nach oben zu dem kaiserlichen Adler. Immer wieder befühlte ich die Goldkette um meinen Hals. Das Tuch mußte nicht unbedingt Tod bedeuten, wie gehässige Zungen behaupteten. Die Vorsehung könnte auch die Kette des Vizekönigs gemeint haben, dachte ich, ein Zeichen der Freundschaft, der Verbundenheit und der gemeinsamen Aufgaben. Tod ergab gar keinen Sinn in einem Augenblick, in dem alles von Frieden zeugte. Neapel war frei und ich vom Vizekönig ernannt, diese Freiheit zu bewahren. Fünf Tage hatte ich gebraucht, Arme und Ungebildete zu lehren, die Fesseln abzuwerfen, die sie seit über dreißig Jahren erstickt hatten. Fünf Tage, während derer ich kaum geschlafen und gegessen und nur der Wein mich aufrechtgehalten hatte und die Wichtigkeit, die mich von meinesgleichen unterschied.

Ich bückte mich, nahm eine Handvoll kleiner Steinchen auf und schleuderte sie gegen den Adler. So wie ich schon die Hasenpfote aus meinem Leben gestrichen hatte, verfuhr ich nun auch mit der Prophezeiung. Ich brauchte weder das Gebrabbel eines Mönches noch Aberglauben oder heidnische Relikte – im Leben eines Generale del Popolo, in meinem Leben, sollte nur noch die Madonna zählen, die mich vor allen anderen ausgezeichnet und mir die Kraft gegeben hatte, meinen Auftrag zu erfüllen. *Sono il Capitano...* Wie lange hatte ich kein Lied mehr geträllert, Ewigkeiten schien es her, und ich freute mich über den Text, den mir der Augenblick eingab.

Berardina schlief nicht. Ich nahm sie in die Arme, und diesmal sträubte sie sich nicht, vielleicht weil sie nach den Tagen des Kampfes, des Mordens, nach den Tagen der Unruhe und der Angst in meinem Gesicht endlich wieder einmal Glück las und daran teilhaben wollte. »Neapel ist frei«, sagte ich. »Zölle und Abgaben sind abgeschafft. Nie wieder wird Blut fließen, nie wieder wird man Frauen in den Kerker werfen für eine Handvoll geschmuggelten Mehls, nie wieder wird ein Lazzaro um Brot vom Tisch der Reichen betteln müssen. Ich, Masaniello der Fischhändler, Generale del Popolo, habe der Stadt Neapel alle Privilegien, alle Rechte und die Freiheit zurückerobert.« Berardina streichelte mich, aber sie schwieg. Wieder verschloß sie sich durch ihre Wortlosigkeit, setzte einen Abstand zwischen uns, der durch nichts mehr zu überbrücken schien.

Ich trug immer noch das Gewand, das ich mir für den Besuch beim Vizekönig hatte aufdrängen lassen. Ich begann, ungeduldig Bänder und Knöpfe zu lösen, verhedderte Arme und Beine, fluchte, weil es mir nicht schnell genug gelang, mich aus dem beengenden Flitter zu lösen. Schließlich warf ich das Gewand achtlos aufs Bett und griff nach meinem grobleinenen Hemd, zärtlich, weil es mich in schlimmen Zeiten begleitet hatte. Nun sollte es auch in den Tagen des Sieges genügen. Ich ging zur Tür, ich wollte mich meinem Volk in dürftigen

Kleidern zeigen, ihnen beweisen, daß ich nicht bestechlich war, daß ich sie nicht verraten hatte. Ich spürte Berardinas Blick im Rücken, spröde, und weil ich diesen Blick nicht aushielt, ging ich zurück. Einen Kuß nur, Verständnis und noch ein wenig Geduld?

Vielleicht hat sie mit mir von unserem Kind sprechen wollen in jener Stunde der Freude, von meinem Sohn, der wieder Liebe in dieses Haus bringen sollte; Liebe, die ich seit Wochen und auch in jener Stunde nach draußen trug. Berardina wandte sich ab. Der Augenblick war verpaßt.

Der Frieden schien so nahe. Zwei Nächte und einen Tag noch, dann sollte das Unrecht, das man dem Volk von Neapel zugefügt hatte, vergeben und vergessen sein; zwei Nächte und einen Tag noch, dann würde meine Abschaffung der Zölle beeidet sein und rechtens werden. Nichts durfte diesen Frieden stören, kein Dieb, kein Gesindel, keine Unbotmäßigkeit sollte den Namen des treuesten Volkes mehr beschmutzen, und ich, der Generale del Popolo, wollte kraft meines Amtes dafür sorgen. So ließ ich am nächsten Morgen auf der Via Toledo ein Holzpodest errichten, größer als alle Schaustellerbühnen der Stadt. Hier, in der Straße, in der Riberas Atelier lag, sollten meine Gerichtsurteile öffentlich vollstreckt werden, als abschreckendes Beispiel für jeden, der sich nicht mit der neuen Ordnung der Stadt abfinden wollte, und als Warnung für all diejenigen Nutznießer des Königs, die es wagten, ihn trotz aller Gunst heimlich zu verspotten.

Ich weiß nicht mehr, wie viele Todesurteile ich am Freitag verhängte, Erschießen, Hängen, Köpfen, Erdrosseln, je nach Schwere des Vergehens; für mildere Strafen wie Stockhiebe oder Daumenquetschen hatte ich Folterwerkzeuge bereitlegen lassen. Ich erschauerte, zitterte bei jedem Urteil, und doch mußte es geschehen, weil es irgendwo in der Gesetzmäßigkeit einer ungeschriebenen Geschichte so und nicht anders festgelegt war. Zehn Scharfrichter hielten sich den ganzen Tag bis spät in die Nacht zu meiner Verfügung, um die Befehle, die meine sieben Schreiber zu Papier brachten, sofort auszuführen. Die tausend Mann meiner Leibgarde, die unten vor dem Haus auf und ab defilierten, hatte ich angewiesen, jeden Bittsteller zu durchsuchen und – wenn sie unverdächtig schienen – ihre Gesuche auf eine Pike gespießt zu meinem Fenster hereinzureichen.

Ihr nennt es einen schwarzen Freitag? Das Holzpodest eine Schlachtbank und meine Horden beutegierige Jagdhunde, die Häuser, Straßen und Kirchen durchschnüffelten? Für mich war es ein Tag der Säuberung, der Sühne, viele meiner Befehle Vorsichtsmaßnahmen. Bodenlange Gewänder hatte ich ja schon nach dem Verrat Perrones verboten, jedem, den ich tagsüber noch in solchen Kleidern antraf, ließ ich Stockhiebe verabreichen, nachts stand auf dieses Vergehen der Tod. Adelige und königliche Beamte, die sich in den umliegenden Kirchen und Klöstern versteckt hielten, zwang ich, nach Hause zurückzukehren und ihren täglichen Geschäften wieder nachzugehen; Händler oder Tavernenbesitzer, die die festgesetzten Preise überschritten, ließ ich an ihren eigenen Haustüren aufhängen; Diebe und falsche Priester holte ich aus den Kirchen und ließ sie köpfen; wer zusammen mit Banditen angetroffen wurde, starb auch mit ihnen; einen Bäcker, der das Brot um zwei Unzen zu leicht gebacken hatte, ließ ich zusammen mit seinen Broten bei lebendigem Leib verbrennen.

Ich sei grausam gewesen? Nein, meine Urteile waren gerecht. Wer sich nichts zuschulden kommen ließ, hatte nichts zu befürchten, lebte in Frieden und bei reichlich Brot. Gut, es mag sein, daß auch ein paar unschuldige Köpfe rollten, aber die Zeit drängte. Es galt, bis zur Beschwörung der Akte Neapel von allen Strolchen zu säubern, keine Gemeinheit, kein Verbrechen, kein Verrat durfte diesen Tag stören. Ich mußte mein Volk im Zaum halten, ich, der weiseste unter ihnen, damit niemand Frieden und Ordnung gefährdete – sie waren ja wie unwissende Kinder und hatten nie gehört von jenem Reich der Sonne, von jener Utopie, die sich bald in Neapel verwirklichen sollte.

Ach, es bedrückte mich, daß Maddaloni sich noch immer in Freiheit befand. Obwohl ich die Bediensteten der Brüder Carafa foltern und anschließend köpfen ließ, erfuhr ich nichts über den Aufenthaltsort dieses Verräters. Seinen Palast hatte ich bereits bis auf die Grundmauern niederbrennen lassen, sein gesamtes Vermögen aus den Klöstern konfisziert und dem Herzog von Arcos versprochen. Jetzt befahl ich, alle Gemälde, die den Grafen oder ein Mitglied der Familie zeigten, einzusammeln. Ich stach ihnen eigenhändig Mund, Nase und Augen aus, hieb mit einem einzigen Degenstreich den Bildnissen den Kopf ab und heftete die Fetzen an den Pfahl, an dem der Leichnam Don Peppe Carafas hing, oder zumindest das, was von ihm übriggeblieben war.

Ich war nur grausam gegen die, die es verdienten. Habe ich nicht für die Armen weise und gerecht entschieden? Wißt Ihr, daß an dem Tag, den Ihr den schwarzen Freitag nennt, ein Mädchen zu mir kam und mich bat, den Tod ihres Vaters zu rächen und dessen Mörder zu bestrafen? Aber der Bruder des Mörders flehte um Gnade und versprach, wenn ich jenem das Leben ließe, würde er die Waise heiraten, und es solle dem Mädchen an nichts fehlen. Natürlich kann ein Ehemann den gemordeten Vater nicht ersetzen, ja, die Ehe kann für das Leben des Mädchens sogar Bedrückung und Sorge bedeuten. Falls sie aber dem Mörder verzieh, wollte auch ich Gnade walten lassen. Und so geschah es. Das Mädchen hat sich am nächsten Tag wirklich dem Bruder des Mörders versprochen, und ich schenkte dem Unglückseligen das Leben.

Ich überließ dem Herzog von Arcos die Gerichtsbarkeit über den Adel – Gott möge mich vor diesem Menschengeschlecht bewahren, denn ich habe nichts mit ihnen und sie nichts mit mir zu schaffen. Ich entschied nur über die Belange des Volkes, wozu mein Amt mir das Recht gab. Kann ich denn etwas dafür, wenn mir manchmal nicht genug Zeit blieb, um Recht und Unrecht genau zu prüfen?

Viele Beispiele könnte ich aufzählen, um Euch zu beweisen, daß nicht Grausamkeit oder Bösartigkeit meine Urteile bestimmten. Noch nicht. Unrecht tat ich erst gestern, als ich in der Stadt umherlief und mit meinem Degen gegen jeden wütete, der das Haupt nicht vor mir beugte, Frauen, sogar Kinder schlug, im Leib ein Feuer, das meine Lippen in blasige Wülste verformte und meine Zunge in der Farbe des Todes färbte. Nein, am Freitag habe ich keine wirkliche Schuld auf mein Gewissen geladen, auch wenn manche es im nachhinein so sehen möchten. Arpaia, Genoino, Kardinal Filomarino meiden mich deswegen, auch der Herzog von Arcos, diese meineidige Schlange, dem ich am Freitag noch fünfzig Männer ins Castel schickte, beladen mit Wein, Früchten, Fleisch und Fischen – nichts sollte er mehr von seinem gewohnten Leben entbehren. Dafür beschenkte er mein Weib mit kostbaren Gewändern und Juwelen, und viel zu spät erkannte ich, was er damit bezweckte. Die Gemahlin des Generale del Popolo sollte sich in den Reigen der bestechlichen Nutznießer fügen, und nicht genug damit, bot sich der Herzog von Arcos sogar an, für meinen zukünftigen Sohn Pate zu stehen, damit selbst an dem Kind der Geruch von Blendwerk und Abtrünnigkeit klebe.

Am Freitagnachmittag fuhr im Vico Rotto eine Hofkutsche vor, ein Sechsergespann, begleitet von vier Hellebardieren, um die Frauen meiner Familie zu den Adelsdamen in den Palazzo Reale zu laden, wo sie sich inzwischen wieder eingerichtet hatten. Berardina sah aus wie eine Königin, mit einem Leibchen aus Seide und Borten aus Gold... was ich nicht wußte, war, daß die Prunkgewänder zum Teil aus den Beständen der Maddalonisippe stammten – welche Demütigung, Bruder Anselmo, mein Weib wie das eines Verräters zu kleiden! Ganz langsam fuhr die Kutsche durchs Armenviertel, begleitet vom Geschrei der Gaffer, vielleicht auch von dem der Neider. Wie bei adeligen Damen üblich, trug man die Frauen in Sänften die Treppe zum Palazzo Reale hinauf, Frauen, die man sonst in den Straßen Neapels geflissentlich übersah. Die Vizekönigin sei in Ohnmacht gefallen, als Berardina sich anschickte, sie auf beide Wangen zu küssen. Natürlich, wie weit war Donna Immaculata heruntergekommen, daß ein ungebildetes Marktweib die adelige Haut berühren durfte! Berardina erzählte mir, Il Chacon Pons de Leon sei auch anwesend gewesen, den ich erst tags zuvor den größten Betrüger geheißen und ihm angedroht hatte, ihn für seine Vergehen zur Rechenschaft zu ziehen. Er hatte zu den erbittertsten Verfechtern der Fruchtsteuer gehört, und es heißt, er habe für seine Gemahlin so viele Geschenke von den Steuereintreibern erhalten, daß man den halben Marktplatz damit pflastern könnte. Und nun schaukelte er auf seinen Knien das Kind meiner Schwester, er wollte seinen ränkesüchtigen Kopf wohl gerne noch eine Weile auf seinen Schultern behalten. Ach, diese Schande, die ich Berardina gestattete. Arpaia riet mir, die Wachen auf dem Marktplatz zu verdoppeln, weil er fürchtete, der Anblick meines aufgeputzten Weibes könnte die Gier nach Unerreichbarem auch in anderen Herzen entfachen, die redliche Gesinnung meiner Männer vergiften, versteckten Gesindel wieder Platz in der Stadt schaffen und Raub und Totschlag nach sich ziehen.

Aber der Zwist begann dort, wo ich ihn am wenigsten erwartet hätte. Mein Bruder, seit seiner Kindheit daran gewöhnt, hinter mir zurückzustehen, beanspruchte auf einmal mehr Macht, als ich ihm bisher zugebilligt hatte. Am Freitag, als ich noch spät nachts am Fenster saß, weil die Bittgesuche kein Ende nehmen wollten und mein Finger, den ich den ganzen Tag über am Abzug der Flinte gehalten hatte, schon taub war, stürmte mein Bruder in die Stube und verlangte mich zu sprechen. Ich zuckte unter seinem ungewohnt herrischen Ton zusammen – noch nie hatte er gewagt, so mit mir zu sprechen –, und als ich in sein hochrotes Gesicht blickte, wußte ich, er hatte mehr getrunken, als er vertragen konnte. Er atmete schwer und schien entschlossen, die Stube nicht eher zu verlassen, bis er erhalten hätte, was er forderte. »Glaubst du, du kannst mich mit lumpigen Geschenken abspeisen, während dir ein ganzes Volk zu Füßen liegt?« schrie er. »Sieh mich nicht so milde an, Bruder, es gelingt dir nicht mehr, mich durch Blicke kleinzukriegen, so wie du mich mein ganzes Leben lang unterdrückt hast mit deinen glänzenden Reden, die mich in den hintersten Winkel vertrieben, mit deinem beißenden Spott, der mich stumm machte und klein! Brüderliche Verbundenheit? Liebe? Alles Lüge, nur ein geschicktes Verschleiern deiner wahren Natur! In Wirklichkeit hast du mich immer und immer beiseite getreten. Ich habe dir in diesen Tagen treu und ergeben zur Seite gestanden, Nächte mit dir durchgemacht, dafür gesorgt, daß deine Befehle ausgeführt wurden, auch wenn ich deine blutigen Entscheidungen niemals gutgeheißen habe. Glaubst du, das läßt sich mit einer Schnur Gold vergelten?«

Was sollte ich Giovanni Battista antworten, meinem kleinen Bruder, der sich von mir getäuscht fühlte, hintergangen, ausgenutzt? Ich war zu schwach gewesen, Berardina und meiner Mutter Tand und Protzerei sofort zu verbieten, aber wie sollte ich Giovanni begreiflich machen, daß ich selbst keinen Reichtum begehrte; wie ihm beweisen, daß ich die Geschenke des Vizekönigs bis auf die eine Goldkette zurückgewiesen hatte? An jenem Abend schämte ich mich für meinen Bruder, weil Neid und Begehrlichkeit ihn trieben, weil er nur das Oberflächliche an Amt und Würden sah, Liebe und Ergebenheit des Volkes und meine eigene, entsetzliche Einsamkeit nicht bemerkte.

Giovanni stand vor mir, ein mit Groll und Mißgunst beladener Mann, dem die Bedeutung seines Bruders über den Kopf gewachsen war und der sich aus seiner eigenen Armseligkeit durch Schuldzuweisungen retten wollte. Er wußte, daß mein Tadel früher oft berechtigt gewesen war, und ich spürte, wie er mich dafür haßte, auch wenn ich die Zurechtweisung diesmal hinter meinen Lippen verschloß. Es tat mir weh, weil Giovanni nicht erkannte, wie sehr ich ihn trotzdem liebte. Schließlich, unsicher geworden durch mein langes Schweigen, murmelte er, ich hätte ihm wenigstens das Amt des Eletto geben können. Aber ich habe Arpaia ihm vorgezogen, jeder sei mir mehr wert gewesen als der eigene Bruder, selbst ein ehemaliger Sträfling – nur, weil ich Genoino keinen Wunsch abschlagen könnte.

Vielleicht hatte mein Bruder recht, andererseits hatte Neapel niemals einen besseren Eletto gesehen als Arpaia. Sollte ich den Zorn meiner Männer auf mich laden, bloß weil mein Bruder nach höheren Ehren strebte und nicht zufrieden war mit seinen Aufgaben? Giovanni war immerhin so etwas wie ein Grassiere geworden, er hatte die Aufsicht über die Preise am Markt und in den Tavernen, er wachte über die Lebensmittelverteilung in der gesamten Stadt, und er war mein Vertrauter, bejubelt und verehrt von allen, die mir unterstanden. Er lachte auf, als ich ihm seine Vorteile aufzählte, nannte sich einen Feldherrn, dessen Befehle ungehört verhallten, weil ihm weder ein Heer noch eine angemessene Stimme zur Verfügung stünden. Ich gab ihm, was er verlangte: eine fünfhundert Mann starke Kompanie unter seinen alleinigen Befehl und den Auftrag, mir Maddalonis Kopf auf einer Lanze zu bringen. Des weiteren versprach ich ihm bei der Beschwörung der Akte einen Platz neben Kardinal Filomarino, so daß meines Bruders Ehre von der meinen nicht mehr zu unterscheiden wäre. Dann schickte ich Giovanni weg, ich war der Kleinkrämerei müde.

Doch nicht nur mein eigener Bruder versuchte, von Macht und Ruhm zu profitieren, selbst entferntere Verwandte zogen ihren Vorteil aus der Familienzugehörigkeit, auch wenn sich das meiste in einem geschenkten Fisch oder einer fetteren Speckschwarte erschöpfte. In Chiaia nahmen die sogenannten verwandtschaftlichen Bande bedrohlichere Formen an. Man berichtete mir, daß dort ein Fischer im ganzen Viertel umherging und sich bei Krämern, in den Tavernen und an den Marktständen als mein Vetter ersten Grades ausgab. In Wirklichkeit war er nicht näher mit mir verwandt als der Herzog von Arcos oder Kardinal Filomarino, und dessen nicht genug, gehörte er zum niedrigsten Gesindel, ein gerissener Bandit, der den Häschern bisher entwischt war. Nachdem seine sinnlichen Gelüste in Form von Fischen, Früchten, Fleisch und Wein so bereitwillig erfüllt wurden, begann dieser selbsternannte Vetter, in ganz Chiaia Geld zu erpressen. Wer sein Vermögen nicht freiwillig herausrückte, den bedrohte er mit Feuersbrünsten und Tod. Die menschliche Seele ist wirklich voller Dunkel. Denkt nur, daß dieser Mann, der sich in meinem Namen an den Armen versündigte, bis zu seinem letzten Atemzug am Galgen nicht von den geliehenen Familienbanden abwich. Ich schämte mich so sehr, daß ich alle meine Verwandten auf dem Marktplatz zusammenrief und ihnen gebot, öffentlich zu bekennen, solches Gesindel habe zu keiner Zeit zur Familie des Generale del Popolo gehört. Das erpreßte Geld gab ich den rechtmäßigen Besitzern zurück, und Girolamo Donnarumma mußte sich bereit erklären, die Würste, den Speck oder das Pökelfleisch zu ersetzen, alles, was der falsche Vetter sich in meinem Namen angeeignet hatte. Girolamo schwitzte wie lange nicht mehr, und nachdem er bis kurz nach Mitternacht Wurst um Wurst gestopft hatte, ließ er mir ausrichten, es sei ganz unmöglich, daß ein einzelner Mensch an einem einzigen Tag soviel verzehrt hätte.

Girolamo verfluchte die Unehrlichkeit seiner Mitbürger, die sich an seinen Würsten schadlos hielten, weil der Erhängte nicht mehr nach der Üppigkeit seiner Gelage befragt werden konnte. Würste, Speck und Pökelfleisch wurden zwei Tage später in einem Brunnenschacht gefunden, wo der Bandit sie versteckt hatte, um sie nachts seinen Gesinnungslumpen in ihre Schlupfwinkel zu bringen. Aber da war es zu spät, Girolamo seinen fettigen Besitz zurückzugeben, denn die Ratten hatten an dem Erpreßten bereits erkleckliche Arbeit geleistet. Armer Girolamo, nun bezahlte er für das, was er seit Jahren unbemerkt zwischen seine Wursthäute gestopft hatte.

Es ist auf einmal so still geworden, kein Wind, kein Rascheln der Blätter, kein Vogelruf, selbst die Hacke des Gärtners schweigt, dieses leise, tröstliche Geräusch, mit dem er die Erde wendet, damit kein Unkraut gesundes Wachstum störe.

So still lag auch die Stadt, als ich am Samstag noch vor dem Morgengrauen zum Hafen hinunterlief, zu meinem Ruheplatz auf den Steinen floh vor dem Wust unerledigter Dinge, die sich in meinem Kopf auftürmten und den Mann, der ich einmal gewesen war, mehr und mehr unter sich begruben. Die Erinnerung an das Gespräch mit meinem Bruder quälte mich, und doch erkannte ich nicht, wie wenig sich mein Stolz von dem seinen unterschied. Immer wieder hatte ich während der vergangenen Stunden einen Schluck aus der Karaffe genommen und umsonst gewartet, weil der Wein nicht die gewohnte betäubende Wirkung entfaltete. Vom Meer her wehte eine weiche Brise, die wie gewöhnlich um diese Stunde die Wasseroberfläche kräuselte und sich beim ersten Licht der Morgendämmerung wieder legte. Ein paar zögernde, helle Wolkenschleier stiegen hinter dem Vesuv auf, verflüchtigten sich aber, bevor sich wirkliche Konturen abzeichneten. Ich fürchtete ein paar Atemzüge lang, der Himmel könnte das Licht verweigern, so wie in der finsteren Nacht des Jüngsten Gerichts, mit der die Prediger uns sündige Seelen ängstigen. Worte der Offenbarung traten mir plötzlich auf die Lippen, hallten in der Stille, viel zu laut, als daß ein Mensch sie gesprochen haben konnte: *... ich sah einen großen, weißen Thron und den, der darauf saß; und vor seinem Angesicht floh die Erde und der Himmel, und ihnen ward keine Stätte gefunden. Und ich sah die Toten, beide groß und klein, stehen vor dem Thron ... und ein anderes Buch ward aufgetan, welches ist das Buch des Lebens. Und die Toten wurden gerichtet nach dem, was geschrieben steht in den Büchern, nach ihren Werken ... und das Meer gab die Toten, die darin waren, und der Tod und sein Reich gaben die Toten, die darin waren, und sie wurden gerichtet, ein jeglicher nach seinen Werken ...*

Ich fürchte mich, Bruder Anselmo. Mehr noch als ich mich in jener Nacht fürchtete, als sich der dunkle Berg nicht mehr von der Stadt abhob und unsichtbar und schrecklich hinter den Wolken lauerte, der Koloß, der seinen Rachen öffnen und seine Klauen nach der Stadt ausstrecken würde, und Menschen, Häuser, Tiere in seinen Schlund zöge und alles Leben im Feuer erstickte.

Den Vesuv kann man nicht wegtragen. Wie recht Berardina hatte, und warum ergab ich mich nicht. Doch dann begannen die Steine zu leben, ich bemerkte den Schimmer, der sie wie eine feuchte Haut überzog, graue, rosafarbene und weiße Maserungen erwachten auf der grobkörnigen Oberfläche – hier und da ein weißes Häufchen Vogelkot. Ich sah auf. Weinberge schälten sich aus dem rotgrauen Licht, deutlich hoben sich die Kuppen des Vesuv gegen den Himmel ab; ich hatte den Zeitpunkt verpaßt, das fette Tier erwachen zu sehen. Wie tröstlich empfand ich die Morgendämmerung, die die Gefahr sichtbar machte. Worte gleichen dem Tageslicht, wenn sie sich nicht der

Falschheit verschreiben und offenlegen, was sich im Herzen eines Menschen verbirgt. Wie lange mochte mein Bruder sich schon mit Haß und Mißgunst abgequält, wie oft mich durch Gesten und Gespräche getäuscht haben, um seine Bitterkeit zu verbergen.

Ich nahm einen flachen Stein auf und schleuderte ihn dicht über die Wasseroberfläche; viermal berührte der Stein die Wellen, bis er mit einem satten Geräusch auf dem Untergrund aufschlug. Ich schaffte den Bogen nicht mehr so oft wie früher, aber es ging mir damit wie mit so vielem – eine Kindheitserinnerung nach der anderen hatte ich in diesen Tagen abgelegt. Sie stimmten nicht mehr. Vielleicht hatten sie mich immer betrogen, weil es so leicht scheint, so überzeugend, große und kleine Löcher im Netz der Wahrheit zu stopfen, so lange, bis aus dem Netz ein glattes, rundes, glaubhaftes Gebilde entsteht.

Die Glocke von Sant' Agostino bimmelte müde den Engel des Herrn. Ich schüttelte den Kopf und stand auf, es ärgerte mich, daß der Mönch genauso verschlafen an seinem Seil zog wie jeden Morgen. Ich wollte hinübergehen, um ihn daran zu erinnern, daß sich dieser Tag von allen anderen unterschied, auch wenn die Wiedereinführung der Privilegien Kirchen und Klöstern keinen Vorteil brachte, weil sie sowieso keine Steuern bezahlen mußten. Auf halbem Weg kehrte ich wieder um. An einem so wichtigen Tag sollten keine bösen Worte fallen, niemand sollte verurteilt werden, niemand bestraft oder getötet. Der Tag, an dem die spanische Obrigkeit kapitulierte, sollte als Ereignis des Friedens niedergeschrieben werden, als glorreicher Neuanfang. Den Mönch könnte ich auch noch am nächsten Tag maßregeln.

13

Die Beschwörung der Akte war für den späten Nachmittag anberaumt – war es Zufall, die Feier mit dem zu Ende gehenden Tag in Einklang zu bringen? Unrast erfüllte mich, als wolle mein Körper sich mit dem Waffenstillstand nicht aussöhnen.

Als Giovanni und ich endlich bereit waren, aufgezäumt und geputzt wie zwei Pferde bei einem Reiterspiel, war ich so müde, als hätte ich wirklich versucht, den Vesuv abzutragen. Ich umarmte meinen Bruder. Haß und Neid sollten vergessen sein, als Brüder waren wir geboren, kein spanischer Edelmann, kein Priester, kein Amt sollte mehr Zwietracht zwischen uns säen. Tausende schoben und stießen einander auf dem Marktplatz, säumten den Vico Rotto, die Inseliciato, die Lavinaio, die Seitengäßchen, dicht aneinandergedrängte Gesichter in Fensteröffnungen und sperrangelweiten Türen. Viva Masaniello, viva Masaniello ... Trommler wirbelten die Stöcke auf den gespannten Häuten. Welche Freude, Bruder Anselmo, diesmal kündigten sie nicht das Beil des Scharfrichters an, diesmal trommelten sie für den Frieden. Ich ritt auf einem Schimmel voraus, die Farbe der Nachsicht, der Göttlichkeit kleidete mich – in der Hand ein blankes Schwert, wie ein König im geschriebenen, aber auf Erden unerfüllbaren Wort. An meiner Seite Giovanni, dahinter Arpaia und erst an vierter Stelle Genoino, von vier Hellebardieren in einer Sänfte getragen. Der Priester hielt die Vergleichsakte an seine Brust gepreßt wie ein heiliges Signum, damit kein Zweifel aufkäme, wie unentbehrlich seine Hilfe für das Zustandekommen des Vertrages gewesen war. Ich ließ ihm seinen Stolz – wie schwer hatte ein jeder von uns sich seine Anerkennung verdienen müssen. Gleich nach Genoino ritt Don Diego Carriglio, der Capitano der Ehrengarde, gefolgt von einem kleinen Regiment, und dann, endlich, sechsspännig, die Karosse des Vizekönigs. Eine Kutsche nach der anderen reihte sich ein, kein Adeliger fehlte, dahinter etwa hundert berittene Soldaten, die Vorsteher der neunundzwanzig Ottinen, Mönche, Nonnen, Laienbrüder, Abordnungen aller Kongregationen, die das Lob Gottes in Neapel verkündeten – ein schier endloser Zug bewegte sich auf die Kirche del Carmine zu.

Arcos hatte auf die Farbe des Friedens verzichtet. Die schwärzesten Pferde aus seinem Stall zogen die vizekönigliche Karosse, schwarz waren das Zaumzeug, die Decken, schwarz auch die Federbüsche, ja selbst die Reitknechte, die die Tiere am Zügel führten, trugen ungewöhnlich dunkle Kleidung.

Berardina stand am Fenster, in einer prachtvollen Robe aus türkisfarbenem Taft warf sie nach altem Brauch aus einer Schale Korn und Kupfermünzen auf die Straße. Arcos beugte sich aus der Kutsche und zog seinen Hut vor Berardina, grüßte sie wie eine Dame aus den angesehensten Kreisen, nicht ahnend, daß er meinem Weib, der Gemahlin seines größten Widersachers, vor allem Volk Reverenz erwies. Noch in derselben Nacht soll er den Hut wutschnaubend ins Feuer geworfen haben, aber damit konnte er die Ehre, die er Berardina erwiesen hatte, auch nicht mehr aus den Köpfen der Leute streichen.

Welch glanzvolles Kleid umhüllte Neapel! Das Wappen des Königs und das Emblem der Stadt schmückten Häuser und Mauerecken, Seidentücher flatterten unter den Fenstern, manchmal waren es auch nur einfache Bettlaken, die um die Balustraden wehten. Musik, Trompeten, Musketenschüsse und das Geläut der Kirchenglocken begleiteten mich, Jubel und grenzenlose Bewunderung. Früher hatten sie über meine Spottlieder gelacht, nun ritt ich gleich einem König durch die Straßen, und sie küßten die Hufabdrücke, die mein Pferd auf dem Boden hinterließ. Der Vizekönig mußte sich nicht selten mit gehässigen Mienen abfinden, die die unverhohlene Freude über das Eingeständnis seiner Niederlage offenlegten.

Auf einmal fühlte ich meine Zunge am Gaumen wie einen pelzigen Fremdkörper. Seit meinem Besuch auf dem Castel Nuovo vor einigen Tagen plagte mich ein entsetzlicher Durst, unbezähmbar, wenn ich in die Nähe eines Brunnens geriet; auch passierte es mir oft in den letzten Tagen, daß ich das Wasser nicht halten konnte – als ob Flüssigkeit zur einen Öffnung hineinrann und, ohne den Körper zu laben, zur anderen Öffnung wieder hinaus. Als ich am Brunnen vorbeiritt, konnte ich nicht widerstehen, ein paar Schlucke zu nehmen, und unmittelbar darauf mußte ich auch schon besagtem Drang nachgeben. Ich hatte meine Kleider noch nicht wieder in Ordnung gebracht, als die Karosse des Vizekönigs die Stelle passierte. Vor Eile, mich nicht in dieser ungebührlichen Pose vor dem Herzog zu zeigen, stolperte ich, fiel zu Boden, aber, obschon im Dreck liegend, erprobte ich meine Macht und gewann. Vom Boden aus gebot ich dem Volk, den Herzog von Arcos zu grüßen. Mit einem dreifachen Viva folgten die Menschen meinem Befehl.

Endlich war es soweit. Arcos und die königlichen Räte hatten im Kirchengestühl des Adels Platz genommen, Kardinal Filomarino im erzbischöflichen Sessel, ich stand auf den Stufen zum Altar, und hinter mir in den Bänken das Volk; in Nischen, neben Pfeilern und Säulen zusammengedrängt standen Männer und Frauen, Arme und Bessergestellte, Greise und Kinder. Schweigen, Erwartung und Freude. Donato Coppola, der königliche Sekretär, erhob sich, nahm die Akte von Genoino entgegen, trat vor, entrollte die Blätter und verlas den ersten Artikel unseres Vergleichs: Im Namen unseres Allmächtigen Gottes, im Namen des heiligen Gennaro, des heiligen Aniello, des heiligen Antonio von Padua, im Namen aller Schutzheiligen dieser treuesten Stadt Neapel. Zur Ehre, Erhaltung und Ruhm Unserer Majestät, Philipp IV. von Spanien, König von Gottes Gnaden. Im Namen Seiner Eminenz Kardinal Filomarino, unseres Erzbischofs und Hirten; im Namen Seiner Exzellenz, Herzog von Arcos, Vizekönig des Königreichs Neapel, Vater dieses treuesten Volkes; im Namen des Signore Tommaso Aniello d'Amalfi, Generale del Popolo dieses treuesten

Volkes, sei verkündet, daß seine Exzellenz, Herzog von Arcos, sich durch die Vermittlung des Tommaso Aniello d'Amalfi entschlossen hat, dem Volk von Neapel nachstehende Privilegien wieder zu erteilen, sie zu erweitern und zu bestätigen. Eine Ungeheuerlichkeit! Sie hatten unsere Madonna del Carmine vergessen, ausgerechnet ihr Name fehlte, in deren Auftrag ich gehandelt hatte, und die nun bei der Aufzählung der Ehren nicht genannt worden war. Ich hob die Hand und gebot Donato Coppola nach der Nennung Gottes, an zweiter Stelle die Madonna del Carmine einzufügen und das Ganze noch einmal zu verlesen. Erst danach durfte er mit der Aufzählung der Privilegien fortfahren.

Ich bitte Euch, Bruder Anselmo, unsere Forderungen niederzuschreiben, denn wenn ich sterbe, werden sie die Charta verschwinden lassen, und niemand wird mehr von den Rechten wissen, die der Kaiser diesem treuesten Volk geschenkt hat. Schreibt für die Kinder der Kinder auf, was der Herzog von Arcos, Vizekönig von Neapel, diesem Volk unter Eid und im Namen Seiner Majestät, König Philipp IV., gestattete und versprach. Ihr seid dabeigewesen, Ihr müßt Euch doch besser als ich an die gelehrten Worte erinnern. Mir ist manches entgangen, aber ich weiß noch, wie Genoino sich aufrichtete, als Coppola die Stelle verlas, die dem Volk im Tribunale gleiche Stimmenzahl zubilligte wie dem Adel. Ich sah, wie alle Gebrechlichkeit von Genoino abfiel, weil aus den Mienen der anwesenden Bürger Lob und Zufriedenheit sprachen. Dafür hatte er mehr als fünfundzwanzig Jahre gekämpft, Demütigungen erlitten, Jahre seines Lebens und sein Vermögen eingebüßt. Ich gönnte ihm die Freude, obwohl ich mich auch fürchtete vor dem Stolz und der Genugtuung in seinem Blick.

Donato Coppola war in der Zwischenzeit schon bei Artikel fünf unseres Vergleichs angelangt, in dem es hieß, das Volk werde die Be dürfnisse Seiner Exzellenz mit Gut und Blut nach bestem Vermögen unterstützen. Des Volkes Blut? Empört unterbrach ich Coppola: Das Wort Exzellenz müsse durch das Wort Majestät ersetzt werden, denn keiner anderen Exzellenz als Seiner Majestät, dem König von Spanien, sei das neapolitanische Volk mit seinem Blut verpflichtet.

Arcos streifte mich mit einem Blick, einem Gemisch aus Neugier, Abschätzung, Feindseligkeit, Überdruß, aber auch Bewunderung. Ich nickte ihm zu: Friede soll sein, endlich Friede zwischen Volk und Regierung. Der Vizekönig senkte den Blick zu Boden, während Coppola die nächsten Abschnitte der Charta verlas. Artikel dreizehn besagte, daß wir die Waffen erst dann niederlegen würden, wenn die Akte vom König besiegelt wäre. Ich hatte mir ausbedungen, den Kampf nicht eher zu beenden, bis König Philipp mit seinem Namen unsere Rechte bestätigt hätte. Und dann, endlich, endlich, sprach die Akte in klaren Worten von dem Privilegium, für das ich gelitten und gemordet hatte: Alle Zölle, sie mögen von seiten des Hofes oder der Stadt selbst, auf Anordnung Seiner Exzellenz des Vizekönigs, des Adels oder auch des Volkes errichtet sein, werden für aufgehoben erklärt...

Ich sprang auf, Tränen in den Augen, wandte ich mich meinem Volk zu. Neapel ist frei. Viva Masaniello.

Kardinal Filomarino gebot mit einer Handbewegung Schweigen, damit Donato Coppola den Rest der Charta verlesen konnte. Bilde ich mir im nachhinein ein, seine Stimme hätte leiser geklungen, auch hastiger, als wolle er zu einem schnellen Ende kommen? Vielleicht habe ich nicht mehr genau hingehört, weil die Freude mir den Atem nahm, vielleicht auch, weil mich wieder dieser unerträgliche Durst überfiel, ein Zittern meine Glieder heimsuchte, das Altargold vor meinen Augen zu glühender Lava verschwamm, ein Schmerz in meinem Kopf, gleich einer Eisenklammer, mich bis zum Wahnsinn peinigte... wie durch eine dicke Decke vernahm ich den Wortlaut, unfähig, den Verrat zu begreifen, den man in dieser Kirche am Volk beging.

Ich befehle Euch, Bruder Anselmo, schreibt es nieder, das Viperngezisch, das das Papier beleidigte, laßt Euch vom Kardinal bestätigen, Wort für Wort, wie man das Volk betrog. Man versprach die Aufrechterhaltung des gegenwärtigen Besitzes – ja, so ähnlich drückten sie es wohl aus –, auch, daß das Volk sich widersetzen dürfe gegen die

Bezahlung aller Arten von Zoll, neueingeführter Imposten und Auflagen, die in Zollhäusern erhoben wurden. Doch sie machten diesen Vorteil mit einem Zusatz zunichte, denn es blieben ausdrücklich diejenigen Abgaben bestehen, die wir schon zu Zeiten Kaiser Karls V. entrichten mußten, ebenso alle anderen Abgaben, die einzelne Bürger an Zahlungs Statt erhalten hatten. Ach, die Ungeheuerlichkeit, die sich meinem schmerzenden Kopf entzog. Alle Zölle seien abgeschafft, nur das hörte ich und nicht, daß die mörderische Praxis der Steuerpacht bestehenblieb. An Zahlungs Statt! Das hieß, die Steuerpächter durften die Armen wie bisher mit unmäßigen Forderungen schröpfen, um die vorgestreckte Steuerschuld von uns einzutreiben. Einen Narren hatten sie aus mir gemacht, nichts war gewonnen. Die Unterdrückung wird weitergehen, mögen sie auch die Konfiszierung der Adelsgüter als rechtens niederschreiben, Straffreiheit für mich und meine Männer festlegen, Galeerensträflinge freilassen und versprechen, jeden Punkt der Akte bei der Madonna zu beschwören.

Marco Vitale, mein treuer Freund, hatte recht, als er mich in die Seite stieß und warnte; ich Tor aber sah in seinem wohlmeinenden Rat nur den Versuch, den soeben geschlossenen Frieden zu stören, verbot ihm grob das Wort, weil seine Mahnungen mein Vertrauen in die Regierung beleidigten.

Was glaubt Ihr, Bruder Anselmo, sollte sowohl Kardinal Filomarino als auch Genoino dieser Betrug entgangen sein, solch gelehrten Männern, die die Schriften der Rechte kennen und im Gestrüpp wohlklingender, doch unverständlicher Begriffe den rechten Weg finden? Unser Seelenhirte schwieg, schlug ein Kreuz, segnete die meineidigen Beschwörer im Namen des Vaters und des Sohnes und des Heiligen Geistes.

Die Stimmen in meinem Kopf, Bruder Anselmo, hört Ihr sie? Seit der Beschwörung der Akte quälen sie mich. Sie flüstern Dinge, leise, damit ich sie nicht verstehe; manchmal schreien die Stimmen auch, verrechnen Zahlen und Namen miteinander in unvorstellbar großen Summen, kichern, weil ich das Spiel nicht kenne... Warum vertreiben Eure Gebete die Dämonen nicht, die zwischen den Perlen des Rosenkranzes lauern. Spürt Ihr nicht, wie sie unter Euren Fingern hindurchschlüpfen, sich in der Höhlung Eurer Hand verkriechen und von dort aus die heiligen Worte verdrehen?

Nichtsnutzige Teufel! Sie hatten sich schon in die Kirche del Carmine geschlichen, waren in Finger und Münder gekrochen, als man das verlogene Dokument beschwor... Gegeben zu Neapel auf dem Palazzo Reale, den 13. Juli 1647. Herzog von Arcos... die Stimmen kicherten, böse, schadenfroh, als Donato Coppola, vier königliche Räte und vierzehn Fürsten ihren Namen hinter den des Vizekönigs setzten. Kardinal Filomarino lächelte, der Herzog von Arcos lächelte, Genoino und Arpaia lächelten, auch meine Lippen erlagen unwillkürlich dem Zauber dieser Stunde.

Sie sollen schwören, flüsterten die Stimmen in meinem Kopf. »Sie sollen schwören«, schrie ich, »schwören, bei allem, was mir heilig ist.« Ach, Arcos hätte sogar beim Leben seiner Mutter diesen Eid geleistet, ein erpreßter Schwur verpflichtet zu nichts. Er wußte, es würde lange dauern, bis das Originalprivilegium gefunden wäre, Zeit genug für des Königs Soldaten, um diese Stadt unter altes Recht zu zwingen; Zeit genug, Masaniello und seinen stinkenden Abschaum ins dunkelste Verlies dieser privilegierten Stadt zu werfen, Zeit genug, die Geister in meinem Kopf durch ein paar bittere Früchte zu einem gigantischen Heer zu vermehren.

Der Herzog von Arcos hob die Hand: Ich schwöre beim Evangelium, beim Blut des heiligen Gennaro und allen Schutzheiligen dieser Stadt, daß ich den niedergeschriebenen Vergleich gutheiße und einhalten werde.

Glaube ihm nicht, warnten mich meine Stimmen, der Schwur eines Spaniers auf die Schutzheiligen dieser Stadt bedeutet nichts. Schwört bei der heiligen Madonna del Carmine!

Ich schwöre bei der heiligen Madonna del Carmine. Ein Adeliger nach dem anderen leistete den geforderten Eid, fiel ein in den Gesang, den Kardinal Filomarino anstimmte.

Meine Geister jedoch wollten das Tedeum nicht hören. Sie hießen mich aufstehen und Donato Coppola eine wichtige Nachricht übermitteln. Schreibt es auf, befahl ich, schreibt auf, daß der Vizekönig meine Ernennung zum Oberbefehlshaber der Stadt beeidet, so wie er es mir auf dem Castel Nuovo versprochen hat.

Später.

La Bruna wird Euch die Feder zerbrechen und Eure Finger lähmen, wenn Ihr meine Forderung nicht sofort dem Vizekönig überbringt. Gut, Masaniello, sagten die Stimmen, als Arcos bestätigend in meine Richtung nickte. Aber willst du dich ohne Ehrengarde, ohne Schutz in der Stadt bewegen, du, der Generale del Popolo? Geh und fordere eine Leibwache, ausgesuchte, unerschrockene Soldaten. Die Stimmen waren zufrieden mit mir, ich bekam auch die Leibwache. Jetzt sangen sie mit mir das Tedeum, doch dann fiel ihnen noch etwas ein. Geh und verlange, daß du die Männer deiner Leibwache selbst bestimmen kannst, die Zahl verstärken oder vermindern, so wie es dir beliebt. Du hast ein gutes Auge bewiesen für brave Soldaten, sagten die Stimmen, und sie hatten recht, denn ich hatte den Kampf um die Stadt gewonnen. Und laß dich nicht Signore nennen, flüsterten sie noch, denn du bist ein Fischer und das sollst du bleiben. Dann schwiegen die Stimmen, oder hatten sie sich in meiner eigenen zu einem einheitlichen Chor verbunden? »Ich bin ein Freund des Vizekönigs«, sagte ich laut. »Sein aufmerksames Auge ruht auf dem Moses des Volkes, der das Meer für seine Getreuen geteilt hat. Noch in tausend Jahren wird man vor dem zweiten Moses voller Ehrfurcht das Haupt beugen.« Da waren sie wieder, die Stimmen meiner Geister. Mach dir nichts draus, wenn sie über dich lachen, wir sind ja bei dir, um deinen Worten Kraft zu verleihen. Fordere Verzeihung von ihnen, denn du bist ein Held, und sie haben dir viel zu verdanken, befahlen die Stimmen. »Lacht nur«, rief ich den Räten zu. »Lacht nur, ihr unmündigen Kinder. Eine Million Dukaten will ich euch geben, wenn ihr mich um Verzeihung bittet, ihr, die ihr euch feige ins Castel zurückgezogen habt, hasenfüßige Schweiger, denen die eigene Haut mehr wert war als die Kümmernisse des Volkes.«

Ich horchte. Die Stimmen lobten mich nicht. Hatte ich nicht laut genug gesprochen, oder fürchteten sie sich vor Kardinal Filomarino, der jetzt auf mich zutrat, mir die Hand auf den Arm legte und vielleicht damit meine Geister vertrieb? »Beruhige dich«, sagte er zu mir. »Die Spuren der letzten Tage haben dein Gesicht gezeichnet, mein Sohn, die tiefen Ringe unter deinen Augen verdüstern deinen Blick, deine eingefallenen Wangen zeugen von Schlaflosigkeit und Nahrungsmangel, deine zerfurchte Stirn von der Last einer großen Verantwortung, deine fahrigen Bewegungen vom Gift des Weines. Geh schlafen, mein Sohn. Die Stunde des Friedens darf nicht von unmäßigen Forderungen überschattet werden. Seine Exzellenz, der Herzog von Arcos, wird dir später zuhören und alle deine Bitten erfüllen, sofern sie gerecht sind.«

Ich warf mich vor dem Kardinal auf die Knie. Die Stimmen waren in ihr teuflisches Reich geflohen. Ich hatte Unrecht getan, auf sie zu hören, hatte die Heiligkeit der Stunde zerstört, mich von Begehrlichkeit leiten lassen wie mein Bruder. Ich bat Kardinal Filomarino, mich für meine Fehler beim allmächtigen Gott zu entschuldigen und Verzeihung zu erbitten für das Blut, das an meinen Händen klebt. Ach, ich bereute meine Schuld, brach in Tränen aus, zerriß das Gewand, das sich für Leute meines Standes nicht ziemte – ärmlich wie ich geboren war, wollte ich dastehen vor La Bruna, mit entblößter Brust zu des Herzogs Füßen um Verzeihung flehen, weil ich mir königliche Rechte anmaßte, die einem Fischhändler nicht zustanden.

Viva Masaniello, flüsterten die Stimmen, die aus ihrem verderblichen Reich zurückgekehrt waren, viva Masaniello, hast du das vergessen? Ich spürte eine Enttäuschung im Herzen wie ein Kind, dem man zu oft teure, unerreichbare Geschenke versprochen hatte. Die Stimmen wußten es auch: Schuldige müssen bereuen. Ohne Reue keine Absolution. »Friede soll sein«, sagte ich zu Kardinal Filomarino, »Friede soll sein, wenn sie ihr Haupt mit Asche bestreuen. La Bruna hat das Schicksal dieser Stadt in meine Hände gelegt. Der Vizekönig soll bei der Madonna schwören, daß niemand meine Macht und meine

Gewalt antasten wird. Ich bin der Generale del Popolo, und nach meinem Tod soll dieses Amt in die Hände meines Sohnes übergehen, der noch im Leib seiner Mutter schlummert.« Dann wandte ich mich dem Herzog zu. »Schwört, daß Ihr mir eine Leibwache zustellt, schwört beim seligen Andenken des Kaisers, beim Leben des Königs und bei der heiligen Madonna del Carmine, daß niemand mein Amt und die Privilegien dieser Stadt antasten wird.« Warum schwiegen die Stimmen, warum warnten sie mich nicht vor falschen Gesten, vor meiner Einfalt, der menschlichen Seele Vertrauen zu schenken?

Der Vizekönig verbeugte sich: Er habe im Namen des Königs und aller Heiligkeiten geschworen, und es sei nicht nötig, diesen Eid zu wiederholen. Alles solle geschehen, wie es in der Akte nach dem Willen des Generale del Popolo niedergeschrieben sei.

Sprich zu deinem Volk, sagten die Stimmen. Wenn das Volk dich jemals liebte, folgt es nicht nur dem Generale del Popolo, dem mächtigsten Feldherrn der Stadt, sondern auch der armen Kreatur, die sich mit Zweifeln und Schuldgefühlen plagt.

Ich drehte mich um zu den Menschen in der Kirche, die ich – wie ich glaubte – von allen unrechtmäßigen Lasten befreit und in den glücklichen Zustand versetzt hatte, den die Akte des Kaisers bestimmte.

»Meine Getreuen«, rief ich. »Frieden und Brot habe ich euch geschenkt. Nicht gegen den König ließ ich die Waffen erheben – er soll leben in Ewigkeit und sich seiner getreuesten Untertanen erfreuen. Ich habe nur die Feinde des Königreichs beseitigt, die Stadt von den unersättlichen Plünderern befreit, die das Volk in des Königs Namen erpreßt und die Krone Spaniens um Millionen Scudi betrogen haben. Mein alter Freund Genoino hat mir versichert, daß auch der große Krieg, der die Menschen seit fast dreißig Jahren in Angst und Schrekken versetzt, zu Ende geht. Glaubt mir, mit diesen Millionen Scudi hätte Neapel die ganze Welt besiegen, ja selbst die Ungläubigen von Italiens Küsten vertreiben können. Daß sich die Welt seit einem Menschenalter im Krieg befindet, daran ist allein solches Gesindel wie die raffgierigen Steuerpächter schuld. Jetzt, da ich das Reich endlich von den Blutsaugern befreit habe und alles Gold künftig in die Schatzkammern des Königs fließen wird, wird bald überall Frieden herrschen, nicht nur im Königreich Neapel. Was ich getan habe, geschah zur Ehre Gottes, zum Besten Seiner Majestät, unserem König, zum Wohl Seiner Exzellenz, dem Herzog von Arcos, und zur Zufriedenheit des neapolitanischen Volkes. Nicht Dank erwarte ich, nicht Ehre, nicht Reichtum will ich für mich, denn ich habe nur ausgeführt, was La Bruna mir aufgetragen hat. Damit ihr seht, daß ich nicht für meinen Nutzen, sondern für das Wohlbefinden des Volkes gekämpft habe, werde ich zu meiner Fischerkleidung und zu meiner Dürftigkeit zurückkehren.« Ich stolperte hinüber zum Gestühl des Adels, halb blind vor Demut, um dem Herzog von Arcos die Füße zu küssen, meinem früheren Feind, der mich zu seinesgleichen erhoben hatte. Er ließ es geschehen, und die Stimmen schwiegen, auch noch, als ich mein Volk auf Knien bat, dem Herzog und der spanischen Krone treu zu dienen.

Nach der Messe ritt ich an Arcos' Seite zurück, wir nahmen den Weg durch die Armenviertel... die ganze Stadt war hell erleuchtet, überall herrschte unbeschreiblicher Jubel, und von den drei Castellen donnerten Kanonenschüsse.

Ist es wahr, Bruder Anselmo, was sich manche erzählen? Der heilige Gennaro sei am Ende dieser Nacht in der Kirche del Carmine erschienen, in der ärmlichen Kleidung eines Lazzaro und in der Hand einen Degen wie der Generale del Popolo, um den Frieden in Neapel zu verteidigen? Es war nur eine Vision alter, bigotter Weiber? So haben meine Geister auch andere behext in dieser Nacht, als sie aus meinem Kopf ein Tollhaus machten.

Jetzt raten die Stimmen mir nicht mehr, sie sind in diesem Gemäuer so leise geworden, daß ich sie kaum noch verstehen kann. Aber ich sehe sie in Eurem Rosenkranz lauern, habt acht, Bruder Anselmo, damit Ihr Euch nicht ihrem Geflüster ergebt. Denn sie waren es, die meinen Tod beschlossen, die meinen treuesten Freund Marco Vitale erschlugen und auch meinen Degen führten, mit dem ich gestern gegen Unschuldige wütete. Böse Stimmen. Sie waren es, die in meinem Kopf hämmerten, damit ich fehlte und den Verrat überhörte. Jetzt jammern sie. Sie suchen ein neues Opfer, denn mir können sie nichts mehr anhaben, Eure Kräuter haben sie ja gebannt, halten sie von meinem Leib fern – nein, mich werden sie nicht töten.

Wollt Ihr für mich einen Brief an König Philipp schreiben? Ihm von aller Schande berichten, damit er den Herzog von Arcos zur Rechenschaft zieht, weil dieser die Krone Spaniens mit Verrat und Intrigen besudelte? Wollt Ihr meinem König sagen, daß ein einfacher Fischhändler, ein schmutziger, ungebildeter Lazzaro, diesen Betrüger in die Knie zwang? Der König soll den Verräter an der Krone Spaniens mit einem schmierigen Fischmesser für seine Dienste entlohnen und sein Haupt statt mit Lorbeer mit stinkendem Gekröse kränzen. Die Seele des Adels ist eine Stätte der Falschheit; ich bin sicher, jeder von ihnen hat in der Kirche seinen Schwur mit der schweigsamen Klausel versehen, diese Stadt nicht eher zu verlassen, bis alle Zölle, alle Abgaben und Ungerechtigkeiten wieder eingeführt sind, bis der Fischhändler in San Lorenzo verurteilt und im Namen des Volkes am höchsten Galgen baumelt, bis der Name Masaniello für alle Zeiten als der eines Rebellen für Schande und Strafe zeugt und nichts mehr an diese Tage erinnert als der Sieg der herrschenden Macht. Wollt Ihr den König in meinem Namen um Verzeihung bitten für ein Volk, das nur Brot wollte, und den, der es ihm gab, ächtete und verlachte? Ja, schreibt an den König, schreibt ihm auch von dem magischen Licht, das ich mir für ihn erträumte, vom Geruch der Wälder, von den Wölfen, die ich dem König entgegenjagte.

Gibt es denn überhaupt so etwas wie ein Volk, Bruder Anselmo, einzelne Menschen, die sich zu einem Ganzen zusammenfügen? Oder ist es immer nur vorübergehend, ein Wunschbild vielleicht, dessentwillen die Menschen für einen Augenblick zusammengehören, bis sie sich der Unmöglichkeit gewahr werden und wieder in entgegengesetzten Richtungen auseinanderstieben? Ach, alles müßte neu geschrieben werden, aber so eine Feder gibt es nicht.

Schlaf und Ruhe meiden mich, Bruder Anselmo, heute genauso wie in jener Nacht, als der Frieden beschlossen schien. Ich starrte auf die Plätze, wo der Lichtschein einiger Fackeln zertrampeltes Gras, umgeworfene Statuen, zerbrochene Fensterscheiben und verkohlte Mauerreste beleuchtete. Ich sah aus einem zerstochenen Sack reines, nahrhaftes Mehl rinnen, daneben von hastigen Füßen zertretene Früchte – Nachlaß des Friedens. Sah die Menschen noch einmal rennen, eine wilde Horde, bewaffnet mit Piken und Stöcken, die meisten rannten nur wegen einem Stück Brot, kaum einer, um sich ein Pöstchen in San Lorenzo zu erkämpfen. Ich habe nicht gewollt, daß sie starben oder sich eines Unrechts schuldig machten, trotzdem ist es geschehen auf meinen Befehl, und ich bin verantwortlich, zuerst nur durch Possen und Späße, durch Spott, später durch meine Träume, die von weisen Vorbildern genährt wurden. Ich habe versagt, wie all die anderen versagt haben, die glaubten, eine bessere als die von Gott geschaffene Welt zu ermöglichen – bin verlacht, verhöhnt, allein gelassen wie jene, von denen in den Büchern geschrieben steht.

Ich war so müde in jener Nacht, meine Eingeweide brannten wie eine offene Wunde, und meine Rippen schienen bei jedem Atemzug den Brustkorb zusammenzudrücken, statt ihn auszudehnen – mir war, als sammelte sich über meinem Herzen ein Übermaß stickiger Luft. Und während fast jede Faser meines Leibes schmerzte, erfüllte eine merkwürdige Taubheit meinen Kopf, es wollte mir nicht mehr gelingen, einen Gedanken klar zu Ende zu denken. Nie paßte der Schluß zum Anfang, die Sätze stolperten, brachen auseinander und blieben liegen wie Teile störrischen Holzes.

Ich weiß nicht mehr, wie lange ich am Rande des Marktes stand. Die Lichter der Stadt waren nach und nach verlöscht, das Geschrei verstummt, die Menschen schliefen. Nur die Wachposten wärmten sich noch an einem halb heruntergebrannten Feuer. Ich bat einen von ihnen, mir eine Fackel an der Glut zu entzünden, denn Schatten schienen mir das Bild des Adlers zu verdüstern. Armes Tier. Gefangen an seinem Platz, den irgend jemand ihm bestimmt hatte, gefangen wie ich. »Flieg«, rief ich ihm zu, »flieg und flieh weit weg von Feuer und Tod, denn es ist Krieg in dieser Stadt, immer noch Krieg.«

Der Adler folgte mir nicht, auch die Schatten ließen sich nicht vertreiben. Ich lief den Vico Rotto hinunter, die Lavinaio, überall Schatten, irrlichternde Geister, die ich weder einholen noch fangen konnte, so tief ich auch mit den Fingernägeln in die Hauswände kratzte. Arpaia, der unten vor meinem Haus gewacht hatte, war mir nachgegangen. »Stimmt etwas nicht, Generalissimo?« fragte er. War Arpaia denn blind, daß er nicht sah, wie die Geister die Stadt zerstörten? Ich lachte ihm ins Gesicht: Nichts stimme, alles in dieser Stadt, in diesem Reich sei verkehrt... man müsse die Häuser abreißen, den Vico Rotto, die Lavinaio, die Inseliciato, alle Straßen und Gebäude in Trümmerhaufen verwandeln und wieder aufbauen, schöner und größer, so wie es der auserwählten Stadt unter der Sonne gebühre...

Arpaia lächelte müde, zog mir das zerrissene Gewand über der Brust zusammen, knotete eins der herunterhängenden Bänder, um meine Blöße notdürftig zu bedecken. »Du bist erschöpft, Masaniello«, sagte er, »geh nach Hause. Morgen ist auch noch ein Tag.« Morgen. Ich hatte schon so viele Stunden verloren, unnütz vertan mit Possen, Schlägereien, mit dem Abwägen von Entscheidungen, im Vertrauen auf die falschen Leute. Ich befahl Arpaia, meine gesamte Streitmacht zusammenzurufen und alle Bewohner des Marktviertels zu wecken – die Stimmen sollten nicht mehr über unsere dürftigen Häuser spotten.

Es schicke sich nicht für einen Generale del Popolo, in einer derartigen Behausung zu leben, schrie ich Arpaia an. Was mein Sohn von mir denken solle? Er werde seinen Vater verachten, weil dieser nicht seinem Stand gemäß wohnte, weil er nicht auf Seidenteppichen ging und von goldenen Tellern aß. Arpaia solle die Bewohner des Vico Rotto aufwecken und allen verkünden, daß sie ihre Wohnungen noch in dieser Nacht räumen müßten, weil an Stelle der Armseligkeit bald ein Palast entstehen würde, ein Palast für den Generale del Popolo, für sein Weib und seinen Sohn.

Arpaia rührte sich nicht von der Stelle. »Sie haben Ruhe verdient,

Generalissimo«, wandte er ein, »Männer und Frauen sind tagelang auf den Beinen gewesen, haben gekämpft, gehungert, geschwitzt und Furcht gelitten. Sei nicht ungerecht, Masaniello, laß sie schlafen.«

Ich gab Arpaia einen Stoß. Wie konnte er es wagen, mir Vorschriften zu machen, mir, der ihm sein Amt gegeben hatte und es auch wieder nehmen konnte. Schlaf! Erlaubte ich mir denn Schlaf, obwohl ich ihn am meisten verdient hatte? »Du bist nicht wie sie, Generalissimo«, sagte Arpaia. »Du hast Macht, Gewalt und Verantwortung über die Menschen. Und deswegen schlafen sie, und du wachst.«

Eine gute Antwort, ich mußte lächeln, trotz allen Grolls. So wollte ich sie ruhen lassen wie unmündige Kinder und selbst kein Auge schließen, damit ihnen kein Unheil geschah. Ich bat Arpaia, mir eine Karaffe Wein zu bringen. Er wagte nicht noch einmal, mir zu widersprechen, obwohl er sah, daß ich vor Müdigkeit und Trunkenheit wankte, und er sich vielleicht sogar meiner Unmäßigkeit schämte. Als er aus der Taverne mit dem Wein zurückkam, fand er mich wie einen Hund zusammengerollt am Rand der Straße. Er setzte den Krug behutsam ab; er dachte wohl, ich schliefe. Ich sah ihn weinen.

Wo war Genoino in jener Nacht? Schlief er tief und fest nach seinem Sieg, seinem Verrat? Oder betete er zu seinem Gott, daß mir ein Unheil geschehen und meine Macht auf ihn übergehen möge? Träumte er einen vergangenen Alptraum von engen Ketten, die ihn zwölf Jahre lang gescheuert hatten, von Peitschenhieben und dem harten, gemeinen Lachen seiner Häscher? Ich wußte schon lange nicht mehr, was Genoino empfand. Ich erinnerte mich, wie er früher Worte hin- und hergewendet hatte, zögernd einem Entschluß zustimmte und seine Zweifel mit mir besprach. In der letzten Zeit hatte ich ihn niemals mehr wankelmütig, niemals furchtsam und unsicher gesehen. Stolz war er geworden wie ein Gesandter des Königs, nannte mich einen Rebellen, eine Grausamkeit im Gesicht, die mit der meinen nichts gemeinsam hatte.

14

Als ich im Morgengrauen erwachte, lag ich im Bett. Arpaia hatte mich wohl hinaufgetragen. Ich konnte mich nicht mehr erinnern. Hat meine Gewalttätigkeit Arpaia bewogen, sich von mir abzuwenden? Sah er denn nicht, wie krank ich war, daß ein Gift meinen Körper verzehrte? Warum beschützt er mich jetzt nicht mehr, so wie er mich in jener Nacht vor den Stimmen meiner Geister beschützte, aus unruhigem Schlaf weckte und mir Mut zusprach, weil ich von Schlangen geträumt hatte, von weißen Vipern mit einem dunklen Kreuz dicht hinter dem Kopf. Arpaia versprach mir ein Ave Maria, obschon er über meine Vision lachte und nicht glaubte, daß dieser Traum Tod bedeutete.

Berardina sagt, ich sei unduldsam und herrisch geworden. Das mag wohl sein. Während der letzten beiden Tage empfand auch ich mich wie einen Fremden. Ja, ich beleidigte Monsignore Caffarelli aus Kalabrien durch närrische Reisevorschläge und beförderte in meiner unbezähmbaren Wut den Cavaliere d'Aversa mit einem Fußtritt zum Fürsten; ich gab mein Amt zurück und forderte es im nächsten Augenblick wieder, ohne mich um das Befremden der Leute zu kümmern; ich drohte, den Vizekönig und seine gesamte Adelsbrut köpfen zu lassen; ich erpreßte Schuldscheine von den Räten, um sie König Philipp zum Geschenk zu machen. Ich ließ Bäckereien abbrennen, weil ihre Besitzer das Brot um wenige Unzen zu leicht gebacken hatten, obwohl doch die Palata mehr wog als jemals in den Jahren zuvor. Ich ließ einen spanischen Edelmann köpfen und ergötzte mich, als der Pöbel den

Leichnam mit Melonenschalen, Feigenresten und anderem Unrat besudelte; Don Peppe Carafas abgeschlagenem Haupt setzte ich eine Krone aus falschem Gold auf, und ich beleidigte Don Caracciolo, als ich ihm befahl, mir auf dem Marktplatz die Füße zu küssen, weil er mich nicht mit gebührender Ehrerbietung gegrüßt hatte. Manchem erhängten Verräter schnitt ich sogar die Hoden ab – hatte ich denn Angst, er könnte noch einen Bastard zeugen? Selbst Arpaia, diesen treuesten meiner Männer, habe ich vor versammelter Mannschaft wie einen unmündigen Jungen geohrfeigt, weil er einen Befehl nicht schnell genug ausgeführt hatte.

Ja, ich wütete wie ein Berserker in der Stadt, schlug sogar Kinder wegen eines unschuldigen Kicherns mit dem Flintenkolben zu Boden. Das alles ist wahr, Bruder Anselmo, und ich schäme mich meines unwürdigen Verhaltens. Manche behaupten, sie hätten gestern den Tod in Gestalt des Henkers an meiner Seite reiten sehen, und mein Vetter, Donnarumma, versicherte jedem, der unzufrieden die Stimme erhob, Masaniello sei verrückt geworden. Doch, doch, ich habe es selbst gehört. Derselbe Girolamo, der noch vor einigen Tagen auf meinen Befehl Wurst um Wurst für die Geschädigten aus Chiaia gestopft hatte, erbot sich gestern, mich eigenhändig umzubringen, wenn ich nicht mit meinem Schreckensregiment aufhörte. Als ich ihn zu mir befahl, um ihn zu bestrafen, warf er mir vor, ich könne den Frieden nicht ertragen – wie sonst solle er sich meine Befehle erklären, die nicht mehr nach Gerechtigkeit strebten, sondern nur noch mit der Blutgier eines tollwütigen Hundes zu vergleichen seien. Ich schickte meinen Vetter weg. Die Kerker waren schon überfüllt mit willkürlich gefangengenommenen Menschen. Girolamo ahnte ja nicht, welches Feuer meine Eingeweide quälte, wie mein Kopf schmerzte, den die Stimmen nun mit Hohn und Spott heimsuchten, weil es mir kaum noch gelang, das Zittern meiner Glieder zu verbergen.

Selbst an heiligen Gütern versündigte ich mich, als ich Befehl gab, die Schätze der Kirchen und Klöster zu plündern, ohne mich um den Einspruch Kardinal Filomarinos zu bekümmern. Auch dafür verachtet er mich. »Reicht es nicht, daß du die Wohnstätten Gottes durch deine Soldaten hast einweihen lassen«, wies er mich zurecht, »ein Frevel, der durch nichts zu entschuldigen ist. Hast du es nötig, deine Macht auch noch dadurch zu beweisen, daß du Unschuldige in den Kerker wirfst? Du bist grausam geworden, Masaniello, ausgerechnet du, der einmal vorgab, diese Sünde ausrotten zu wollen.« So streng klang Kardinal Filomarinos Stimme, daß ich meinte, mich dagegen verwahren zu müssen: Ich mischte mich nicht in die Belange der Kirche ein, und Seine Eminenz solle versuchen, mir gleiches Recht zu zollen.

Niemand in der Stadt, außer Don Peppe Carafa, hatte sich je eine solche Unverschämtheit erlaubt. Dementsprechend war auch Kardinal Filomarinos Antwort, verächtlicher im Ton, als ich ihn je vom ehrlosesten Banditen hatte reden hören. »Wie kann die Kirche einen Oberbefehlshaber dulden, der Recht und Menschenwürde mit Füßen tritt?« fuhr er mich an. »Soll ich schweigen zu deinen Untaten, zusehen, wie du nach Lust und Laune Blut vergießt, Menschen ermordest, nur weil dir ihr Gruß nicht ehrerbietig genug erscheint. Nichts ist dir mehr heilig, weder Gott noch unsere Madonna del Carmine, deren Fest die Kirche am Dienstag begeht. Ich werde alle Prozessionen absagen, weil du mit deinen Sünden den Namen unserer Stadt beschmutzt.«

La Bruna wird mir verzeihen, Bruder Anselmo, sie weiß, daß sie mich während der vergangenen zwei Tage allein ließ. Sie hatte dem Teufel Platz gemacht, der meinen Leib nach der Rede Kardinal Filomarinos mit einem stoßweisen Gelächter erschütterte, das mich unsägliche Kraft kostete, aber auch erleichterte, so daß ich dem Kardinal, nachdem ich mich wieder erholt hatte, antworten konnte. »Hat nicht die Kirche geschwiegen in den letzten dreißig Jahren der Unterdrückung?« fragte ich ihn. »Hat Eure Kirche ein einziges Mal Einhalt geboten, als der Adel Recht, Gesetz und Menschenwürde mißachtete und das Volk Tränen der Not weinte?« Sein nervöses Hüsteln zeigte mir, wie gut ich getroffen hatte, aber er gab seine Schuld nicht zu, sondern fuhr fort, mich mit Vorwürfen zu demütigen: Der Herzog von Arcos habe keine Unschuldigen geschlagen wie der Generale del Popolo! Ich schickte den Kardinal hinaus wie einen Bittsteller, der mich ermüdete.

Welche Schläge sind wohl schlimmer, Bruder Anselmo? Die mit der Peitsche oder die unsichtbaren, die jahrelang in dieselbe Kerbe treffen? Wie viele Kinder sind durch die Schuld der Steuerpächter verhungert, ohne daß der Vizekönig selbst einen Finger krümmen mußte, wie viele Frauen durch Leibesvisitationen gedemütigt, wie viele armselige Schmuggler, die aus Not zu einer Handvoll Mehl griffen, im Kerker verendet? Wer rechnet diese Schuld auf, wo steht sie geschrieben? Sagt nicht, die Gesetze verlangten es so, und auch nicht, die Kirche hätte sie nicht geschrieben. Schweigen ist auch eine Art von Schuld, und Tod bleibt Tod, durch wessen Hände auch immer. Wie gut, daß ich in einem lichten Augenblick wenigstens die Gefangenen freiließ, um deren Leben Kardinal Filomarino mich inständig gebeten hatte. Ja, es stand schlimm um mich in den vergangenen zwei Tagen. Jetzt bedauere ich, unseren Kardinal so beleidigt zu haben, denn ist ein Diener Gottes nicht auch nur ein mit Fehlern und Unzulänglichkeiten behafteter Mensch?

Habe ich Euch schon von der Fahrt auf dem Meer erzählt? Der Vizekönig hatte mir diese Zerstreuung angeboten, um mich – wie er vorgab – für einen Nachmittag von der Last der Verantwortung zu befreien. Ich ahnte ja nicht, daß Genoino und Arpaia mich während dieser Stunden verraten würden. Deswegen wollte mich keiner auf die Feluke begleiten. Nur Giovanni nahm sich Zeit; trotz aller Zurücksetzung, trotz allen Streits, den wir miteinander hatten, ließ mein Bruder mich nicht im Stich. Tausende sahen vom Strand aus zu, wie ich mit Giovanni die Feluke des Vizekönigs bestieg. Vierzig Barken hatte der Herzog von Arcos schmücken lassen, Lautenmusik begleitete uns bis nach Posillipo, Speisen lagen reichhaltig bereit, Wein, es mangelte uns an nichts. Blumengirlanden und bunte Seidenbänder, Menschen, die uns vom Ufer aus zujubelten – ich verstand nicht, warum Giovanni so übellaunig war und mich mit einsilbigen Antworten abspeiste.

»Du trinkst zuviel«, antwortete er auf meine Frage, »seit gestern trinkst du nur noch und benimmst dich schlimmer als der Sohn einer Hure.« Warum nur mußte er in den letzten beiden Tagen immer mit mir streiten, nichts, was ich tat, schien meinem Bruder mehr recht zu sein. Hatte ich nicht alles auch für sie getan, für Giovanni, für Berardina, für unsere Mutter, die auch nichts anderes mehr kannte als mich zu schelten. Ich hatte doch meinen Schlaf geopfert, meine ganze Kraft verbraucht...

»Und geplündert, zerstört, gemordet«, fuhr Giovanni dazwischen. »Sieh dich doch an, was aus dir geworden ist! Schmutzig bist du, ein stinkender, zerlumpter Lazzaro, ich kann meinen Bruder nicht mehr erkennen. Noch vor ein paar Tagen hast du glänzende Reden geschwungen, die Menschen haben deinen Scharfsinn und deinen Mut bewundert. Und jetzt? Eine Laus bist du, eine Laus im Pelz des Friedens. Man wird dich achtlos zerquetschen, und deinem Namen wird nichts als Willkür und Grausamkeit anhaften!«

Ich zuckte zusammen. Hatte Giovanni früher nicht selbst gesagt, der Zweck heilige die Mittel? Ich fragte meinen Bruder, ob es denn falsch gewesen sei, die Villen der Schuldigen zu verbrennen, so wie wir es früher erträumt hätten? Giovanni war einer der ersten gewesen, der eine Fackel ins Haus von Letizia geworfen hatte und sich nicht hatte sattsehen können, als die Flammen Balken um Balken zerfraßen? Wie konnte er jetzt mir die alleinige Schuld zuschieben? »Das war vor einer Woche, Masaniello«, sagte er, »da waren Brand und Plünderung notwendig und gerecht. Doch seit gestern haben wir Frieden. Willst du dich nicht daran gewöhnen?«

Ich brach in Gelächter aus. Frieden! Friede würde erst beginnen, wenn wir die Bestätigung des Königs in Händen hielten. Mein Bruder unterschied sich nicht von allen anderen – das Brotgewicht bei zweiundvierzig Unzen, ein paar hohle Versprechungen, Prunk und ein feierliches Tedeum in der Kirche genügten, um ihn zufriedenzustellen. Er war schon immer so gewesen, kurzsichtig und sparsam im Denken. Aus einer Krähe wird niemals ein Adler, auch wenn sie die Flügel noch so weit spannt, aus einem sanften Lamm kein Wolf, aus einem harmlosen Wurm keine Viper. Nichts hatte Giovanni verstanden, überhaupt nichts. Ich füllte einen Becher mit Wein und hielt ihn meinem Bruder hin: »Trink. Trink, und dann laß uns umkehren. Wir haben genug Zeit vertan.« Giovanni schob meine Hand weg und ließ Segel setzen.

Als ich wieder zu Hause war, ließ ich den besten Steinmetz der Stadt holen. Die kühle Brise hatte den Schmerz in meinem Kopf gelindert, und der Durst war erträglich geworden; ich fühlte mich ein wenig erfrischt, wenn ich auch traurig war. Falls alle wie Giovanni dachten, gab es für mich nur noch eines zu tun. Ich befahl also dem Steinmetz, sofort eine Anzahl Marmorplatten an wichtigen Punkten der Stadt aufzustellen und sie mit der Inschrift zu versehen, künftig nicht mehr dem Masaniello, sondern nur noch dem Herzog von Arcos zu gehorchen. Die meisten der Platten waren schon nach ein paar Stunden wieder umgestoßen oder zertrümmert, ohne daß sich jemand im geringsten um die Inschrift gekümmert hätte. Die Menschen liebten mich immer noch, obwohl ich so streng mit ihnen umgegangen war. Das tröstete mich.

Ich mochte am Abend der Einladung des Vizekönigs in den Palazzo Reale nicht folgen, verbot aber Berardina und Giovanni nicht, dorthin zu gehen. Sollten sie sich doch mit den adeligen Hohlköpfen amüsieren, mit ihnen speisen und dabei auf den Frieden trinken. Doch als Berardina nach ein paar Stunden noch nicht zurück war, wurde ich unruhig und machte mich auf den Weg. Die Kammerdiener wagten nicht, mich zurückzuhalten, obwohl ich, ungekämmt, in verschwitzter, unordentlicher Kleidung, eher einem freigelassenen Galeerensträfling glich als dem Oberbefehlshaber der Stadt. Berardina saß neben Don Caracciolo, lachte so fröhlich, wie sie es zu Hause seit langem nicht mehr getan hatte – es schmerzte mich, daß ein bißchen Tand und schöne Worte ausreichten, sie glücklich zu machen. Giovanni war leicht betrunken, er starrte mich an wie eine Geistererscheinung, verunsichert, weil er wohl eine Zurechtweisung erwartete. Ich sagte kein Wort, trank nur ein Glas Wein, das mir der Vizekönig eigenhändig kredenzte. Dann ging ich fort, ich hatte nichts mehr mit ihnen zu tun. Später schlenderte ich langsam durch die schwach erleuchteten Straßen. Aus den Tavernen drang das Bieten der Kartenspieler, ein paar Fischer trugen ihren nächtlichen Fang an mir vorbei nach Hause – eine friedliche Stadt, nichts unterschied sie von anderen Plätzen. Menschen gingen ihren Beschäftigungen nach, lachten, tranken, liebten sich oder schliefen. Sie grüßten mich, aber sie traten nicht näher, um mir wie früher den Arm um die Schultern zu legen.

Ich ging zum Hafen hinunter, sah die Feluke des Vizekönigs auf den Wellen schaukeln, all die Barken, die uns am Nachmittag begleitet hatten, weit entfernt auf dem Meer das Admiralsschiff und die Flotte, die immer noch auf die Erlaubnis wartete, im Hafen anzulegen. Das Segeltuch schlug manchmal leise an die Masten, wenn der Wind unter einen Stoffzipfel kroch, den man vergessen hatte, festzuzurren. Es klang, als wollten die Segel Atem holen, lebendig und zuversichtlich. Lange lief ich am Meer entlang, spürte den feuchten Sand unter den Füßen, der noch derselbe war. Sonst hatte sich alles verändert, das Stadtbild, die Menschen und auch ich selbst. Ich dachte darüber nach, ob ich wirklich grausam geworden war, ungerecht, selbstherrlich; ob die, die mich einen Mörder schimpften, recht hatten, und ich mich für sie nicht mehr unterschied von einem Perrone oder gar einem Chierico*.

Was mögen sie an diesem Nachmittag im Palazzo Reale beschlossen haben, während sie mich mit meinem Bruder auf eine Zerstreuungsfahrt schickten? Hatte Genoino Arpaia überreden müssen, oder war er von selbst mitgegangen, nachdem er mir, empört über die Ohrfeige, sein Gewehr vor die Füße geworfen hatte? Trieb ihn die Angst in die Arme der Mächtigen, Angst, daß ich ihn für sein ungebührliches Verhalten mit dem Tod bestrafen würde, oder war er meiner Befehle einfach nur müde? Wußte er, daß ich Genoino zu mir befohlen hatte; daß ich ihn vor meinen Wachsoldaten des Verrats bezichtigt und ihm mit dem Gabeltod gedroht hatte, nachdem er meinem Befehl nicht gefolgt war? Ahnte Arpaia, wie schlecht sich Genoinos meineidiger Gott mit meinem und dem Gott der Armen vertrug? Genoino hatte schon immer ein gutes Gespür dafür gehabt, wenn eine Herrschaft zu Ende ging. Vielleicht ist es ihm deswegen so leichtgefallen, mich zu verraten, sein Fähnchen rechtzeitig zu drehen und sich des Wohlwollens der spanischen Obrigkeit zu versichern.

Der Vizekönig war sicher erfreut, die beiden Männer auf seiner Seite zu haben, die wohl den größten Einfluß auf mich und auch auf das Volk ausübten, ein Volk, das seines Helden müde war, wie Genoino wohl in geschickten Worten angedeutet haben wird. Nur den Befehlen des Vizekönigs wolle er gehorchen, wird er gesagt haben; zum Besten der Stadt wolle er sich allen Anordnungen beugen, solange sie nicht gegen die beschworene Akte verstießen. Ich sehe Genoinos dünnes Lächeln vor mir; er wußte, welchen Verrat sie besiegelte.

Und Arpaia? Hat er sich erschrocken gewehrt, als die Räte den höchsten Galgen für mich forderten, oder hat er mich meiner Verdienste wegen in Schutz genommen und versucht, mein Leben zu retten? Hat er geschwiegen oder genickt, als Arcos das Urteil als eine Notwendigkeit verbrämte?

Genoino hat einmal zu mir gesagt, Märtyrer glichen einem trügerischen Strudel in einem stillen Meer, todbringend für jeden, der sich von einer glatten Oberfläche täuschen läßt. Vielleicht hat er deshalb auch vorgeschlagen, mich nicht zu töten, sondern gefangenzuhalten – ein kranker Held macht die Erinnerung schnell müde. Arpaia gestand mir gestern, daß man das Volk und die Vorsteher der Ottinen auf dem Platz von Sant' Agostino zu versammeln gedächte, um sie von meiner schlechten Gemütsverfassung und meiner Unfähigkeit zu überzeugen. Es war sein letzter Liebesdienst, bevor die andere Seite ihn in die Pflicht nahm.

Fast alle haben mich verraten, ihren Treueeid vergessen. Nur wußte ich nicht, wie viele es waren, als ich vorgestern nacht an der Porta Nolana noch ein Weilchen stehenblieb, dort, wo ich einst meinen Schwur geleistet hatte. Ich lüftete meine Mütze in einem selbstvergessenen Gruß an mich selbst und ging langsam nach Hause.

Berardina hatte sich Sorgen gemacht, nachdem ich den Palazzo so stumm verlassen hatte. Sie schmiegte sich an mich. »Sei mir nicht mehr böse«, sagte sie, »ich werde nie wieder dorthin gehen.« Auf dem Fenstersims stand ein Körbchen Feigen, ein Geschenk des Vizekönigs, das er Berardina für mich mitgegeben hatte. »Es sind saftige Früchte, du kannst sie morgen essen«, meinte sie, während sie ihr kostbares Gewand ablegte und achtlos auf dem Boden liegenließ. »Komm ins Bett, ich bin müde und durcheinander.«

Berardina schlief sofort ein. Ich wälzte mich eine Weile schlaflos neben ihr, befürchtete, sie durch meine Unruhe zu stören. So stand ich leise wieder auf und ging zum Fenster. Auf dem Marktplatz schwelten die Reste der Feuer, nur noch wenige Posten standen aufrecht auf ihre Musketen gestützt und starrten in die Glut; die meisten lagen nahe am Feuer und schliefen. Manchmal züngelten noch ein paar hellere Flammen hoch und warfen bizarre Schatten auf die Gesichter der Schlafenden. Ich hatte den Befehl für die Nacht Giannattasio del Lavinaro übertragen, einem umsichtigen Mann, einem der wenigen, die noch ihr Leben für mich gegeben hätten. Sechs Kompanien schützten mein Haus, Giannattasio hatte die Wachen verstärken lassen, weil ihm ein paar ungute Gerüchte zu Ohren gekommen waren. Er glaubte, daß man einen Anschlag auf mich plante.

Wie jung die Soldaten waren, sechzehn, siebzehn Jahre alt, Fischverkäufer, Lumpensammler und Seifensieder, arme Leute, die nichts als ihr Leben besaßen. Mir stiegen Tränen in die Augen, als ich die jungen Kerle dort liegen sah, bereit, für mich zu kämpfen und zu sterben. Sie wirkten entsetzlich müde, abgerissen und ausgepumpt. Aber wie konnten sie schlafen? Sahen sie nicht die Schatten, die sich an den Häuserwänden entlangdrückten, Mörder, die nach dem Leben ihres Generals trachteten? Ich glaubte genau zu erkennen, wie sich in lange

Gewänder gehüllte Gestalten hinter den Zelten versteckten, in den Händen spitze Dolche, die Gesichter verzerrt zu hämischen Grimassen, voller Vorfreude auf ihr schändliches Werk.

»Wacht auf!« Ich schrie plötzlich gellend auf den Platz hinunter. »So wacht doch auf! Mörder sind unter euch! Sie werden mich und euch töten!« Posten rissen erschrocken ihre Musketen hoch, Schlafende rappelten sich auf, stolperten über Decken, abgelegte Gewehre, über Essensreste am Rande der Glut. Für einen Augenblick herrschte ein Durcheinander von Befehlen und Körpern, noch träge vom Schlaf. Aber es dauerte nicht lange, bis sich meine Männer über den Platz verteilt hatten und jeden Winkel durchkämmten. Berardina war von meinem Schrei erwacht, auch meine Mutter und mein Bruder stürzten aus ihren Zimmern herbei. »Sie werden mich töten«, flüsterte ich ihnen zu, »seht ihr sie nicht ums Haus schleichen?« Berardina spähte hinunter, schüttelte den Kopf und begann leise und beruhigend auf mich einzureden; sie versuchte, mich vom Fenster wegzuziehen – niemand sollte mich sehen, wie ich verschwitzt und verängstigt hinter der Balustrade stand, in einem kurzen Hemd, das nicht einmal meine Knie bedeckte und das ich in fahrigen Gesten immer höher hinaufzog.

Ich hätte geträumt? Ich stieß Berardina weg, wehrte auch meine Mutter ab, beugte mich weit aus dem Fenster und verfolgte die Geschäftigkeit meiner Soldaten. Sie kehrten zurück. »Es ist nichts, Generalissimo. Wir haben jeden Winkel durchsucht, niemand trachtet dir nach dem Leben«, rief Giannattasio hinauf. Ich sah ihn mit den Wachen flüstern, ich traute ihm plötzlich nicht mehr, sicher war auch er schon gekauft, mit meinen Mördern im Bunde.

Alle wandten sich von mir ab, liefen dem Judasgeld nach, trachteten mir nach dem Leben ... hatten sie denn alles vergessen? Meine Verdienste, ohne die sie ein Nichts wären, arme, geknechtete Lazzari. Ich mußte sie doch daran erinnern, daß sie alles nur mir zu verdanken hatten, Freiheit, Rechte, Steuerprivilegien. »Meine Getreuen«, rief ich hinunter. »Meine Getreuen, laßt mich nur noch zwei Worte sagen. Erinnert euch, in welchem Zustand Neapel war, von tyrannischen Gesetzen geknechtet. Erinnert euch, daß ihr nicht von den Früchten genießen durftet, daß ihr euch nicht ernähren konntet von dieser begnadeten Erde, obwohl sie alles im Überfluß hervorbringt. Reichtum und Überfluß wurden von den Steuerpächtern verzehrt, während ihr unter ihrer Pacht gelitten und geblutet habt. Unser Allmächtiger Herr und die Madonna del Carmine haben unsere Gebete erhört.« Ich griff nach dem Amulett an meinem Hals und hielt es ihnen entgegen, damit sie sahen, daß die Madonna mich niemals, auch nicht in den Tagen der harten, aber gerechten Urteile verlassen hatte. »Und nun schwelgt ihr in unerwarteten Genüssen, ihr Undankbaren!« schrie ich sie an. »Lebt wie die Maden im Speck, wie fette Cefali in den besten Fanggründen, ohne Abgaben und ohne die gemeinen Methoden der Steuerpächter. Die Palata wiegt doppelt soviel wie vorher, nichts als gutes, reines Mehl lasse ich darin verbacken. Früchte und Gemüse häufen sich auf euren Tellern, Feigen, Fleisch, Fische, alles gehört euch, was vorher den Reichen vorbehalten war. In Gottes Namen, erinnert euch, von wem ihr das erhalten habt. Wer hat euch aus Tyrannei und Unterdrückung gerettet, wenn nicht ich? Keine Mühe und keine Gefahr habe ich für eure Freiheit gescheut, keine Müdigkeit, keinen Hunger, keinen Durst. Tag um Tag habe ich meinen Schlaf für euch geopfert. Und was gebt ihr mir dafür? Nach den treuen Diensten, die ich euch erwiesen habe, nach allem, was ihr durch euren Generale erhalten habt, wo bleibt euer Dank, wo eure Anerkennung? Mißgunst und Ablehnung ernte ich! Glaubt ihr, ich weiß nicht, daß viele unter euch mir den Tod wünschen, sich nicht scheuen würden, mir eigenhändig die Schlinge um den Hals zu knüpfen? In meinen Träumen sind mir giftige Schlangen begegnet, und der Vesuv hat Ströme von Feuer über mich ausgespien, untrügliche Zeichen eines nahen Todes.«

Ich nestelte das Hemd über der Brust auf, um ihnen zu zeigen, wie mager ich geworden war. »Wendet euren Blick nicht ab von diesem geschundenen Körper«, bat ich, »habt Mitleid mit dieser Haut, die von nichts anderem mehr als von Knochen gehalten wird. Glaubt mir, ich kenne die Schuldigen, die meinen elenden Zustand verursacht haben, ich kenne die Verschwörer, und solange ich lebe, wird meine Rache diese Unglückseligen verfolgen.« Ich taumelte ins Zimmer und holte das Kreuz von der Wand, mit dem Matteo Peta nach der Hochzeit die Stube gesegnet hatte. Auch ich wollte mein Volk segnen, fünfmal für die fünf Wunden unseres Herrn Jesus Christus. Nein, siebenmal. Siebenmal für die sieben Freuden. Nein, nicht genug, neunmal wollte ich sie segnen für die neun Wunder, die Jesus Christus vollbracht hatte.

»Hol das Bild«, befahl ich meiner Mutter. »Geh, hol das Bild und auch die Köpfe!« Sie brauchte nicht zu überlegen, was ich meinte. Vor zwei Tagen war mir ein weiteres Gemälde in die Hände gefallen, das den Grafen von Maddaloni und seinen Vater abbildete. In einem Anfall von rasender Wut hatte ich auf das Gemälde eingestochen, dann die beiden Köpfe mit dem Messer herausgeschnitten und verkehrt herum an die Wand unserer Stube genagelt. Nie ging ich vorbei, ohne meine Feinde anzuspucken. Meiner Mutter graute vor dem Anblick der besudelten Köpfe, aber ich hatte ihr verboten, die Fetzen von der Wand abzunehmen. Nun war sie sicher froh, endlich von diesem Frevel befreit zu sein.

Ich steckte die papierenen Köpfe zwischen die Pfeiler der Balustrade, daneben eine Pechfackel, um die verhaßten Gesichtszüge zu beleuchten. Meine Stimme zitterte vor Ekel und Empörung: »Dies ist der Verräter Maddaloni, der sich noch immer in Freiheit befindet, Verräter am treuesten Volke von Neapel«, rief ich. »Ich werde sterben, vielleicht morgen schon. Aber ihr, die ihr weiterleben werdet, müßt Maddaloni und seine Gefolgsleute aufspüren, sie durch die Stadt schleifen, ihnen die Köpfe abschlagen, ihre Körper zerreißen und ins Feuer werfen. Und wenn ihr dann vor diesen Verbrechern sicher seid, baut aus euren Gedanken eine Brücke, die bis zum König nach Spanien reicht. Vertraut nur eurem König, denn ich kann euch nicht mehr helfen!« Während meiner Rede waren Menschen aus den umliegenden Häusern gelaufen, immer zahlreicher drängten sie sich unter meinem Fenster, viele weinten, bekreuzigten sich, als ich von meinem Tod sprach, niemand wagte, mich zu unterbrechen. Es war wie früher, als ich sie mit einer Geste zum Schweigen gebracht und ein Wort von mir genügt hatte, daß sie mir blindlings folgten.

Warum schimpften sie mich dann auf einmal einen Narren? War es, weil ich mir das Hemd vom Leib riß? Meine Nacktheit, die ich doch sonst auch nur unter dürftigen Kleidern verbarg? Ich wollte ihnen doch nur beweisen, daß meine ganze Kraft, jede Faser meines Leibes ihnen gehörte – warum also sollte ich mein nacktes Geschlecht bedekken?

Sie lachten.

Die vorher stumm und ergriffen zu mir aufgesehen hatten, lachten, johlten, pfiffen mich aus wie einen Hanswurst, der beim Spiel kläglich versagt hatte. Seht den Narren! schrien sie. Den nackten, dummen Narren! Ich taumelte. Berardina und mein Bruder fingen mich auf und brachten mich zu Bett wie ein Kind.

Später, als alle schliefen, stand ich noch einmal auf. Ich hatte Durst, trank ein paar Gläser Wasser und sah auch die Feigen, die immer noch auf dem Fenstersims standen. Auf einmal ahnte ich, daß es die Früchte waren, die diesen entsetzlichen Durst verursachten, ein langsames Gift, das mich toll und unberechenbar machte. Wie viele davon hatte ich bei meinem ersten Besuch auf dem Castel Nuovo gegessen, und nicht bemerkt, wie bitter sie schmeckten, anders als die Feigen, die ich kannte. Der Vizekönig hatte die Erfrischungen lächelnd zurückgewiesen, auch Kardinal Filomarino hatte nichts davon nehmen wollen. Und der Wein? Eine ganze Karaffe hatten sie mir gebracht, als ich über Durst klagte; Becher um Becher hatte ich von dem schweren Wein getrunken, der den Durst nicht löschte und mich müde und träge machte.

Seht den Narren, hatten sie gerade geschrien und gelacht. Seht den nackten, dummen Narren! Nackt war ich, das ist wahr, aber einen Narren hatten die anderen aus mir gemacht, diejenigen, die mir Vertrauen und Freundschaft versprochen hatten, Gehorsam, Liebe. Sie hatten mich benutzt, aber auch ich hatte sie getäuscht.

Es stimmt nicht, daß ich keinen Dank erwartete, gelogen war es auch, als ich ihnen Selbstlosigkeit vorspielte, mit der ich in Wahrheit nur meine Eitelkeit verbrämte. Ja, es gefiel mir, der mächtigste Mann in der Stadt genannt zu werden, mein Herz schwoll vor Stolz, wenn sie das Haupt vor mir beugten, mich ehrfürchtig grüßten, mich um Rat fragten und sich meinem Urteil fügten. Große Worte fand ich, um meinen Eigennutz unter dem Mantel der Liebe zu verbergen. Erst als sie mich einen Narren schimpften, da merkte ich, wie sehr ich mich selbst betrog. Nun stand ich auf einmal in zweiter, in dritter, in letzter Reihe.

Ich aß die Feigen, langsam, jeder Bissen führte mich zu mir selbst zurück.

15

Ich hatte nichts mehr zu verlieren. Ritt durch die Stadt, den bloßen Degen in der Hand, und schlug jeden nieder, der sich eine kleine Unachtsamkeit zuschulden kommen ließ. Noch hatte ich Macht, und sie gaben vor, mich zu lieben, was nichts anderes war, als sich im Gefolge meiner Macht zu spiegeln. Sie befolgten meine Befehle auch gestern unverzüglich, selbst wenn sie mit meinen Richtsprüchen nicht einverstanden waren, denn ich urteilte streng und unnachsichtig. So kam am Morgen ein Ehemann zu mir, um sein Weib anzuklagen, das mit einem anderen davongelaufen war. Ich verurteilte den Ehebrecher zum Tode. Die Mutter des Verurteilten flehte um Gnade und versicherte, dieses Weib sei eine stadtbekannte Hure, die es mit jedem triebe, der sie haben wolle. Ich gab ihr recht und befahl, daß man die Hure ebenfalls köpfen sollte, und ließ mich durch keine Tränen bewegen, weder das Weib noch den Ehebrecher zu begnadigen. Steht es nicht so in den Geboten Gottes geschrieben? Gestern sprach ich kein Urteil, dessen Schuldspruch nicht in der Todesstrafe gipfelte, ob es sich um ein gestohlenes Brot handelte, um die verletzte Ehre eines gehörnten Ehemannes oder nur um einen unehrbietigen Gruß. Die Kunde von dieser Schreckensherrschaft drang rasch bis in den Palazzo Reale. Der Herzog von Arcos sandte den Fürsten Cellamare, um mich zur Einsicht zu bewegen, einen alten, umsichtigen Mann, der mich bis jetzt immer mit Anstand behandelt hatte. Ich bot ihm hohnlachend Erfrischungen an, Feigen aus Neapels gottbegnadeter Erde, als er sein Anliegen in bewegten Worten vortrug.

Die Stimmen der Geister haben mich gestern immer begleitet – sie flüsterten nicht mehr, sondern übernahmen mit lauter Stimme mein Kommando. Du hast die Gewalt, sagten sie, du kannst jeden Kopf abschlagen lassen, auf den die Sonne scheint, du kannst Weiber schänden und sie dem König als Huren schenken. Noch sei ich Oberbefehlshaber der Stadt, schrie ich dem Fürsten ins Gesicht, noch könne ich jeden Schuldspruch fällen, des Königs Reich plündern und verwüsten nach meinem Gutdünken und jeden, selbst den erlauchtesten Kopf, auf eine Pike stecken neben den gemeinsten Banditen der Stadt. Fürst Cellamare empfahl sich hastig, und ich kann mir denken, wie sich Arcos' Gesicht vor Wut verzerrte, als ihm jener von dieser Ungeheuerlichkeit berichtete; wie der Vizekönig für einen Augenblick seine höfischen Manieren verlor und schwor, den Generale del Popolo, diese stinkende Kanaille, in tausend Stücke zerreißen zu lassen, den Ratten zum Fraß vorzuwerfen, damit kein Hund, kein Rabe sich an diesem aussätzigen Fleisch vergifte. Es machte mir nichts aus. Ich war dieses ganzen trügerischen Lebens müde.

Was war aus dieser Stadt geworden? Ein wahnsinniger Fischhändler saß auf dem Richterstuhl, entweihte Klöster und Kirchen, beleidigte selbst Seine Majestät den König, und wollte nicht sterben, trotz der wohlmeinenden Erfrischungen, die man ihm bot; die Edlen der Stadt beschmutzt von ihrer eigenen Unterschrift auf einem erzwungenen Papier, und der Kardinal sang ein feierliches Tedeum. Die gutgenährten Feiglinge der spanischen Regierung verschanzten sich aufs neue im Castel Nuovo, diesmal sorgten sie allerdings dafür, daß sich der Aufenthalt etwas bequemer gestalten würde. Vorräte für eine längere Belagerung wurden ins Castel gebracht, ausgesuchte Nahrungsmittel und weiche Decken, um in Ruhe und Behaglichkeit die verschärfte Lage zu besprechen. Ich hinderte sie nicht daran.

Wie viele Tage hatte ich noch zu leben? Zwei? Eine Woche? Vielleicht einen Monat, falls mein Leib das Gift aushielt. Hätte ich mich auf dem Platz vor der Kirche Sant' Agostino verteidigen sollen? Wozu? Ich hatte mein Leben lang gekämpft, erst als Raufbold, dann mit Spottliedern gegen Armut und Hunger; ich hatte begierig die Worte Genoinos aufgesogen, hatte mich an die Utopien Campanellas verloren, hatte versucht, mich der Freundschaft Genoinos würdig zu erweisen und zu spät erkannt, daß er mich betrog. Ich hatte mich nicht selbst zum Generale ernannt, aber ich hatte meine ganze Kraft gegeben, so wie sie es an jenem 7. Juli mit ihren Vivarufen von mir verlangten.

Ruhe und Behaglichkeit wollte ich nun auch für mich. Ich ging bereitwillig auf das Angebot des Gesandten ein, der mir im Namen des Vizekönigs seine Feluke für eine zweite Vergnügungsfahrt zur Verfügung stellte. Diesmal fuhr ich allein. Ich wollte mir den Nachmittag nicht noch einmal durch die Mahnungen meines Bruders verderben lassen, niemand sollte meine Zweisamkeit mit dem Meer stören. Ich ging mit dem Gesandten hinunter zum Hafen, besah mir die Feluke, äußerte noch dieses oder jenes, lächerliche Wünsche, die man aber mit einer Eiligkeit erfüllte, als wären es die letzten vor der Stunde des Henkers.

Zuerst ließ ich mich zu den Galeeren rudern, denn ich hatte beschlossen, die Kapitäne ohne Ausnahme ihres Amtes zu entheben und die noch verbliebenen Galeerensträflinge eigenhändig von ihren Ketten zu befreien. Wer von der Mannschaft sich weigerte, dem schlug ich noch an Deck eigenhändig den Kopf ab. Die Sträflinge hatten wohl Angst, mancher duckte sich tief an die Ruder, zwei stellten sich sogar tot, als ich die Ketten löste. Nachdem ich die zitternden, abgemagerten Gestalten gezählt hatte, nickte ich ihnen zu und hieß sie an Land schwimmen. Anschließend verbrachte ich Stunden auf dem Meer. Ich weigerte mich, nach Posillipo zu fahren, ich lag nur träge auf einem weichen Kissen, starrte in die Wolken, die unberührbar von Krieg, von Verrat, von Geborenwerden und Sterben sich dort oben fanden und wieder verloren. Dann und wann, wenn der Durst mich gar zu entsetzlich quälte, sprang ich nahe beim Bootsrand ins Wasser. Erst als die Dämmerung die Umrisse der Stadt in ein weicheres Licht tauchte, ließ ich umkehren, verweilte noch eine Weile auf der Feluke im Hafen und ergötzte mich wie ein Kind am Zischen der brennenden Fackeln, die man auf meinen Befehl ins Wasser warf. Jeden noch so kindischen Wunsch erfüllte man mir, dem fiebernden Kranken. Als ich endlich an Land ging, donnerte ein Kanonenschuß vom Castel Nuovo, der mich plötzlich ernüchterte. War es denn schon soweit? An der Mole standen Soldaten. Ich hastete hinauf, weil ich für einen trügerischen Augenblick glaubte, sie würden meine Befehle erwarten. Doch die Soldaten gehorchten inzwischen einem anderen Herrn.

Warum ließ Arcos mich nicht töten? Ein ferner Held wird bald ein vergessener Held, und die größte Entfernung ist der Tod. Wie viele hatten für mich, wie viele gegen mich gestimmt auf dem Platz von Sant' Agostino? Vielleicht gab es den einen oder anderen, der nicht vergessen hatte, daß die Palata seit meiner Herrschaft doppelt soviel wog wie früher. Trotzdem stimmten sie zu, mich auf eine entlegene Festung zu bringen, wo ich dann wie Tommaso Campanella den Traum von Gerechtigkeit in der Ruhe eines Kerkers weiterspinnen könnte.

Hatten die Soldaten das Los geworfen, wer von ihnen mich in Ketten legen sollte? Ich sah ihnen an, wie schwer ihnen die Pflicht wurde. Seite an Seite hatten sie mit mir gekämpft, mir jeden Befehl von den Augen abgelesen, mein Mut war der ihre gewesen, meine Stärke hatte ihnen die Hände geführt. Und nun sollten sie mich fesseln wie einen Verbrecher. Ich ließ sie ihre Pflicht tun, ohne mich zu wehren; sie führten ja nur Befehle aus, wie sie meine noch vor ein paar Tagen befolgt hatten. Vielleicht wäre es leichter für sie gewesen, hätte ich mich gewehrt, doch warum sollte ich ihnen die Scham abnehmen. Erst als sie die Ketten schlossen, schrie ich. Sie brachten mich weg, jedoch nicht in den Kerker, sondern nach Hause. Ein Kranker gehört in die Obhut der Familie – sie hatten noch nicht alle Gebote vergessen. Berardina schwieg, als sie mich brachten, sie schwieg bis zum nächsten Morgen. Wir saßen die ganze Nacht nebeneinander auf Stühlen. Wir berührten uns nicht. Atmeten aneinander vorbei, als wäre da eine Angst, den anderen durch eine Berührung zu zerbrechen.

In dieser Nacht erschlugen sie Marco Vitale.

Heute ist das Fest der Madonna del Carmine, Bruder Anselmo, heute sollte ich eigentlich mit meinem Alarbenhaufen kämpfen. Ist das nicht merkwürdig? Aus dem Scheingefecht wurde ein Krieg, aus langen Stöcken wurden Gewehre, aus dem Fez fast eine Krone – nur aus dem geplanten Sieg eine Niederlage.

Der Kräuterwickel ist kalt geworden. Mich friert. Glaubt Ihr, daß mein Sohn mich hassen wird? Wir wollen ihn Carlo nennen, zum Angedenken des Kaisers. Wißt Ihr noch, wie ich von meiner Taufe erzählte? Nimm deinen Sohn, Tommaso Aniello, wird Anna sagen, die jetzt den Dienst Mamma Luisas in unserer Straße versieht, nimm deinen Sohn und hebe ihn in die Welt. Wollt Ihr kommen und Gast sein bei unserem Festmahl? Meine Mutter wird Eure Anwesenheit als gutes Zeichen nehmen und im ganzen Viertel verkünden, Bruder Anselmo habe die Bürde, die der Sohn vom Vater zu tragen habe, auf die Schultern der Kirche genommen. Vielleicht gibt es gar keine Bürde. Bis Carlo geboren ist, wird Frieden in dieser Stadt herrschen, die Straßen werden gesäubert sein, der Leichengeruch auf dem Marktplatz gebannt. Jedermann wird mich grüßen. Das ist Masaniello, werden sie sagen, der Generale del Popolo, der die Stadt von allem Unrat befreite. Niemand wird über mich lachen, so wie heute morgen in der Kirche.

Ich habe sogar ein wenig geschlafen gestern nacht, trotz der Fesseln. Als ich erwachte, schmerzten meine Glieder. Ich hatte Durst und bat meine Wächter, die Ketten zu lösen, damit ich einen Becher Wasser trinken könnte und auch die Haut an den Gelenken ein wenig reiben. Sie waren freundlich und ließen mir meinen Willen. Als die Glocken der Kirche del Carmine läuteten, erlaubten sie mir sogar, zur Messe zu gehen. Berardina versuchte, mich zurückzuhalten. Unruhe sei in der Stadt, sagte sie, es wäre wohl besser, wenn ich mich eine Weile nicht in den Straßen zeigte.

Wußte sie, daß man zu dieser Stunde in der Kirche meine Absetzung verkünden wollte, in der gleichen Kirche, in der man vor ein paar Tagen die Akte beschworen und meine Verdienste gefeiert hatte?

Ich war ganz ruhig heute morgen, überzeugt davon, daß mein Volk mich brauchte, auch wenn es sich dagegen wehrte. Das hatten die Menschen früher auch getan, als sie meine Spottlieder als Possen abtaten, und doch hatte ich ihnen bewiesen, wie recht ich mit meinen Worten behalten hatte. Ich war sicher, sie würden mir zuhören, wenn ich ihnen den Verrat in der Akte bewies; wenn ich sie darum bäte, abzuwarten, bis König Philipp diese Gemeinheit bestraft und die wahre Charta des Kaisers uns, den rechtmäßigen Besitzern, in die Hände gelegt hätte.

Die Kirche war bis auf den letzten Platz besetzt. Aber nicht Freude las ich auf den Gesichtern, die Menschen waren unruhig, furchtsam, auch Trauer stand in ihren Mienen. Ich sah zu La Bruna hinauf, die doch alles im voraus gewußt hatte, die meine Siege kannte, aber auch meine Scham. Sie allein konnte meine Stimmen hören, die mir die frevlerischen Gedanken und Worte eingegeben hatten. La Bruna wußte von meinen Alpträumen, von meinen Todesvisionen und von meiner Reue, aber sie sah auch in die Seelen derer, die mich verraten hatten.

Als Kardinal Filomarino aus der Sakristei trat, schlüpfte ich aus dem Schatten meiner Nische und warf mich vor ihm nieder: »Man hat mich verraten, Eminenz«, stammelte ich. »Die Menschen werden mich mit Füßen treten und umbringen wie einen räudigen Hund. Ich bitte Euch, laßt mich leben oder sterben, wie es meinem Amt entspricht. Gebt mir einen Platz in dieser Kirche und ein wenig Zeit, damit ich noch einmal zu meinem Volk sprechen kann.« Kardinal Filomarino hieß mich aufstehen, doch seine Stimme klang abweisend. »Niemand wird dich töten, aber du bist krank, mein Sohn. Sei still jetzt und höre die Messe. Später werde ich dich ins Kloster bringen lassen, und es soll dir an nichts fehlen.«

Ich ging zu einer der vordersten Bänke. Die Leute machten mir Platz, aber es war anders als früher, es war, als rückten sie von mir ab. Ich kniete nieder, aber statt die Litaneien mitzubeten, haderte ich mit La Bruna. Was hatte ich ihr getan, daß sie mich allein ließ und die Herzen meiner Getreuen mit Mißgunst vergiftete? Die Hasenpfote fiel mir ein. Vielleicht sind die heidnischen Götter doch mächtiger, wie Mamma Luisa manchmal im Scherz behauptet hatte?

Mit der Erinnerung an meinen Fetisch kamen auch die Stimmen zurück, lauter und mächtiger, als sie je gewesen waren. Und sie brachten ihren Bruder mit, den Durst. Er quälte mich, und die Stimmen lachten darüber. Geh doch und rede mit deinem Volk, höhnten sie, sag ihnen, wie weise und gerecht du bist. Mörder! Erzähl ihnen von dem Reich der Sonne, das unter jenem fernen Berg verschüttet liegt, und von dem Priester, der wie ein Narr über den Trümmern wandelt und Worte stammelt, die sich nicht mehr zusammenfügen. Ich preßte die Hände auf die Ohren, ich wollte nicht hören, was die Stimmen sagten, aber jetzt drangen sie aus allen Mündern. Mörder!

Die Dämonen trieben mich auf die Kanzel, schoben Kardinal Filomarino beiseite, hießen mich, das Kreuz von seiner Brust zu nehmen und es meinem Volk entgegenzuhalten. Die Stimmen kicherten, weil sie wußten, sie würden das Kreuz besiegen.

Sprach ich, oder sprachen die Stimmen?

Einer, der Masaniello hieß, redete von seinen Verdiensten, die nun von seinen Feinden beansprucht wurden, erinnerte an die Gefahren und die Pein, die er um des Volkes willen ausgestanden hatte, erinnerte an den gemeinsamen Mut, an den Haß gegen den Adel, in dessen Hände sie sich begäben, wenn sie Masaniello verließen. Ich beschwor sie, mir wieder zu vertrauen.

Sie lachten. Verlangten ein Ende meines wirren Gestammels, der unsinnigen Rede eines Narren, aus dessen Mund Speichel tropfte, der das Zittern seiner Glieder nicht verbergen konnte und dennoch glaubte, nichts habe sich geändert. Als ich ihnen vorschlug, den Marktplatz in Piazza del Popolo umzubenennen und die schäbigen Baracken abzureißen, ereiferten sie sich. Alles sei nur meine Schuld, die Zerstörung, die Händel mit der spanischen Regierung, der Hunger, das Sterben. Kreuzigt ihn. Sie verließen hohnlachend die Kirche. Und als ich ihnen nachlief, weil ich noch nicht alles hatte sagen können, spuckten sie mich an wie einen Aussätzigen, damit ich ihnen nicht zu nahe trat, und es bekümmerte sie auch nicht, als ich mich wie ein Bettler vor ihnen auf die Knie warf, sie um Verzeihung bat und um Mitleid für meinen ausgezehrten, kranken Körper. Sie wandten sich ab wie Bauern auf dem Markt, nachdem sie ihr Rind verkauft haben. Kardinal Filomarino ließ mich in Eure Zelle bringen.

Warum singen die Mönche? Jetzt, zu dieser Stunde? Gott sei seiner Seele gnädig, sagte Euer Mitbruder, als ich nach Marco Vitale fragte. Auch den Treuebruch Arpaias hat er mir nicht verheimlicht, während er mich in Eure Zelle führte. Ihr habt geschwiegen, habt mir die Worte nicht verboten, die Eure Kirche beleidigten. Ihr seid ein Dulder, Bruder Anselmo.

Wißt Ihr, wie das war, als sie über mich lachten? Wenn sie Euch verspotten, dann spotten sie über das Ganze, über die Kirche, über ein Gefüge, das außerhalb Eurer Person steht. Vielleicht läßt sich das leichter verkraften.

Viva Masaniello. Habt Ihr es auch gehört? Jemand hat meinen Namen gerufen. Es sind nur die Stimmen, die mich aufs neue täuschen? Nein, nein. Masaniello rufen sie, ich höre es ganz deutlich. Laßt mich aufstehen. Nehmt doch die Decke, nein, laßt mich! Hört Ihr? Wieder rufen sie. Es ist nicht nur eine Stimme, es sind viele ... Ich wußte es! Sie haben mich nicht verraten. Geht weg, geht aus dem Weg, hört Ihr sie nicht? »Hier bin ich, meine Getreuen, hier bin ich, der Generale des getreuesten Volkes ...«

Epilog

Sie streckten ihn mit vier Gewehrsalven nieder. Nicht unter den Augen des Volkes, nein, heimlich und hinterlistig in diesem Kloster, vor meiner Zelle. Masaniello hatte recht gehört, sie hatten gerufen. »Nieder mit Masaniello, niemand gehorche mehr seinen Befehlen.« Er hörte nur seinen Namen, und es gelang mir nicht, den Rasenden festzuhalten. Die Mönche sangen, auch das stimmte, sie sangen lauter als sonst und zu einer ungewöhnlichen Stunde. Ich weiß bis heute nicht, wer ihnen befohlen hatte, sich in der Kirche zu versammeln, statt, wie um diese Zeit üblich, das Brevier zu beten. Sie schweigen darüber. Niemand will gesehen haben, wie die gedungenen Mörder sich Einlaß verschafften und jeden Winkel dieses Gemäuers durchkämmten; niemand will auch wissen, wie sie entkommen konnten, die Brüder Catania, vielleicht auch Andrea Rama oder Seccone. Die Gänge blieben leer, die Zellentüren verschlossen, als die Schüsse durchs Kloster hallten; die Mönche sangen ungerührt weiter, mag sein, daß die Psalmen inbrünstiger klangen als vorher.

Auch ich fürchtete mich vor den Schergen in unseren Fluren; ich wußte nicht, wie viele es waren, aber ich wußte, daß ich alt und gebrechlich war und Masaniello gepflegt hatte. Eines der Gewehre fand ich später in der Nähe der Tür zu meiner Zelle, vorsorglich mit zehn Bleistücken geladen.

Er war so durstig gewesen in seinen letzten Stunden. Keines meiner Kräuter hatte wirklich geholfen, das Brennen in seinem Leib zu stillen.

Ich hörte, wie sie seinen Körper über den Boden schleiften, wagte mich aber erst hinaus, als sich draußen das Geschrei erhob: Masaniello ist tot. Seine Tyrannei hat ihn das Leben gekostet! Masaniellos Leichnam lag mitten auf dem Marktplatz. Gaffer standen herum. Salvatore Catania hieb ihm mit einem Fleischermesser den Kopf ab, Andrea Rama versetzte dem Körper einen Tritt, und auf einmal taten es ihm alle nach, einer spie Masaniello ins Gesicht, ein anderer zerrte an seinen Haaren, Fischgräten, angefaulte Feigen, Obstkerne und Melonenschalen hagelten auf den Toten nieder. Sie schändeten ihn mit derselben Inbrunst, mit der sie ihn angebetet hatten. Eine lange Pike war schnell zur Hand, um das Haupt aufzuspießen. Catania trug es im Triumphzug durch die Kirche, über den Hof des Konvents, und Kardinal Filomarino sah zu und schwieg. Dann rannten sie über den Markt in Richtung Vico Rotto, hinter den Mördern eine grölende Meute. An allen wichtigen Plätzen, die an Masaniellos Macht erinnerten, hielten sie an, und Catania schwenkte die Pike. Hohnlachend befahl er dem abgeschlagenen Haupt, sich vor der Vergänglichkeit zu beugen. Niemand beschuldigte ihn des heimtückischen Mordes, das Volk feierte seine neuen Helden. »Der Tyrann ist tot!« schrie Andrea Rama. »Es lebe der König von Spanien.« Und die Menge antwortete ihm, wie sie Masaniello geantwortet hatte, einstimmig, jubelnd. Berardina sah sie kommen. Seit Stunden harrte sie wohl ängstlich auf eine Nachricht von Masaniello. Dann hörte sie es: Masaniello ist tot! Niemand beschmutze sich mehr mit seinem Namen! Man zwang Berardina mit anzusehen, wie ein Haufen Gesindel über den besudelten Leichnam herfiel, wie sie ihn unter Schmähreden durch die Straßen schleiften, bespuckten und traten und Geld verlangten von jedem, der es ihnen gleichtun wollte – genau wie Masaniello es vorausgesagt hatte.

Niemand fand sich bereit, den Leichnam zu bestatten; mit Blut, Abfällen und Kot verschmiert, warfen sie ihn in eine Mulde zwischen den Toren von Nola und Capua, Masaniellos Haupt aber brachte man dem Herzog von Arcos. Werft es in einen der Abwassergräben, soll er befohlen haben, Abschaum gehöre zu den Exkrementen. Kardinal Filomarino stellte das Blut des heiligen Gennaro aus, um die Schutzheiligen der Stadt zu versöhnen, die dieser gottlose Fischhändler seine Verbündeten genannt hatte.

Im Namen Seiner Majestät, Philippus dei Gratia Rex. Trommelwirbel und Musketenschüsse kündigten einen neuen Erlaß an. Innerhalb von vierundzwanzig Stunden mußte angezeigt und zurückgegeben werden, was sich noch in den Händen von Masaniellos Gefolgschaft befand – Gold, Silber, Bargeld, Kleider, Schmuck, Kutschen, Pferde, Gewehre; ausnahmslos verlangte der Vizekönig alles zurück. Wer nicht folgte, dem drohten Konfiszierung der gesamten Habe und die Todesstrafe. Noch wagte der Herzog nicht, die Steuererlässe zurückzunehmen, er versicherte, die Bevölkerung Neapels dürfe alle Privilegien Karls V. behalten, die er selbst im Namen Seiner Majestät beschworen hatte. Die Menschen schienen vergessen zu haben, daß sie diese Vorrechte einzig und allein Masaniello zu verdanken hatten, sie jubelten dem Herzog von Arcos zu, dem Retter des treuesten neapolitanischen Volkes. Kardinal Filomarino las in unserer Kirche eine Messe für den Frieden. Tausende sangen das Tedeum. Danach folgten sie dem Aufruf Catanias, das Haus Masaniellos zu stürmen.

Reichtümer fanden sie nicht, obwohl sie den gesamten Hausrat auf die Straße zerrten. Catania hatte auch ganz andere Absichten. Er hatte nicht vergessen, daß Masaniello ihm mehr als einmal gedroht hatte, weil er schlechtes und viel zu leichtes Brot gebacken hatte. Jetzt war die Gelegenheit gekommen, sich dafür zu rächen. Catania riß Berardina Leibchen und Hemd auf, stieß sie vor sich her, den ganzen Vico Rotto entlang, die Hand auf ihrem nackten Busen pries er sie an wie ein Schausteller seinen Bären. »Das keusche Weib Masaniellos«, schrie er, »so wie der Teufel es geschaffen hat!« Es gab keine Schmähung, die man ihr ersparte. Grazia ging es nicht besser, nicht einmal die alte Mutter verschonten sie. »Macht Platz für die Gräfin der Sardellen«, grölten die, die sich noch vor zwei Tagen vor Berardina verbeugt hatten. Der Herzog von Arcos sah mitleidslos zu, wie die Frauen in den Palasthof stolperten. Diesmal ging die Vizekönigin ihnen nicht entgegen, sie hieß die Frauen auch nicht aufstehen, als sie sich demütig vor ihr niederwarfen und um Gnade flehten. Nur die Mutter Masaniellos blieb stumm.

Es war nur der Überredungskunst Kardinal Filomarinos zu verdanken, daß man die Frauen nicht auf die Straße zurückstieß und der Wut des Pöbels überließ, sondern sie schließlich in die Verliese des Castel Nuovo brachte, bis man über ihr Schicksal entschieden hätte. Im Laufe der Nacht warf man alle, die mit Masaniello verschwägert waren, in die gleichen Kerker. Einige konnten sich rechtzeitig in Sicherheit bringen, der Wurstmacher Donnarumma und Giovanni Battista waren geflohen und hielten sich außerhalb der Stadtmauern versteckt. Es dauerte aber nicht lange, bis auch sie das Schicksal ihrer Familie im Kerker des Castel Nuovo teilten.

Am nächsten Morgen wog die Palata bereits zwölf Unzen weniger. Arpaia kam zu mir, er hatte die ganze Nacht nicht geschlafen, sich gequält – er weinte, ein solches Ende habe er nicht gewollt. Das leichtgewichtige Brot und Arpaias Reue waren nur der Anfang, schon nach wenigen Stunden klagte eine ganze Stadt über die Schmach, die man Masaniello angetan hatte. Arpaia sprach auf dem Marktplatz zum Volk, er versuchte, sein abtrünniges Verhalten wiedergutzumachen, und niemand konnte sich seinen drängenden Worten entziehen. Während seiner Rede wurde die Erinnerung an Masaniello wieder lebendig, so wie er in seinen besten Tagen gewesen war, bevor der Durst ihn vergiftete und die Stimmen seinen Geist verwirrten. Man holte seine Überreste aus der Gosse, jagte die Ratten fort, flickte den Kopf an den Körper, wusch und salbte den Leichnam und bahrte ihn mitten auf dem Marktplatz auf, damit jeder von Masaniello Abschied nehmen konnte, so wie er es verdient hatte. Manche rieben ihre Rosenkränze an seinen Händen und Füßen, wie man es an den geweihten Reliquien der Kirche tut, und nicht nur einer murmelte im Vorübergehen: Heiliger Masaniello, bitte für uns. Seine dunklen Vorahnungen machten ihn zum Propheten, der den Lauf der Dinge geweissagt hatte.

Tausende folgten der Bahre auf dem Weg zum Friedhof, ein Tuch mit dem Wappen des Königs bedeckte den Körper, an seiner Seite lag ein blanker Degen. So gaben die Menschen dem Mann die letzte Ehre, dessen Körper sie in der vergangenen Nacht unter Schmähreden durch die Straßen geschleift hatten. Acht Mönche trugen die Bahre, acht von denen, die ihn tags zuvor gleichgültig seinen Mördern überlassen hatten. Wen trug man zu Grabe? Einen Lazzaro, einen Spottredner, den Generale del Popolo, einen Rebellen oder einen Heiligen? Für die Menschen, die ihn auf seinem letzten Weg begleiteten, war Masaniello alles zugleich.

Der Vizekönig spielte seine Rolle mit diplomatischem Geschick – seine Garde ging dem Zug voraus, als trüge man einen Staatsmann zur letzten Ruhe; er selbst stand aufrecht vor dem Sarg, als Masaniello unter dem Geläut aller Kirchenglocken Neapels beigesetzt wurde. Später überführte man seine Gebeine in die Kirche del Carmine.

Der Vollständigkeit halber will ich auch noch niederschreiben, was mit den anderen geschah. König Philipp IV. umgab sich weiterhin mit nackten Bacchantinnen und lichten Madonnengesichtern, die ihm Maler auf Leinwände bannten. Das politische Erbe Philipps II. war nicht zu halten gewesen – Galileo Galileis Gesetzmäßigkeiten des freien Falls bewiesen sich an Spanien in tragischer Weise, wenn auch Galilei eher an wissenschaftlich beweisbare Experimente gedacht haben mochte als an den Sturz einer Weltmacht.

In manchen Vierteln Neapels schwelte der Aufstand weiter. So protestierten die Seidenweber, weil auf dem Land nicht gewoben werden durfte, die Studenten wetterten gegen den hohen Preis, den sie für die Doktorwürde zu entrichten hatten – ein jeder revoltierte gegen das, was ihm am meisten mißfiel. Aber niemand fand sich, der den Unmut unter eine gemeinsame Gesinnung stellte. Bald nach der Ermordung Masaniellos besetzten spanische Soldaten die Stadt, und es dauerte nur ein knappes Jahr, bis sie auch der letzten, vereinzelten Aufstände Herr wurden.

Die Brüder Catania erhielten die Adelswürde und hohe Regierungsposten in der Provinz des Königreichs Neapel. Genoino wurde Präsident della Sommaria im Tribunale Fiscaria und Präsident del Collegio dei Dottori. Im darauffolgenden Herbst verlangte die Regierung auch seinen Kopf, weil er nicht in der Lage gewesen war, den Seidenwebertumult zu schlichten. Man verschiffte Genoino nach Sardinien, um ihn später in Madrid vor ein Gericht zu stellen. Der Tod bewahrte den Greis vor weiteren Kerkerjahren. Arpaia blieb zunächst noch für einige Monate Eletto del Popolo. Als im Oktober Juan d'Austria in Neapel einmarschierte, warf man Arpaia in eines der Verliese des Castel Nuovo. Ich habe nie wieder von ihm gehört. Masaniellos Mutter und seine Schwester brachte man in einen Kerker nach Gaeta, wo man sie nach monatelanger Haft tötete. Giovanni Battistas Leiche fand man in Fossa del Miglio. Auch Berardina darbte monatelang im Kerker. Ob sie das Kind zur Welt brachte oder es verlor, weiß ich nicht. Später verkaufte sie sich als Hure an spanische Soldaten. Sie soll ein paar Jahre später an der Pest gestorben sein.

Jusepe de Ribera nahm ein paar Jahre später ein schmähliches Ende, verlacht von den einheimischen Malern, weil Riberas Tochter von Prinz Don Juan d'Austria, einem unehelichen Sohn König Phillips IV., verführt und sitzengelassen wurde. Der Maler hatte den Prinzen voller Stolz über die eigene, adelige Herkunft in sein Haus geladen. Masaniello hätte sicher Genugtuung empfunden, Ribera endlich für seinen Dünkel bezahlen zu sehen. Der Maler geriet in karge Verhältnisse und starb genauso arm wie der Generale del Popolo. Kardinal Filomarino ist noch immer Erzbischof unserer Stadt. Er erlebte den Friedensschluß, der ein gutes Jahr nach Masaniellos Tod dem Dreißigjährigen Krieg ein Ende setzte. Der kaiserliche Adler an Masaniellos Haus überdauerte noch fünf Jahre, dann wurde er von den neuen Bewohnern entfernt.

Und ich? Manchmal denke ich, vielleicht habe auch ich in meinen Wanderjahren einer Mutter für einen Teller Suppe das Paradies versprochen. So viele Gesichter ziehen im Leben an einem vorbei. Später kamen manche zu mir, um mich über die letzten Stunden Masaniellos zu befragen. Ihr habt ihn doch gepflegt, Bruder Anselmo.

Was sollte ich ihnen antworten? Wie kläglich sind wir in unserem Bestreben, Geschehnisse zu verdrehen? So, als ob wir nicht wüßten, daß der Wunsch in jedem von uns liegt, besser, größer, mächtiger zu sein als alle anderen. Wir spielen wie Gaukler hinter Masken, und wenn uns die Zuschauer auspfeifen, verweisen wir auf den, der das Stück geschrieben hat.

Manchmal sitze ich unter dem Zitronenbaum, genieße, wie er seine Pracht entfaltet und trotzdem wohltuenden Schatten spendet. Eilige Gestalten sind Bewunderung und Freude, lange Schatten werfen Trauer und Unzufriedenheit. Beides zusammen ergibt das Ganze.

Anmerkungen

Seite 18:
Zechine – Goldmünze. Venezianischer Dukat im 16. Jahrhundert. Später wurden auch Goldmünzen aus anderen italienischen Staaten so benannt. Der Wert betrug etwa neun Mark.

Seite 27:
Morra – Geschicklichkeitsspiel mit den Fingern, häufig um Geld. Die Spielpartner zeigen auf Kommando mit den Fingern eine Zahl, gleichzeitig rufen sie die erratene, von beiden Spielpartnern gezeigte Summe. Wer die Zahl richtig geschätzt hat, hat gewonnen.

Seite 29:
'o Munaciello – Legendengestalt, Geist, der sich angeblich in Gestalt eines winzigen Mönches zeigt. Wird noch heute in Neapel im Scherz benannt. 'O Munaciello soll Glück bringen, falls man ihn aber verärgert, kann er auch böse reagieren.

Seite 34:
Serra, Serra – Schließt. Schließt. Von ital. serrare = schließen.

Seite 39:
Gabeltod – Tod durch Erhängen. Die Bezeichnung rührte von dem gabelförmigen Aussehen des Galgens.

Seite 44:
Lazzaro/Lazzari – Frz. Lazare = Leprakranker zur Zeit der Kreuzzüge. Im Neapel des 17. Jahrhunderts Bezeichnung für Arme, die aus wirtschaftlichen Gründen gezwungen waren, jede Art von Beschäftigung anzunehmen. Wurde abwertend gebraucht.

Seite 67:
Tribunale – Gerichtshof. Zur Zeit Masaniellos war in Neapel einer der Gerichtshöfe San Lorenzo. Die Stimmenverteilung lag bei fünf zu eins, fünf Stimmen kamen auf den Adel, eine auf das Volk.

Seite 70:
Sai che la cornacchia… – Weißt du, die Krähe hat dieses Gebaren, wenn sie singt, sagt sie immer nur krächz, krächz, krächz, krächz, und genauso macht ihr es, ihr unhöflichen Leute, ihr gebt gute Worte und traurige Erwartung.

Seite 82:
Cefalo – Meeräsche.

Seite 84:
Bisogni – Von ital. bisognare = brauchen. So nannten die Armen 1647 in Neapel spanische Adelige, weil sie unmäßig viel brauchten und sie ständig die Hand aufhielten und Geld bzw. Abgaben verlangten.

Seite 85:
Eletto del Popolo – Gewählter Beauftragter, der sich um die Belange und Forderungen des Volkes zu kümmern hatte. Aus den 58 Deputierten des Volksseggi wählte das Volk 6 Kandidaten aus, aus denen der Vizekönig dann den Eletto bestimmte, der eine Stimme im Tribunale San Lorenzo besaß. Weiterhin wurden aus den 56 Deputierten 20 Namen bestimmt, von denen 10 per Los ausgewählt wurden als Helfer des Eletto. Zur Zeit Masaniellos war aus dieser Wahl bereits eine Farce geworden.

Seite 85:
Carlino/Carlini – Antike Geldeinheit, wahrscheinlich aus Silber. Der Wert wurde angegeben in 10 Grane oder 42,5 Centesimi. Seit Karl I. von Anjou bis Anfang des 19. Jahrhunderts in Umlauf. Von 1630–1660 wog ein Carlino 2 Gramm Silber. Zur Zeit Masaniellos betrug der Wert von zwei Carlini etwa 85 Centesimi. Dieser Betrag reichte nicht aus, um einen erwachsenen Menschen einen Tag zu ernähren.

Seite 85:
Capitano/Capitani – Hauptmann. In diesem Fall keine militärische Bezeichnung, sondern gemeint ist der Vorsteher einer Ottine.

Seite 85:
Ottine – Bezirk in Neapel. Neapel war im 17. Jahrhundert in 29 Ottinen eingeteilt, jeder stand ein Capitano vor. Nach altem Recht bestimmte das Volk sechs Kandidaten, aus denen der Vizekönig den jeweiligen Capitano für die Ottine bestimmte. Zur Zeit Masaniellos bestimmte der Vizekönig de facto die Capitani, so daß das Volk seine Wahlmöglichkeit praktisch verloren hatte.

Seite 85:
Seggi/Volksseggi – Exekutivdistrikte. Zur Zeit Masaniellos war Neapel in sechs Seggi eingeteilt. Fünf bildete der Adel, einen das Volk. Die Adelsseggi hießen di Capua, di Nido, di Montagna, di Porto, di Portanuova; der des Volkes del popolo. Jeder Seggi wurde aus sechs Adeligen gebildet, von denen einer im Tribunale San Lorenzo stimmberechtigt war. Die Seggi bildeten die Exekutivgewalt der Stadt, residierten

aber nie zusammen, sondern jeder entschied für seine Belange und seinen Distrikt. Alle Entscheidungen wurden dann dem Vizekönig vorgetragen und mehrheitlich entschieden.

Seite 92:
Palata – Brot der armen Leute. Kostete 17 Centesimi oder 4 Grane. Wurde in schlechten Zeiten nicht teurer, dafür aber leichter.

Seite 93.
Unze – Gewichtseinheit von etwa dreißig Gramm. Vom Mittelalter bis zum 18. Jahrhundert ebenso Bezeichnung für eine Münzeneinheit in Unteritalien und Rom. Der Wert war abhängig von Ort und Prägung.

Seite 93:
Grano/Grane – Antike Geldeinheit in Neapel und Sizilien. Gold- oder Silbermünze. Der Wert war unterschiedlich, er wurde angegeben in einem Soldo oder 12 Denari und betrug etwa 4,25 Centesimi.

Seite 109:
Mazzariello – Flaches Holzscheit, das zum Säubern/Ausklopfen der Wäsche benutzt wurde.

Seite 109:
Quadrettaro/Quadrettari – Fruchtverkäufer. Der Name rührte von der vorgeschriebenen Anordnung der Früchte auf den Marktständen, sofern sie einzeln verkauft wurden.

Seite 110:
Provolone – Käseart

Seite 110:
Golilla – Span. = weiße, steif abstehende Halskrause, häufig aus Leinen.

Seite 114:
Suggici – Lebensmittelhändler, die unter der Aufsicht des Tribunale San Lorenzo standen. (Ital. sogetto al Tribunale = unter Aufsicht des Tribunale)

Seite 117:
Gabella del Provolone – Käsezollstelle

Seite 117:
Vigliacco – Feigling

Seite 117:
Canaglia – Kanaille, Schurke

Seite 117:
Mariolo/Mariuolo – Gauner

Seite 119:
Scudo/Scudi – Antike Münze aus Gold oder Silber. War in vielen italienischen Staaten in Gebrauch; ihr Wert unterschied sich nach dem Staat, in dem sie gebräuchlich war.

Seite 119:
Inseliciato/Inselciato – Alte Straße, die zur Zeit Masaniellos rund um den Marktplatz führte. Sie war mit Vesuvsteinen gepflastert.

Seite 146:
Cantaro/Cantari – Antike Maßeinheit für 50 bis 80 Kilo. In Neapel betrug 1647 ein Cantaro 50 Kilo.

Seite 150:
Monte Somma – Berg direkt neben dem Vesuv.

Seite 151:
Il Santo Ufficio – Inquisitionsbehörde. Vom 12. bis 18. Jahrhundert Gerichtsbehörde der katholischen Kirche gegen Abtrünnige des Glaubens.

Seite 157:
Birro/Birri – Ital. von sbirro. Ein Mann der öffentlichen Ordnung, eine Art Polizist. Eine geregelte Polizeiverordnung gab es nicht 1647 in Neapel.

Seite 164:
Tornese/Tornesi – Kupfermünze von niedrigem Wert. 1581 wurde der Wert in einem halben Soldo angegeben.

Seite 164:
Rotolo – Gewichtseinheit. Aus dem Arabischen = Zur Zeit Masaniellos etwa 33 Unzen. Ein Rotolo Käse wog etwa 0,8 kg.

Seite 167:
Grassiere – Magistrat. Aufseher über die Lebensmittelverteilung in Neapel.

Seite 168:
Alarben – Die Überlieferung besagt, daß alljährlich am Fest der Madonna del Carmine auf dem Marktplatz ein Scheingefecht stattfand zwischen zwei mit Stöcken bewaffneten Gruppen, den Alarbi und den Lazzari.

Seite 172:
Generale del Popolo – General des Volkes. Im Fall Masaniello der Titel, den ihm das Volk verliehen hatte als höchstem Beauftragten des Volkes. Auch Generalissimo genannt.

Seite 179:
Quattro soldi al rotolo – Fig. Ausdruck. Bedeutete, für ein bestimmtes Gewicht sehr wenig Geld ausgeben zu müssen. Wurde zur Zeit Masaniellos von den Armen für ihre Brotforderung verwandt.

Seite 197:
Viva il re – Es lebe der König.

Seite 114, 229:
Corradino – Konradin. Konrad IV. d. J. Herzog von Schwaben. Sohn König Konrads IV. Letzter Staufer. 1268 in Neapel hingerichtet.

Seite 275:
Chierico / chierici – Bezeichnung für Mitglieder des Klerus. Zur Zeit Masaniellos häufig als Bezeichnung für Laienbrüder verwandt. Nicht selten verbargen sich unter dem kirchlichen Gewand Halunken, die ihre Mitmenschen zu täuschen versuchten und die Kutte für kriminelle Umtriebe benutzten. Manchmal trugen sie unter der Kutte Waffen.